SCARLETT

u
STR
de
DISTRUGERE

Imprint coordonat de
SHAUKI AL-GAREEB

SCARLETT ST. CLAIR

un STROP de DISTRUGERE

HADES X PERSEFONA

VOLUMUL AL II-LEA

Traducere din limba engleză de
ALEXANDRU SZÖLLÖ

LEDA EDGE

Redactare: Shauki Al-Gareeb, Liviu Szőke
Tehnoredactare: Mihaela Ciufu

www.edituracorint.ro

Descrierea CIP a Bibliotecii Naționale a României
ST. CLAIR, SCARLETT
Un strop de distrugere / Scarlett St. Clair; trad. din lb. engleză de Alexandru Szöllö. - București: Leda Edge, 2022
ISBN 978-606-9740-03-3

I. Szöllö, Alexandru (trad.)

821.111

Cititorilor romanului Un strop de întuneric.
Vă mulțumesc pentru entuziasm și pentru dragostea voastră față de Hades și Persefona!

PARTEA I

Deşi mă simt fireşte / gătit de orice-a sorţii lovitură.

DANTE ALIGHIERI, *PARADISUL*[1]

---

[1] Dante Alighieri, *Divina Comedie. Infernul,* traducere de George Coşbuc, Polirom, Iaşi, 2000, Cântul XVII, p. 620 (n. red.).

CAPITOLUL I

Un strop de îndoială

PERSEFONA MERGEA DE-A LUNGUL ȚĂRMULUI RÂULUI Styx. Valuri crestate ieșeau la suprafață, și parcă i se strângea pielea pe ea în timp ce-și amintea de prima sa vizită în Lumea de Jos. Încercase să traverseze marea întindere de apă, fără să știe nimic de morții care sălășluiau în adâncurile de dedesubt. O trăseseră la fund, apucând-o cu degetele lor descărnate care-i tăiau pielea, căci dorința lor de-a nimici făptura vie îi întărâta să atace.

Crezuse că avea să se înece – apoi Hermes îi sărise în ajutor.

Hades nu fusese deloc încântat de toată povestea asta, dar o dusese la palatul lui și-i vindecase rănile. Mai târziu, avea să afle că morții din râu erau cadavre străvechi care veniseră în Lumea de Jos fără monede pentru a-i plăti lui Charon taxa de trecere. Condamnați să trăiască o eternitate în râu, erau doar unul dintre nenumăratele moduri în care Hades își proteja granițele tărâmului de viii care voiau să intre și de morții care voiau să scape.

În ciuda neliniştii Persefonei în apropierea cheiului, peisajul era minunat. Styxul se întindea kilometri întregi, curgând spre un orizont înconjurat de munţi bruni. Pâlcuri de narcise albe creşteau de-a lungul ţărmurilor, parcă aprinzându-se ca nişte flăcări albe pe suprafaţa întunecată. De partea cealaltă a munţilor, palatul lui Hades bântuia orizontul, înălţându-se precum colţurile zimţate ale coroanei lui de obsidian.

Yuri, un suflet tânăr cu o coamă deasă de bucle ce-i cădeau precum o cascadă şi pielea măslinie, mergea alături de ea. Purta o robă roz şi sandale de piele – o ţinută aflată într-un puternic contrast cu munţii umbroşi şi apa întunecată. Sufletul şi Persefona se împrieteniseră repede şi mergeau adesea la plimbare prin Valea Asfodel, dar, în ziua aceea, Persefona o convinsese pe Yuri să se abată de la poteca pe care umblau de obicei.

În clipa aceea, aruncă o privire spre însoţitoarea ei, care o prinsese de braţ, şi o întrebă:

— Yuri, tu de când eşti aici?

Persefona presupunea că sufletul fusese în Lumea de Jos o vreme, după peplumul tradiţional pe care-l purta.

Yuri îşi încruntă sprâncenele delicate deasupra ochilor cenuşii.

— Nu ştiu. De multă vreme.

— Îţi aduci aminte cum era Lumea de Jos când ai ajuns aici?

Persefona avea foarte multe întrebări despre Lumea de Jos din Antichitate – acea variantă încă-şi avea ghearele bine înfipte în Hades, îl făcea să se simtă ruşinat şi nevrednic de închinarea şi lauda oamenilor lui.

— Da. Nu ştiu dacă o să pot uita vreodată.

Râse stânjenită.

— Nu era aşa cum e acum.

— Spune-mi mai multe! o încurajă Persefona.

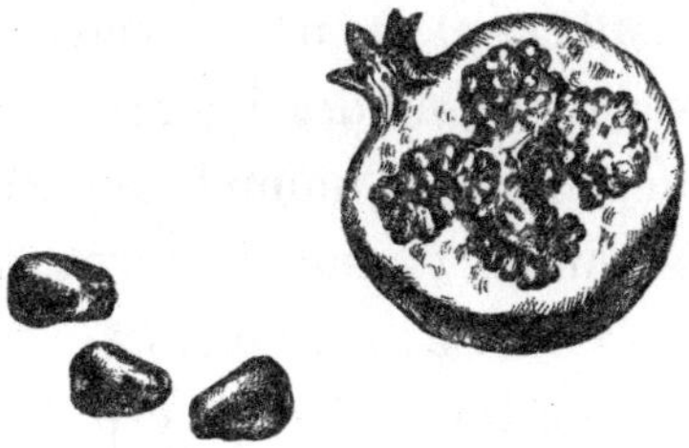

CAPITOLUL I

Un strop de îndoială

PERSEFONA MERGEA DE-A LUNGUL ȚĂRMULUI RÂULUI Styx. Valuri crestate ieșeau la suprafață, și parcă i se strângea pielea pe ea în timp ce-și amintea de prima sa vizită în Lumea de Jos. Încercase să traverseze marea întindere de apă, fără să știe nimic de morții care sălășluiau în adâncurile de dedesubt. O trăseseră la fund, apucând-o cu degetele lor descărnate care-i tăiau pielea, căci dorința lor de-a nimici făptura vie îi întărâta să atace.

Crezuse că avea să se înece – apoi Hermes îi sărise în ajutor.

Hades nu fusese deloc încântat de toată povestea asta, dar o dusese la palatul lui și-i vindecase rănile. Mai târziu, avea să afle că morții din râu erau cadavre străvechi care veniseră în Lumea de Jos fără monede pentru a-i plăti lui Charon taxa de trecere. Condamnați să trăiască o eternitate în râu, erau doar unul dintre nenumăratele moduri în care Hades își proteja granițele tărâmului de viii care voiau să intre și de morții care voiau să scape.

În ciuda neliniştii Persefonei în apropierea cheiului, peisajul era minunat. Styxul se întindea kilometri întregi, curgând spre un orizont înconjurat de munţi bruni. Pâlcuri de narcise albe creşteau de-a lungul ţărmurilor, parcă aprinzându-se ca nişte flăcări albe pe suprafaţa întunecată. De partea cealaltă a munţilor, palatul lui Hades bântuia orizontul, înălţându-se precum colţurile zimţate ale coroanei lui de obsidian.

Yuri, un suflet tânăr cu o coamă deasă de bucle ce-i cădeau precum o cascadă şi pielea măslinie, mergea alături de ea. Purta o robă roz şi sandale de piele – o ţinută aflată într-un puternic contrast cu munţii umbroşi şi apa întunecată. Sufletul şi Persefona se împrietenisеră repede şi mergeau adesea la plimbare prin Valea Asfodel, dar, în ziua aceea, Persefona o convinsese pe Yuri să se abată de la poteca pe care umblau de obicei.

În clipa aceea, aruncă o privire spre însoţitoarea ei, care o prinsese de braţ, şi o întrebă:

— Yuri, tu de când eşti aici?

Persefona presupunea că sufletul fusese în Lumea de Jos o vreme, după peplumul tradiţional pe care-l purta.

Yuri îşi încruntă sprâncenele delicate deasupra ochilor cenuşii.

— Nu ştiu. De multă vreme.

— Îţi aduci aminte cum era Lumea de Jos când ai ajuns aici?

Persefona avea foarte multe întrebări despre Lumea de Jos din Antichitate – acea variantă încă-şi avea ghearele bine înfipte în Hades, îl făcea să se simtă ruşinat şi nevrednic de închinarea şi lauda oamenilor lui.

— Da. Nu ştiu dacă o să pot uita vreodată.

Râse stânjenită.

— Nu era aşa cum e acum.

— Spune-mi mai multe! o încurajă Persefona.

Deși era curioasă în legătură cu trecutul lui Hades și cu istoria Lumii de Jos, nu putea nega că o parte din ea se temea să descopere adevărul.

Dacă nu-i plăcea ce-avea să descopere?

— Lumea de Jos era... sumbră. Nu era *nimic* ici. Eram toți înghesuiți și lipsiți de culoare. Nu existau zile și n ți, ci doar un cenușiu monoton în care ne duceam existența.

Deci sufletele chiar erau *umbre* – umbre ale lor înse

Persefona își aduse aminte de momentul în care Ha o dusese prima oară în grădina lui din Lumea de Jos. Fus foarte supărată pe el. El o provocase să dea viață în Lume Jos după o partidă de poker. Ea nici măcar nu-și dăduse se de consecințele invitării lui la joc, neînțelegând că el îi fă pe plac cu intenția de-a o ademeni să semneze un contract. Provocarea care urmase devenise cu atât mai frustrantă când îi văzuse grădina – o oază splendidă și luxuriantă, plină de flori colorate și de sălcii vioaie. Apoi, el îi dezvăluise că totul era doar o iluzie. Sub farmecul pe care-l menținea se afla un tărâm al cenușii și focului.

— Pare o pedeapsă, spuse Persefona, părându-i-se îngrozitor să existi fără scop.

Yuri zâmbi slab și ridică din umeri.

— A fost condamnarea noastră pentru că am trăit vieți banale.

Persefona se încruntă. Știa că, în vremurile de demult, eroii erau de obicei singurii care se puteau aștepta la o existență euforică în Lumea de Jos.

— Ce s-a schimbat?

— Nu știu sigur. Au existat multe zvonuri – unele spuneau că o muritoare pe care-a iubit-o lordul Hades a murit și a venit să-și ducă existența aici.

Sprâncenele Persefonei se uniră. Se întreba dacă există vreun sâmbure de adevăr în asta, având în vedere că Hades mai avusese o schimbare de perspectivă asemănătoare după ce ea scrisese despre pactele lui nereușite cu muritorii. Fusese atât de motivat de critica ei, încât pornise Proiectul Halcyon, un plan care includea construirea unui centru de dezintoxicare dotat conform ultimelor standarde, specializat în îngrijirea medicală gratuită a muritorilor suferinzi de tot felul de dependențe.

Un sentiment neplăcut i se furișă pe șira spinării, răspândindu-i-se prin corp precum o molimă. Poate că nu fusese singura iubită care-l inspirase pe Hades.

Yuri continuă:

— Bineînțeles, eu tind să cred că pur și simplu... s-a hotărât să se schimbe. Lordul Hades urmărește lumea. Pe măsură ce lumea a devenit mai puțin haotică, la fel s-a întâmplat și cu Lumea de Jos.

Persefona nu credea că e atât de simplu. Încercase să-l convingă pe Hades să vorbească despre asta, dar el evita subiectul. Acum se întreba dacă faptul că el păstra tăcerea avea de-a face mai puțin cu jena decât cu ideea că voia să păstreze secrete amănuntele despre fostele lui amante. O luă razna repede, gândurile începură să i se învălmășească, precum un vârtej care lua nesiguranța și îndoiala pe sus. Oare câte femei iubise Hades? Oare mai avea sentimente pentru vreuna dintre ele? Oare le adusese în patul pe care acum îl împărțea cu ea?

Ideea îi întoarse stomacul pe dos. Din fericire, fu smulsă din gândurile ei când văzu un grup de suflete care stăteau pe un ponton în apropierea râului.

Persefona se opri și făcu un semn din cap spre grup.

— Cine sunt, Yuri?

— Suflete noi.

— De ce stau chircite pe malurile Styxului?

Dintre toate sufletele pe care Persefona le întâlnise, acelea păreau cele mai... *moarte*. Erau trase la față și aveau pielea pământie și palidă. Erau adunate laolaltă, cocoșate, cu brațele încrucișate la piept, tremurând.

— Pentru că le e teamă, răspunse Yuri, iar tonul ei dădea de înțeles că teama lor ar trebui să se înțeleagă de la sine.

— Nu înțeleg.

— Celor mai multe li s-a spus că Lumea de Jos și regele ei sunt îngrozitoare, astfel încât, atunci când mor, să moară cuprinse de groază.

Persefona nu suporta asta din mai multe motive – în mare parte pentru că Lumea de Jos nu era un loc înspăimântător, dar își dădu seama și că e frustrată pe Hades, care nu făcea nimic pentru a schimba felul în care era perceput el sau tărâmul lui.

— Nu le alină nimeni când ajung la porți?

Yuri îi aruncă o privire ciudată, de parcă n-ar fi înțeles de ce-ar fi încercat cineva să aline sau să întâmpine sufletele nou-sosite.

— Charon le trece Styxul, după care sufletele trebuie să meargă pe jos până la judecată, răspunse Yuri. Apoi sunt duse într-un loc de odihnă sau de tortură veșnică. Așa a fost întotdeauna.

Persefona strânse din buze, încleștându-și maxilarul de iritare. O uimea faptul că puteau vorbi despre cât de mult evoluase Lumea de Jos, și totuși încă aveau practici străvechi. Nu exista niciun motiv pentru care sufletele alea să rămână fără întâmpinare sau alinare. Se eliberă din strânsoarea lui Yuri și porni lejer spre grupul care aștepta, ezitând când văzu că acestea continuau să tremure și să se ferească din calea lor.

Zâmbi, sperând să le mai alunge din neliniște.

— Bună! Eu sunt Persefona!

Totuși, sufletele tremurau. Trebuia să-și fi dat seama că numele ei nu avea să le-aducă nicio alinare. Mama ei, Demetra, Zeița Olimpiană a Recoltei, avusese grijă de asta. De teamă, o ținuse pe Persefona într-o închisoare din sticlă aproape toată viața ei, împiedicând-o să aibă parte de închinare și, prin urmare, să se bucure de puterile ei.

O amestecătură de sentimente începu să-i clocotească în stomac – frustrarea că nu putea să ajute, tristețea că era slabă și furia că mama ei încercase să sfideze destinul.

— Ar trebui să le-arăți Divinitatea ta, propuse Yuri, care o urmase pe Persefona în timp ce se apropia de suflete.

— De ce?

— Le-ar aduce alinare. În momentul de față nu te deosebești cu nimic de alt suflet din Lumea de Jos. Ca zeiță, sufletele te prețuiesc foarte mult.

Persefona dădu să protesteze. Oamenii ăștia nu știau cum o cheamă – cum avea să le aducă liniște forma ei Divină?

Apoi, Yuri adăugă:

— Noi ne închinăm celor Divini! Le vei aduce speranță!

Persefonei nu-i plăcea forma ei Divină. Îi fusese greu să se simtă ca o zeiță înainte să aibă puteri, iar lucrul ăsta nu se schimbase nici măcar când magia ei se trezise înflăcărată la viață, încurajată de închinarea lui Hades. Totuși, era important pentru ea ca sufletele nou-sosite să se simtă binevenite în Lumea de Jos, să vadă tărâmul lui Hades ca pe un nou început și, mai ales, să se asigure că sufletele înțelegeau faptul că regelui lor le pasă de ele.

Persefona dădu drumul farmecului ei uman. Magia-i alunecă de pe piele precum mătasea, iar ea rămase în fața sufletelor, scăldată într-o lumină eterică. Greutatea coarnelor ei albe de antilopă kudu părea în clipa aceea, când se afla în forma ei adevărată, mai mare. Părul ei creţ era deschis la culoare, de la un auriu-arămiu la un blond-pal, iar ochii de un verde nepământean îi sticleau, parcă arzând.

Le zâmbi din nou sufletelor.

— Eu sunt Persefona, Zeiţa Primăverii. Mă bucur foarte mult că sunteţi aici!

Reacţia lor la modul în care radia zeiţa apăru imediat. Trecură de la tremurat la închinare în genunchi, la picioarele ei. Persefonei i se strânse stomacul, iar bătăile inimii i se iuţiră când o luă ca din puşcă înainte.

— Vai, nu, vă rog! spuse ea, îngenunchind în faţa unuia dintre suflete – o femeie mai în vârstă, cu părul scurt şi cărunt şi pielea subţire ca foaia de hârtie.

Îi atinse obrazul, iar ochii albaştri apoşi ai femeii priviră în ai ei.

— Vă rog să vă ridicaţi cu mine! spuse ea şi o ajută pe femeie să se ridice în picioare.

Celelalte suflete rămaseră la pământ, cu capetele ridicate, cu privirile ţintă la ea.

— Cum te numeşti?

— Elenor, hârâi ea.

— Elenor, repetă Persefona numele, zâmbind totodată. Sper că vei găsi Lumea de Jos un loc la fel de paşnic ca şi mine!

Cuvintele ei fură ca o sfoară care-i îndreptă femeii umerii lăsaţi. Persefona trecu la următorul suflet, apoi la următorul, până când vorbi cu toate şi le făcu să stea din nou în picioare.

— Poate-ar trebui să mergem cu toţii spre Câmpia Judecăţii, propuse ea.

— Aaa, n-o să fie nevoie! o întrerupse Yuri. Thanatos!

Zeul înaripat al Morţii îşi făcu imediat apariţia. Avea o frumuseţe lugubră, cu piele palidă, buze roşii ca sângele şi păr blond-alburiu care-i cădea pe umeri. Ochii lui albaştri erau la fel de frapanţi precum un fulger pe cerul nopţii. Prezenţa lui inspira o stare de linişte, pe care Persefona o simţi în străfundul pieptului. Parcă n-avea deloc greutate.

— Milady, se înclină el cu o voce melodioasă, bogată.

— Thanatos!

Persefona nu-şi putu stăpâni zâmbetul larg care i se întipări pe figură.

Thanatos fusese primul care-i oferise informaţii esenţiale despre poziţia precară în care se afla Hades ca Zeu al Morţilor în timp ce-i făcea un tur al Câmpiilor Elizee. Perspectiva lui o ajutase să înţeleagă Lumea de Jos puţin mai bine şi, dacă era să fie sinceră, îi oferise ceea ce avea nevoie pentru a i se dărui întru totul lui Hades.

Făcu un gest spre sufletele adunate acolo şi le prezentă zeului.

Thanatos le zâmbi timid, dar sincer, şi spuse:

— Ne-am cunoscut!

— Aha!

Ea roşi în obraji.

— Scuze, am uitat!

În calitatea lui de culegător de suflete, Thanatos era ultimul chip pe care muritorii îl vedeau înainte să ajungă pe malurile Styxului.

— Tocmai mă pregăteam să conduc noile suflete spre Câmpia Judecăţii.

Ea observă că ochii lui Thanatos se măriseră un pic, iar el se uită la Yuri, care se grăbi să adauge:

— Lady Persefona este aşteptată la palat. Poţi să le duci tu în locul ei, Thanatos?

— Desigur! răspunse el, ducând mâna la piept. Aş fi încântat!

Persefona le făcu semn cu mâna sufletelor în timp ce Thanatos se întoarse spre mulțime, își întinse aripile și dispăru cu suflete cu tot.

Yuri își încolăci brațul pe după al Persefonei, trăgând de malurile Styxului, însă zeița nu se clintea.

— De ce-ai făcut chestia asta? întrebă Persefona.

— Ce-am făcut?

— Nu sunt așteptată la palat, Yuri. Puteam să duc eu sufletele pe câmp.

— Îmi pare rău, Persefona! Îmi era teamă să nu înceapă cu cererile.

— Cererile? se încruntă Persefona. Ce să-mi ceară?

— Favoruri, îi explică ea.

Persefona chicoti auzind ideea.

— Nu sunt eu în măsură să le fac favoruri.

— Sufletele nu știu lucrul ăsta, spuse ea. Ele nu văd decât o zeiță care-ar putea să le-ajute să obțină o audiență la Hades sau să se întoarcă în lumea celor vii.

Persefona se încruntă.

— De ce crezi asta?

— Pentru că am fost și eu printre ele.

Yuri o trase din nou de braț, iar de data asta Persefona o urmă. Între ele se așternu o tăcere încordată, iar Persefona se încruntă.

— Scuze, Yuri! Uneori uit că...

— Că sunt moartă?

Zâmbi, dar Persefona se simți mică și nătângă.

— E-n regulă. Ăsta-i unul dintre motivele pentru care-mi place atât de mult de tine, spuse ea, făcând o pauză și adăugând: Hades și-a ales bine consoarta.

— Consoarta?

Persefona ridică din sprâncene.

— Nu e evident că Hades are de gând să se însoare cu tine?

Persefona râse.

— Tragi nişte concluzii foarte pripite, Yuri!

Doar că Hades *chiar* îşi declarase intenţiile. „Vei fi regina mea. Nu am nevoie să-mi spună Ursitoarele lucrul ăsta."

I se strânse pieptul, iar cuvintele lui îi provocară un gol în stomac.

Cuvintele acelea ar fi trebuit să-i topească inima, iar faptul că nu o făcuseră o deranja. Poate că asta avea legătură cu despărţirea lor recentă. De ce simţea ea atât de multă nelinişte, când Hades era atât de sigur în legătură cu viitorul lor?

Yuri, care habar n-avea de tumultul lăuntric al Persefonei, spuse:

— De ce să nu te aleagă lordul Hades drept regină? Eşti o zeiţă necăsătorită şi nu ai depus niciun jurământ de castitate.

Sufletul îi aruncă o privire cu subînţeles, care-o făcu pe Persefona să roşească.

— Faptul că sunt zeiţă nu mă califică pentru titlul de Regină a Lumii de Jos.

— Nu, dar e şi ăsta un început. Hades n-ar alege niciodată o muritoare sau o nimfă drept regina lui. Crede-mă, a avut o *groază* de oportunităţi!

O străfulgerare de gelozie îi străbătu şira spinării Persefonei. Era de parcă un chibrit ar fi aterizat într-o băltoacă de kerosen. Magia o izbi ca un val, poruncindu-i parcă să-i dea voie să iasă. Era un mecanism de apărare, iar ea-şi luă un moment ca să o domolească.

Vino-ţi în fire! îşi spuse în gând.

Ştia faptul că Hades avusese mai multe amante de-a lungul vieţii – una fiind nimfa cu părul roşcat, Minthe, pe care ea o transformase într-o plantă de mentă. Totuși, nu se gândise niciodată că interesul lui Hades față de ea s-ar fi putut datora, în parte, sângelui ei Divin. Ceva întunecat îi învălui inima. Cum își putea permite să aibă astfel de gânduri în legătură cu Hades? El o încurajase să-și îmbrățișeze Divinitatea, i se închinase, astfel încât ea să aibă libertate și putere, și-i spusese că o iubește. Dacă avea s-o facă regină, avea s-o facă pentru că ținea la ea, nu pentru că era zeiță.

Nu-i așa?

Persefona își alungă curând gândurile, în timp ce ea și Yuri se întorceau în Asfodel, unde copiii care-o implorau să se joace cu ei începură să roiască în jurul său. După o partidă scurtă de-a v-ați ascunselea, Ophelia, Elara și Anastasia, care voiau părerea ei despre vinuri, prăjituri și flori pentru Sărbătoarea Solstițiului de Vară ce urma să aibă loc curând, o târâră de-acolo.

Solstițiul marca și începutul noului an și semnifica numărătoarea de o lună până la Jocurile Panelenice – un eveniment în legătură cu care nici măcar moartea nu putea stăvili entuziasmul sufletelor. Având în vedere apropierea unei sărbători atât de importante, Persefona îi ceruse lui Hades permisiunea de a ține o petrecere la palat, propunere cu care Hades fusese de acord. Era nerăbdătoare să primească sufletele în săli, la fel de nerăbdătoare cum erau și ele să fie acolo.

Până se întoarse la palat, Persefona era deja iarăși neliniștită. Întunecimea îndoielii ei crescu, apăsându-i pe cap, iar magia îi pulsa pe sub piele, provocându-i dureri și oboseală. Sună după ceai și se îndreptă spre bibliotecă, sperând ca lectura să-i ia gândul de la discuția cu Yuri.

Tolănindu-se într-unul dintre fotoliile mari de lângă șemineu, Persefona răsfoi exemplarul lui Hecate din *Magie și dezmăț*. Era una dintre cele câteva sarcini pe care Zeița Vrăjitoriei, care-o ajuta să-și controleze puterea haotică, i le dăduse.

Nu funcţiona atât de iute pe cât spera ea.

Persefona aşteptase multă vreme să i se manifeste puterile, iar când o făcuseră, se întâmplase în timpul unei certe aprinse cu Hades. De-atunci reuşise să facă florile să înflorească, dar îi era greu să canalizeze cantitatea potrivită de magie. Descoperise şi că abilitatea ei de-a se teleporta avea probleme, ceea ce însemna că nu reuşea întotdeauna să ajungă unde voia. Hecate îi spuse că era doar o chestiune de exerciţiu, dar ea tot se simţea de parcă ar fi eşuat, şi din aceste motive se hotărâse să nu se folosească de magie în Lumea de Sus.

Până nu o ţinea sub control.

Aşadar, ca să se pregătească pentru prima ei lecţie cu Hecate, se apucă să studieze, învăţând istoria magiei, a alchimiei şi a înspăimântătoarelor puteri ale zeilor, tânjind după ziua în care-avea să-şi poată folosi puterea cu aceeaşi uşurinţă cu care respira.

Deodată, căldura i se răspândi prin corp, ridicându-i părul de la ceafă şi de pe braţe. În ciuda căldurii, se înfioră şi i se tăie răsuflarea.

Hades se afla prin apropiere, iar corpul ei o ştia.

Îi venea să geamă în timp ce începea să simtă o durere jos, până în stomac.

Pe zei! Era de neostoit.

— Mă gândeam eu că aici te găsesc, veni vocea lui Hades de deasupra ei, iar Persefona ridică privirea şi-l văzu stând în spatele său.

Ochii lui fumurii îi întâlniră pe-ai ei, iar el se aplecă s-o sărute, luându-i maxilarul în mână. O ţinu posesiv şi o sărută pătimaş, lăsându-i buzele carne vie când se retrase.

— Cum ţi-a fost ziua, iubita mea?

Alintul lui îi tăie răsuflarea.

— Bună.

Colțurile gurii lui Hades se ridicară, iar în timp ce vorbea, privirea lui coborî spre buzele ei.

— Sper că nu te deranjez. Păreai destul de captivată de cartea aia a ta, spuse el.

— Nu, răspunse ea repede, apoi își drese vocea. Adică... e doar o sarcină pe care-am primit-o din partea lui Hecate.

— Îmi dai voie? întrebă el, eliberând-o din strânsoarea lui și întinzând mâna după carte.

Fără a rosti un cuvânt, i-o dădu și-l urmări pe Zeul Morților cum ocoli fotoliul și răsfoi cartea. Era ceva incredibil de diabolic în felul în care arăta, o furtună întunecată, îmbrăcată din cap până-n picioare în negru.

— Când începi pregătirile cu Hecate? întrebă el.

— Săptămâna asta, îi răspunse. Mi-a dat teme.

— Hm! El tăcu, fixând cartea cu privirea, apoi vorbi din nou: Am auzit că azi ai întâmpinat niște suflete noi.

Persefona se îndreptă, fără să-și dea seama dacă era supărat pe ea.

— Mă plimbam cu Yuri când le-am văzut așteptând pe malurile Styxului.

Hades ridică privirea, cu ochii precum focul.

— Ai scos un suflet din Asfodel?

Se simțea o notă de surprindere în vocea lui.

— E vorba de Yuri, Hades. Pe lângă asta, nu știu de ce le ții izolate.

— Ca să nu mă bage în belele.

Persefona chicoti, dar se opri când văzu expresia lui Hades. Stătea între ea și șemineu, scăldat în lumină ca un înger. Chiar era măreț, cu pomeții lui înalți, cu barba îngrijită și cu buzele cărnoase. Părul lung îi era prins în coc la ceafă. Ei îi plăcea așa, pentru că adora să i-l desprindă, să-și treacă degetele prin el, să-l apuce de păr când o pătrundea.

La gândul ăsta, aerul deveni mai greu, iar ea observă pieptul lui Hades umflându-se în timp ce acesta respira cu putere, parcă simțindu-i schimbarea din gânduri. Își linse buzele și-și dădu silința să se concentreze asupra conversației pe care-o purtau acum.

— Sufletele din Asfodel nu fac niciodată belele.

— Crezi că mă înșel.

Nu era o întrebare, ci o afirmație, iar el nu părea surprins. Toată relația lor începuse datorită faptului că Persefona credea că el se înșală.

— Cred că nu-ți acorzi destule merite pentru că te-ai schimbat și, prin urmare, nu le acorzi suficiente merite sufletelor pentru că observă schimbarea.

Zeul rămase tăcut câteva clipe lungi.

— De ce-ai întâmpinat sufletele?

— Pentru că păreau să se teamă, și nu mi-a plăcut lucrul ăsta.

Hades se strâmbă.

— Unele dintre ele trebuie să se teamă, Persefona.

— Cele care trebuie să se teamă o să se teamă, fără să țină seama de întâmpinarea mea.

Muritorii știu ce i-a dus la închisoare pe viață în Tartar, adăugă ea în gând.

— Lumea de Jos este minunată, iar ție-ți pasă de existența supușilor tăi, Hades, spuse apoi cu voce tare. De ce să se teamă cei buni de un asemenea loc? De ce să se teamă de tine?

— Oricum se tem de mine. *Tu* ai fost cea care le-a ieșit în întâmpinare.

— Ai putea să le ieși în întâmpinare alături de mine, propuse ea.

Hades își păstră rânjetul, dar expresia i se îmblânzi.

— Oricât ți-ar displăcea titlul de regină, foarte repede te porți ca una!

Persefona încremeni o clipă, prinsă între teama de furia lui Hades și propria neliniște când era numită regină.

— Asta... îți cauzează neplăcere?

— De ce să-mi cauzeze neplăcere?

— Nu sunt regină, răspunse ea ridicându-se de pe scaun, apropiindu-se de el și smulgându-i cartea din mâini. Și nici nu îmi dau seama ce părere ai despre faptele mele.

— Ai să fii regina mea! rosti Hades aprig, aproape ca și când ar fi vrut să se convingă că e adevărat. Ursitoarele mi-au spus lucrul ăsta!

Persefona se zbârli, iar gândurile de mai devreme îi reveniră ca un val. Cum să-l fi întrebat ea pe Hades de ce o voia ca regină? Mai rău, de ce simțea că el trebuia neapărat să-i răspundă la întrebarea asta? Se întoarse și dispăru după raft ca să-și ascundă reacția.

— Îți cauzează neplăcere? întrebă Hades, apărând în fața ei și blocându-i drumul precum un munte.

Persefona tresări, dar își reveni repede.

— Nu, răspunse, împingându-l și trecând pe lângă el.

Hades o urmă îndeaproape.

În timp ce punea cartea la loc pe raft, ea vorbi:

— Deși mi-aș dori mai degrabă să mă vrei ca regină pentru că mă iubești, nu pentru că așa au hotărât Ursitoarele.

Hades așteptă până când ea se întoarse cu fața spre el ca să vorbească. Se încruntă.

— Îmi pui la îndoială iubirea?

— Nu!

Ea făcu ochii mari când auzi concluzia pe care-o trăsese el, apoi îi căzură umerii.

— Dar... presupun că nu putem să ne ferim de părerile altora despre relația noastră.

— Și ce spun alții, mai exact?

Stătea atât de aproape de ea, încât simțea miros de mirodenii, fum și un pic de aer de iarnă. Era mirosul magiei lui.

Un umăr i se ridică și-i căzu în timp ce răspundea:

— Că noi suntem împreună numai datorită Ursitoarelor. Că tu m-ai ales numai pentru că sunt zeiță.

— Ți-am dat eu vreun motiv să crezi așa ceva?

Rămase fixându-l cu privirea, fără să fie în stare să răspundă. Nu voia să-i spună că Yuri îi băgase ideea în cap. Gândul fusese acolo - o sământă plantată de la bun început. Yuri nu făcuse altceva decât să o ude, iar aceasta crescuse, la fel de sălbatică precum lianele negre ce răsăreau din magia ei.

Hades vorbi mai repede, pe un ton poruncitor:

— Cine ți-a dat motive să te îndoiești?

— Abia am început să mă gândesc...

— La motivațiile mele?

— Nu...

El își miji ochii.

— Mie așa mi se pare.

Persefona făcu un pas în spate, lipindu-se cu spinarea de raft.

— Îmi pare rău c-am vorbit!

— E prea târziu pentru asta!

Persefona se încruntă.

— O să mă pedepsești pentru că spun ce gândesc?

— Să te pedepsesc?

Hades își înclină capul și se apropie de ea, sprijinindu-și șoldurile de ale Persefonei, fără să lase pic de spațiu între ei.

— Sunt interesat să aflu cum crezi tu că o să te pedepsesc.

Cuvintele lui o enervară, dar reuşi să se încrunte la el în ciuda căldurii pe care i-o transmiteau.

— Iar eu sunt interesată să-mi răspunzi la întrebări!

Hades își încleștă maxilarul.

— Reaminteşte-mi întrebarea ta!

Ea clipi. Îl întrebase dacă o alesese doar pentru că era zeiță? Îl întrebase dacă o iubeşte?

Inspiră adânc şi-şi ridică privirea spre el, pe sub gene.

— Dacă n-ar fi Ursitoarele, m-ai mai vrea?

Nu reușea să-și dea seama ce însemna expresia de pe fața lui Hades. Privirea lui era ca un laser, topindu-i pieptul, inima şi plămânii. Nu putea respira, aşteptând ca el să vorbească - dar el nu vorbi. În schimb, întinse o mână şi o apucă de maxilar. Corpul lui vibra - ea simțea violența latentă şi, pentru o clipă, se întrebă ce avea să abată Regele Lumii de Jos asupra sa.

Apoi strânsoarea lui slăbi, iar degetele lui i se răsfirară pe obraz. Privirea-i coborî spre buzele ei.

— Ştii de unde ştiu că Ursitoarele mi te-au dat mie?

Vocea lui era o șoaptă răgușită, un ton pe care-l folosea în întunericul camerei lor după ce făceau dragoste.

Persefona clătină încet din cap, căzută în mrejele privirii lui galeşe.

— Am simțit asta pe pielea ta, şi singurul lucru pe care-l regret e că am trăit atât de mult fără tine.

Buzele lui i se plimbau de-a lungul maxilarului şi pe obraz. Ea-şi ținu respirația, lipindu-se de el când o atinse, căutându-i gura, dar, în loc să o sărute, el se îndepărtă.

Îndepărtarea lui bruscă o lăsă fără echilibru, aşa că se sprijini de raftul cu cărți.

— Ce-a fost asta? îl întrebă, încruntându-se la el.

El chicoti lugubru, ridicându-şi uşor colțurile gurii.

— Preludiul!

Apoi se aplecă în față, o cuprinse în brațe și o aruncă peste umăr. Persefona scoase un chiot scurt de surprindere și întrebă:

— Ce faci?

— Îți demonstrez că te doresc!

Ieși cu pași lejeri din bibliotecă pe hol.

— Lasă-mă jos, Hades!

— Nu!

Ea avea impresia că el rânjea. Mâna lui i se strecură între coapse, despărțindu-i carnea și pătrunzând în adâncul ei. Se prinse de țesătura hainei lui ca să nu-i cadă de pe umăr.

— *Hades!* gemu Persefona.

El chicoti, ceea ce o scoase din sărite. Îi desprinse pletele și-l trase de șuvițe, dându-i capul pe spate și căutându-i buzele. Hades îi făcu pe plac și o sprijini de cel mai apropiat perete, sărutând-o aprig, apoi se aplecă să-i mârâie la ureche:

— Am să te pedepsesc atât de aspru, încât ai să urli! Ai să-ți dai drumul atât de tare pe scula mea, că n-ai să te mai îndoiești de afecțiunea mea!

Cuvintele lui o lăsară fără răsuflare, iar magia ei se trezi, încălzindu-i pielea.

— Ține-te de promisiuni, lord Hades! îi ceru cu gura lipită de a lui.

Apoi peretele din spatele Persefonei cedă, iar ea țipă ușor când Hades căzu în față, împleticindu-se. El reuși să evite o căzătură pe podea și, imediat ce-și recăpătară echilibrul, o ajută să se ridice în picioare. Recunoștea felul în care o ținea – protector, cuprinzându-i umerii din partea de sus cu un braț. Își lungi gâtul și descoperi că se aflau în sufragerie. Masa de banchet era ocupată de personalul lui Hades, printre care Thanatos, Hecate și Charon.

Peretele de care se lipiseră era o ușă.

Hades își drese vocea, iar Persefona își ascunse fața la pieptul lui.

— Bună seara! spuse Hades, iar ea fu surprinsă de cât de calm îi era tonul.

Nici măcar nu i se tăiase răsuflarea, deși simțea cât de tare-i bate inima la urechea ei. Crezu că Hades avea să se scuze și să dispară, dar, în schimb, acesta spuse:

— Lady Persefona și cu mine suntem morți de foame și am dori să fim lăsați singuri.

Încremeni și-l înghionti în coastă.

Oare ce făcea?

Imediat, personalul se puse în mișcare, apucându-se să mute farfurii, tacâmuri și platouri uriașe cu mâncare neatinsă.

— Bună seara, milady... milord!

Ieșiră în șir indian din sufragerie, cu zâmbete largi și ochi sclipitori. Persefona își ținea privirea în jos, cu o roșeață permanentă în obraji, în timp ce locuitorii din palatul lui Hades ieșiră ca la paradă în hol ca să ia masa în alt loc din palat.

După ce rămaseră singuri, Hades nu pierdu vremea, ci se lipi de ea, conducând-o în spate până când picioarele ei se loviră de masă.

— Nu cred că vorbești serios!

— Să mor dacă nu-i așa, răspunse el.

— În... sufragerie?

— Mie mi-e cam foame; ție nu?

Ba da.

Dar nu apucă să răspundă. Hades o ridică pe masă, intră între picioarele ei și îngenunche ca un servitor în fața reginei sale. Rochia i se ridică în timp ce mâinile lui se plimbau pe coapsele ei înainte ca gura lui să-i găsească miezul.

Persefona se arcui pe masă, iar răsuflarea i se tăie în timp ce Hades o satisfăcea, atacând-o nemilos cu limba, iar barba lui scurtă crea o senzație de frecare absolut delicioasă pe pielea ei sensibilă. Întinse mâna după el, încurcându-și degetele în părul lui și zvârcolindu-se sub acea atingere.

Hades o strânse și mai tare, înfigându-și degetele în carnea ei ca s-o țină pe loc. Îi scăpă un mârâit gutural în momentul în care buzele lui i se prinseră de crăpătură, iar degetele zeului înlocuiră limba care se înfigea în ea, întinzându-se și umplând-o, până când simți o explozie de plăcere în tot corpul.

Radia, era sigură de asta.

Era divin, euforie, extaz!

Și totul fu întrerupt de o bătaie în ușă.

Persefona încremeni și încercă să se ridice în capul oaselor, dar Hades o ținu pe loc și mârâi, ridicând privirea spre ea dintre picioarele zeiței.

— Ignoră!

Cuvântul fu rostit ca o poruncă, iar ochii lui ardeau precum tăciunii.

Continuă nemilos, mai adânc, mai tare, mai repede. Persefona abia mai reușea să rămână pe masă, abia mai putea să respire, simțindu-se de parcă s-ar fi chinuit din nou să ajungă la suprafața Styxului, disperată după aer, dar mulțumită să știe că avea să moară fericită.

Dar bătaia în ușă continuă, iar o voce timidă strigă:

— Lord Hades?

Persefona nu-și dădea seama cine se află de cealaltă parte a ușii, dar persoana respectivă părea agitată, și avea toate motivele să fie așa, pentru că Hades avea o privire ucigașă.

Așa arată când stă față-n față cu sufletele din Tartar, se gândi ea.

Hades se lăsă pe călcâie.

— *Pleacă!* se răsti el.

Urmă o clipă de tăcere. Apoi vocea rosti:

— E important, Hades.

Până și Persefona observă tonul extrem de alarmat al acelei persoane. Hades oftă și se ridică în picioare, luându-i fața în mâini.

— O clipă, iubita mea!

— Nu-i faci rău, nu?

— Nu foarte tare!

Nu zâmbea când ieși pe hol.

Persefona se simțea penibil stând pe marginea mesei, așa încât coborî ușor, își aranjă fusta și începu să se plimbe prin sufrageria extravagantă. Prima impresie despre acea cameră fusese că e ieșită din comun. Tavanul era împodobit cu câteva candelabre de cristal inutile, pereții erau ornați cu aur, iar scaunul lui Hades arăta ca un tron în capul mesei. Colac peste pupăză, Hades cina rareori în această încăpere, preferând adesea să ia masa într-un alt loc din palat. Acesta era unul dintre motivele pentru care se hotărâse s-o folosească pentru Sărbătoarea Solstițiului - era păcat să nu profite de o asemenea frumusețe.

Hades se întoarse. Părea frustrat, cu maxilarul încordat, iar sclipirea din ochii lui avea o altfel de intensitate. Se opri la câțiva centimetri de ea, cu mâinile în buzunare.

— E totul în regulă?

— Da. Și nu. Ilias m-a informat despre o problemă care trebuie rezolvată cât mai curând posibil.

Ea îl fixă cu privirea, așteptând, dar el nu-și detalie intențiile.

— Când te întorci?

— Într-o oră. Poate două.

Ea se încruntă, iar Hades îi ridică bărbia astfel încât să se poată privi ochi în ochi.

— Crede-mă, iubita mea, cea mai grea decizie pe care o iau în fiecare zi e aceea de-a pleca de lângă tine.

— Atunci, nu pleca! spuse ea, înconjurându-i talia cu brațele. Vin cu tine!

— Nu e un lucru înțelept.

Avea o voce aspră, iar Persefona se încruntă.

— De ce nu?

— Persefona...

— E o întrebare simplă! îl întrerupse ea.

— Nu e! se răsti el, apoi oftă, trecându-și degetele prin părul despletit.

Ea îl privi fix. Nu-și mai ieșise niciodată din fire în halul ăsta. Oare ce-l agita atât de tare? Se gândi să insiste până când obținea un răspuns, dar își dădu seama că nu avea să ajungă nicăieri, așa că, în schimb, cedă.

— Cum zici tu! Făcu un pas îndărăt, lăsând o oarecare distanță întrei ei, și adăugă: Eu o să fiu aici când o să te întorci!

Hades se încruntă.

— O să mă revanșez față de tine!

Ea ridică dintr-o sprânceană și-i porunci:

— Jură!

Ochii lui Hades luceau în lumina candelabrelor de cristal.

— O, iubita mea! Nu-i nevoie să-mi smulgi niciun jurământ. Nimic pe lumea asta nu mă împiedică să te fut.

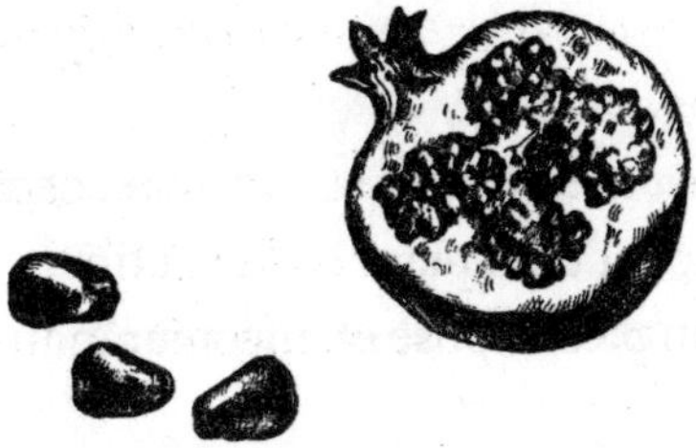

CAPITOLUL II

Un strop de prefăcătorie

Corpul Persefonei vibra, încălzit de scânteia pe care-o aprinsese Hades. Fără supraveghere, flacăra se răspândise, mistuindu-i tot trupul. Căută să-și distragă atenția și ieși, plimbându-se prin grădină, copleșită de mirosul pământului umed și al mugurilor dulci. Mângâie petale și frunze în trecere, până când ajunse pe o parcelă unde un câmp întreg de iarbă îngălbenită dansa, încurajat de o briză precum o șoaptă.

O rupse la fugă, iar florile de portocal începură să înflorească la picioarele ei în timp ce plutea peste câmp. Nu fu nevoită să se concentreze pe a-și folosi magia. Radia din ea, nefiltrată și necontrolată. Dobermanii lui Hades o urmară, alergându-se unul pe celălalt, până când ea se opri la marginea poienii lui Hecate.

Zeița stătea cu picioarele încrucișate în fața colibei ei, cu ochii închiși. Persefona nu era sigură dacă medita sau făcea o vrajă. Dacă ar fi fost să presupună, ar fi spus, probabil, că Zeița

Vrăjitoriei blestema vreun muritor din Lumea de Sus pentru vreo faptă mârşavă împotriva femeilor.

Cerber, Typhon şi Orthrus n-o urmară pe Persefona în timp ce se-apropia de zeiță.

— Te-ai săturat deja? întrebă Hecate, ai cărei ochi rămâneau închişi.

Persefona nu avea să-l ierte niciodată pe Hades pentru scena care avusese loc în fața personalului lui.

— Pare că m-am săturat? bombăni ea.

Frustrarea sexuală o făcea morocănoasă. Hecate deschise un ochi, apoi pe celălalt.

— Aaa! făcu ea. Vrei să te pregăteşti, în schimb?

— Numai dacă am voie să arunc ceva în aer.

Un zâmbet uşor apăru pe buzele de culoarea fragilor ale lui Hecate.

— *Tu* ai voie să meditezi.

— Să *meditez*?

Numai să fie singură cu gândurile ei învălmăşite nu-şi dorea Persefona. Hecate bătu pământul de lângă ea, iar Persefona oftă şi se aşeză. Corpul îi era rigid, iar palmele, calde şi transpirate.

— Prima ta lecție, zeiță. Controlează-ți emoțiile!

— Ce lecție mai e şi asta? întrebă Persefona.

Hecate îi aruncă o privire cu subînțeles.

— Vrei să vorbim despre ce s-a întâmplat mai devreme? Uşile alea s-au dărâmat din cauza magiei *tale*! N-au fost deschise de nimeni din interior.

Persefona îşi feri privirea. Presupusese că cineva deschisese uşile, nu că magia le aruncase în aer. Cumva, acest lucru i se părea şi mai umilitor.

— Nu te ruşina, draga mea! Se întâmplă şi la case mai mari.

Afirmația o intrigă pe Persefona.

— Inclusiv ție?

Hecate râse.

— Nu, dragă, mie nu-mi plac oamenii.

Persefona se încruntă.

Persefona știa că emoțiile îi erau legate de propriile puteri. Când era furioasă, răsăreau flori, iar în momentele pasionale, lianele se încolăceau în jurul lui Hades fără niciun avertisment. Apoi mai era și Minthe, ale cărei cuvinte jignitoare o transformaseră într-o plantă de mentă, și Adonis, pe care-l amenințase în Grădina Zeilor, transformându-i membrele în liane. Ca să nu mai vorbească de distrugerea serei mamei ei.

— Bun, deci am o problemă, recunoscu Persefona. Cum o controlez?

— Prin exercițiu, replică Hecate. Și foarte multă meditație. Cu cât o faci mai mult, cu atât tu - și magia ta - veți avea de câștigat.

Persefona se încruntă.

— Nu *suport* meditația.

— Ai încercat vreodată?

— Da, și e *plictisitoare*. Nu faci altceva decât să... *stai*.

Colțul gurii lui Hecate se ridică.

— Perspectiva ta e greșită, Persefona. Scopul meditației este acela de a câștiga control... Nu după control ești tu disperată, Persefona?

Vocea lui Hecate cobori, căpătând o notă seducătoare. Persefona nu putea să nege că e interesată de ceea ce-i oferă zeița. Voia control deplin - asupra vieții ei, asupra magiei ei, asupra viitorului ei.

— Te ascult, spuse Persefona.

Hecate zâmbi ștrengărește, apoi continuă:

— Meditația înseamnă să-ți concentrezi atenția clipă de clipă în loc să te lași copleșită de lucrurile care te bântuie - de lucrurile care te îneacă, de lucrurile care fac astfel încât magia să creeze un scut în jurul tău.

Hecate o ajută pe Persefona să mediteze de câteva ori, îndemnând-o să se concentreze asupra respirației. Își închipuia că ar fi fost liniștitor dacă ar fi reușit să-și împiedice gândul să-i zboare la Hades. De două ori, ar fi putut jura că el stătea în spatele ei. Îi simțea respirația în ceafă și atingerea aspră a bărbii pe obraz în timp ce-i șoptea cuvinte cu buzele lipite de piele.

„M-am gândit toată ziua la tine."

Un fior îi străbătu tot corpul, iar miezul ei se întări.

„La gustul tău, la senzația pe care-o am când scula mea te pătrunde, la cum gemi când te fut."

Persefona își mușcă buza și simți o căldură șiroindu-i între picioare.

„Vreau să te fut într-un asemenea hal, încât țipetele tale să ajungă la urechile muritorilor!"

O răsuflare aspră-i ieși pe neașteptate din gura căscată, apoi deschise ochii. Când o privi pe Hecate, zeița ridică din sprânceană cu subînțeles.

— Dacă mă gândesc mai bine, hai să aruncăm ceva-n aer!

— O să întârzii!

Persefona dădu repede la o parte așternuturile care o acopereau și sări din pat.

Hades gemu, întinzând mâna peste cearșafuri după ea.

— Hai înapoi în pat! spuse el somnoros.

Ea nu-l băgă în seamă, alergând prin dormitorul lui în căutarea lucrurilor ei. Își găsi poșeta pe un scaun, pantofii sub pat, iar hainele-i erau învelite în așternuturi. Le descurcă și, odată eliberate, Hades i le smulse din mâini.

— Hades…! mârâi ea, năpustindu-se asupra lui.

Mâinile lui o apucară de talie, iar el se rostogoli, imobilizând-o dedesubt. Ea râse, zvârcolindu-se.

— Hades, termină! O să întârzii, și deja oricum e vina ta!

El se ținuse de promisiune, revenind în Lumea de Jos pe la trei dimineața. Când se strecurase în pat în spatele ei, o sărutase de noapte bună și nu se oprise acolo. După aceea, ea căzuse într-un somn adânc, apăsând butonul de amânare când alarma telefonului pornise ca s-o trezească.

— Te duc eu, se oferi el, aplecându-se s-o sărute pe gât. Pot să te duc în câteva secunde acolo.

— Hmm! făcu ea, lipindu-și palmele de pieptul lui. Mersi, dar prefer s-o iau pe traseul lung.

El ridică dintr-o sprânceană și-i aruncă o privire amenințătoare, apoi se rostogoli de pe ea. Persefona se ridică din nou în picioare, ținându-și hainele șifonate ridicate, și se încruntă.

— Dă-mi voie să te-ajut, spuse Hades și pocni din degete, făcând să apară o rochie neagră, croită la comandă, și pantofi cu tocuri.

Ea privi în jos, netezind cu mâna țesătura care avea un luciu ușor.

— Negrul nu e culoarea pe care-o aleg de obicei, spuse ea.

Hades rânji.

— Fă-mi pe plac! îi ceru.

Odată pregătită, el insistă să accepte s-o ducă șoferul lui cu mașina, iar astfel ajunse pe bancheta din spate a Lexusului negru al lui Hades. Antoni, un ciclop și un servitor al Zeului Morților, era pe locul șoferului, fluierând o melodie pe care Persefona o recunoștea de pe albumul „Corbul Alb" al lui Apollo. În ciuda faptului că nu era o fană a muzicii zeului, petrecuse seara de vineri sărbătorind ziua de naștere a celei mai bune prietene a ei, Lexa Sideris, la clubul acestuia, unde melodiile lui erau rulate permanent. Avea impresia că le știa pe toate pe de rost, ceea ce făcea ca dezgustul ei față de ele să fie și mai profund.

Se strădui din răsputeri să nu bage în seamă falsetul neîncetat al lui Apollo, iar atenția-i fu curând distrasă de un șir de mesaje din partea Lexei. Primul spunea așa:

Oficial, ești faimoasă.

Neliniștea o izbi precum un val uriaș în timp ce prietena sa îi trimitea linkuri cu „știri de ultimă oră" din partea mai multor agenții de presă din toată Noua Grecie, și toate erau despre ea și Hades.

Dădu clic pe primul link, apoi pe următorul și pe următorul. Cele mai multe articole reluau informații despre reîntâlnirea ei cu Hades în public, inclusiv fotografii care-o incriminau. Roși când văzu amintiri din ziua aceea. Nu se așteptase ca Zeul Morților să apară în Lumea de Sus, iar când îl văzuse, crezuse că avea să-i explodeze inima. Alergase spre el, îi sărise în brațe și se încolăcise în jurul lui de parcă acolo ar fi fost locul ei. Mâinile lui Hades o apăsaseră pe fund, iar buzele li se uniseră într-un fel pe care încă îl mai simțea.

Ar fi trebuit să se aștepte la furtuna mediatică, dar, după aniversarea Lexei, petrecuse weekendul în Lumea de Jos, sechestrată în dormitorul lui Hades, cercetând, provocând, supunându-se. Nu se mai gândise deloc la starea Lumii de Sus după ce plecase. Era imposibil să negi speculațiile despre relația lor cu asemenea fotografii.

Ultimul mesaj pe care-l primise o speriase cel mai tare:

TOT CE TREBUIE SĂ ȘTIȚI DESPRE IUBITA LUI HADES

Era cel mai urât coșmar al ei.

Citi iute articolul, ușurată să descopere că nu conține nicio informație care s-o dea de gol drept fiica Demetrei sau drept zeiță, dar tot era dubios. Dezvăluia faptul că era din Olimpia, că începuse să urmeze cursurile Universității Noii Atene cu patru ani înainte, că începuse cu o specializare în botanică și terminase cu una în jurnalism. Erau câteva citate din partea unor studenți care pretindeau că „o cunoscuseră" – bijuterii precum *Se vedea că e foarte inteligentă, Mereu a fost foarte tăcută* și *Citea la greu.*

Articolul oferea și o prezentare detaliată, în ordine cronologică, a vieții ei, care includea și stagiul de practică de la *New Athens News* și articolele ei despre Hades, plus împăcarea lor în fața Cafenelei.

> Martorii susțin că nu erau siguri de motivația lui Hades când acesta a apărut în Lumea de Sus, dar părea să se afle acolo pentru a încerca să se împace cu jurnalista Persefona Rosi, ceea ce duce la întrebarea: când a început povestea lor de dragoste?

Persefona recunoștea ironia situației: ea era jurnalistă de investigație. Îi plăcea să facă muncă de cercetare. Îi plăcea să ajungă la miezul unei probleme, să dea în vileag informații și să-i salveze pe muritori de furia zeilor, a semizeilor și a lor înșiși.

Dar asta era altceva.

Aici era vorba de viața ei privată.

Știa cum funcționează presa – în momentul acela, ea era o enigmă care trebuia dezlegată, iar cei care-i cercetau trecutul erau un pericol pentru toată munca ei asiduă.

Un pericol pentru libertatea ei.

Știu că acum ai luat-o razna, îi scrise Lexa. *Nu o face!*

Ție ți-e ușor să vorbești. Nu numele tău e în toate titlurile.

Ea îi răspunse astfel: *Teoretic, nu e numele tău* – e al lui Hades.

Persefona își dădu ochii peste cap. Nu voia să fie obiectul cuiva. Voia să aibă propria identitate, să se bucure de meritele muncii ei asidue, dar cuplându-se cu un zeu pierduse asta.

Încă un gând îi trecu prin minte – *ce avea să spună șeful ei?* Demetri Aetos era un manager excelent. Credea în adevăr și în răspândirea lui indiferent de consecințe. Îl concediase pe Adonis pentru c-o făcuse pe Persefona curvă și-i furase munca. Fusese conștient de stresul sub care lucrase când scrisese despre Hades și-i spusese că nu mai era nevoie să scrie despre el dacă nu-și mai dorea asta... dar asta înainte să știe că era cuplată cu Zeul Morților.

Oare vor exista consecințe?

Pe zei! Trebuia neapărat să înceteze să se mai gândească la lucrul ăsta!

Se concentră asupra telefonului și-i răspunse Lexei la mesaj.

Nu mai încerca să eviți cea mai BUNĂ veste pe ziua de azi! Felicitări pentru prima ta zi!

Lexa fusese angajată ca organizator de evenimente la Fundația Cypress, organizația non-profit a lui Hades. Aflase asta la scurt timp după anunțul Proiectului Halcyon.

Lexa primise postul de ziua ei.

„Ar fi primit oricum postul", spusese Hades când Persefona îl întrebase dacă putea s-o ajute cu el. „Se potrivea perfect acolo."

Mersi, iubita! Sunt foarte entuziasmată! îi scrise Lexa.

— Am ajuns, milady.

Cuvintele lui Antoni îi îndreptară atenția către Acropole.

Persefona făcu ochii mari, iar stomacul i se strânse când privi pe geam.

O mulțime de oameni se adunase în fața clădirii cu o sută unu etaje. Paza încercase să o controleze, ridicând bariere. Câțiva angajați derutați reușiseră să intre prin mulțimea care urla. Persefona știa că oamenii veniseră pentru ea și era bucuroasă că parbrizul lui Hades era, practic, negru, ceea ce făcea imposibil să vadă cineva în interiorul mașinii. Totuși, urcă în mașină, scoțând un geamăt.

— Vai, nu!

Antoni ridică din sprânceană la ea în oglinda retrovizoare.

— S-a întâmplat ceva, milady?

Îl privi în ochi, aproape confuză în urma întrebării.

Bineînțeles că s-a întâmplat ceva!

Presa, gloata aia, erau un pericol pentru toată munca ei asiduă din ultimii ani.

— Mă lași și pe mine după colț? întrebă Persefona.

Antoni se încruntă.

— Lordul Hades mi-a dat indicații să vă las la Acropole.

— Lordul Hades nu e aici și, după cum vezi și tu, n-ar fi ideal să mă lași aici! spuse ea scrâșnind din dinți.

Apoi respiră adânc, ca să se calmeze.

— Te rog?

Ciclopul cedă și făcu după cum îi ceruse. Pe drum spre destinație, Persefona făcu să-i apară o pereche de ochelari de soare printr-un farmec și-și prinse părul într-un coc. Nu era cine știe ce deghizare, dar avea s-o ajute mai mult decât dacă-și arăta fața trecătorilor.

Antoni îi aruncă din nou o privire și îi propuse:

— Pot să vă conduc până la ușă.

— Nu, Antoni, e în regulă, mulțumesc!

— Lui Hades n-o să-i placă treaba asta.

Ciclopul se foia în scaun, simțindu-se evident inconfortabil.

Ea îl privi pe Antoni în ochi în oglinda retrovizoare.

— N-o să-i spui, nu?

— Așa ar fi cel mai bine, milady. Lordul Hades v-ar pune la dispoziție un șofer care să vă ducă și să vă ia de la serviciu, și o egidă pentru protecție.

Nu avea nevoie nici de șofer și nici de paznic.

— Te rog! îl imploră ea pe Antoni. Nu-i spune lui Hades!

Avea neapărată nevoie ca el să înțeleagă. Avea să se simtă ca o prizonieră, nimic mai mult, și încercase să scape de senzația asta timp de optsprezece ani.

Ciclopului îi luă ceva să cedeze, dar, în cele din urmă, aprobă din cap.

— Cum doriți dumneavoastră, milady, dar la primul semn că e ceva în neregulă, îl sun pe șefu'.

Bine.

Accepta asta. Îl bătu pe Antoni pe umăr.

— Mulțumesc, Antoni!

Ieși din mediul sigur al mașinii și ținu capul plecat în timp ce se îndrepta spre Acropole. Urletul mulțimii crescu în intensitate în timp ce se apropia, iar Persefona se opri când o văzură – erau și mai mulți.

— Pe zei! gemu ea.

— Chiar ești într-o dandana! rosti o voce din urma ei.

Se întoarse și văzu un zeu chipeș, cu ochi albaștri, stând în spatele ei.

Hermes.

În ultimele câteva luni, devenise unul dintre zeii ei preferați. Era chipeș, hazliu și știa să o încurajeze. Astăzi era îmbrăcat ca un muritor. Bine, în mare. Încă arăta nefiresc de frumos, cu buclele lui aurii și cu pielea bronzată, strălucitoare. Ținuta pe care-o alesese era un pulover roz și blugi de culoare închisă.

— O... dandana? întrebă ea nedumerită.

— E o expresie folosită de muritori atunci când dau de probleme. N-ai auzit niciodată de ea?

— Nu, răspunse Persefona, dar nu era de mirare, căci petrecuse optsprezece ani într-o închisoare de sticlă. Nu învățase foarte multe lucruri.

— Ce cauți aici?

— Am văzut știrile, răspunse el rânjind. Tu și păpușelul tău formați oficial un cuplu.

Persefona se încruntă.

— Bărbățelul tău? încercă el.

Ea tot se încrunta.

— Bine, bine! Zeișorul tău, atunci.

Ea se lăsă păgubașă și oftă, ascunzându-și fața în mâini.

— N-o să mai pot să ies nicăieri!

— Nu-i adevărat, o contrazise Hermes. Doar că n-o să poți să mai ieși nicăieri fără să te calce gloata-n picioare.

— Ți-a zis cineva vreodată că nu ajuți deloc?

— Nu, nu prea, răspunse el. Adică, sunt mesagerul zeilor și toate alea.

— N-ai fost înlocuit de e-mail?

Hermes se bosumflă.

— Acum cine pe cine nu ajută?

Persefona mai aruncă o privire după colțul clădirii. Simți bărbia lui Hermes așezându-i-se pe cap în vreme ce el îi urmărea privirea.

— De ce nu te teleportezi înăuntru și gata?

— Încerc să-mi păstrez fațada de muritoare, ceea ce înseamnă că nu mă folosesc de magie pe Pământ.

Chiar n-avea chef să-i explice că se antrena pentru a-și controla magia.

— Hai, că-i prea de tot! De ce să nu vrei să o iei pe calea aia ispititoare?

— Ce nu înțelegi, mai exact, din viața normală a unui muritor?

— Nimic?

Bineînțeles că nu înțelegea nimic. Spre deosebire de ea, Hermes dusese mereu o viață de Olimpian. De fapt, își începuse viața exact cum o trăia în clipa asta – pus pe șotii.

— Uite care-i treaba, dacă tot nu mă ajuți...

— Să te-ajut? Îmi ceri asta?

— Nu și dacă asta presupune că-ți sunt datoare cu o favoare, se grăbi Persefona să adauge.

Zeii aveau totul: bogăție, putere, nemurire – moneda lor de schimb o reprezentau favorurile care, practic, erau niște contracte ale căror detalii erau hotărâte ulterior și de care nu se putea scăpa.

Mai degrabă ar fi murit.

— Nu o favoare, atunci, spuse el. O întâlnire.

Îi aruncă zeului o privire iritată.

— Vrei să te spintece Hades?

— Vreau să petrec alături de prietena mea, replică Hermes, încrucișându-și brațele la piept. Deci n-are decât să mă spintece.

Îl fixă cu privirea, cu o suspiciune prefăcută, apoi zâmbi.

— S-a făcut!

Zeul îi oferi un zâmbet amețitor și întrebă:

— Ce-ai zice de vineri?

— Ajută-mă să intru în clădirea aia și-mi verific programul.

El zâmbi larg.

— Uite-acuma, Sefi!

Hermes se teleportă în mijlocul mulțimii, iar oamenii începură să țipe de parcă stăteau să moară. Hermes savură momentul, dând autografe şi pozând, iar în tot acest timp Persefona se furişă pe pasarelă şi intră nevăzută în Acropole. Porni glonţ spre lifturi, ţinându-şi capul plecat în timp ce aştepta alături de un grup de oameni. Ştia c-o fixau cu privirea, dar nu conta. Era înăuntru, scăpase de mulţime, şi-acum putea să treacă la treabă.

Când ajunse la etajul ei, o întâmpină noua recepţioneră, Elena. O înlocuise pe Valerie, care se mutase câteva etaje mai sus ca să lucreze pentru Agenţia Vulturul şi Stejarul, firma de marketing a lui Zeus. Elena era mai tânără decât Valerie, fiind încă la şcoală, ceea ce însemna că era veselă şi dornică să facă pe plac. Era şi foarte frumoasă, cu ochii albaştri ca două safire, părul blond, care i se revărsa precum o cascadă, şi buzele roşii perfecte. Dar, în mare, era foarte de treabă. Persefonei îi plăcea de ea.

— Bună dimineaţa, Persefona! spuse ea pe un ton cântat. Sper că nu ţi-a fost greu să ajungi!

— Nu, nu mi-a fost greu deloc, răspunse ea, reuşind să-şi păstreze tonul calm.

Probabil că era a doua mare minciună pe care-o spusese în viaţa ei, la egalitate cu cea pe care i-o spusese mamei sale că avea să stea departe de Hades.

— Îţi mulţumesc, Elena!

— Ai primit deja câteva telefoane în dimineaţa asta. Pe cele care aveau legătură cu un subiect despre care-am crezut că te-ar interesa le-am transferat pe robot, dar dacă suna lumea să-ţi ia un interviu, preluam mesajul.

Ridică un teanc caraghios de bileţele colorate.

— Vrei unul de-ăsta?

Persefona fixă cu privirea teancul de bileţele.

— Nu, mulţumesc, Elena! Chiar eşti cea mai tare!

Tânăra zâmbi larg.

Chiar în timp ce Persefona se îndrepta spre biroul ei, Elena strigă după ea:

— Aaa, și, înainte să pleci, a zis Demetri că vrea să te vadă.

Groaza îi îngreună și-i întări stomacul, de parcă i-ar fi aruncat cineva o piatră drept pe gât. Înghiți în sec, reușind să-i zâmbească fetei.

— Îți mulțumesc, Elena!

Persefona străbătu redacția, flancată de birouri perfect aliniate, își luă lucrurile și o ceașcă de cafea și se apropie de biroul lui Demetri. Se opri în prag, nevrând să atragă atenția asupra ei însăși. Șeful său stătea la birou, uitându-se pe tabletă. Demetri era un bărbat chipeș, de vârstă mijlocie, cu părul grizonant și o barbă permanent nerasă. Îi plăceau hainele colorate și papioanele cu modele. Astăzi, purta o cămașă de un roșu-aprins și un papion cu picățele albe.

Pe biroul lui se afla un teanc de ziare cu titluri precum:

ESTE LORDUL HADES ÎNTR-O RELAȚIE CU O MURITOARE?

JURNALISTA SURPRINSĂ SĂRUTÂNDU-SE CU ZEUL MORȚILOR.

JURNALISTA CARE L-A ÎMPROȘCAT CU NOROI PE REGELE LUMII DE JOS, ÎNDRĂGOSTITĂ?

Probabil că Demetri îi simțise privirea fixă, pentru că ridică în sfârșit ochii din tabletă. Articolul pe care-l citea se reflecta pe suprafața ochelarilor lui cu rame negre. Ea observă titlul. Era tot despre ea.

— Persefona. Intră, te rog! Închide ușa!

Piatra din stomacul ei deveni deodată mai grea. Ori că se închidea în biroul lui Demetri, ori că intra în sera mamei ei, totuna-i era – neliniștea începu să-i crească, și apăru teama de-a fi pedepsită. Pielea i se înfierbântă și începu să se simtă nelalocul ei, gâtuită, cu limba umflată... avea să se sufoce.

S-a zis cu mine, gândi ea. *Mă concediază!*

Se trezi frustrată de faptul că el prelungea momentul. De ce-o poftise să ia loc? De ce se comporta de parcă ar fi fost vorba de-o simplă discuție?

Respiră adânc și se așeză pe marginea scaunului.

— Ce-ai făcut? întrebă ea, aruncând o privire spre teancul de ziare, ai luat câte unul de la fiecare colț de stradă?

— N-am avut ce face, răspunse el rânjind. Povestea era fascinantă.

— Cu ce pot să te-ajut? întrebă ea, în cele din urmă sperând să schimbe subiectul – sperând că motivul pentru care fusese chemată în biroul lui nu avea legătură cu titlurile din ziare din această dimineață.

— Persefona, spuse Demetri, iar ea făcu o grimasă când îi auzi tonul blând.

Orice-ar fi urmat, nu era de bine.

— Ai foarte mult potențial și ai demonstrat că ești dispusă să lupți pentru adevăr, lucru pe care îl apreciez.

Făcu o pauză, iar corpul ei rămase încordat, parcă pregătindu-se pentru lovitura care urma să vină.

— Dar, spuse ea, intuind direcția în care mergea discuția.

Demetri adoptă o mină și mai înțelegătoare.

— Știi că nu ți-aș cere lucrul ăsta dacă nu aș fi nevoit să ți-l cer, continuă el.

Ea clipi, încruntându-se.

— Ce anume?

— Un articol în exclusivitate. Despre relația ta cu Hades.

Sentimentul de groază îi coborî în stomac și i se răspândi, clocotindu-i în piept și plămâni, iar ea simți căldura dispărându-i brusc de pe față.

— De ce trebuie să-mi ceri asta?

Vocea-i era gâtuită, dar încercă să-și păstreze calmul cu toate că mâinile-i tremurau deja, ținând strâns ceașca de cafea.

— Per...

— Ai spus că nu mi-ai cere asta dacă n-ai fi nevoit, îl întrerupse ea.

Se săturase ca el să-i rostească numele. Se săturase de cât de *mult* îi lua să treacă la subiect.

— Deci, de ce-mi ceri asta?

— A venit de sus, răspunse el. A fost foarte clar că ori ne oferi povestea ta, ori nu mai ai de lucru aici.

— De sus? repetă ea, făcând o pauză și căutând un nume.

După o clipă, îi veni în minte.

— Kal Stavros?

Kal Stavros era muritor. Directorul executiv al companiei Epik Communications - care deținea și *New Athens News*. Persefona nu știa mare lucru despre el, ci doar că era un favorit al tabloidelor. În mare parte pentru că era frumos - numele lui însemna, la propriu, „încoronat drept cel mai frumos".

— De ce-ar cere directorul executiv un articol în exclusivitate?

— Faptul că iubita Zeului Morților lucrează pentru tine nu-i de colo, răspunse Demetri. Tot ce-atingi tu o să se transforme în aur.

— Atunci dă-mi voie să scriu despre altceva, spuse ea. Am o căsuță vocală și-un email doldora de piste.

Era adevărat. Mesajele începuseră să curgă din momentul în care își publicase primul articol despre Hades. Le sortase încet-încet, organizându-le în dosare, în funcție de zeul pe care-l criticau. Ar fi putut să scrie despre orice Olimpian, chiar și despre mama ei.

— Poți să scrii altceva, spuse Demetri. Dar mă tem că tot o să trebuiască să ne oferi și articolul ăla în exclusivitate.

— Doar nu vorbești serios!

Atât fu în stare să spună, dar expresia lui Demetri îi demonstra contrariul. Încercă din nou:

— E vorba despre viața mea personală.

Privirea șefului ei coborî asupra teancului de hârtii de pe birou.

— Și a devenit publică!

— Credeam că înțelegi dacă doresc să încetez să mai scriu despre Hades, nu?

Observă că lui Demetri i se lasă umerii și se simți oarecum ușurată că și el era măcar un pic depășit de situație.

— Sunt legat de mâini, Persefona.

Urmă o perioadă de tăcere, apoi tânăra întrebă:

— Și cu asta, basta? Eu n-am niciun cuvânt de spus în povestea asta?

— Ai variante. Am nevoie de articol până vinerea viitoare.

Și cu asta încheie – spunându-i să plece.

Se ridică în picioare, porni spre birou și se așeză. Parcă i se învârtea capul, gândindu-se la cum să iasă din situația aia fără să scrie articolul sau să-și dea demisia. Să lucreze pentru *New Athens News* fusese visul ei de când se hotărâse să se înscrie la Jurnalism în primul an de facultate. Credea din toată inima în mantra lor de-a spune adevărul și a dezvălui nedreptățile.

Acum se întreba dacă toată povestea aia era doar o minciună.

Se întrebă ce-o să spună Hades când o să afle că directorul executiv de la Epik Communications ceruse un articol despre ei, dar recunoștea și faptul că nu voia ca Hades să ducă luptele în locul ei. Disprețuia și faptul că știa că Hades urma să fie ascultat datorită statutului său de Olimpian antic, dar nu și ea – pe care toți o credeau o femeie muritoare.

Nu, avea să se descurce de una singură și era sigură de un singur lucru – lui Kal avea să-i pară rău că o amenințase.

Persefona nu-și ridică privirea dinspre calculator după ce plecă din biroul lui Demetri. Deși părea foarte concentrată, era conștientă de privirile fixe și curioase ale tuturor, simțindu-le ca pe niște păianjeni care-i mișunau pe piele. Se concentră și mai mult, preluând de-a fir a păr sute de mesaje din căsuța de intrări a e-mailului ei și ascultând mesaje vocale din partea unor oameni care „aveau o poveste pentru ea". Cele mai multe erau despre felul în care Zeus și Poseidon își transformaseră mama/sora/mătușa în lupoaică/lebădă/vacă din motive mârșave, iar Persefona se trezi întrebându-se cum de era Hades rudă cu ăia doi.

Lexa o verifică la prânz printr-un mesaj:

Ești bine?

Nu, s-a agravat situația, îi răspunse Persefona.

????

Îți zic mai încolo. E prea mult de spus ca să-ți scriu mesaj.

Ne matolim? întrebă Lexa.

Ea râse.

Mâine avem de lucru, Lex.

Încercam și eu să fiu o prietenă bună.

Persefona zâmbi și acceptă:

Atunci, poate ne pilim un pic. În plus, trebuie să sărbătorim prima TA zi la Fundația Cypress. Cum îți merge?

De minune! răspunse Lexa. *Am multe de învățat, dar o să fie extraordinar.*

Persefona reuși să-l evite pe Demetri tot restul zilei. Elena fu singura care intră în vorbă cu ea, și asta pentru a-i spune că primise mai multe scrisori, printre care și un plic roz. Când Persefona îl deschise, îl găsi plin de inimioare din hârtie.

— Ai văzut cine mi-a băgat chestia asta în cutia poștală? o întrebă ea.

N-avea nici adresă de retur, nici timbru. Cine îl trimisese nu-l pusese la poștă.

Fata clătină din cap.

— Era acolo azi-dimineață.

Ciudat! se gândi ea, aruncând mizeria în coșul de gunoi.

La sfârșitul zilei, Persefona luă liftul spre etajul unu și descoperi că mulțimea era încă afară. Putea să iasă pur și simplu prin față și să țină piept gloatei. Paza avea s-o escorteze, dar numai până pe trotuar dacă nu-l suna pe Antoni să vină s-o ia cu mașina. Îl credea în stare pe ciclop, dar loialitatea lui față de ea avea să piară dacă vedea că oamenii ăia încă așteptau ca ea să plece de la serviciu, iar ea nu voia *cu niciun chip* o egidă. Exista și o probabilitate foarte redusă ca magia ei să răspundă dacă era provocată, dar nu voia să riște să se dea de gol și, astfel, era exclusă și teleportarea. Mai avea o singură opțiune – trebuia să găsească o altă cale de-a ieși din clădire.

Existau și alte ieșiri; trebuia doar să găsească una la care nu stăteau la pândă fani turbați. Părea paranoică, dar era informată. Admiratorii zeilor ar fi făcut orice ca să-i zărească, să-i atingă, să le simtă gustul, iar asta le includea și perechile.

Se întoarse și porni pe hol, ferită de ochii mulțimii, în căutarea unei alte ieșiri.

Se gândi să iasă prin garajul din parcare, dar nu-i plăcea posibilitatea de-a fi încolțită de niște străini într-un loc care duhnea a ulei de motor și a pișat.

Poate o ieşire de incendiu, se gândi, chiar dacă aceasta ar fi declanşat o alarmă. Uşile nu erau accesibile din exterior, deci era puţin probabil să aştepte cineva lângă una.

Entuziasmată de ideea de-a ajunge acasă şi de-a petrece timp alături de Lexa după toată acea zi stresantă, iuţi pasul. După colţ, se izbi de cineva. Nu ridică privirea să vadă cine e, de teamă să n-o recunoască.

— Scuze! bombăni Persefona, îndepărtându-se de el şi repezindu-se înainte, spre ieşire.

— Nu m-aş duce la uşa aia dacă aş fi în locul tău.

O voce o opri chiar după ce atinse clanţa de metal. Se întoarse şi privi într-o pereche de ochi cenuşii. Aceştia se aflau pe faţa slabă, chipeşă, a unui bărbat cu o claie de păr rebel, pometi proeminenţi şi buze cărnoase. Era îmbrăcat într-un costum gri de om de serviciu. Nu-l mai văzuse niciodată.

— Pentru că uşa are alarmă? întrebă ea.

— Nu, răspunse acesta. Pentru că eu tocmai am intrat pe uşa aia, iar dacă tu eşti femeia care-a apărut la ştiri în ultimele trei zile, cred că ăia de-afară pe tine te caută.

Oftă, frustrată, şi adăugă pe un ton posomorât:

— Mersi de avertisment!

Porni pe holul de alături, când bărbatul strigă după ea:

— Dacă ai nevoie de ajutor, pot eu să te scot de-aici.

Persefona era neîncrezătoare.

— Cum, mai precis?

Colţurile gurii lui se ridicară, dar arăta de parcă ar fi uitat cum să zâmbească.

— N-o să-ţi placă.

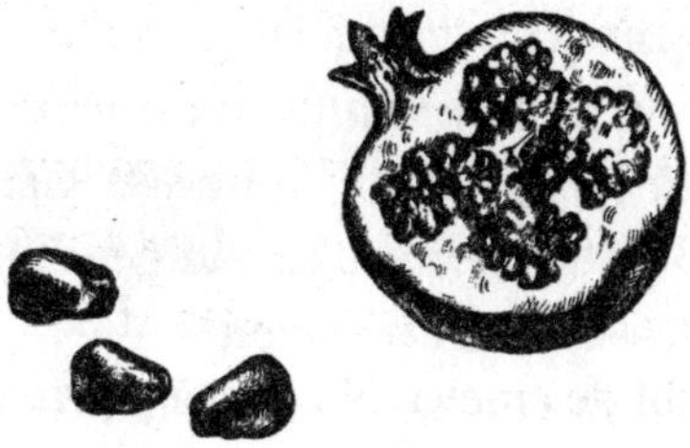

CAPITOLUL III

Un strop de nedreptate

AVEA DREPTATE. NU-I PLĂCEA DE NICIO CULOARE.

— Eu în ăla nu mă urc.

„Ăla" era un cărucior plin ochi de gunoi.

Se înșelase când zisese că nu vrea miros de ulei de motor și de pișat. L-ar fi acceptat, atât timp cât n-ar fi trebuit să se scalde în gunoaie râncede.

Omul de serviciu o conduse la subsol, un drum care-i dădu o senzație puternică de neliniște și o făcu să-și țină strâns cheile de la apartament în mână. *Așa sunt omorâți unii oameni*, gândi ea, apoi își reaminti repede că se uita la prea multe documentare despre cazuri de crimă.

Subsolul era plin de o grămadă de lucruri – mobilier și tablouri, o spălătorie, o bucătărie industrială și o cameră de întreținere, unde stătea ea acum și-și fixa cu privirea „mașina de fugă", cum începuse bărbatul să-i spună.

În clipa asta părea destul de amuzat.

— Ori asta, ori ieși pe ușă. Tu alegi.

— De unde știu că nu mă duci în gloata aia care m-așteaptă?

— Uite ce-i, nu trebuie să intri în cărucior. Mă gândeam că poate vrei și tu să mergi acasă în seara asta. Cât despre faptul că te-aș lăsa de izbeliște, nu vreau să văd pe nimeni suferind din cauza faptului că s-a încurcat cu zeii.

Ceva din felul în care vorbise îi dădu de înțeles că fusese cumva nedreptățit de zei, dar nu insistă. Îl fixă o clipă cu privirea, mușcându-și buza.

— Bine, bine! bombăni ea, în cele din urmă.

Bărbatul o urcă în cărucior, iar ea se așeză în spațiul pe care i-l lăsase.

Ținând ridicat un sac de gunoi, el îi aruncă o privire curioasă.

— Ești pregătită?

— Mai pregătită de-atât n-am fost niciodată, răspunse Persefona.

El aranjă sacii peste ea, așa că se trezi deodată în întuneric, în căruciorul în mișcare. Foșnetul plasticului o zgâria pe urechi, dar își ținu respirația ca să nu simtă mirosul de putregai și de mucegai. Conținutul sacului i se înfigea în spate și de fiecare dată când roțile se loveau de o crăpătură din podea, căruciorul se zgâlțâia, iar plasticul o atingea în treacăt, precum pielea unui șarpe. Îi venea să vomite, dar se abținu.

— Ai ajuns, îl auzi spunând pe omul de serviciu, care ridică apoi sacii pe care îi folosise ca să o ascundă.

Persefona fu întâmpinată de o boare de aer curat după ce se ridică din puțul acela întunecos.

Bărbatul o ajută, prinzând-o cu stângăcie de talie ca s-o ajute să se ridice în picioare. Contactul cu el o făcu să tresară, iar ea se îndepărtă, nesigură pe picioare.

O scosese pe o alee care ducea spre capătul străzii Pegas, iar de-acolo putea ajunge la apartamentul ei în vreo douăzeci de minute.

— Mulțumesc! spuse ea. Ăăă... cum ziceai că te cheamă?

— Pirithous, răspunse el și întinse mâna.

— Pirithous, spuse ea, luându-l de mână. Eu sunt Persefona... Cred că știai deja chestia asta.

El îi ignoră comentariul și nu spuse decât:

— Mă bucur să te cunosc, Persefona!

— Rămân datoare pentru mașina de fugă.

— Nu, nu rămâi, se grăbi el să răspundă. Eu nu sunt zeu. Nu caut o favoare pentru o favoare.

Categoric are o legătură cu Divinii, gândi ea.

— Vorbeam de faptul c-o să-ți aduc niște fursecuri.

Bărbatul îi oferi un zâmbet strălucitor, iar în momentul acela, dincolo de oboseală și de tristețe, ea avu impresia că îl vede pe omul care fusese el înainte.

— Ne vedem mâine? întrebă ea.

El îi aruncă o privire ciudată, chicotind ușor, și răspunse:

— Da, Persefona. Ne vedem mâine.

Până ajunse Persefona acasă, apartamentul mirosea a popcorn, iar muzica Lexei urla în toată casa. Nu era genul de muzică pe care se putea dansa - era genul care putea chema norii, ploaia, întunericul. Muzica își arunca propria vrajă, hrănindu-se din gânduri negre - gânduri de răzbunare pe Kal Stavros.

Lexa aștepta în bucătărie. Deja se schimbase în pijama - o pijama care-i lăsa tatuajele la vedere: unul cu fazele lunii pe biceps, o cheie încolăcită de cucută pe antebrațul stâng, un pumnal superb pe șoldul drept și roata lui Hecate pe partea superioară a brațului stâng. Părul ei des, negru, era prins în coc în vârful capului. Avea o sticlă de vin în mână și două pahare goale pe masă.

— Ai ajuns, zise Lexa, străpungând-o pe Persefona cu ochii aceia albaştri, apoi arătă spre sticla de vin. Ţi-am luat vinul preferat.

Persefona zâmbi.

— Eşti cea mai tare!

— Credeam c-o să trebuiască să te dau dispărută!

Persefona îşi dădu ochii peste cap.

— N-am întârziat decât treizeci de minute!

— Şi nu răspunzi la telefon! sublinie Lexa.

Fusese atât de ocupată în încercarea de-a ieşi din Acropole şi a ajunge acasă neobservată, încât nici măcar nu se sinchisise să-şi ia telefonul din poşetă. O făcu în clipa aceea şi găsi patru apeluri nepreluate şi câteva mesaje din partea Lexei. Prietena ei cea mai bună începuse prin a o întreba dacă era pe drum, dacă era în regulă, apoi apelase la a-i trimite emoticoane la întâmplare doar ca să-i atragă atenţia.

— Dacă ai fi crezut cu adevărat că am dat de-o belea, mă îndoiesc că mi-ai fi trimis un milion de emoticoane.

Lexa rânji malițios în timp ce destupa vinul.

— Sau poate m-am gândit la un mod isteţ de-a-ţi scoate răpitorul din sărite.

Persefona se aşeză în faţa Lexei la barul din bucătărie şi sorbi vinul. Era un cabernet savuros, aromat, şi-i potoli imediat nervii.

— La modul serios, trebuie să fii foarte atentă. Acum eşti celebră.

— Nu sunt celebră, Lex.

— Tu ai citit vreunul dintre articolele alea pe care ţi le-am trimis? Oamenii sunt obsedaţi!

— *Hades* e celebru, nu eu.

— Şi tu eşti celebră prin alianţă, o contrazise ea. Numai despre tine s-a vorbit toată ziua azi la serviciu – cine eşti, de unde vii?

Persefona gemu.

— Tu n-ai *zis* nimic despre mine, nu?

Nu era niciun secret în faptul că Lexa era cea mai bună prietenă a Persefonei.

— Adică în legătură cu faptul că știu că te culci cu Hades de vreo șase luni și că ești o zeiță care se deghizează în muritoare?

Tonul Lexei era glumeț.

— Nu mă culc cu Hades de șase luni, simți Persefona nevoia să se apere.

Veni rândul Lexei să-și mijească ochii.

— Bine, de cinci luni, atunci.

Persefona se încruntă.

— Uite ce-i, eu nu te învinovățesc deloc. Puține femei n-ar sări să profite de ocazia de-a se culca cu Hades.

— Mersi că mi-ai readus aminte! îi aruncă Persefona, dându-și ochii peste cap.

— Nu că el s-ar culca cu ele. Oricum, din cauza lui a ajuns relația voastră pe la toate știrile. Din punctul de vedere al jurnaliștilor, tu ești prima lui parteneră stabilă.

Doar că realitatea era cu totul altfel și, deși Persefona era conștientă că mai existau și alte femei în viața lui Hades, nu cunoștea detaliile. Nici nu era sigură că vrea să le știe. Se gândi la Minthe și o trecură fiorii.

Persefona sorbi o gură de vin.

— Eu vreau să vorbesc despre *tine*. Cum a fost prima ta zi?

— Vai, Persefona! se bucură Lexa. A fost de vis! Știai că s-a estimat că Proiectul Halcyon va trata cinci mii de persoane în primul an?

Nu știa, dar era uimitor.

— Și Hades mi-a făcut turul și m-a prezentat tuturor.

Persefona nu putea să explice cum se simțea aflând asta, dar nu se simțea bine. Cel mai bun mod de-a explica senzația era că se simțea... rușinată. Simțea că ar fi trebuit să știe că Hades urma să fie prezent în prima zi de lucru a Lexei, dar Zeul Morților nu pomenise nimic despre asta în dimineața aceea, când o ajutase să se pregătească.

— Frumos din partea lui! remarcă ea absentă.

— Se pare că face asta pentru fiecare angajat nou. Adică, eu știam că Hades nu e ca și ceilalți zei, dar să-și întâmpine personalul în felul în care-a făcut-o?

Lexa clătină din cap.

— Nu știu... se vede de la o poștă că te iubește!

Persefona ridică privirea pentru a o întâlni pe-a ei.

— Ce vrei să zici?

Lexa ridică din umeri.

— E... cam greu de explicat. Pur și simplu... folosește niște cuvinte pe care le folosești și tu când vorbește despre ajutorul acordat oamenilor. Vorbește despre speranță, iertare și a doua șansă.

Cu cât vorbea Lexa mai mult, cu atât Persefona simțea o presiune mai mare în piept.

Prietena ei cea mai bună chicoti.

— Apoi mai sunt și... lucrurile concrete.

Persefona ridică dintr-o sprânceană, iar Lexa izbucni în râs.

— Nu, nu *alea*! Lucruri concrete cum ar fi... pozele.

— Pozele?

Fu rândul Lexei să afișeze o expresie confuză.

— Da. Are poze cu tine în birou. Nu știai asta?

Nu, nu știa că Hades are birouri la Fundația Cypress, darămite poze cu ea.

De unde făcuse rost de poze cu ea? Ea nu avea poze cu el. Brusc, Persefona își pierdu interesul pentru această discuție.

— Pot să te întreb ceva? zise Lexa.

Persefona aşteptă întrebarea cu o oarecare groază.

— Întotdeauna ţi-ai dorit recunoaştere pentru munca ta, deci care-i problema ta cu toată atenţia asta?

Persefona oftă.

— Îmi doresc să fiu respectată în domeniul meu de activitate, răspunse. În momentul ăsta, mă simt ca un bun al lui Hades. Toate articolele îi dau cu Hades în sus, Hades în jos. Nici măcar nu-mi foloseşte cineva numele. Toţi îmi zic „muritoarea".

— Ţi-ar folosi numele dacă ar şti că eşti zeiţă, îndrăzni să-i spună Lexa.

— Şi aş fi recunoscută pentru Divinitatea mea, nu pentru munca mea.

— Şi ce-i aşa de rău în asta? întrebă ea. S-ar putea să fii recunoscută iniţial pentru Divinitatea ta, iar asta să ducă apoi la recunoaşterea muncii tale.

Persefona nu putea explica exact de ce era atât de important pentru ea să fie recunoscută pentru articolele sale; era important şi atât. Toată viaţa se descurcase foarte prost cu singurul lucru pentru care se născuse, şi în ciuda faptului că nu ea era de vină pentru asta, îşi dăduse toată silinţa în facultate. Îşi dorea să observe cineva toată acea muncă asiduă, şi nu doar pentru că scria despre Hades şi era cuplată cu el.

— Dac-aş fi în locul tău, aş renunţa la viaţa asta fără să mă gândesc de două ori, spuse Lexa.

Persefona se albi la faţă, surprinsă.

— Situaţia e mult mai complicată de-atât, Lex.

— Ce-i atât de complicat în legătură cu nemurirea, bogăţia şi puterea?

Tot! îi veni Persefonei să răspundă. În schimb, întrebă:

— Chiar aşa o mare greşeală e să-ţi doreşti să duci o viaţă discretă, de muritor?

— Nu, doar că tu vrei și să fii cuplată cu Hades.

— Le pot avea pe amândouă, o contrazise ea.

Chiar le *avusese* pe amândouă până cu câteva zile înainte.

— Asta se întâmpla pe vremea când Hades era secretul tău.

Și chiar dacă ea și Hades nici nu confirmaseră, nici nu infirmaseră speculațiile din presă, urma să fie nevoită să-și dea în vileag relația dacă voia să-și păstreze slujba.

Persefona se încruntă.

— Auzi? zise Lexa, turnându-i iar vin în pahar. Nu-ți bate capul prea tare. Curând o să fie obsedați de alt zeu și alt muritor. Poate că Sibila o să se hotărască că, de fapt, îl iubește pe Apollo.

Persefona nu era atât de sigură de asta. Ultima oară când discutaseră despre acest lucru, Sibila afirmase că nu e interesată de o relație cu Zeul Muzicii.

— Mă duc să fac un duș, anunță Persefona.

Ideea de apă fierbinte, clocotită, îi suna din ce în ce mai bine. Nu mai voia să simtă urmele acestei zile pe piele, ca să nu mai zică de faptul că încă i se părea că e înconjurată de gunoaie.

— Când termini, ne uităm la un film, propuse Lexa.

Persefona își duse paharul de vin și poșeta în dormitor. Lăsându-și poșeta pe pat, merse în baie și porni dușul. În timp ce apa se încălzea, puse paharul de vin deoparte ca să-și poată trage fermoarul de la rochie.

Se opri când simți magia lui Hades înconjurând-o. Era un sentiment aparte – un iz de iarnă în aer. Închise ochii și se pregăti să dispară. N-ar fi fost prima oară când Hades o ducea în Lumea de Jos fără s-o anunțe, dar în schimb mâna lui o atinse sub bărbie, iar buzele lui le cuprinseră pe ale ei. O sărută de parcă nu făcuseră dragoste în primele ore ale dimineții, iar când se retrase, Persefonei i se tăie răsuflarea, uitând de stresul acelei zile.

Palma caldă a lui Hades i se lipise de obraz, iar el îi mângâie buzele cu degetul mare, cercetând-o cu privirea.

— Ești agitată, iubita mea?

Își miji ochii, suspicioasă.

— Tu m-ai urmărit azi, nu-i așa?

Hades nici măcar nu clipi.

— De ce-ai crede așa ceva?

— Ai insistat ca Antoni să mă ducă la serviciu azi-dimineață, cel mai probabil pentru că știai deja ce apăruse în presă.

Hades ridică din umeri.

— Nu am vrut să-ți faci griji.

— Păi, și m-ai lăsat să merg printr-o gloată?

El ridică dintr-o sprânceană cu subînțeles.

— *Ai mers* prin gloata aia?

— Tu chiar ai *fost* acolo! îl acuză ea. Parcă făcuserăm o înțelegere! Fără invizibilitate!

— N-am fost eu, răspunse el. A fost Hermes.

Fir-ai tu să fii, Hermes!

Uitase să-i smulgă Zeului Poznelor o promisiune că n-avea să-i spună lui Hades despre mulțime. Probabil că acesta intrase în pași de dans în Nevernight, cu zâmbetul pe buze, ca să-i spună ce se întâmplase.

— Poți să te teleportezi oricând, propuse Hades. Sau pot să-ți pun la dispoziție un Eg…

— Nu vreau nicio egidă, îl întrerupse ea. Și aș prefera să nu mă folosesc de magie… nu în Lumea de Sus.

— Dacă nu cumva te răzbuni?

— Nu-i corect. Știi bine că magia mea a devenit din ce în ce mai imprevizibilă. Și nu sunt dornică să fiu dată de gol drept zeiță!

— Zeiță sau nu, ești amanta mea!

Persefona înțepeni fără să vrea, dar nu se dădea în vânt după cuvântul ăla. Știa, după cum mijise Hades ochii, că observase.

El continuă:

— E doar o chestiune de timp până când cineva care vrea să se răzbune pe mine o să-ți facă rău. *Chiar* o să am grijă să fii în siguranță.

Pe Persefona o trecură fiorii. Nu se gândise la asta.

— Chiar crezi că ar încerca cineva să îmi facă rău?

— Iubita mea, eu judec natura umană de un mileniu. Da.

— Nu poți și tu să... nu știu... să le ștergi amintirile oamenilor? Să-i faci să uite toată povestea asta?

Făcu un semn din mână, între ei.

— E prea târziu pentru asta, răspunse el, făcând o pauză de-o clipă și adăugând: Ce e atât de rău în faptul că lumea știe că ești amanta mea?

— Nimic, spuse ea. E vorba doar de... *cuvântul* ăla.

— Ce-are cuvântul „amantă"?

— E atât de... superficial! Parcă ai zice că nu-s decât sclava ta sexuală.

Un colț al gurii lui Hades se ridică ușor.

— Și-atunci, cum să-ți spun? Mi-ai interzis să folosesc „regina mea" sau „milady".

— Titlurile mă... *jenează*, răspunse ea.

Nu știa cum altfel să-i explice de ce-i ceruse să nu-i spună „regina mea" sau „milady", dar era vorba de faptul că erau două etichete cu care s-ar fi putut obișnui, iar asta însemna că trebuia să se pregătească pentru o posibilă dezamăgire. Gândurile o făceau să se simtă vinovată, dar ecourile suferinței resimțite când fuseseră despărțiți o făceau să fie precautră.

— Nu e vorba de faptul că nu vreau să fiu cunoscută drept amanta ta... dar trebuie să existe un cuvânt mai potrivit.

— „Prietenă"?

Ea nu-și putu stăpâni hohotul de râs care-i scăpă din gât.

— Ce-are „prietenă"? întrebă el încruntându-se.

— Nimic, răspunse ea repede. Doar că e prea neînsemnat.

Relația lor era prea intensă, prea pasională, prea străveche ca ea să-i fie doar prietenă.

Dar poate că era doar o impresie de-a sa.

Tensiunea dispăru de pe chipul lui Hades, iar el o mângâie blând sub bărbie.

— Nimic nu e neînsemnat când vine vorba de tine, spuse el.

Se priviră fix, iar în aer se simți o încărcătură puternică. Persefona ardea de nerăbdare să se întindă după el – să-și apropie buzele de ale lui, să-i simtă gustul. Nu trebuia decât să umple spațiul gol dintre ei și aveau să se aprindă – aveau să cadă atât de adânc în propria patimă, încât nimic nu avea să mai existe dincolo de pielea lor.

O bătaie în ușă o smulse dintre gânduri și-i făcu inima să bată nebunește.

— Persefona, eu comand pizza! Ai vreo preferință? strigă Lexa.

Își drese vocea.

— N-nu. Comandă ce comanzi și pentru tine! răspunse prin ușă.

— Deci cu ananas și cu anșoa. Am înțeles.

Încă-i bubuia inima în piept. Urmă o pauză lungă de cealaltă parte a ușii, iar pentru o clipă, Persefona crezu că Lexa plecase, până când o întrebă:

— Ești în regulă?

Hades chicoti și se aplecă spre ea, lipindu-și buzele de pielea sa. Persefona expiră, lăsându-și capul pe spate.

— Da.

Urmă o altă pauză lungă.

— Tu ai auzit măcar ce comand?

— Ia cu cașcaval și gata, Lexa!

— Bine, bine, hai că rezolv!

Persefona își dădea seama după tonul vocii ei că zâmbește. Se împinse în pieptul lui Hades și-l privi în ochi.

— N-ar trebui să râzi.

— De ce nu? Aud cum îți bate inima. Te temi să nu fii prinsă cu prietenul tău?

Persefona își dădu ochii peste cap.

— Cred că preferam „amant".

Râsul lui sună ca un uruit jos.

— Nu e ușor să ți se facă pe plac.

Fu rândul ei să zâmbească.

— Ți-aș da ocazia, dar mă tem că nu am timp.

Privirea lui Hades se întunecă, iar el o strânse și mai tare.

— Nu-mi trebuie mult! îi spuse, împreunându-și mâinile pe sub rochia ei de parcă ar fi vrut să i-o sfâșie de pe ea. În câteva secunde te fac să-ți dai drumul! Nici măcar n-o să trebuiască să te dezbraci.

Ea aproape că mușcă momeala și-l provocă să dovedească, dar apoi își aduse aminte cum o lăsase singură în sufragerie în ziua anterioară și, în ciuda faptului că el se întorsese și se revanșase, își dorea să-l pedepsească.

— Îmi pare rău, dar n-o să-mi ajungă câteva secunde, spuse ea. Îmi ești dator cu plăcere... ore întregi de plăcere.

— Permite-mi să-ți ofer un preludiu, atunci, spuse el.

O ținu strâns, moliciunea trupului ei fiind acum lipită de membrul lui în erecție, dar ea îl ținu la distanță, cu palmele lipite de pieptul lui tare.

— Poate mai târziu, propuse ea.

El zâmbi.

— O iau ca pe-o promisiune.

Cu asta, dispăru.

Persefona făcu duș și se schimbă. Când ieși din cameră, Lexa era tolănită pe canapea. Persefona se așeză lângă ea, împărțind pătura și popcornul.

— La ce film ne uităm?

— *Piram și Tisbe,* răspunse Lexa.

Era un film pe care îl văzuseră de nenumărate ori, o poveste antică despre iubire interzisă transpusă în vremuri moderne.

— Mă bucur doar că n-ai zis *Titani în miez de noapte.*

— Hei! Mie-mi place serialul ăla!

— Felul în care-i reprezintă pe zei n-are nicio treabă cu realitatea!

— *Știm!* spuse Lexa. Nu-l pune într-o lumină bună pe Hades, dar dacă are o problemă cu treaba asta, să-i zici că el e de vină, că nu s-a lăsat fotografiat... până de curând!

Porniră filmul, iar acesta începu prin a prezenta familiile în conflict aflate într-un război pe teritorii. Piram și Tisbe erau tineri și dornici de distracție. Se întâlniseră într-un club, iar acolo, în luminile acelea puternice, hipnotice, se îndrăgostiseră, aflând ulterior că sunt dușmani de moarte. Erau în plină scenă tensionată dintre familii, cea în care fratele lui Tisbe murea împușcat de Piram, când sună soneria, surprinzându-le pe Persefona și Lexa. Făcură schimb de priviri.

— O fi tipul cu pizza, spuse Lexa.

— Mă duc eu!

Persefona își dădea deja pătura la o parte de pe ea.

— Pune pe pauză!

— Ai mai văzut faza asta de-o sută de ori!

— Pune pe pauză! repetă ea și-o amenință în glumă: Că te transform în busuioc!

Lexa râse în hohote, dar puse filmul pe pauză.

— S-ar putea să fie mişto!

Persefona deschise uşa.

— Sibila!

Zâmbi larg, dar entuziasmul îi fu repede înlocuit de suspiciune.

Ceva nu era în regulă.

Chiar şi îmbrăcată în pijama şi cu părul prins într-un coc în vârful capului, blonda era o frumuseţe. Stătea în lumina palidă de la intrare, părând epuizată şi plânsă, cu faţa mânjită de rimel.

— Pot să intru?

Părea că-i rămăsese ceva în gât.

— Da, bineînţeles.

— A sosit pizza? strigă Lexa, făcându-şi apariţia. Sibila!

În acel moment, fata izbucni în lacrimi.

Lexa şi Persefona se uitară una la alta şi o cuprinseră repede în braţe pe fata care suspina.

— E-n regulă, şopti Persefona, încercând s-o liniştească.

Avea impresia că simte durerea şi confuzia Sibilei, ceea ce nu mai percepuse la nicio altă persoană. Emoţiile erau ca nişte umbre care-i atingeau pielea în treacăt, zvâcniri de tristeţe, dâre de gelozie şi o răceală nesfârşită.

Ciudat! gândi Persefona.

Îşi alungă sentimentele, zdrobindu-le ca să se concentreze asupra Sibilei.

Cele trei rămaseră aşa o vreme, îmbrăţişate strâns într-un cerc, până când Sibila începu să se adune. Lexa fu prima care se despărţi de ele şi-i turnă Sibilei un pahar de vin, iar Persefona o conduse în living şi-i dădu o cutie de şerveţele.

— Îmi pare aşa de rău! spuse ea, în cele din urmă, acceptând vinul cu mâini tremurânde. N-aveam unde altundeva să mă duc.

— Mereu ești binevenită aici, spuse Persefona.

— Ce s-a întâmplat? întrebă Lexa.

Buzele începură să-i tremure, iar fetei îi trebuiră câteva secunde ca să vorbească.

— Eu... eu nu mai sunt oracol!

— Ce? Cum se poate să nu mai fii oracol?

Sibila se născuse cu anumite daruri, printre care prezicerea viitorului și profețiile. Persefona mai știa și că Sibila putea vedea Firele Sorții, la care se referise drept „culori" când Persefona o întrebase dacă ea și Hades erau meniți să fie împreună.

Sibila își drese glasul și respiră adânc, dar, chiar în timp ce vorbea, glasul i se frânse.

— Și mi-am spus că n-o să mai plâng din cauza asta.

— Sibila, spuse Persefona, întinzându-i mâna.

— Apollo m-a concediat și mi-a luat darul profeției, explică ea.

Râse cu amărăciune, ștergându-se la ochi în timp ce pe obraji îi curgeau și mai multe lacrimi.

— Se pare că nu poți respinge în mod repetat un zeu fără să suporți consecințele!

Persefonei nu-i venea să creadă ce aude. Își amintea comentariile Sibilei despre relația ei cu Apollo. Cu toții, chiar și prietenii lor apropiați, Xeres și Aro, presupuneau că cei doi sunt amanți, dar Sibila le spusese ei și Lexei că nu e interesată de o relație cu Zeul Muzicii.

— Voia mai mult decât o simplă prietenie din partea mea, iar eu l-am refuzat. Aflasem despre relațiile lui anterioare, toate încheiate dezastruos. Dafne, Casandra, Hiacintus...

— Stai așa, să înțeleg și eu... Zeișorul s-a cam înfuriat pentru că tu n-ai vrut să te cuplezi cu el și ți-a luat puterea?

— Șșș! făcu Sibila, evident speriată că Apollo ar fi putut să apară în apartament și să le trăsnească. Nu-i voie să zici chestii de-astea, Persefona!

Persefona ridică din umeri.

— N-are decât să încerce să se răzbune!

— Tu nu te temi de nimeni și de nimic pentru că-l ai pe Hades de partea ta, spuse ea. Dar uiți că zeii au obiceiul de-a-i pedepsi pe cei la care ții.

Cuvintele Sibilei o făcură să se încrunte și să se simtă deodată mai puțin încrezătoare.

— Păi, și nu mai ai loc de muncă? întrebă Persefona.

Datorită darurilor ei, Sibila fusese înscrisă la Facultatea Divinilor. Acolo învățase să-și stăpânească puterea și fusese aleasă sepcial de Apollo ca să-i fie manager de relații publice. Fără darul ei, slujba pe care Sibila se pregătise s-o obțină timp de patru ani era imposibil de obținut. Nici dacă și-ar fi păstrat puterile, Persefona nu era sigură că ar fi angajat cineva un oracol căzut în dizgrație, mai ales oracolul concediat de Apollo. Apollo era zeul de aur. Fusese numit *Zeul Anului* de către *Delphi Divine* de șapte ori consecutiv, până când Zeus lovise clădirea redacției revistei cu un fulger în semn de protest.

— N-are cum să facă asta! izbucni Persefona.

Nu-i păsa cât de iubit e Zeul Muzicii, nu merita să fie respectat dacă pedepsea în halul ăla doar pentru că nu voia cineva să se cupleze cu el.

— Poate să facă orice, spuse Sibila. E zeu!

— Asta nu înseamnă că e corect! o contrazise ea.

— Bine, rău, corect, incorect... nu e tocmai lumea în care trăim, Persefona! Zeii pedepsesc.

Cuvintele îi dădură fiori Persefonei, și cel mai rău lucru era că erau cu totul adevărate. Zeii se foloseau de muritori ca de nişte jucării, apoi îi dădeau la o parte când se plictiseau de ei. Viaţa nu însemna nimic pentru ei, pentru că aveau la dispoziţie eternitatea.

— Nici măcar nu m-ar fi deranjat că m-a concediat, dar acum cine mă mai angajează? întrebă Sibila pe un ton deznădăjduit. Nu ştiu ce să fac. Nu pot să merg acasă. Mama şi tata m-au dezmoştenit când m-am înscris la Facultatea Divinilor.

— Poţi să lucrezi cu mine, se oferi Lexa, apoi se uită la Persefona, de parcă ar fi întrebat-o: „Nu-i aşa?"

— Îl întreb pe Hades, promise Persefona. Sunt sigură că le-ar prinde bine o mână de ajutor la fundaţie.

— Şi poţi să stai cu noi, adăugă Lexa. Până reuşeşti să te pui pe picioare.

Sibila părea neîncrezătoare.

— Nu vreau să vă deranjez.

— Nu e niciun deranj.

Lexa pufni.

— N-ar fi niciun deranj! Poţi să-mi ţii de urât cât e Persefona în Lumea de Jos. Dar ce vorbim, ai putea să şi stai în camera ei! Oricum, noaptea e mai mult plecată decât e aici!

Persefona o înghionti în joacă pe Lexa, iar Sibila râse.

— Nu vreau camera ta!

— Da, chiar poţi să dormi acolo. Bine zice Lexa!

— Normal că zic bine! Dacă m-aş culca cu Hades, nici eu n-aş dormi la mine-n cameră!

Persefona întinse mâna după o pernă şi o pocni pe Lexa.

Nu făcuse bine ce făcuse.

Lexa ţipă ca o banshee şi apucă o pernă, lovind nebuneşte cu ea. Persefona se feri de lovitură, iar Sibila o încasă în plin.

Lexa scăpă perna.

— Pe zeii mei, Sibila, ce rău îmi pare...

Dar Sibila luă și ea o pernă și o pocni pe Lexa cu ea în față.

Curând, toate trei luptau cot la cot, fugărindu-se prin apartament și încasând și dând lovituri până când se prăbușiră grămadă pe canapea, cu răsuflarea tăiată și chicotind.

Până și Sibila părea să se simtă bine, uitând pe moment de ultimele câteva ore din viața ei. Oftă și zise:

— Mi-aș dori să fie toate zilele la fel de fericite ca asta.

— O să fie, spuse Lexa. Acum stai cu noi.

Până puseră pernele la locul lor, pizza deja sosise. Băiatul cu livrările își ceru mii de scuze și le explică faptul că traficul fusese congestionat din cauza protestelor.

— Proteste? întrebă Persefona.

— Necucernicii, zise el. Protestează împotriva Jocurilor Panelenice, care urmează să aibă loc.

— Aha!

Necucernicii erau un grup de muritori care-i respingeau pe zei, alegând corectitudinea, liberul-arbitru și libertatea în locul închinării și sacrificiilor. Persefona nu era surprinsă că veniseră să protesteze împotriva Jocurilor, dar era ceva destul de neașteptat, mai ales că Necucernicii nu își prea făcuseră simțită prezența în ultimii câțiva ani. Spera să rămână la o modalitate pașnică de-a protesta și situația să nu degenereze - aveau să fie prezenți foarte mulți oameni la festivități, printre care și Persefona, Lexa și Sibila.

Fetele se așezară să-și termine filmul, mâncară pizza și ocoliră subiectele care aveau legătură cu Apollo, deși Persefona încerca în continuare să găsească metode prin care s-o ajute pe Sibila.

Comportamentul lui Apollo era de netolerat, iar ea n-avea, oare, o obligație față de cititorii ei să dea în vileag nedreptatea?

Mai ales în ceea ce-i privea pe zei? Și poate, dacă articolul era destul de bun, n-avea să mai fie nevoită să scrie articolul ăla în exclusivitate.

Câteva ore mai târziu, Persefona era încă trează și incapabilă să se miște. Capul Sibilei stătea sprijinit în poala ei, iar Lexa sforăia, dormind dusă pe canapeaua din fața lor.

După o clipă, Sibila se foi și vorbi cu o voce somnoroasă:

— Persefona, vreau să-mi promiți că n-o să scrii despre Apollo.

Persefona încremeni un moment, ținându-și respirația.

— De ce să nu scriu?

— Pentru că Apollo nu-i Hades. Lui Hades nu-i păsa ce cred oamenii despre el și a fost dispus să te-asculte. Apollo nu e așa. Apollo tânjește după reputația lui. Pentru el, e la fel de importantă ca muzica.

— Atunci, n-ar fi trebuit să te pedepsească, răspunse Persefona.

Simți mâinile Sibilei apucând strâns pătura de sub ea.

— Te rog să nu duci nicio luptă în numele meu! Promite-mi!

Persefona nu răspunse. Problema era că ea-i cerea să promită, iar când cineva cerea o promisiune din partea unui zeu, era ca un legământ, de neîncălcat.

Nu conta că Sibila nu știa de Divinitatea Persefonei.

Nu putea s-o facă.

După o clipă, Sibila ridică privirea, uitându-se în ochii ei.

— Eu nu fac promisiuni, Sibila.

Oracolul se încruntă.

— Mă temeam c-o să spui chestia asta!

CAPITOLUL IV

Un strop de avertisment

PERSEFONA STĂTEA TREAZĂ, ASCULTÂND SFORĂITUL UȘOR al Lexei și respirația șuierată a Sibilei. Era trei dimineața, iar ea trebuia să se trezească în patru ore, dar tot nu se putea abține să se gândească la tot ce se întâmplase în ziua aceea. Puse în balanță aspectele pro și contra ale ideii de a scrie acel articol în exclusivitate pe care și-l doreau Demetri și Kal. Presupunea că există o modalitate de a controla informațiile pe care le dădea presei, doar că era obligată să divulge informații despre viața ei personală. Mai rău, nici nu-i dăduseră de ales, iar ea nu suporta asta.

Dar oare putea renunța la slujba visurilor ei? Venise în Noua Atenă visând la libertate, succes și aventură. Gustase din fiecare, și tocmai când se scuturase de lanțurile mamei ei, se lovise de încă o constrângere.

Oare ciclul ăsta n-avea să se încheie niciodată?

Și mai era și Sibila.

Persefona nu-l putea lăsa pe Apollo să scape nepedepsit după cum se comportase cu oracolul. Nu înțelegea de ce Sibila n-o lăsa să scrie despre Zeul Muzicii. Acesta trebuia să răspundă pentru faptele sale.

Persefona oftă. Mintea-i era plină de gânduri – cuvinte îngrămădite unele peste altele, atât de multe, încât parcă-i apăsau pe craniu. Se ridică în tăcere în picioare și se teleportă în Lumea de Jos, strecurându-se în dormitorul lui Hades. Dacă exista cineva care s-o poată scăpa de tensiunea din minte, acela era Zeul Morților.

Nu se așteptase să-l găsească dormind. Începuse să-l bănuiască de faptul că doarme rareori, mai puțin când era și ea acolo. Stătea întins, parțial acoperit cu un cearșaf de mătase; pieptul lui musculos era bine conturat în lumina focului din șemineu. Brațele-i erau întinse deasupra capului, de parcă ar fi adormit în timp ce se întindea. Întinse mâna să-i atingă fața și rămase surprinsă în momentul în care mâna lui o apucă de încheietură.

Țipă scurt, mai degrabă de teamă decât de durere. Hades deschise ochii.

— Futu-i! înjură el, ridicându-se iute ca fulgerul în capul oaselor și trăgând-o spre el. Ți-am făcut ceva?

Ea i-ar fi răspuns, dar el o săruta pe piele, iar fiecare sărut îi trimitea un șoc prin corp.

— Persefona?

Ridică privirea spre ea, iar o mulțime de sentimente îi tulburau privirea. Parcă era trist; respira greoi și avea sprâncenele unite.

Ea zâmbi, dându-i la o parte o șuviță de păr de pe față.

— Sunt în regulă, Hades. M-ai speriat, atâta tot.

El o sărută în palmă și o strânse cu putere la piept în timp ce se întindea.

— Nu credeam c-o să vii la mine în noaptea asta.

Își sprijini capul pe pieptul lui. Era cald, solid și perfect.

— Nu pot să dorm fără tine, recunoscu ea, simțindu-se cu totul și cu totul penibil, deși era adevărat.

Palmele lui Hades o alinară, plimbându-se în sus și-n jos pe spinarea ei. Din când în când, făcea câte-o pauză ca să o strângă de fund. Ea se zvârcoli, lipită de el, în timp ce erecția lui se întărea între ei.

— Asta pentru că te țin eu trează atât de târziu.

Ea se ridică în capul oaselor, încălecându-l, și-și împleti degetele cu ale lui.

— Nu totul se reduce la sex, Hades.

— N-a spus nimeni ceva despre sex, Persefona, sublinie el.

Ea ridică dintr-o sprânceană și-și roti șoldurile.

— N-am nevoie de cuvinte ca să știu că ți-e gândul la sex.

El chicoti, iar mâinile i se mutară pe sânii ei. Persefonei i se tăie răsuflarea, iar degetele i se încleștară în jurul încheieturilor mâinilor lui precum niște cătușe.

— Vreau să vorbim, Hades.

El ridică dintr-o sprânceană perfectă.

— Vorbește! o îndemnă. Pot face mai multe lucruri deodată... Sau ai uitat?

Se ridică în șezut și-o apucă de un sfârc cu dinții, tachinând-o prin bluză. Ea vru să cedeze și să-l lase să exploreze. Mâinile ei – *mâini trădătoare* – îl cuprinseră de gât și i se încurcară în păr. El mirosea a mirodenii calde, iar ea aproape că-i simțea gustul limbii, cu aroma ei de whisky.

— De data asta, nu cred că poți să faci mai multe lucruri deodată, spuse ea. Cunosc eu bine privirea aia.

Hades se desprinse destul cât să întrebe:

— Care privire?

Ea îi luă capul în mâini. Se gândi să-l împiedice să-i distragă atenția cu gura lui, dar mâinile lui îi treceau pe sub bluză, pe piele, dându-i fiori.

— *Privirea* aia, răspunse ea, de parcă astfel l-ar fi lămurit întru totul. Aia pe care-o ai acum. Ochii-ți sunt întunecați, dar e ceva... viu în spatele lor. Uneori cred că e pasiune, alteori cred că e violență. Uneori cred că e vorba de toate viețile pe care le-ai trăit.

Ochii lui sclipiră, iar mâinile lui coborâră spre coapsele ei.

— *Hades*, îi susură numele, iar el îi acoperi gura cu a lui, mutându-se astfel încât ea să fie sub el.

Limba lui îi alunecă în gură. Avusese dreptate în privința gustului lui, cu iz de fum și dulceag. Vru mai mult și-l cuprinse cu brațele de umeri și cu picioarele de talie. Buzele lui se dezlipiră de ale ei pentru a-i urmări contururile gâtului și sânilor.

Persefona îl strânse și mai tare de talie, ca să-l împiedice să se lase și mai jos.

— Hades, șopti. Am spus că vreau să vorbim.

— Vorbește! repetă el.

— Despre Apollo.

Hades încremeni și mârâi – era un sunet nefiresc, care-i dădu fiori pe șira spinării. Se desprinse de tot de ea, fără a o mai atinge.

— Spune-mi de ce numele nepotului meu e pe buzele tale!

— El e următorul meu proiect.

Hades clipi, iar ea fu sigură că vede violență în privirea lui.

— A concediat-o pe Sibila, Hades. Pentru că a refuzat să-i fie amantă.

El privi fix, iar tăcerea-i ascundea furie. Strângea din buze, iar o venă de pe frunte îi zvâcnea. Coborî din pat complet dezbrăcat. O clipă, îl urmări plecând – cu tot cu fundul lui cu mușchi bine definiți.

— Unde te duci? întrebă ea.

— Nu pot să stau în patul nostru în timp ce tu vorbești despre Apollo, spuse el.

Ei nu-i scăpă din vedere că numise patul *lui* patul „nostru", deși ea o dăduse de gard aducând vorba de Apollo.

Porni cu pași împleticiți pe urmele lui.

— Vorbesc despre el numai pentru că vreau s-o ajut pe Sibila!

Hades își turnă ceva de băut.

— Ceea ce face el e greșit, Hades! Apollo n-are voie s-o pedepsească pe Sibila pentru că l-a respins!

— Se pare că are voie! spuse Hades, sorbind încet din pahar.

— A lăsat-o fără loc de muncă! N-are nimic și n-o să aibă nimic dacă Apollo nu e dat de gol!

Hades își goli paharul și-și turnă altul. După o perioadă destul de lungă de tăcere tensionată, răspunse:

— Nu ai voie să scrii despre Apollo, Persefona!

— Ți-am mai zis să nu-mi spui despre cine n-am voie să scriu, Hades!

Zeul Lumii de Jos își puse paharul pe masă cu un clinchet zgomotos.

— Atunci n-ar fi trebuit să-mi dezvălui planurile tale.

Ea îi ghici următorul gând: *Și nici să-l pomenești pe Apollo în dormitorul nostru n-ar fi trebuit.*

Cuvintele lui îi ațâțară furia, iar ea-și simți puterea mișcându-i-se prin vene.

— N-o să scape basma curată după asta, Hades!

Nu adăugă faptul că avea nevoie disperată de articolul ăla - că ar fi oferit o diversiune față de ceea ce voia cu adevărat șeful ei -, un articol despre ei doi. Probabil că Hades simțise schimbarea din puterea ei, pentru că următoarele cuvinte rostite de el fură calme și prudente:

— Nu că n-aș fi de acord cu tine, dar nu poți să fii tu cea care împarte dreptatea, Persefona.

— Dacă nu eu, atunci cine? întrebă ea. Nimeni altcineva nu e în stare să-l confrunte. Publicul îl adoră.

Ea nu înțelegea cum de îl iubeau pe Apollo și se temeau de Hades.

— Cu atât mai mult trebuie să ai o strategie pusă la punct, argumentă Hades. Sunt și alte modalități prin care poți să faci dreptate.

Persefona nu era sigură că-i place ce insinua Hades.

Se încruntă la el.

— De ce te temi atât de tare? Am scris despre tine, și uite câte lucruri bune s-au întâmplat după aceea.

— Eu sunt un zeu rezonabil, spuse el. Ca să nu mai vorbim de faptul că m-ai intrigat. Nu vreau ca Apollo să fie intrigat de tine.

Persefonei nu-i păsa dacă Apollo era sau nu era intrigat de ea – Zeul Muzicii nu avea să ajungă nicăieri cu ea.

— Știi bine c-o să am grijă, spuse ea. Pe lângă asta, Apollo chiar s-ar pune cu ce-i al tău?

Hades își subție buzele și-i întinse mâna.

— Vino! îi ceru, așezându-se într-un scaun în fața focului.

Se apropie de parcă vorbele lui ar fi fost un magnet, iar ea ar fi fost de oțel. Degetele lui Hades se împletiră cu ale ei când o trase mai aproape. Genunchii ei erau de-o parte și de alta a coapselor lui. Toate formele ei se modelau după trupul lui tare. Îl privi în ochii întunecați când îi spuse:

— Tu nu-i înțelegi pe Divini. Eu nu te pot proteja de un alt zeu. E o luptă pe care va trebui să o câștigi de una singură.

Încrederea Persefonei se zdruncină. Erau multe reguli de care zeii erau legați – promisiuni, contracte, favoruri –, și toate aveau un singur lucru în comun: erau de neîncălcat.

— Vrei să zici că n-ai lupta pentru mine?

Hades oftă și-i atinse ușor obrazul cu degetul.

— Draga mea, pentru tine aș trece lumea asta prin foc și sabie!

O sărută aprig, violent, lăsându-i buzele carne vie. Când se desprinse de ea, Persefonei i se tăiase răsuflarea, iar mâinile lui îi apucaseră atât de ferm pielea, încât parcă o ţineau de oase.

— Te *implor*... nu scrie despre Zeul Muzicii!

Se trezi aprobând din cap, încremenită de expresia vulnerabilă din ochii negri ai lui Hades. Nu fusese nici pe departe la fel de disperat s-o oprească să scrie despre el.

— Şi cu Sibila cum rămâne? întrebă ea. Dacă eu nu-l dau în vileag, cine o s-o ajute?

Privirea lui Hades se îmblânzi.

— Nu poţi să salvezi pe toată lumea, iubita mea!

— Nu încerc să salvez pe toată lumea, ci numai pe cei nedreptăţiţi de zei!

El o privi o clipă cu atenţie, apoi îi dădu la o parte o şuviţă de păr de pe faţă.

— Lumea asta nu te merită.

— Ba mă merită, răspunse ea. Oricine merită compasiune, Hades. Chiar şi în moarte.

— Dar tu nu vorbeşti despre compasiune, spuse el, atingându-i uşor obrazul cu degetul mare. Tu speri să-i scapi pe muritori de pedeapsa zeilor. E la fel de zadarnic cum e promisiunea de a-i învia din morţi.

— Pentru că aşa ai hotărât tu să fie!

Hades îşi feri privirea, strângând din dinţi. Era clar că-i atinsese un punct sensibil. Vinovăţia îi întoarse stomacul pe dos. Ştia că e nedreaptă. Lumea de Jos avea reguli şi un echilibru al puterii pe care ea nu-l înţelegea întru totul.

Nu voise să-l supere, dar chiar îşi dorise schimbare. Întinse mâna spre el, îndreptându-i privirea spre a sa.

— N-o să scriu despre Apollo.

El se mai relaxă un pic, dar expresia îi era tot dură.

— Ştiu că-ţi doreşti să se facă dreptate, dar ai încredere în mine în legătură cu asta, Persefona!

— Am încredere în tine.

Figura lui era inexpresivă, iar ei i se cam părea că n-o crede. Gândul o părăsi repede când o ridică în braţe, privind-o în ochi, şi se îndreptă cu ea spre pat.

O aşeză pe margine, o ajută să se dezbrace şi o întinse pe spate. Îngenunche între picioarele ei, iar gura lui coborî şi atinse cu limba mănunchiul strâns de nervi din locul unde i se uneau coapsele. Persefona îşi arcui spinarea, săltând-o de pe pat, iar mâinile i se încurcară în marea de aşternuturi din jur. Se chinui să-şi tragă sufletul.

— Hades!

Strigătele ei nu păreau să aibă vreun efect asupra lui, căci îşi menţinea în continuare ritmul languros, chinuitor. Curând, degetele lui îi despărţiră carnea fierbinte, alăturându-se degetelor. O mângâie şi o străpunse, mişcându-se în ritmul respiraţiei ei, până când ea se eliberă.

Când termină, el se lăsă pe călcâie, îşi duse degetele la buze şi le supse până le curăţă.

— Tu eşti aroma mea preferată, spuse el. M-aş putea adăpa din tine toată ziua!

O prinse de şolduri şi o trase spre el, pătrunzând-o dintr-o mişcare ageră. Îl simţi în măduva oaselor, în sânge, în suflet.

Tensiunea crescu înlăuntrul ei, iar gemetele i se transformară în ţipete.

— Rosteşte-mi numele! mârâi Hades.

Persefona apucă strâns aşternuturile de mătase de sub ea. Cearşafurile i se lipeau de pielea fierbinte şi transpirată.

— Rosteşte-l! porunci el.

— Hades! strigă cu răsuflarea tăiată.

— Din nou!

— Hades!

— Roagă-te la mine, îi porunci. Imploră-mă să te fac să-ți dai drumul!

— Hades!

Rămăsese fără răsuflare - abia îngăima cuvintele.

— Te rog!

O pătrunse.

— Ce mă rogi?

O pătrunse.

— Fă-mă să-mi dau drumul!

O pătrunse.

— Fă-o! țipă ea.

Își dădură drumul împreună, iar Hades se prăbuși peste ea, sărutând-o adânc, simțindu-i în continuare gustul pe buze. După o clipă, o luă în brațe și se teleportară în băi, unde făcură duș și se închinară din nou unul altuia.

Pentru că-i mai rămăsese o oră până când trebuia să se trezească, Persefona se întinse să se odihnească. Hades se lungi lângă ea, ținând-o aproape.

— Persefona? zise Hades, iar barba lui îi gâdilă urechea.

— Hmm?

Era prea obosită ca să se folosească de cuvinte, iar ochii-i erau grei de somn.

— Dacă mai rostești numele cuiva în patul ăsta, să știi că i-ai trimis sufletul în Tartar!

Deschise ochii. Voia să-l privească, să-i vadă violența din ochi, să o gonească – *de ce-l supărase asta atât de tare?* Oare Zeul Lumii de Jos, Cel Bogat, Atotprimitorul, se temea de Apollo?

După ce rosti avertismentul, Hades se relaxă, iar respirația îi deveni liniștită și regulată. Nedorind să-i tulbure liniștea, se cuibări lângă el și adormi.

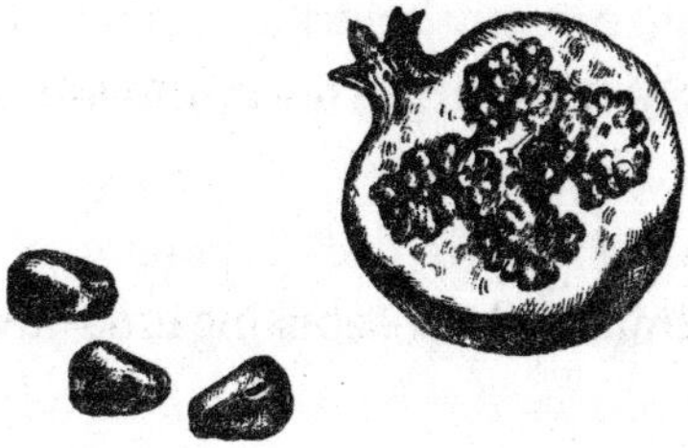

CAPITOLUL V

Răsfăț regesc

Persefona îi povesti Lexei despre discuția dezastruoasă pe care-o avusese cu Hades, a doua zi, la prânz. Aleseseră un separeu din partea din spate a cafenelei lor favorite, Narcisa Galbenă, care le oferea o anumită intimitate. În ciuda zgomotului din restaurant, Persefona avea o teamă vecină cu paranoia de a vorbi despre Hades în public. Se aplecă în față spre Lexa și șopti:

— Nu l-am mai văzut niciodată atât de…

Neclintit. De încăpățânat. De obicei, era dispus măcar s-o asculte, dar din momentul în care ea pronunțase numele lui Apollo, Hades încheiase discuția.

— Hades are dreptate, spuse Lexa, lăsându-se pe spate în scaun și încrucișându-și picioarele.

Persefona își privi prietena cea mai bună, surprinsă că îi lua partea Zeului Morților.

— Adică tu chiar ai impresia că poți să te-atingi de reputația lui Apollo? E Adoratul Noii Atene.

— Renume pe care nu-l merită, având în vedere modul în care se comportă cu bărbații și femeile pe care le „iubește".

— Dar... dacă lumea nu te crede, Persefona?

— Nu pot să-mi fac griji dacă mă crede sau nu lumea, Lex.

Ideea că victimele lui Apollo aveau să fie ignorate din cauza reputației lui o înfuria, dar ce-o scotea cu adevărat din minți era faptul că știa că Lexa are dreptate, că există șanse să nu o creadă nimeni.

— Știu. Nu vreau să zic decât că... totul s-ar putea derula altfel decât crezi tu.

Persefona se încruntă, derutată de cuvintele prietenei ei.

— Și ce anume cred eu?

Lexa își împreună degetele pe masă, în fața ei, și săltă din umeri, ridicând în sfârșit privirea spre Persefona. Ochii ei păreau astăzi mai vii, poate și datorită rimelului fumuriu pe care-l purta.

— Nu știu. Adică, tu chiar speri că un zeu care nu acceptă să fie respins o să dea dovadă de rațiune! Parc-ai crede că poți să-i schimbi comportamentul lui Apollo doar cu niște cuvinte, ca prin magie!

Persefona tresări și observă că privirea Lexei se mutase la umărul ei. Cu coada ochiului, văzu ceva verde, iar când se uită, descoperi că un mănunchi de liane îi răsărise de sub piele. Persefona le acoperi repede cu palma. În niciunul dintre momentele în care magia ei reacționase la propriile emoții nu se manifestase așa. Smulse lianele, iar sângele i se scurse pe braț.

— Pe toți zeii!

Lexa îi vârî un pachet de șervețele în mâini, iar Persefona își tamponă umărul cu ele.

— Ești în regulă?

— Sunt bine.

— Ai mai pățit vreodată așa ceva?

— Nu, răspunse ea, dând la o parte șervețelele ca să privească rana lăsată de liane.

Tăietura era mică, de parc-ar fi fost agățată de un ghimpe, iar sângerarea era superficială.

Chiar trebuia să-și continue lecțiile cu Hecate.

— Asta-i chestie de zeiță? întrebă Lexa.

— Nu știu.

Nu văzuse niciodată puterile mamei ei manifestându-se astfel și nici pe-ale lui Hades, la o adică. Poate că nu era nimic altceva decât încă o dovadă că era o zeiță de toată jena.

— Îi spui lui Hades?

Întrebarea o surprinse pe Persefona, așa că privirea i se îndreptă fulgerător spre Lexa.

— De ce să-i spun?

Lexa îi enumeră motivele:

— Pentru că n-ai mai pățit așa ceva, pentru că pare dureros și pentru că s-ar putea să aibă legătură cu faptul că ești Zeița Primăverii?

— Sau s-ar putea să nu fie nimic, spuse Persefona repede. Nu-ți face griji, Lex!

Trecu o clipă de tăcere din partea amândurora, apoi Lexa întinse mâna peste masă ca să-i atragă atenția Persefonei.

— Ești conștientă că doar îmi fac griji pentru tine, nu?

Zeița Primăverii oftă.

— Știu. Îți mulțumesc!

Urmă altă perioadă de liniște, apoi Lexa ridică din umeri.

— Cred că nimic din toate astea nu prea contează. I-ai promis deja lui Hades că n-o să scrii despre Apollo... nu?

Persefona ezită s-o privească pe Lexa în ochi.

— Persefona...

— Și cu Sibila cum rămâne? Ce să facem, s-o lăsăm să sufere așa? întrebă Persefona.

— Nu, ar trebui să-i fim prietene, răspunse Lexa.

— Ceea ce înseamnă că eu trebuie să fac tot ce-mi stă în putere ca să mă asigur că Apollo e dat de gol.

— Ceea ce înseamnă c-ar trebui să faci ceea ce vrea Sibila să faci.

Persefona se încruntă. Sibila voia ca Persefona să lase situația așa cum era, dar tăcerea făcea parte din problemă. Oare câți suferiseră din cauza lui Apollo și refuzau să vorbească?

— Oare toți Divinii sunt chitiți pe răzbunare?

Lexa puse întrebarea în doi peri, de parcă ar fi întrebat retoric, dar Persefonei nu-i pică bine.

— Cum adică?

Lexa ridică din umeri.

— Voi toți vreți să *pedepsiți*. Apollo vrea să-și pedepsească amanții și amantele, tu vrei să-l pedepsești pentru asta, iar el probabil c-o să te pedepsească pe tine. E o adevărată nebunie!

— Eu nu vreau să-l pedepsesc, se apără Persefona.

Lexa ridică o sprânceană.

— Chiar nu vreau! Vreau doar ca oamenii să știe că nu trebuie să aibă încredere în el!

— Tot așa cum ai vrut să știe că nu trebuie să aibă încredere în Hades?

— Aia e altceva.

Era adevărat că Persefona își începuse seria de articole despre Hades cu scopul de a da în vileag pactele lui nedrepte cu muritorii. Totuși, odată cu trecerea timpului, aflase că intențiile lui Hades erau cu mult mai onorabile decât crezuse ea inițial.

Lexa oftă.

— Așa o fi, dar nu așa îți zicea Hades? Apollo e în stare să pedepsească pe cineva fără să se gândească de două ori.

Persefona își feri privirea, frustrată, iar mâna întinsă a Lexei o acoperi pe-a sa.

— Nu vreau decât să ai grijă de tine. Știu că Hades te protejează, dar știu și cât de greu îți este să ceri ajutor.

Persefona reuși să zâmbească ușor. Știa că Lexa spunea asta doar fiindcă-și făcea griji pentru ea, dar cea mai bună prietenă a ei nu cunoștea toată povestea. Încă nu-i spusese despre ultimatumul dat de șeful ei. Se simțea de parcă ar fi făcut un nou pact cu Hades, confruntându-se cu pierderea celor două lucruri pe care punea cel mai mare preț. Poate că, dacă-i explica, Lexa avea să înțeleagă, dar chiar când deschidea gura să vorbească, fură întrerupte de-o străină:

— Tu ești prietena lui Hades, nu-i așa?

Vocea le făcu să tresară, iar întrebarea îi smulse Persefonei o grimasă. O tânără apăruse lângă masa lor. Purta o rochie-tricou, colanți și cizme. Își ținea telefonul în mână și trăgea de elasticul care-i ținea părul prins într-un coc în creștetul capului.

— Faci o poză cu mine? întrebă fata, umflându-și părul și aruncându-l peste umăr.

— Scuze, dar nu! răspunse Persefona. Iau prânzul!

— N-o să dureze decât o secundă.

Se aplecă spre ele să facă un selfie, cu camera pornită. Persefona se feri, întinzând mâinile ca s-o țină pe fată departe.

— Ți-am spus nu!

— Numai una! încercă să se târguiască fata.

— Tu care parte din „nu" n-o înțelegi? întrebă Persefona.

Fata se îndreptă și clipi spre Persefona.

Apoi își miji ochii.

— Nu-i nevoie să fii scârbă! E doar o poză!

Fata ridică telefonul și făcu o poză. Izbucnirea ei atrăsese atenția, iar în timp ce Persefona o urmărea plecând valvârtej, observă că vreo câțiva clienți aveau telefoanele îndreptate spre ea. Își acoperi fața cu mâna.

Lexa se aplecă peste masă.

— Ăsta ar fi un moment excelent ca să-ți folosești puterile în scopuri mârșave.

— Nu cumva doar ce m-ai criticat că mă folosesc de magia mea ca să pedepsesc?

— Ba da, dar... și-o merita! Era o cretină!

— Cred c-ar fi cazul să plecăm! spuse Persefona, întinzând mâna după poșetă.

Lăsară bani pe masă cât să achite nota de plată. Lexa o prinse pe Persefona de braț în timp ce ieșeau din cafenea. Trotuarele se umpluseră de angajați care se întorceau la muncă, de turiști și de vânzători stradali. Era o zi călduroasă, dar înnorată, iar în aer mirosea a castane prăjite, a țigări și a cafea.

— Ai timp să treci pe la birou? întrebă Lexa. Îți pot face un tur și să-ți și arăt la ce proiect lucrez!

Persefona se uită la ceas. Mai avea treizeci de minute până trebuia să se întoarcă la Acropole.

— Mi-ar plăcea la nebunie!

Voia să știe unde lucrează Lexa și, dacă era să fie sinceră, să și exploreze. Se simțise jenată în momentul în care Lexa începuse să enumere informații despre Proiectul Halcyon pe care ea nu le știa deloc.

Lexa lucra într-o clădire numită Turnul Alexandria. Se afla vizavi de Nevernight, cu un exterior din marmură albă acoperit complet cu sticlă. Lexa îi ținu Persefonei ușa deschisă. Ca toate locurile ocupate de Hades, și acesta era luxos. Podelele erau de marmură cu vinișoare, biroul recepționerei era o masă de obsidian, iar accentele aurii sclipeau pe mobilierul de culoare închisă. Persefona se simțea ca acasă.

O nimfă așezată la biroul recepționerei se ridică repede în picioare. La fel ca toate cele din neamul ei, era frumoasă – toată numai unghiuri ascuțite și ochi mari. Era o nimfă de pădure – o *driadă*, după cum îi arăta părul de culoarea migdalei, ochii de culoarea mușchiului și nuanța verzuie a pielii. Acelea erau nimfele alături de care Persefona petrecuse cel mai mult timp în copilăria ei din seră. Nu se gândise niciodată la asta, dar se întreba dacă erau și ele în aceeași măsură ca ea prizonierele mamei sale.

— Lady Persefona, se înclină femeia de la birou. Ne onorați cu prezența dumneavoastră aici!

Lexa chicoti, iar Persefona roși.

— Am adus-o pe Persefona ca să-i fac un tur, Ivy.

Driada făcu ochii mari, iar Persefona avu impresia că nu-i plăcea să fie luată prin surprindere.

— Aaa, bineînțeles, lady Persefona! Întâi de toate... doriți să vă aduc ceva? Poate un pahar de șampanie sau de vin?

— A, nu, mulțumesc, Ivy! După asta trebuie să mă întorc la lucru.

— Dați-mi voie să dau niște telefoane! spuse ea. Aș prefera ca totul să fie perfect înainte să urcați.

— E-n regulă, Ivy! răspunse Lexa pe un ton jucăuș. Pe Persefona n-o interesează!

Driada păli. Cu câteva luni înainte, genul ăsta de comportament ar fi stânjenit-o pe Persefona. Încă o neliniștea, dar îl recunoscu drept ceea ce era – venea din partea unei servitoare de-a lui Hades dornică să-i facă pe plac, iar Persefona nu voia s-o împiedice să facă asta, așa că interveni:

— Ia-o încet, Ivy, spuse Persefona. Între timp, un pahar cu apă ar prinde bine.

Persefona făcu câțiva pași înapoi și cercetă toată clădirea cu privirea. Îi plăcea la nebunie aspectul clădirii. Nu era la fel de modernă ca Nevernight și se lăuda cu accente retro precum clanțe de aur, guri de aerisire de aur și un calorifer. O zonă de relaxare formală era aranjată în fața unor ferestre mari cu vedere la stradă. Persefona se opri în fața lor, admirând peisajul orașului aglomerat din cealaltă parte.

— Parcă ziceai că nu ți-e sete, spuse Lexa, alăturându-i-se la fereastră.

Persefona zâmbi și răspunse:

— Nu bei niciodată destulă apă.

— Pe bune, ce-a fost asta? Puteam să fi pornit deja turul ăsta!

Zeița oftă.

— Am învățat câte ceva de când sunt în Lumea de Jos, Lex. Tu ești prietena mea cea mai bună, deci pentru tine faptul că mă aduci aici e doar o mică distracție, dar oamenii ăștia... ei mă văd... altfel.

— Adică te văd ca pe regina Lumii de Jos?

Ea ridică din umeri. Categoric era adevărat în privința locuitorilor Lumii de Jos.

— Ei îl slujesc pe Hades, și oricât de mult aș încerca să-i contrazic, par să creadă că mă slujesc și pe mine, prin asociere.

Mai mult ca sigur pentru că așa li s-a poruncit să facă, gândi ea.

— Ideea de-a sluji le face plăcere. Și, cu cât mă opun, cu atât îi jignesc mai tare, cred eu.

— Hmm! făcu Lexa după o clipă, iar când Persefona își privi prietena, o văzu zâmbind ștrengărește.

— Ce-i? întrebă Persefona, neîncrezătoare.

— Nimic, regină Persefona!

Persefona își dădu ochii peste cap, iar Lexa râse, întorcându-se cu spatele la fereastră.

Ivy le ieși în cale, cărând o tavă argintie cu două pahare cu apă.

— Aroma de azi e ghimbir şi castravete.

Persefona luă un pahar şi un şerveţel. Ştia că driada avea să fie nerăbdătoare să afle dacă-i place apa, aşa că sorbi repede din ea.

— Hmm, foarte răcoritoare, Ivy, mulţumesc!

Nimfa se lumină toată, apoi îi dădu un pahar Lexei. Ivy dispăru din nou, iar când se întoarse încă zâmbea, de parcă ar fi fost drogată.

— Sunt gata să vă primească, lady Persefona, Lexa!

Stomacul Persefonei era tot întors pe dos. Reuşise să facă faţă cu bine acelei interacţiuni, dar avea oare să se descurce cu mai multe?

— În sfârşit! zise Lexa fără politeţuri.

În timp ce urcau treptele spre etajul al doilea, Persefona se întoarse spre Ivy.

— Mulţumesc, Ivy! Mulţumesc pentru tot!

Nu se uită la nimfă destul cât să-i vadă reacţia, ci o urmă pe Lexa în sus pe trepte.

Ceea ce găsiră când ajunseră acolo le făcu să încremenească în loc. Ambele părţi ale holului erau pline de angajaţi care ieşiseră din birourile lor de sticlă ca s-o întâmpine pe Persefona. Era şi un bărbat care făcea poze.

— Lady Persefona, e o onoare! spuse o femeie care se apropie de ea, o muritoare cu o claie de bucle negre. Eu sunt Katerina. Director la Fundaţia Cypress.

— E o plăcere să te cunosc! spuse Persefona.

— Vă rog să-mi permiteţi să vă spun câte ceva despre progresele noastre! Sunt sigură că veţi fi încântată.

Persefona schimbă o privire cu Lexa. Avea gura pungă şi maxilarul încordat. Nu la asta se aşteptase prietena ei cea mai bună când îi propusese un tur. Persefona încercă să ignore senzaţia subită de vinovăție resimțită odată cu toată acea experiență. Lexa nu voise altceva decât să se laude cu noul ei loc de muncă, deci niciuna dintre ele nu se așteptase să fie tratată astfel. Ar fi fost mai bine să meargă acolo în afara orelor de program.

Katerina le vorbi tot drumul, recitând niște informații pe care Lexa i le împărtășise deja. Era clar că avea un discurs-șablon pregătit pentru orice situație.

— Am fost foarte entuziasmați când a fost anunțat Proiectul Halcyon, spuse Katerina. Am colaborat cu lordul Hades pentru alte câteva proiecte, dar niciodată pentru ceva de-o asemenea anvergură.

— Alte proiecte? întrebă Persefona, căci pentru ea era o noutate.

Katerina zâmbi. Părea chiar entuziasmată să o anunțe pe Persefona ceva ce nu știa deja, și-i explică:

— Proiectul Halcyon este doar una dintre numeroasele inițiative ale Fundației Cypress.

— Spune-mi mai multe!

— Păi, avem Casa Cerber, o organizație non-profit pentru animale. Această organizație a înființat paisprezece adăposturi pentru animale unde eutanasia e interzisă în toată Noua Grecie și plătește taxe de adopție pentru animalele de companie. Suntem foarte entuziasmați de deschiderea celei de-a cincisprezecea locații în Argos. Mai avem și Proiectul Locul de Veci, care ajută familiile să-și achite cheltuielile pentru înmormântare și îngropăciune. Până acum, am ajutat peste trei sute de familii nevoiașe.

Persefona rămase fără cuvinte, și totuși femeia continuă să vorbească:

— Cea mai longevivă organizație caritabilă a lordului Hades e Carul, ale cărei fonduri asigură dresajul câinilor de terapie pentru copiii cu nevoi speciale.

Ea înghiți ca să-și alunge nodul din gât.

— E... E uimitor!

Sentimentele i se învălmășiseră. Era uluită de faptul că Hades înființase atâtea organizații extraordinare, dar frustrată și rușinată că nu știa nimic despre niciuna dintre ele. Oare de ce nu-i spusese? Oare de ce nu aflase nimic despre toate acestea din întâmplare în timp ce se documenta despre Zeul Morților?

Pe zei! Cât de nesimțită putuse să pară scriind asemenea *calomnii* despre el. Poate că de-asta erau atât de mulți oameni dornici să-i vorbească despre realizările lui, ca să-i demonstreze și mai mult că se înșală.

La naiba cu modestia lui!

Turul continuă încă o vreme și apoi urmară câteva prezentări. Persefona îi cunoscu pe oamenii din spatele fiecărei inițiative caritabile a lui Hades. La final, Katerina se întoarse și spuse:

— Dacă nu mai doriți și altceva, vă conduc cu drag jos, milady.

Și cu biroul lui Hades cum rămâne?

Din fericire, interveni Lexa:

— Preiau eu de-aici, Katerina. Oricum eu și Persefona mai avem de finalizat niște planuri.

— Aaa...

— Mulțumim foarte mult, Katerina! spuse Persefona înainte ca femeia să apuce să protesteze. De-abia aștept să-i spun lui Hades ce minunată ai fost!

Replica veni la fix. Katerina zâmbi și spuse pe un ton extrem de timid:

— Vai, vă mulțumesc mult, lady Persefona!

Când rămaseră singure, Lexa întrebă:

— Vrei să vezi biroul lui Hades?

— Normal!

Chicotiră ca nişte şcolăriţe în timp ce Lexa o conducea pe un al treilea şir de trepte. Etajul acela era dedicat în exclusivitate birourilor, iar Persefona şi Lexa îşi croiră drum printr-un şir de separeuri, apoi ajunseră la un rând de birouri din spatele clădirii.

— Iată-l! zise Lexa, făcând un gest larg cu braţele deschise în timp ce intra.

Era ca o cutie de sticlă.

Persefona rămase în uşă. Îi amintea de casa mamei ei, iar pentru o clipă, avu ciudata senzaţie că toată povestea asta nu era nimic altceva decât o capcană bine pusă la punct. Biroul lui Hades era aşezat la o fereastră cu vitralii care făcea să pară că stătea pe un tron când se afla la birou. Era extravagant şi intimidant, iar ea ar fi fost în stare să parieze că folosea biroul ăla mai puţin decât pe cel de la Nevernight.

Intră chiar când pe Lexa o strigă cineva.

— Băga-mi-aş! făcu Lexa. Revin imediat.

Persefona aprobă din cap, iar prietena ei cea mai bună dispăru. Privirea îi coborî la biroul lui Hades. Pe masă erau doar două lucruri: o vază cu narcise albe şi o fotografie cu ea. Era făcută în Lumea de Jos, într-una dintre grădinile lui Hades. O luă în mână, curioasă când fusese făcută.

— Eşti curioasă?

Persefona tresări şi scăpă poza înrămată din mână. Înainte să apuce să se lovească de podea, Hades o prinse şi o aşeză la loc. Zeiţa se întoarse spre el, sprijinindu-se cu o mână de birou.

Cum se poate mişca o persoană atât de masivă atât de repede? se întrebă în gând. El stătea aproape de ea, iar mirosul lui o izbi. Îşi reaminti de noaptea dinainte, în care el o dusese în pat, pusese stăpânire pe ea, o însemnase, o posedase. Nu se așteptase ca o simplă discuție despre Apollo să-l întărâte în halul ăla, dar o făcuse într-un fel la care nu se așteptase.

— De când ești aici? șopti Persefona.

Una dintre puterile lui Hades era invizibilitatea. Era posibil să se fi aflat în biroul ăla în tot acel timp sau și mai probabil era s-o fi urmărit de-a lungul turului, fără ca vreuna dintre ele să știe.

— Tot suspicioasă ai rămas, zise el.

— Hades...! îl avertiză.

— Nu de mult, îi răspunse. Am primit un telefon disperat de la Ivy, care mă certa că n-am anunțat-o că treci pe aici.

Prima reacție a Persefonei fu să se amuze că unul dintre angajații lui Hades îl certase, însă atenția îi fu distrasă de faptul că Ivy chiar îl *sunase.*

Persefona se încruntă.

— Ai telefon?

— La serviciu, da, răspunse el.

— Și eu de ce nu știam?

Doar o ridicare din umeri.

— Dacă vreau să te găsesc, te găsesc.

— Și dacă te vreau?

— Atunci nu trebuie decât să-mi rostești numele.

Cu toate astea, Persefonei nu i se părea că ăsta e un motiv suficient de bun ca să nu știe că are telefon... sau celelalte un milion de lucruri pe care nu le știa despre amantul ei.

— Ești nemulțumită, constată Hades, și nu era o întrebare.

Privirea Persefonei se ridică din nou spre a lui.

— M-ai făcut de rușine.

Fu rândul lui Hades să se încrunte, iar expresia feței lui se îmblânzi.

— Explică-mi!

— N-ar trebui să aflu despre actele tale caritabile de la alții, răspunse ea. Am impresia că toată lumea din jurul tău știe mai multe despre tine decât știu eu.

— Nu m-ai întrebat niciodată.

— De unele lucruri se poate aduce vorba într-o doară, Hades. Cum ar fi la cină: „Bună, iubita mea! Cum a fost ziua ta? A mea a fost bună, organizațiile caritabile de miliarde de dolari pe care le dețin ajută copiii, câinii și *omenirea*!"

Hades se străduia să nu zâmbească.

— Nici măcar să nu îndrăznești! îl avertiză, lipindu-i un deget de buze. Vorbesc serios în legătură cu asta! Dacă vrei să fiu văzută drept mai mult decât o simplă amantă, atunci am nevoie de mai mult din partea ta. De un... istoric... De un inventar al vieții tale. De *ceva*.

Privirea lui Hades se întunecă, iar el o prinse pe Persefona de încheietura mâinii. Îi sărută degetele.

— Îmi pare rău! rosti el. Nu mi-a trecut prin cap să-ți spun. Îmi duc existența de unul singur și am făcut atâta timp totul de unul singur, încât nu sunt obișnuit să împărtășesc nimic cu nimeni.

Expresia Persefonei se îmblânzi, apoi îi lipi palma de față.

— Hades, tu n-ai fost singur niciodată, și categoric nu ești singur acum, spuse ea, retrăgându-și mâna. Deci, ce altceva mai ai?

— O mulțime de morgi.

Persefona făcu ochii mari.

— Vorbești serios?

— Doar sunt Zeul Morților. răspunse el.

Ea nu se putu abține să zâmbească. Se fixară o clipă cu privirea, apoi Hades o îndemnă cu o voce joasă, seducătoare:

— Spune-mi, ce altceva mai pot împărtăși cu tine?

Persefona aruncă o privire spre poza de pe birou.

— Pe asta de unde o ai?

Privirea lui o urmă pe-a ei, și zeița știa că nu o făcea pentru că trebuia să-și reamintească de poză. Îi răspundea când avea el chef.

— Eu ți-am făcut-o.

— Când?

— Evident, când nu erai atentă, răspunse el, iar ea-și dădu ochii peste cap la umorul lui.

— De ce tu ai poze cu mine, iar eu nu am poze cu tine?

Lui îi sclipiră ochii.

— Nu știam că vrei poze cu mine.

Ea pufni.

— Bineînțeles că vreau poze cu tine.

— S-ar putea să-ți pot face pe plac. Ce fel de poze vrei?

Dădu să-l lovească peste umăr.

— Ești un nesătul!

— Și tu ești de vină, regina mea, replică el, iar buzele i se plimbară în jos pe gâtul și de-a lungul umărului ei. Mă bucur că ești aici!

— N-aș fi zis, răspunse ea tremurând.

— Mi-am dorit să-ți fac plăcere aici, în încăperea asta, pe biroul ăsta, de când te-am întâlnit. Va fi cel mai productiv lucru care s-a întâmplat aici.

Cuvintele lui erau ca niște flăcări care-o aprindeau. Înghiți cu greutate în sec.

— Ai pereți de sticlă, Hades!

— Încerci cumva să mă împiedici?

Ea își miji ochii și-l ațâță:

— Exhibiționist de felul tău?

— Nici pe departe.

Se mai apropie un pic de ea, făcând-o să-i simtă răsuflarea pe buze.

— Chiar ai impresia că i-aş lăsa să te vadă? Sunt prea egoist. Jocuri ale minţii, Persefona!

Se dădu mai aproape de trupul lui fierbinte.

— În cazul ăsta, a ta sunt! şopti ea.

Hades mârâi şi o cuprinse cu braţul de talie când cineva îşi drese glasul. Se întoarseră şi o găsiră pe Lexa stând în prag.

— Salut, Hades! zise ea cu zâmbetul pe buze. Sper să nu te superi că am adus-o pe Persefona să-i fac un tur pe-aici!

— Salut, Lexa! răspunse el. Nu, nu mă supăr absolut deloc!

Persefona râse uşor şi se îndepărtă de căldura trupului lui Hades.

— Eu trebuie să mă întorc la serviciu, spuse ea, întâlnindu-se cu Lexa la uşa biroului lui Hades.

Se întoarse să-l privească. Acesta era întruchiparea puterii, stând la biroul ăla, profilându-se pe sticla aia minunată.

— Ne vedem diseară?

El aprobă din cap cu un gest scurt.

În timp ce se întorceau la etajul unu, Lexa spuse:

— Ştiu că vineri mergi în Lumea de Jos şi stai tot weekendul, dar să nu uiţi că vineri o ajutăm pe Sibila să se mute.

— Pentru nimic în lume n-aş rata aşa ceva.

Cele două se îmbrăţişară la uşă.

— Mulţumesc pentru tot, Lexa! Îmi pare rău că n-ai putut să-mi faci chiar tu turul!

— N-o să te mint. A fost ciudat să-i văd pe toţi împiedicându-se în propriile picioare în prezenţa ta.

Amândouă râseră după replica asta. Era ciudat, chiar şi pentru Persefona, dar apoi Lexa spuse ceva ce-i îngheţă Persefonei sângele în vene.

— Închipuie-ți când vor afla că ești zeiță.

Persefona o luă pe jos înapoi spre Acropole. De data asta, fără tragere de inimă, se îndreptă spre intrare, printre fanii care urlau, ținuți la distanță de-o barieră improvizată instalată de paznici.

— Persefona! Persefona, uită-te încoace!

— De când ieși cu Hades?

— Vei mai scrie și despre alți zei?

Își ținu capul plecat și nu mai răspunse la nicio întrebare. Până reuși să ajungă înăuntru, vibra din tot corpul, iar magia i se deșteptase de la valul de neliniște resimțit în momentul în care se aflase în mijlocul mulțimii. O zbughi spre lifturi, gândindu-se în tot acest timp la ultimele cuvinte ale Lexei de când se despărțiseră la Turnul Alexandria.

„Închipuie-ți când vor afla că ești zeiță."

Știa ce voia să spună cu adevărat:

„Închipuie-ți când n-ai să mai poți să-ți duci existența ca înainte."

Deodată, liftul păru prea mic, și chiar în momentul în care credea că nu mai e în stare să respire, se deschiseră ușile. Elena apăru de după biroul ei zâmbind, fără a avea habar de lupta dinlăuntrul Persefonei.

— Bun venit înapoi, Persefona!

— Mersi, Elena! spuse ea fără ca măcar să arunce o privire în direcția tinerei.

În ciuda acestui lucru, Elena o luă pe urmele Persefonei spre biroul ei. În timp ce-și aduna lucrurile, găsi un trandafir alb așezat pe laptopul ei. Îl luă în mână, având grijă să se ferească de spini.

— Ăsta de unde-a apărut? o întrebă.

— Nu știu, răspunse Elena încruntându-se. Eu n-am acceptat nimic în numele tău azi-dimineață.

Sprâncenele Persefonei se uniră. În jurul tulpinii era legată o fundă roșie, dar nu avea nicio felicitare. *L-o fi lăsat Hades,* se gândi și-l lăsă deoparte.

— Ceva mesaje am?

Persefona presupuse că de-asta o condusese Elena înapoi în biroul ei.

— Nu, răspunse fata.

Puțin probabil. Persefona așteptă.

— Pot să aștepte, spuse ea. Pe lângă asta, toate sunt piste, și știu că lucrezi la articolul ăla în exclusivitate...

Probabil că ochii Persefonei aruncaseră scântei, căci Elena încetă să mai vorbească.

— De unde știi de el?

Dispoziția Persefonei se schimbă cu totul.

— Eu...

Niciodată n-o văzuse pe Elena încurcându-se în cuvinte, dar, deodată, fata nu mai era în stare să vorbească și părea gata să izbucnească în lacrimi.

— Cine altcineva mai știe? întrebă Persefona.

— N-nimeni! reuși Elena să răspundă în sfârșit. Am tras cu urechea. Îmi pare rău! Mi s-a părut ceva palpitant! Nu mi-am dat seama că...

— Dacă ai fi tras cu urechea, ai fi știut că nu e palpitant. Nu pentru mine, cel puțin.

Urmară câteva clipe de tăcere, timp în care Persefona se uită la Elena.

— Îmi pare rău, Persefona!

Ea oftă și se așeză pe scaun.

— E-n regulă, Elena. Doar... să nu spui nimănui, bine? S-ar... putea să nu se întâmple asta.

Așa spera ea.

Elena părea să fi intrat panică. Deci *chiar* auzise mai mult decât lăsa să se înțeleagă că auzise.

— Dar... o să fii concediată! șopti ea cu aprindere.

Persefona oftă.

— Elena, trebuie neapărat să mă apuc de treabă. Și cred că și tu la fel.

Elena păli.

— Bineînțeles. Îmi pare...

— Nu-ți mai cere scuze, Elena! spuse Persefona, după care adăugă cu toată blândețea de care era în stare: N-ai greșit cu nimic.

Blonda zâmbi.

— Sper ca lucrurile să se îmbunătățească, Persefona! Chiar sper lucrul ăsta!

După ce Elena se întoarse la biroul ei, Persefona începu să se documenteze în legătură cu Apollo și nenumărații lui amanți și amante. Își dădu seama că-i promisese lui Hades că nu avea să scrie despre Zeul Muzicii, dar asta nu însemna că nu putea să pună cap la cap un dosar, iar informațiile nu erau deloc puține, mai ales cele din Antichitate.

Aproape toate poveștile despre Apollo și relațiile lui se sfârșiseră tragic pentru celelalte persoane importante. Dintre toți amanții și amantele lui, erau câteva persoane care se remarcau și-i scoteau în evidență comportamentul mârșav, mai ales Dafne și Casandra.

Dafne era nimfă și jurase să-și păstreze puritatea toată viața. În ciuda acestui fapt, Apollo o urmărise fără încetare, declarându-și dragostea față de ea, de parcă ar fi sperat ca astfel s-o facă să se răzgândească. Rămasă fără alte opțiuni și temându-se pentru siguranța ei, îi ceruse ajutorul tatălui ei, zeul râurilor, Peneus, s-o scape de Apollo, urmăritorul ei neobosit. Tatăl ei îi îndeplinise rugămintea și o transformase într-un laur.

Laurul era unul dintre simbolurile lui Apollo, iar în momentul acela Persefona își dădea seama de ce.

Scârbos!

Casandra, o prințesă a Troiei, primise în dar de la Apollo puterea de-a vedea în viitor, cu speranța că darul avea s-o facă să se îndrăgostească de el, dar Casandra nu era interesată. Apollo o blestemase, permițându-i să-și păstreze darul de-a vedea viitorul, dar făcând astfel încât prezicerile ei să nu fie crezute de nimeni. Mai târziu, Casandra avea să prezică prăbușirea poporului ei, dar nimeni n-avea s-o asculte.

Existau alte amante din antichitate - Coronis, Okyrrhoe, Sinope, Amphysa, Koronis și Sibila, și amante mai recente, moderne - Acacia, Chara, Io, Lamia, Tessa și Zita. Munca de cercetare nu era ușoară. Din câte înțelegea Persefona, multe dintre acele femei încercaseră să vorbească împotriva lui Apollo pe rețelele de socializare sau pe bloguri, ba chiar mergând până într-acolo încât să-și spună poveștile jurnaliștilor. Problema era că nu le asculta nimeni.

Se afundă atât de adânc în munca ei de cercetare, încât o bătaie în biroul său o făcu să tresară. Persefona îl văzu pe Demetri stând în fața ei.

— Cum mai merge cu articolul ăla?

Ea se încruntă și răspunse pe un ton tăios:

— Vine.

Șeful ei se încruntă.

— Știi bine că dacă aș avea de ales...

— Ai de ales, îl întrerupse ea. Îl refuzi și gata!

— Nu ești singura a cărei slujbă e la mijloc!

— Atunci, poate că ăsta e un semn că ar trebui să-ți dai demisia!

— Nu-și dă nimeni pur și simplu demisia, fără niciun fel de consecințe, de la *New Athens News*, Persefona!

— N-am știut că ești așa un laș!

— Nu toată lumea are un zeu care să-i apere spatele!

Persefona tresări, dar își reveni repede. Începea s-o enerveze tot mai tare faptul că oamenii presupuneau că avea să-i ceară lui Hades să-i ducă luptele în locul ei.

— Eu lupt de una singură, Demetri. Crede-mă când îți spun, povestea asta n-o să se termine cu bine! Cei de teapa lui Kal au secrete, iar eu o să-l distrug din interior.

În ochii lui Demetri apăru o sclipire de admirație, dar cuvintele pe care le rosti imediat după aceea erau o amenințare pentru tot ce reprezenta ea:

— Îți admir hotărârea, dar există anumite puteri cu care jurnalismul nu se poate lupta, iar una dintre ele sunt banii.

CAPITOLUL VI

Dispută între îndrăgostiți

Vineri, Persefona și Lexa stăteau în fața unui penthouse din cartierul Crysos din Noua Atenă. Închiriaseră o dubă uriașă pentru mutări, pe care Lexa reușise s-o parcheze strâmb pe trotuar și pe stradă.

— Nu la asta mă gândeam când am zis că aș pune-o de o petrecere, Persefona, se bosumflă Hermes lângă ele.

Zeul purta o ținută aurie sclipitoare, părând cu totul și cu totul nelalocul lui alături de Persefona și Lexa, care purtau colanți și hanorace.

Persefona îl trecuse pe listă pentru vineri, după ce o ajutase să intre la Acropole, dar asta era înainte ca Apollo s-o fi concediat pe Sibila și să-i fi luat puterile.

— N-a zis nimeni că era musai să vii și tu, îl contrazise Persefona.

Zeul Înșelăciunii se înființase la apartamentul ei chiar în clipa în care ele ieșeau să se îndrepte spre camionul pentru mutări. Încercase să argumenteze că aveau o înțelegere – un contract –, dar Persefona îl întrerupsese: „Una dintre prietenele mele cele mai bune a fost într-o relație abuzivă. Vrea să scape de ea, iar eu vreau să-i fiu alături. Acum, ori vii cu noi, ori pleci!"

Hermes alesese să meargă cu ele.

— N-am fi aici dacă n-ar fi fost frate-tu, spuse Lexa. Pe el să dai vina!

— Eu nu sunt răspunzător de alegerile lui Apollo, o contrazise Hermes. Și să nu-mi zici că treaba asta n-ar fi mai faină cu alcool.

— Ai dreptate, zise Lexa. Bine c-am adus asta!

Scoase o sticlă de vin dintr-un rucsac pe care-l adusese cu ea.

— Dă-mi încoace! zise Hermes, smulgându-i sticla din mână.

Persefona făcu ochii mari.

— Scuze, dar tu nu *conduci* în seara asta?

— Păi, ba da, dar asta-i pentru după aceea.

Doar că Hermes reușise cumva să desfacă sticla.

— Sper că mai ai ceva în geanta asta, răspunse zeul. Pentru că asta e pentru prezent.

Lexa pufni, iar ușa din fața lor făcu în sfârșit clic. Vocea Sibilei răsună prin interfon:

— E deschis, haideți sus!

Hermes o luă înainte, dar Persefona întinse mâna să-l oprească.

— Tu iei căruciorul.

— De ce să iau eu căruciorul? Eu duc vinul.

Persefona îi luă sticla.

— Acum duc eu vinul. Căruciorul. *Acum!*

Umerii lui Hermes se lăsară, iar el cedă și-și târșâi picioarele spre camionul pentru mutări. Se întoarse trăgând căruciorul după el.

Lexa chicoti.

— Aduci al naibii de tare cu un muritor, Hermes!

Privirea zeului se întunecă.

— Ai grijă, muritoareo! S-ar putea să te transform într-o capră, așa, de distracție.

— De distracția *ta*? hohoti Lexa. Ar fi cea mai tare chestie care mi s-a întâmplat vreodată.

Cei trei urcară spre lift și ieșiră în mijlocul livingului lui Apollo.

Persefona nu era sigură ce senzație are văzând luxul în care trăise Sibila în ultimele luni dinaintea absolvirii. Fără îndoială, meseria de oracol era una profitabilă, iar zeița avea impresia că, văzând toate astea, situația Sibilei era și mai gravă. Era tangibilă. Avea să treacă de la a locui într-un penthouse cu ferestre din tavan până-n podea, podele din lemn, ustensile din inox și cel mai de fițe aparat de cafea pe care Persefona îl văzuse vreodată, la a ocupa apartamentul micuț în care locuiau ea și Lexa de acum până cine știe când.

În ciuda schimbării extreme a stilului de viață, Sibila părea binedispusă, aproape ca și când mutarea din acel spațiu i-ar fi ridicat o povară de pe umeri. Scoase capul dintr-o cameră alăturată. Părul blond i se revărsa, lejer, pe umeri. Fața frumoasă, fără machiaj, îi radia.

— Aici, gașcă!

Intrară în șir indian în camera ei. Persefona se așteptase să descopere că are ceva mai multă personalitate decât restul casei, dar se înșela. Camera Sibilei era la fel de lipsită de culoare.

— De ce e totul *gri*?

— A, păi, lui Apollo nu-i plac culorile, răspunse ea.

— Cui nu-i plac culorile? întrebă Lexa, lăsându-se să cadă pe patul Sibilei.

— Păi, lui Apollo, pare-se, replică Hermes, trântindu-se lângă Lexa pe pat. Ar trebui să-i facem șandramaua vraiște înainte să plecăm de-aici. S-ar oftica rău de tot!

Sibila păli, făcând ochii mari.

Persefona își puse mâinile în șolduri.

— Numai ție ți s-ar părea amuzantă chestia asta, și ai fi singurul care-ar supraviețui furiei lui.

— Și tu ai supraviețui, Sefi. Hades i-ar tăia coaiele lui Apollo dacă s-ar apropia măcar cu un centimetru de tine. Îmi vine s-o fac numai ca să-l văd înfăptuind asta!

— *Hermes!* făcu Persefona cu subînțeles. Chiar nu m-ajuți deloc!

Zeul se bosumflă.

— Ți-am cărat căruciorul până aici, nu?

— Și-acum e nevoie să te folosești de el! Hopa sus! Du cutiile-alea jos!

Hermes bombăni, dar coborî din pat, iar Lexa îl urmă.

Stivuiră cutii în cărucior, iar în timp ce Hermes le cobora, Persefona și Lexa o ajutau pe Sibila să-și împacheteze restul vieții. Persefonei i se părea o sarcină plăcută, fiecare cutie reprezentând o nouă provocare, iar ei îi plăcea să vadă câte lucruri putea să pună într-o singură cutie. Când termină, făcu repede un inventar în scris pe o parte a cutiei, pentru ca despachetarea să fie mai ușoară.

Când Hermes își dădu seama ce face, pufni, clătinând din cap.

— Ce-i? întrebă Persefona.

— Ești la fel de disciplinată ca Apollo.

Persefonei nu-i plăcea să fie comparată cu zeul.

— Ce vrei să spui?

— Nu te-ai uitat cu atenție cum arată pe-aici? întrebă el, uitându-se în jur. Totul e organizat după tip și culoare.

— Eu sunt organizată, Hermes, nu nevrotică.

— Apollo e disciplinat. Așa a fost de când îl știu.

— Dacă-i atât de disciplinat, de ce e așa... emoțional?

— Pentru că Apollo se mândrește cu o rutină a lui - cu ceea ce poate crea și executa, ceea ce înseamnă că, în momentul în care pierde controlul, miza devine personală.

Hermes aruncă o privire spre Sibila.

— E valabil și pentru felul în care se comportă cu oamenii.

Imediat ce terminară, Persefona lăsă cheia pe blatul de granit lucios din bucătăria ultramodernă a lui Apollo, iar cei patru se înghesuiră în duba pentru mutări și porniră spre apartament.

— Nu rămâi pe banda ta, constată Persefona, ținându-se de mânerul portierei în timp ce Lexa conducea pe stradă.

— Nu văd cum trebuie, se plânse Lexa, ridicându-se mai sus în scaun.

— Poate n-ar fi trebuit să conduci tu, comentă Hermes.

— Vrea altcineva să conducă? întrebă ea.

Toată lumea din cabină păstră tăcerea pentru că nimeni nu știa să conducă.

— Doar să ai grijă la pietoni! spuse Persefona.

— Eu îți dau zece puncte dacă lovești pe careva, se oferi Hermes.

— Și asta ar trebui să mă tenteze sau cum? întrebă Lexa.

— Păi, da, că-s puncte *Divine*.

— Și eu cu ce m-aleg de pe urma punctelor ăstora *Divine*? întrebă Lexa, de parcă s-ar fi gândit la modul serios la oferta lui.

— Cu ocazia de-a deveni capră, răspunse el.

Persefona și Sibila făcură un schimb de priviri.

— În caz că te întrebi cumva dacă regret că le-am făcut cunoștință, răspunsul este da.

Descărcarea lucrurilor Sibilei durā mai puțin de treizeci de minute. Găsirea unui loc în care să le așeze era o altă mâncare de pește. Aliniară cutii în hol, într-o parte din living și în camera Persefonei, ținând cont de faptul că ea avea să-și petreacă, probabil, cea mai mare parte a timpului în Lumea de Jos.

Imediat ce mutară toate lucrurile, Hermes desfăcu o sticlă de șampanie, râzând.

— E momentul să sărbătorim!

— Ups! făcu Lexa, apucând cheile de la camionul pentru mutări. Înainte să începem eu trebuie să returnez duba asta închiriată.

— Vin cu tine, se oferi Persefona.

— Tu vrei doar să te las la Nevernight.

Persefona se făcu roșie în obraji.

— Ne părăsești? întrebă Hermes. Păi, și cu „surori înainte de domnișori" cum a rămas?

Persefona își dădu ochii peste cap.

— Hermes, în caz că n-ai observat, tu ești domnișor.

— Pot să fiu și soră! o contrazise el mai vehement decât s-ar fi așteptat. Dacă nu te întorci, pot să dorm în patul tău? strigă apoi, în timp ce ea și Lexa ieșeau din apartament.

Vocea Sibilei urmă repede:

— Nici vorbă! Ăla-i al meu!

— Hai, că-l împărțim!

— Scuze, Hermes, dar deja sunt sătulă până-n gât de câți zei au tot încercat să se culce cu mine!

Lexa conduse ceva mai încet pe drumul spre Nevernight, până când ajunseră în parcare, unde puse o frână atât de puternică, încât Persefona se opinti în centura de siguranță. Afară, Persefona îl văzu pe Mekonnen, un căpcăun pe care Hades îl angajase ca bodyguard la Nevernight, implicat într-un conflict cu o femeie, ceea ce nu era câtuși de puțin ieșit din comun. Mulți se certau cu Mekonnen și cu ceilalți bodyguarzi pentru o șansă de a intra în club.

— Nu arată bine, remarcă Sibila, făcând un semn din cap spre cei doi.

— Nu, nu arată.

Fata arăta cu degetul spre pieptul creaturii. Era unul dintre lucrurile care-l enervau cel mai tare pe Mekonnen și o metodă sigură de-a fi exclus din club pe viață.

Persefona oftă și se întinse peste bordul dubei ca s-o îmbrățișeze pe Lexa.

— Ne vedem mâine. Mersi că m-ai adus!

Coborî din mașina în mișcare. Imediat ce picioarele îi atinseră trotuarul, un cor de voci o strigă pe nume, iar doi oameni se desprinseră de la coadă, trecând pe sub cordoanele de catifea roșie ca să se apropie de ea. Doi căpcăuni apărură de la intrarea cufundată în umbre a Nevernightului, flancând-o pe Persefona și ridicând o barieră între ea și mulțime, iar zeița le zâmbi.

— Vă salut, Adrian, Ezio!

Ei coborâră privirile spre ea, cu expresii serioase, și spuseră:

— Bună seara, milady!

Își dădu seama că ar fi trebuit să se gândească mai bine la toată situația, sau măcar să fi sunat înainte ca să anunțe personalul lui Hades că avea să ajungă curând. Aproape că vedea titlul din ziarul de a doua zi: *Amanta lui Hades ajunge la Nevernight într-o dubă închiriată și îmbrăcată în trening!*

În timp ce se apropia de intrarea în club, o auzi fără să vrea pe femeie:

— Cer insistent să îl văd chiar în clipa asta!

Persefona își aduse aminte că ea însăși îi spusese ceva extrem de asemănător unui alt căpcăun când venise prima oară la Nevernight. Nu se terminase cu bine – pentru căpcăun, mai ales. Acesta pusese mâinile pe Persefona, greșeală pe care Hades nu i-o trecuse cu vederea, iar Persefona nu-l mai văzuse niciodată.

— Milady, spuse Mekonnen, înaintând ca să-i taie calea femeii care se certa cu el, dar ea reuși să-l ocolească.

— *Milady?* întrebă ea pe un ton poruncitor, cu mâinile în șolduri.

În clipa aceea, Persefona observă că femeia e nimfă. Avea o piele albă ca laptele, părul lung și alb și ochi albaștri, strălucitori, care-i dădeau un aspect eteric. Până și genele îi erau albe.

O naiadă, gândi Persefona. O nimfă asociată cu apa. Era frumoasă, dar părea severă, furioasă și epuizată.

— Cine ești? întrebă ea.

Persefona rămase surprinsă, dar asta mai ales pentru că puțini oameni nu știau cine e.

— Îndrăznești să-i vorbești în felul ăsta lui lady Persefona? întrebă Mekonnen, strângând pumnii.

— E-n regulă, Mekonnen, spuse Persefona, ridicând mâna ca să-l potolească pe căpcăun, care părea gata-gata să îi macine oasele femeii până le transforma în pastă. Sunt Persefona, continuă ea. Presupun bine că vrei să vorbești cu lordul Hades?

— Cer insistent să îl văd!

Persefona ridică ușor dintr-o sprânceană.

— Ce problemă ai?

— Problemă? Vrei să-mi auzi problemele? De unde să încep? În primul rând, apartamentul în care m-a pus să locuiesc e o hazna!

Acum era nedumerită.

— În al doilea rând, nu mai lucrez nici măcar un minut în văgăuna aia de club de noapte...

Persefona ridică mâna ca s-o oprească pe nimfă din vorbit.

— Îmi cer scuze! Cine ziceai că ești?

Femeia ridică privirea, umflându-și pieptul de mândrie nejustificată.

— Sunt Leuce, amanta lui Hades.

Persefona simți cum îi piere culoarea din obraji, iar un șoc o înfioră până în stomac.

— Poftim?

Nimfa chicoti de parcă cea din fața ei ar fi zis ceva amuzant. Persefona strânse pumnii.

— Scuze, *fosta* amantă, dar tot aia e!

— „Fosta”... amantă? întrebă Persefona, scrâșnind din dinți și înclinând capul spre dreapta.

— N-ai de ce să-ți faci griji, spuse Leuce. A trecut foarte mult timp de-atunci.

— Atât de mult, încât ai uitat și te-ai prezentat drept amanta lui Hades? întrebă Persefona.

— Am greșit, sincer.

— Iartă-mă dacă nu cred că a fost ceva sincer în asta. Se întoarse apoi spre Mekonnen, adăugând: Te rog s-o conduci pe *Leuce* în biroul lui Hades! Eu o să mă asigur că vine și el imediat.

— Da, milady. Mekonnen făcu o plecăciune, apoi adăugă: E la bar.

— Mulțumesc! răspunse ea cu căldură, deși parcă avea numai gheață în tot corpul.

Persefona intră în Nevernight. Urcă treptele și se îndreptă spre barul în care Hades făcea pacte cu muritorii care căutau să obțină mai mult de la viață – dragoste, bani, sănătate. Aceste pacte o și oripilaseră, o și intrigaseră în aceeași măsură. Astfel ajunsese să scrie despre Zeul Morților și, în cele din urmă, să încheie un contract cu el.

Euryale, o gorgonă, ușiera barului, aștepta afară. Prima interacțiune a Persefonei cu femeia oarbă fusese una ostilă, întrucât creatura o identificase corect ca fiind zeiță, după miros.

— Lordul Hades a dat de belea? întrebă Euryale.

În vocea ei se auzea amuzamentul, dar și o notă de entuziasm în timp ce se apropia Persefona.

— Habar n-ai de ce belea mare a dat, răspunse Persefona.

Euryale zâmbi, scoțând la iveală un șir de dinți înnegriți. Deschise ușa fără ezitare și făcu o plecăciune în fața Persefonei în timp ce trecea.

— E în apartamentul de safir, milady.

Persefona trecu pe lângă mesele aglomerate unde se jucau cărți. Încăperea era întunecată, în ciuda unui candelabru mare și a câtorva sfeșnice elaborate înșiruite pe pereți. Prima vizită a Persefonei în acel apartament îi pecetluise soarta. Se îndrăgostise până peste cap de oameni și de jocuri, se desfătase privind cărțile cum zburau peste masă, ușurința cu care bărbații și femeile interacționau și se tachinau, apoi se apropiase de o masă de poker unde se așezase și-l cunoscuse pe Regele Lumii de Jos.

Chiar și în momentul acela, când își aduse aminte cum arătase de aproape, i se strânse stomacul. Era o umbră tangibilă, clădit ca o fortăreață, și intrase în viața ei izbind-o precum o forță a naturii. Nu putuse scăpa de el, și adevărul era că nici nu-și dorise. Din momentul în care pusese ochii pe el, acesta aprinsese ceva în ea. Îl simțea ca pe foc, dar, de fapt, întunericul din el era cel care chema întunericul din ea.

În clipa aceea o știa – o simțea în sânge și în oase – în timp ce se contopea cu întunericul din încăpere și descoperea pasajul care ducea la un șir de apartamente unde muritorii așteptau să încheie pacte cu Hades. Toate erau denumite după pietre prețioase – safir, smarald și diamant – și decorate în culorile corespunzătoare acestora. Erau camere frumoase, care ofereau un sentiment de grandoare, transmițându-le tuturor celor care intrau în ele că, dacă jucau cărțile potrivite – la propriu –, poate că și ei aveau să fie în stare să obțină ceva la fel de extravagant.

Persefona găsi barul de safir, iar când intră, descoperi un bărbat stând în fața lui Hades. Muritorul părea ușor trecut de douăzeci de ani. Persefona se tot întrebase cum ajungeau oameni atât de tineri să stea față-n față cu Zeul Morților, dar boala, de orice fel ar fi fost, nu discrimina pe nimeni. Oricare ar fi fost motivul pentru care tânărul se afla acolo, avea o atitudine defensivă, pentru că se întoarse în scaun ca să vadă cine-l întrerupsese din joc și spuse:

— Dacă pe el îl cauți, va trebui să aștepți. Trei ani am așteptat să fac rost de programarea asta.

Privirea lui Hades se contopi cu a ei. În ciuda aspectului elegant, era un prădător. Stătea cu spatele drept, ținând strâns cu degetele un pahar de whisky. Pentru ochii unui necunoscător, părea, probabil, relaxat, dar Persefona știa că e încordat. Probabil din cauza ei. Nu fu nevoită să scoată niciun cuvânt pentru ca el să-și dea seama că e furioasă. Farmecul ei își pierdea eficiența, îl simțea cum se topește, scoțând la iveală găuri în fațada ei de muritoare.

— Pleacă, muritorule! ceru Persefona.

Probabil că porunca îl speriase pe bărbat, care nu mai pierdu vremea și o rupse la fugă din apartament. Persefona trânti ușa.

— O să trebuiască să-i șterg memoria. Îți lucesc ochii, rânji el. Cine te-a înfuriat?

— Nu ghicești?

Hades ridică dintr-o sprânceană.

— Tocmai am avut plăcerea de-a face cunoștință cu amanta ta!

Hades nu reacționă, iar asta o înfurie și mai tare. Simți o parte și mai mare din farmecul ei desprinzându-se. Își închipuia cât de penibil arată – o zeiță care stătea în fața unui zeu străvechi, fără să fie în stare să-și țină magia în frâu.

— Am înțeles.

Persefonei îi tremura vocea în timp ce vorbea:

— Ai câteva secunde să te justifici înainte s-o transform în buruiană!

Ştia că Hades ar fi râs dacă ar fi crezut că nu vorbeşte serios.

— O cheamă Leuce, răspunse el. A *fost* amanta mea. Acum foarte mult timp.

Persefona nu suporta că se simte uşurată de ideea că nu numise pe altcineva.

— Ce înseamnă foarte mult timp?

— Milenii întregi, Persefona!

— Şi-atunci, ea de ce mi s-a prezentat *astăzi* drept amanta ta?

— Pentru că, din punctul ei de vedere, am fost amantul ei până duminică.

Persefona strânse pumnii şi, deodată, din podea ieşiră liane care acoperiră pereţii. Hades nici măcar nu tresări.

— Şi de ce, mă rog?

— Pentru că a fost plop timp de mai bine de *două mii de ani*!

Persefona ridică din sprâncene. Nu se aşteptase la aşa ceva.

— De ce-a fost plop?

Hades îşi sprijini mâinile de masă, apoi strânse pumnii şi răspunse:

— M-a trădat.

— *Tu* ai transformat-o în copac? întrebă Persefona.

Uneori, uita de anvergura puterilor lui Hades. El era unul dintre cei Trei, cei mai puternici zei din câţi existau, şi în vreme ce fiecare dintre fraţii lui devenise stăpân peste un tărâm - Zeus, al cerului, Poseidon, al mării şi Hades, al morţilor, cu toţii împărţeau puterea asupra Pământului, ceea ce însemna că era posibil ca ea şi Hades să aibă puteri comune.

Se părea că una dintre aceste puteri era aceea de-a transforma oamenii în plante.

— De ce?

— Pentru că am prins-o trăgându-şi-o cu altul! Am fost orbit de furie. Am transformat-o în plop.

— Probabil că nu-și amintește lucrul ăsta, altfel nu s-ar prezenta ca fiind amanta ta.

Hades o fixă un moment cu privirea. Nu se clintise de la locul lui de la masă.

— E posibil să-și fi reprimat amintirea.

Persefona începu să se plimbe de colo-colo.

— Cu câte amante te-ai culcat?

— Persefona!

Vocea lui Hades era blândă, dar se simțea o notă în ea care spunea „ăsta nu-i un drum pe care să-ți dorești să apuci".

— Vreau să fiu pregătită pentru cazul în care încep să apară precum ciupercile după ploaie.

Hades tăcu, privind-o fix.

— N-am să-mi cer scuze pentru că trăiesc dinainte ca tu să fi existat.

— Nu-ți cer să faci asta, dar mi-ar plăcea să știu și eu când sunt pe cale să întâlnesc o femeie care ți-a *tras-o*.

— Speram să n-o întâlnești niciodată pe Leuce, replică Hades. N-ar fi trebuit să rămână atât de mult pe-aici. Am fost de acord s-o ajut să se descurce în lumea modernă. În mod normal, i-aș fi pasat responsabilitatea asta lui Minthe, dar, având în vedere faptul că nu are dispoziția necesară – aruncă o privire spre iedera de pe pereți –, mi-a luat ceva mai mult timp să găsesc pe cineva potrivit pentru rolul de mentor al ei.

Persefona încetă să se mai plimbe și se întoarse cu fața spre Hades.

— N-aveai de gând să-mi spui de ea?

Hades ridică din umeri.

— N-am crezut c-ar fi nevoie, până în momentul ăsta.

— N-ai crezut c-ar fi *nevoie*? repetă Persefona, iar iedera de pe pereți se îndesi și înflori, făcând camera să pară infinit mai mică.

— I-ai oferit femeii ăsteia un loc în care să stea, i-ai oferit un loc de muncă, și obișnuiau să *ți-o tragi* cu ea...

— Încetează cu asta, Persefona!

— Meritam să știu despre ea, Hades!

— Te îndoiești de loialitatea mea?

— Ar trebui să-mi spui că-ți pare rău! se răsti ea.

— Tu ar trebui să ai încredere în mine!

— Iar tu ar trebui să comunici cu mine!

Asta-i ceruse el ei, așa că de ce să nu-i fi cerut și ea același tratament?

Se lăsă tăcerea, iar Persefona simți nevoia să se pregătească sufletește pentru întrebarea care urma.

— Încă o iubești?

— Nu, Persefona!

Răspunsul lui Hades veni imediat, dar el părea iritat că îl întrebase așa ceva.

Persefona nu era sigură încotro să o apuce. Era furioasă și nu înțelegea motivul pentru care Hades își ascundea de ea fosta amantă. Nu era vorba de faptul că l-ar fi crezut infidel; era doar unul dintre lucrurile care-o luaseră prin surprindere în săptămâna aceea, când venea vorba de viața lui Hades.

Începea să aibă impresia că nu știe absolut nimic despre el.

După încă un minut de tăcere încordată, Hades oftă, părând brusc epuizat. Ocoli masa și ajunse la ea, trecându-i degetele prin păr, la baza capului.

— Speram să țin toate lucrurile astea ascunse de tine, rosti el. Nu ca să o protejez pe Leuce, ci ca să te protejez pe tine de trecutul meu.

— Nu vreau să fiu protejată de tine, șopti Persefona.

Aerul dintre ei se încărcă de o tensiune diferită.

— Vreau să te cunosc, cu totul - de la interior spre exterior.

El schiță un surâs subțire și-i prinse fața în căușul palmelor, mângâindu-i totodată buzele cu buricul degetului mare.

— Hai să-ncepem cu interiorul, spuse el, iar gurile lor se lipiră cu putere, limba lui răsucindu-se în jurul limbii ei.

Avea gust de fum și de gheață. Mâinile lui se plimbau pe spatele și pe fundul ei, apoi o trase spre el, astfel încât să stea între picioarele lui în timp ce Hades se sprijinea de masă. Fiecare atingere rapidă a limbii lui o hipnotiza. Apăsarea puternică a membrului lui în erecție pe burta ei o făcea să amețească de dorință. Se ținu de el, cu degetele înfigându-i-se în mușchii încordați. Ar fi mințit dac-ar fi spus că nu avea nevoie de asta. Nu doar c-o lăsase îndurerată și goală pe dinăuntru în urmă cu câteva nopți, ci stresul de la serviciu o ținea pe muchie de cuțit. Avea nevoie de eliberare, dar avea nevoie și ca Hades să o înțeleagă, așa că-și lipi mâinile de pieptul lui și se îndepărtă.

— Hades, eu vorbesc serios. Vreau să-ți cunosc cea mai mare slăbiciune, cea mai adâncă teamă, cel mai de preț bun.

Expresia lui deveni imediat serioasă, fixând-o cu o privire atât de intensă, încât o făcu să se înfioare pe dinăuntru.

— Tu, răspunse el, mângâindu-i cu degetele buzele umflate de sărut.

— Eu?

O clipă, se simți derutată, apoi își dă seama la ce se referea el.

— N-am cum să fiu eu toate astea.

— Tu ești slăbiciunea mea, teama că te voi pierde e cea mai adâncă teamă a mea, dragostea ta e bunul meu cel mai de preț.

— Hades, spuse ea cu blândețe. Eu sunt doar o clipă din îndelungata ta viață. Cum se poate să fiu toate astea?

— Te îndoiești de mine?

Ea îi lipi palma de obraz.

— Nu, dar cred că ai alte temeri, slăbiciuni și comori. Pe de-o parte, oamenii tăi, pe de alta, tărâmul tău.

— Vezi? spuse el foarte încet. Mă cunoști deja... de la interior la exterior.

Răspunsul lui o întristă, pentru că știa că nu e adevărat.

Nu te cunosc deloc.

El se aplecă să-i mai dea un sărut, însă ea îl opri.

— O singură întrebare mai am, zise Persefona. Când ai plecat duminică, unde te-ai dus?

— Persefona...

Ea se dădu un pas îndărăt. Știa. Nici măcar nu era nevoie ca el să răspundă.

— Atunci s-a întors ea, nu-i așa?

Furia i se reaprinse. Hades o umpluse de atâta încordare, încât nu mai era în stare să respire, apoi, în loc s-o ajute să se elibereze de tensiunea pe care-o resimțea, el alesese să plece - ca să-și ajute o fostă amantă.

— Ai ales-o pe ea în locul meu!

— Nu e deloc așa, Persefona.

El întinse mâna spre ea.

— Nu mă atinge!

Persefona se îndepărtă, ridicându-și palmele. Hades strânse din fălci, dar nu se apropie.

— Ai avut o șansă. Ai dat-o de gard!

Motivele pentru care o ascunsese pe Leuce nu contau în momentul acela. Făcuse opusul lucrului pe care-l rugase ea să îl facă - să *comunice* –, deci cuvintele pe care le folosi împotriva lui fură mai mult decât potrivite:

— Faptele cântăresc mai mult decât cuvintele, Hades.

Și, cu asta, dispăru din bar.

CAPITOLUL VII

Armistițiu

Amanta lui Hades sosește la Nevernight într-o dubă închiriată, îmbrăcată în trening

Luni, Persefona stătea la biroul ei de la serviciu, privind încruntată spre articolul de pe ecranul calculatorului ei. Ar fi putut fi oracol la cât de bine prezicea titlurile din ziare. De-ar fi putut prezice și întâlnirea cu amanta lui Hades!

Dispoziția nu i se îmbunătățise peste weekend. Poate era din cauză că încă nu primise nicio veste de la Hades. Nici măcar nu era sigură că dorește să vorbească cu el, dar se așteptase ca acesta să încerce să ia legătura cu ea – ori să-i apară în dormitor în puterea nopții ca să-și ceară scuze sau s-o trimită pe Hecate să o facă pe împăciuitoarea.

Pe măsură ce orele se transformau în zile, Persefona era din ce în ce mai frustrată din cauza lui Hades și-și dorea din ce în ce mai tare să scrie despre Apollo numai ca să-l scoată din sărite.

Ideea îi venise pentru că Zeul Muzicii apăruse la știri în ziua aceea, fiind ales ambasador al Jocurilor Panelenice. Alegerea lui nu era o surpriză, pentru că primise titlul în ultimii zece ani. Practic, era o numire pentru care Apollo plătea, pentru că din banii lui erau plătite divertismentul, uniformele și construcția unui nou stadion. Nimeni nu voia să creadă că zeul care le oferea evenimente sportive era și un abuzator nenorocit.

Oftă și închise browserul, deschizând un document gol. Mai avea o săptămână la dispoziție ca să scrie articolul în exclusivitate pe care i-l comandaseră Demetri și Kal. Probabil că nu era momentul ideal pentru a începe, pentru că fiecare cuvânt la care se gândise pentru a-l descrie pe Hades era unul furios și lipsit de bunăvoință.

Dobitoc enervant și nesimțit.

După o clipă, oftă și-și verifică ceașca. Urma să aibă nevoie de niște cafea în plus dacă avea de gând să încerce să scrie articolul ăla. Ieși din birou și intră în camera de recreere. Cât îi fierbea cafeaua, o găsi Elena.

— Persefona... A venit o femeie să te vadă. Zice că o cheamă Leuce.

Persefona încremeni și ridică privirea la Elena.

— Ai zis cumva „Leuce"?

Fata aprobă din cap, făcând ochii mari. Persefona ardea de frustrare și-și strânse pumnii ca să-și țină magia sub control. Numai să-i crească liane în fața colegei de serviciu îi mai lipsea. Ce căuta fosta amantă a lui Hades acolo?

— Să-i spun că ești ocupată? întrebă Elena. Hai, că-i zic că ești ocupată.

Elena dădu să plece.

— Nu.

Persefona o opri.

— O să mă văd cu ea. Condu-o într-o cameră de interviu!

Elena aprobă din cap și se întoarse la scurt timp după ce dispăruse.

— E acolo.

— Mulțumesc, Elena!

Fata rămase pe loc, iar Persefona inspiră, pregătindu-se.

— Da, Elena?

— Sigur ești în regulă?

— Absolut perfect, răspunse ea.

Ce mai era de spus? Era obligată să scrie despre viața ei amoroasă - o viață pusă în pericol de o femeie care tocmai venise la locul său de muncă.

Situația era complicată.

Persefona o lăsă pe Leuce să aștepte. Era vina femeii că își făcuse apariția neanunțată. Când intră în cele din urmă în camera de interviuri, Leuce stătea la geam, iar când se întoarse spre Persefona, zeița rămase surprinsă să vadă că arăta mai rău decât în seara când se cunoscuseră.

Însă atunci fusese epuizată.

Astăzi părea foarte neîngrijită. Părul drept ca ața îi era încâlcit și purta aceleași haine pe care le avusese pe ea la Nevernight. Persefona observă și dârele de lacrimi, vizibile din cauza murdăriei de pe față.

— Ce cauți aici? întrebă Persefona.

— Am venit să-ți cer scuze, răspunse femeia.

Persefona tresări. Era ultimul lucru pe care se aștepta s-o audă pe Leuce spunându-l.

— Poftim?

— N-ar fi trebuit să mă prezint așa cum m-am prezentat. Eram furioasă pe Hades. Adică, sunt sigură că înțelegi...

— Leuce, o întrerupse Persefona. Iartă-mă că nu vreau să-mi reamintesc cât de bine îl cunoști pe Hades! Ce cauți aici?

Nimfa strânse cu putere din buze.

— Hades m-a dat afară din apartament și m-a concediat azi-noapte.

Persefona nu făcu decât s-o fixeze cu privirea.

— Știu că nu-ți merit bunăvoința, dar te rog! Nu am unde altundeva să mă duc.

Persefona clătină din cap.

— Ce anume mă rogi, mai exact?

— Poți să... vorbești cu el... pentru mine?

Părea să-i fie greu să pronunțe acele cuvinte.

— De ce nu vorbești *tu* cu el?

— Tu crezi că n-am încercat? Mi-a zis că trebuie neapărat să plec. Nu voia să riște să te piardă.

— Dacă ar fi fost sincer, și-ar fi cerut scuze, bombăni Persefona în barbă.

— Uite care-i treaba, știu că nu vrei să auzi lucrul ăsta, dar... Hades e un idiot. Probabil crede că vrei spațiu și, cu cât îți oferă mai mult, cu atât mai bine.

— Spui lucrul ăsta doar pentru că vrei ca eu să-i cer să-ți dea slujba înapoi.

— Și casa, adăugă ea fără pic de rușine.

Persefona ridică dintr-o sprânceană.

— N-ai spus aseară că-i o hazna?

— Ba e o hazna, dar e haznaua *mea* și are și un pat, spuse ea. Care era mult mai bun decât banca din parc pe care am găsit-o azi-noapte.

Privind în urmă, ai fi făcut lucrurile altfel, cugetă zeița.

Cele două se priviră fix o bucată de timp, apoi Persefona întrebă:

— De ce-ar trebui să te-ajut? Tu nu ești recunoscătoare nici pentru ceea ce ți-a dat Hades.

Și l-ai mai și înșelat.

— Pentru că și eu sunt o idioată. Cred c-am avut impresia c-o să am mai multe... avantaje. Se pare că n-am nimic. Nici măcar nu înțeleg lumea asta. De-abia am fost în stare să ajung aici, pentru că e aproape imposibil să traversez străzile voastre. Făcu o pauză, iar când vorbi, vocea îi tremura: Închipuie-ți cum e să te trezești într-o lume care nici măcar nu seamănă cu cea pe care-o cunoști tu. E... îngrozitor. E... cea mai grea pedeapsă posibilă.

Lui Leuce i se lăsară umerii, iar Persefona își dădu brusc seama că o înțelege mai bine decât voise să recunoască. Se aflase într-o situație asemănătoare cu patru ani înainte. Oftă și se uită la ceas. Nu-i venea să creadă ce urma să spună:

— Uite ce-i, mai am câteva ore de lucru. Poți să stai în salon până termin. Nu pot să... *promit* că o să vorbesc cu Hades astăzi, dar... până la urmă, o să vorbesc. Până atunci... poți să stai cu mine.

Leuce făcu ochii mari.

— E-ești sigură?

Nu, zise în gând Persefona, însă Lexa dormea la Jaison toată săptămâna, ceea ce-i lăsa camera liberă pentru Sibila și însemna că Leuce putea dormi pe canapea.

— Îți mulțumesc! Îți mulțumesc, Persefona!

Zeița încremeni când nimfa o cuprinse în brațe. După o clipă, se retrase.

— N-o să-ți pară rău!

Sper să nu-mi pară.

Persefona nu se întoarse la lucrul la articolul în exclusivitate. În schimb, continuă să se documenteze despre Apollo. La sfârșitul zilei, copie totul într-un document Word și și-l trimise pe e-mail, apoi își adună lucrurile și o luă pe Leuce din

Salon. Împreună, plecară de la Acropole prin față, ținând piept mulțimii care aștepta, și-l găsiră pe Antoni stând în fața Lexusului negru al lui Hades. Acesta deschise portiera în timp ce ele se apropiau rânjind.

— Milady, spuse el.

În privirea lui Antoni apăru o expresie amenințătoare când se îndreptă spre Leuce.

— Ce caută *asta* cu dumneavoastră?

Persefona ridică din sprâncene și se uită la ciclop și la nimfă.

— O cunoști pe Leuce?

— Da, șuieră el. Trădătoare-a fost, trădătoare-a rămas.

Leuce își dădu ochii peste cap.

— Hai, nu mai exagera atâta!

— E-n regulă, Antoni, îl întrerupse Persefona. O ajut.

Ciclopul strânse din buze și nu spuse nimic în timp ce cele două femei se strecurau pe bancheta din spate. Odată închisă portiera, Leuce se uită la Persefona.

— Mulțimea asta te-așteaptă în fiecare zi?

— Da.

— Și asta numai din cauza lui Hades?

— Da.

Nimfa privi pe geam.

— E o nebunie.

— Chiar e o nebunie, o aprobă Persefona. N-o suport de nicio culoare.

— Când eram... în viață, spuse Leuce, în vremurile străvechi, zeii erau temuți și venerați. Închinătorii erau serioși în ceea ce privea cinstirea zeilor. Nu exista... obsesia asta... falsă.

Persefona făcu o grimasă.

— Bine-ai venit în lumea modernă!

Antoni le lăsă la apartamentul Persefonei. Înainte să plece, ciclopul o luă pe Persefona deoparte:

— Va trebui să-i spun că Leuce e cu dumneavoastră. O să vrea să știe lucrul ăsta.

Ea ridică din umeri.

— Spune-i!

Antoni se încruntă.

— Vorbiți curând cu el, nu-i așa, milady?

Persefona fu surprinsă de întrebarea lui. Se întrebă cât știa Antoni despre cearta ei cu Hades.

Încruntătura sa era identică cu a lui.

— Nu știu. Probabil. În momentul de față, sunt furioasă pe el.

Ciclopul aprobă din cap.

— Ne vedem mâine, milady!

Ea nu spuse nimic și se întoarse s-o conducă pe Leuce în apartament, găsind-o pe Sibila la masa din bucătărie. Se șterse la nas cu antebrațul și începu să se șteargă pe față chiar în timp ce ele intrau.

— Sibila, ce s-a întâmplat?

— Nimic. Totul e în regulă.

Dar era evident că minte. Avea vocea gâtuită și ochii roșii. Persefona aruncă o privire peste umărul ei și văzu un e-mail de respingere a unei oferte pentru un job.

— Sibila, spuse Persefona cu blândețe, punându-i mâna pe braț.

— Știam c-o să fie dificil, dar nu m-am așteptat vreodată să fie atât de dificil! Nimeni nu vrea... jucăria aruncată a unui zeu.

— Tu nu ești așa, Sibila, rosti repede Persefona.

— Lumea nu vede lucrurile așa, spuse ea. Valoarea mea e egală cu dorința pe care un zeu o simte față de mine. Așa a fost de când au început să mi se manifeste puterile. Acum nici pe-alea nu le mai am.

Sibila se întoarse spre Persefona și plânse la pieptul ei. Zeița rămase nemișcată, consolându-și prietena.

— O să fie în regulă, spuse Persefona. O să te ajut oricum îmi stă în putere. Dă-mi voie să vorbesc cu Hades! Sigur au nevoie de ajutor la Fundația Cypress.

Fusese atât de furioasă pe Leuce, încât uitase să întrebe dacă au posturi libere.

— Nu pot să-ți cer asta, Persefona, spuse Sibila.

— Nu-mi ceri!

Îi oferi ceea ce spera să fie un zâmbet liniștitor.

Persefona îi făcu lui Leuce cunoștință cu Sibila și turnă trei pahare de vin. Începea să aibă impresia că e proprietara unui cămin pentru femei fără adăpost. Stăteau în living, se uitau la *Titani în miez de noapte* și discutau despre viață. La un moment dat, inevitabilul subiect Apollo apăru în conversație, și cu cât vorbeau mai mult, cu atât se enervau mai tare.

— E la fel de groaznic cum îl știu eu, comentă Leuce.

— Habar n-ai tu, fată, zise Sibila, bând o gură din pahar. E așa obsedat de *control*! Își pedepsește amantele pentru că sunt independente! E penibil!

— Ție îți vine să crezi că Hades mi-a cerut să nu scriu despre el? întrebă Persefona.

— Dacă vrei să scrii despre Apollo, scrie despre Apollo! spuse Leuce.

Toate trei se aflau la al patrulea pahar de vin. În ciuda acestui fapt, Persefona se aștepta ca Sibila să fi protestat. În schimb, ea spuse:

— Adu laptopul, Sef!

Persefona rânji și fugi în cameră să-și ia calculatorul. Când se întoarse, se așeză turcește pe canapea.

— Scrie-așa! o îndemnă Sibila. *Apollo, cunoscut pentru șarmul și frumusețea lui, are un secret – nu suportă să fie respins.*

— Hai, că-i bine! o încurajă Leuce.

— O, stai! Stai aşa! zise Persefona, tastând repede, cuvintele ieşindu-i mai repede decât i se mişcau degetele. Când termină, citi fragmentul cu voce tare:

„Dovezile sunt copleșitoare. Aș fi putut convinge multe dintre fostele lui amante să depună mărturie, dar ori m-au rugat să le scap de avansurile lui viclene, ori au avut parte de morți cumplite din cauza pedepselor lui."

— Da! strigă Leuce.

Persefona continuă, adăugând poveștile lui Dafne, nimfa transformată în copac, și a prințesei Casandra, ale cărei preziceri exacte fuseseră ignorate.

„Casandra a strigat că grecii sunt ascunși în Calul Troian, dar a fost ignorată. Ceea ce duce la întrebarea: cât de nobil poate fi, de fapt, Apollo? Când a luptat de partea Troiei și le-a compromis victoria doar pentru că a fost tratat cu spatele?"

— Pe zei, ăsta e groaznic! spuse Sibila. Nu ştiu cum de n-am văzut asta înainte.

— E abuziv, spuse Persefona. Nu te învinovăți!

— Ar trebui să spui chestia asta în articol! spuse Leuce. *Apollo este un abuzator - are o nevoie de control și dominare. Nu e vorba despre comunicare și ascultare, ci despre a câștiga.*

Continuară astfel timp de câteva ore, până când Sibila și Leuce nu mai fură în stare să țină ochii deschiși. Când cele două adormiră, Persefona rămase sprijinită de brațul canapelei. Lumina palǎ de la calculator îi provoca dureri de ochi, dar continuă să revizuiască articolul pe care-l scriseseră împreună.

Rezultatul era un articol critic și ușor ostil despre Zeul Muzicii. Persefona exclusese povestea Sibilei, deși aceasta contribuise cu câteva rânduri în care vorbea despre experiența ei cu zeul. Nu voia ca Apollo să se răzbune pe oracol.

Cu cât Persefona citea și recitea articolul, cu atât se enerva mai tare, și înainte să apuce să gândească bine, compuse un e-mail către Demetri și trimise articolul. Se simți triumfătoare doar două secunde încheiate – apoi plecă împleticindu-se de pe canapea, alergă spre baie și vărsă în toaletă.

Ai dat de-o mare belea, își zise în gând, lăsându-se pe peretele de la baie. În stomac parcă îi fierbea un amestec de prea mult vin și vinovăție.

Apollo și-a făcut-o cu mâna lui, gândi, reamintindu-și de ce trimisese articolul. *Asta merită. E vorba de dreptate, de a le oferi victimelor lui șansa să se facă auzite.*

Și cu Hades cum rămâne?

Stomacul i se întoarse pe dos, iar Persefona se lăsă în genunchi chiar în timp ce gura i se umplea de un gust amar ca fierea. Vomită din nou. O usturau nasul și gâtul, iar în gură simțea doar un gust acru, acid, de vin. Rămase o vreme în genunchi, respirând pe gură până când fu destul de sigură pe picioare ca să se ridice.

Când se privi în oglindă, nu se recunoscu. Semăna mai degrabă cu un suflet care abia sosise în Lumea de Jos, palid și tremurând.

— Hades a ținut secrete, rosti cu voce tare, de parcă astfel ar fi explicat de ce nu se ținuse de cuvânt.

Și tu ai ținut secrete, își reaminti în timp ce-și clătea gura și se spăla pe dinți. *Nu i-ai spus despre ultimatumul lui Demetri.*

— Asta-i altceva, replică, privindu-se în oglindă.

Cum așa?

Era altceva pentru că era lupta ei. Nu voia ajutorul lui Hades pentru a o duce.

— E altceva pentru că secretul ăsta n-o să-l facă să sufere, spuse ea.

Dar secretul despre Leuce pe care el îl păstrase? Ăla chiar durea.

Nu-i plăcură cuvintele care urmară. Creșteau ca niște nori amenințători, o furtună de cuvinte chinuitoare în mintea ei: *Asta o să-l facă pe Hades să sufere.*

Stinse luminile.

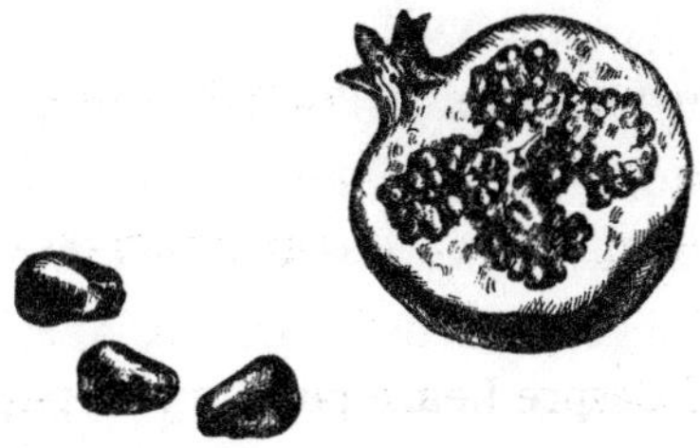

CAPITOLUL VIII

Răpirea

Când Persefona ajunse la serviciu a doua zi, mulţimea din faţa Acropolei crescuse şi printre oamenii de acolo se numărau şi membri ai cultului lui Apollo - închinători şi fani înrăiţi. Era evident care erau, pentru că purtau cununi de laur în păr şi praf de aur pe post de vopsea de război. Chiar şi din Lexusul lui Hades, Persefona auzea strigătele mulţimii:

— *Mincinoaso!*

— *Cere-i scuze lui Apollo!*

— *Eşti invidioasă, aia e!*

— *Paraşuto!*

Era clar că îi fusese publicat articolul.

Antoni se uită la ea în oglinda retrovizoare.

— Vreţi să vă conduc până la uşă, milady?

Persefona se uita în gol pe geam. Paznicii se apropiaseră deja de maşină şi se pregăteau s-o escorteze.

Pe zei! Ce făcuse, oare?

— Nu, Antoni. E în regulă.

El aprobă scurt din cap.

— Mă întorc după-amiază după dumneavoastră.

Când ieși din mașină, se trezi aruncată într-o lume ostilă și necunoscută. Totul era atât de zgomotos, iar ea simțea emoțiile tuturor – furie și ură, neliniște și teamă – apăsându-i pe piept, sufocând-o.

— Haideți, milady! spuse unul dintre paznici.

Întinse mâna, de parc-ar fi vrut s-o prindă, dar n-o atinse. Ea îl privi, clipind.

— Mi-ai spus „milady?" întrebă ea.

Paznicul roși.

— Nu sunteți în siguranță aici, grăbiți-vă!

Știa că nu e în siguranță. Simțea violența crescândă a mulțimii, iar până ajunse la intrare, o parte din mulțime se luase deja la bătaie. Fu condusă înăuntru și se opri să privească la agenții care preluau controlul, despărțind mulțimea și detensionând situația.

Nu înțeleg. Toate astea pentru niște cuvinte scrise.

Nimeni nu se înfuriase în halul ăsta când scrisese despre Hades, dar ea știa de ce – Hades nu era nici pe departe iubit, era doar interesant. Apollo era, la propriu, Zeul Luminii. Era Zeul Muzicii și al Poeziei. Reprezenta toate lucrurile pe care muritorii și le doreau în viețile lor.

Inclusiv întunericul pe care nu voiau să și-l asume.

Când se întoarse ca să urce cu liftul, descoperi că era urmărită de toată lumea de la etajul unu – de recepționeră, de paznici, de angajați oarecare.

O fixau cu privirea, cu ochii mari, și păstrau distanța față de ea. Poate că se temeau că avea să apară Apollo și s-o trăsnească. Oricum ar fi fost, se bucura să aibă liftul numai pentru ea. Dar momentul de respiro nu dură mult, pentru că privirile fixe continuară în timp ce se îndrepta spre biroul ei.

Elena era veselă, ca de obicei, salutând-o pe Persefona și urmând-o spre birou. Singurul indiciu cum că era conștientă de consecințele nefaste ale publicării articolului pe care i-o dădu Persefonei fu faptul că o informă că nu transferase niciun apel spre mesageria ei vocală.

— Aș putea să îți preiau eu e-mailurile. Doar astăzi.

— Nu, e-n regulă, Elena.

— Ai nevoie de ceva? O cafea, o gustare?

Persefona se gândi o secundă.

— Tylenol. Și niște apă.

— Mă întorc imediat.

Elena se întoarse în scurt timp. Luă medicamentul și încercă să se concentreze asupra muncii ei, adică să citească scrisori pline de ură și să fixeze cu privirea documentul gol care-ar fi trebuit să conțină articolul ei în exclusivitate.

Dacă era să fie sinceră, se aștepta ca Hades să trântească ușile de la locul ei de muncă, s-o ia pe sus și s-o ducă în Lumea de Jos ca s-o pedepsească pentru decizia de a-l trăda.

La început, o neliniștise posibila lui sosire, dar odată trecerea timpului deveni tot mai furioasă pe Zeul Morților.

De ce avea să fie nevoie ca să-i atragă atenția?

Se ridică și merse la cantină pentru a-și face cafea. Cât timp stătu acolo, merse să se uite pe geam. O mulțime consistentă continua să rămână în fața Acropolei.

— Articolul tău face vâlvă!

Demetri i se alătură. Porni televizorul din colțul încăperii. Era transmis un buletin de știri, iar titlul era:

Amanta lui Hades atacă un zeu preaiubit

Ea strânse atât de tare paharul de cafea, încât îi sări capacul, împrăştiindu-i lichid fierbinte pe mâini. Icni şi Demetri i-o luă şi-i întinse nişte şerveţele.

— Ar putea măcar să-mi zică pe nume, nu crezi?

— S-ar putea să nu vrei asta, zise el. Poate că e cel mai bine să ţină minte cui îi aparţii.

Persefona se încruntă la şeful ei.

— Eu nu îi *aparţin* nimănui!

— Corect, spuse el. Mi-am ales prost cuvântul. Nu voiam să spun decât că... vrei ca oamenii să ţină minte că eşti cu Hades, pentru că nu sunt mulţumiţi de faptul că l-ai criticat pe Apollo.

Era evident – şi deloc de mirare. Reporterii îi criticau articolul.

Menţionează opt femei care ar fi suferit abuzuri din partea lordului Apollo, dar unde sunt femeile astea?

Face asta doar pentru că e într-o legătură cu Hades. Niciun alt muritor n-ar îndrăzni să scrie asemenea... mizerii despre un zeu.

Se pare că n-a câştigat destulă faimă când s-a culcat cu Hades. A trebuit să se ia şi de Apollo. Faimă de-asta ţi-ai dorit tu, Persefona Rosi?

Îi era silă, era frustrată şi un pic deznădăjduită.

— Nu e corect. Nici măcar nu-şi dau silinţa să verifice sursele, spuse ea.

El ridică din umeri.

— Ăsta nu e un motiv ca să evite asta.

Demetri oftă.

— Nu, dar asta-i lumea în care trăim. Răzbunarea zeilor e un lucru real şi de temut.

Reporterii continuau să o facă cu ou şi cu oţet pe Persefona pentru că-l criticase pe Apollo. Pentru faptul că se folosise de două poveşti din Antichitate ca exemple ale comportamentului

lui oribil, susținând că, în Antichitate, toți zeii fuseseră diferiți de cine erau în prezent – că era posibil să te schimbi, iar Apollo trebuia iertat.

Persefona îi smulse telecomanda lui Demetri și opri televizorul.

— Lui Hades n-au fost nerăbdători să-i sară în apărare când am scris despre el, spuse ea.

— Asta pentru că Hades trebuie să fie temut. Trebuia să fie rău. Apollo... el e Zeul Muzicii. E... tot numai răsfăț și frumusețe. N-ar trebui să fie un dobitoc.

— Păi, așa e!

— Nu pe mine trebuie să mă convingi, Persefona! Trebuie să convingi lumea!

N-ar fi trebuit să convingă pe nimeni, însă, în loc să recunoască un zeu psihopat, lumea vedea doar unul îndrăgostit lulea. Considerau faptul că urmărea fără încetare bărbați și femei ca fiind romantic, iar pe cei și cele care-l respingeau, nevrednici și nevrednice.

Situația era de mare căcat.

— Uite ce-i, dacă vrei un sfat din partea mea...

— Nu vreau!

— Persefona...

Demetri părea disperat.

— Uite... știu că situația dintre noi n-a fost tocmai roz săptămâna asta, dar nu vreau să te văd tot anul următor făcută albie de porci la televiziunile naționale.

— Atunci, de ce-ai ales să-mi publici articolul?

Când Demetri nu-i răspunse, ea își închipui că știe motivul.

— Din cauza banilor, așa-i?

Nu conta că lumea ura ce scrisese. Ar fi cumpărat ziarul ca să o poată lovi pe ea.

El se încruntă la ea.

— Nu de bani e vorba aici, spuse el. Tu îți dorești respect în industria asta, și adevărul este că tocmai ai pierdut o grămadă din el. Vrei să apuci pe drumul ăla? Poți să faci două lucruri - îți ceri scuze...

Ea se încruntă la el atât de tare, încât aproape că-l topi cu privirea.

— Sau scrii un alt articol despre Apollo. Găsește pe cineva căruia i-a făcut rău recent. Spune-i povestea.

Persefona se încruntă.

— Eu... nu pot.

Demetri nu răspunse imediat.

— Poate că nu poți. Și, dacă nu poți, atunci știi ce ai de făcut.

— Dai niște sfaturi de tot căcatul! zise ea.

Șeful ei părea sincer ofensat de acest răspuns, aproape tresărind când scoase cuvintele pe gură, dar Persefonei nu-i păsa. Trecuse de la a o susține și a o apăra la a i se opune și a o descuraja.

Îl crezuse un luptător, dar, la greu, o făcea pe mielușelul.

Nici vorbă să-i fi cerut scuze lui Apollo când îi făcuse rău uneia dintre cele mai apropiate prietene ale ei. N-avea cum să-i ceară Sibilei un interviu. Ar fi însemnat s-o expună presiunii prin care trecea Persefona în momentele acelea.

Nu-i putea face asta oracolului, care își reclădea viața.

Pe zei, ce mai mizerie!

La prânz, Persefona își încălcă una dintre reguli și riscă să se teleporteze pe acoperișul Acropolei pentru o binemeritată gură de aer.

Apăru pe marginea acoperișului, cu inima bubuindu-i în piept, în timp ce se îndepărta de ea cu pași împleticiți. Odată ce-și reveni din șocul resimțit după ce aproape căzuse de pe marginea clădirii de lux, privi în jos spre măreția Noii Atene. Era minunat și înfricoșător acolo sus. Vedea silueta întunecată a turnului lui Hades, o umbră care despica orașul în două. Geamurile sclipitoare ale barului Afroditei, La Rose, și fațada frumoasă, unică, a nenumăratelor hoteluri luxoase ale Herei: Olimpian, Pegas, Păunul de Smarald. Erau și alte monumente – statui de marmură ale zeilor răspândite prin tot orașul și temple așezate pe vârfurile dealurilor și versanții munților.

Fusese atât de încântată de oraș când se mutase pentru oară aici! Se îndrăgostise de tot ce promitea – posibilități nesfârșite, aventură și libertate. Asta o motiva când îi era greu, când se simțea derutată, pierdută, neacceptată – toate lucrurile pe care le simțea acum.

Căuta acele promisiuni în peisajul vast, dincolo de Acropole și de mulțimea furioasă de jos.

— Persefona? întrebă o voce.

Se întoarse și-l găsi stând în spatele ei pe Pirithous, omul de serviciu care o ajutase să plece în căruciorul de gunoi.

— Cum ai ajuns aici, sus?

Deschise gura să răspundă, dar își dădu seama că habar n-avea cum se putea ajunge pe acoperișul ăla din interior.

— Cu grijă, reuși ea să-i răspundă cu un zâmbet ușor, pe care Pirithous îl imită. Ce cauți aici sus? îl întrebă apoi.

— Uneori, îmi place să iau masa de prânz aici.

În clipa aceea, ea observă că el ține în mână o cutie cu mâncare.

— Vrei să împărțim? o întrebă.

Ea clătină din cap.

— Nu mi-e atât de foame, dar stau cu tine.

Zâmbetul lui se lăți.

— Mi-ar plăcea. Hai! Știu eu un loc în care putem să stăm ca lumea, feriți de bătaia vântului.

Pirithous o conduse spre o altă parte a acoperișului, blocată de un paravan, unde se aflau niște scaune. Spațiul respectiv avea vedere la coasta Noii Atene, o linie de nisip pur, alb, care întâlnea un ocean înspumat de culoarea smaraldului.

Priveliștea îți tăia răsuflarea.

— Hai, ia loc!

Pirithous își desfăcu prânzul și scoase un sendviș și o pungă de chipsuri.

— Sigur nu vrei?

— Sigur, mulțumesc!

El luă o gură, apoi priviră spre oraș. După un moment de tăcere, Pirithous o provocă:

— Așadar, ce faci aici?

Ea oftă și alese să nu se uite în ochii lui când răspunse:

— Presupun că nu te-ai uitat la știri, nu?

— Nu pot să zic că m-am uitat, răspunse el.

Era singurul muritor pe care îl cunoștea care să nu fie deloc obsedat de zei.

— Păi, am dat-o de gard.

— Sunt sigur că n-are cum să fie așa de rău.

Persefona răsuflă adânc.

— Am cam... ales să fac o chestie pe care i-am promis lui Hades că nu aveam să o fac, pentru că eram furioasă pe el, iar acum... nu mai pot s-o retrag.

— Ah! râse Pirithous ușor, apoi luă o mușcătură din sendviș și vorbi în timp ce mesteca: Ce-a făcut?

— O prostie, bombăni ea. Eu nu cred că el vede problema la ceea ce-a făcut.

Pirithous zâmbi trist, cum îi stătea în fire. Zeița avea impresia că o înțelegea mai bine decât lăsa să se vadă.

— Ăștia adesea nu gândesc, remarcă el.

— Nu înțeleg.

El ridică din umeri.

— Bărbații nu gândesc, pur și simplu!

— Asta chiar e o scuză groaznică!

— Nu e o scuză. E o realitate. N-ai ce altceva să faci decât să lupți în continuare pentru ceea ce-ți dorești. Dacă te vrea, o să se străduiască să te înțeleagă.

Ea strânse din buze, simțindu-se penibil. Își dădu seama că exagerase, dar nu fusese în stare să se stăpânească. Voise ca el să se simtă la fel de trădat cum se simțise ea în momentul în care aflase despre Leuce. Voise ca el să simtă frustrarea de-a nu primi vești de la ea cu fiecare oră care trecea. Voise să-l sfideze, doar ca să vadă dacă avea să-i smulgă vreo reacție.

— Sunt irațională?

Bărbatul ridică din umeri.

— Poate, dar emoțiile-s emoții, spuse el. Am fost și eu un băiat mai fost prost de felul meu! Aș vrea să mă fi străduit mai mult!

Persefona simțea că înțelege tristețea agățată de omul ăla. Se întreba ce vedea Hades când privea în sufletul lui.

— Tu ce prostie ai făcut? întrebă ea.

El respiră adânc.

— La ce trecut ai, cred c-ai să fii surprinsă.

Persefona se încruntă, dar, înainte să apuce să întrebe ce voia să spună, Pirithous îi explică:

— Eu jucam la greu jocuri de noroc - nu de-alea de-ale prietenului tău. Pariam la Jocurile Panelenice. Credeam că fac ce-i mai bine pentru iubita mea, și atât de mult am crezut în chestia asta, încât n-am băgat de seamă ce era cu adevărat important - dorința ei ca eu să nu mai joc. Nu-i păsa de bani sau de statut. Mă voia pe mine, atât.

Făcu o pauză ca să râdă ușor.

— Pe zei, aș da orice pentru o femeie care să mă dorească în momentul ăsta!

— Ce s-a întâmplat cu ea?

— Are o căsnicie fericită. Așteaptă primul copil. E ciudat să vezi pe cineva pe care-l iubești mergând mai departe și asumându-și o viață care-ar fi putut să fie a voastră.

Persefona spera să nu fie niciodată nevoită să facă așa ceva.

— Îmi pare rău! spuse ea, punându-și o secundă mâna peste a lui.

El ridică din umeri.

— Am crezut că o protejez, rosti el, făcând o pauză. Poate că Hades crede că așa te protejează.

Nu avea niciun dubiu.

— Mi-aș dori să termine cu asta. N-am nevoie de protecție.

— Toată lumea are nevoie de protecție, o contrazise el. Viața e grea.

Persefona se încruntă. Îi spusese ceva asemănător lui Hades când se certase cu el în privința motivului pentru care era important să-i ierte pe muritori. Niciodată nu se gândise că avea nevoie de aceeași iertare.

După prânz, ziua se înrăutăți și mai tare. Elena făcea față unui val de apeluri telefonice furioase, iar mesageria Persefonei se umplea în continuare de scrisori pline de ură. Nu scăpa de judecată, nici măcar în mesajele de pe telefon.

Nu-mi vine să cred c-ai scris despre Apollo! îi scrise Lexa.

Persefona nu era sigură dacă prietena ei cea mai bună își exprima entuziasmul sau frustrarea.

Ai vorbit cu Sibila? întrebă Persefona.

Nu. Fac pariu c-o să stea la cutie. Dacă încă era oracolul lui Apollo, știi că ar fi fost băgată până-n gât în harababura asta.

Dacă ar fi în continuare oracolul ei, n-ar fi implicat în harababura asta.

Măi, fată, mă refeream la TINE. Tu ești harababura.

Am spus doar adevărul. Dă-mă în judecată!

Mă gândesc că Apollo o să apeleze la metode ceva mai arhaice. Lexa făcu o pauză, apoi scrise: *Hades ți-a scris ceva?*

Nup.

Nu-și ceruse scuze, nu îi ținuse morală, iar emoțiile ei erau un talmeș-balmeș. Niciodată nu se mai simțise astfel, prinsă între furie, o dorință disperată de-a se confrunta cu el și teama de dezamăgirea lui.

Când Persefona plecă de la Acropole, Antoni îi ieși în întâmpinare la uși și o conduse prin mulțimea agresivă. Așteptă până ajunseră în siguranță în mașină, apoi o întrebă:

— Sunteți în regulă, milady?

Nu era sigură de ce, dar întrebarea-i provocă usturimi la ochi. Deodată, își ținea în frâu lacrimile. Nu avea de gând să plângă din cauza asta - încă.

Răsuflă adânc.

— E furios?

Știa că nu trebuie să rostească numele lui Hades. Antoni avea să-și dea seama despre cine vorbește.

— Nu l-am văzut, recunoscu el. Dar îmi închipui că n-o să fie fericit.

Știa asta, și de aceea nu avea să meargă cu niciun chip în Lumea de Jos în această seară. Era recunoscătoare pentru că Antoni nu dezvoltase subiectul sau n-o certase pentru că scrisese despre Apollo. Cea mai mare parte a drumului fu petrecută în liniște, în afară de momentul în care ea îi ceru căpcăunului să oprească pentru a-și lua mâncare la pachet înainte să se îndrepte spre casă.

Până ajunse la apartament, nu-și mai dorea decât să facă o baie fierbinte și să se bage în pat. Îi ură noapte bună lui Antoni și intră. Lexa îi trimisese un mesaj prin care o anunța că avea să iasă cu Jaison. Sibila și Leuce stăteau la bar și lucrau la CV-uri, dar, când Persefona intră pe ușă, Sibila se ridică de pe scaun și o cuprinse în brațe.

Persefona își lăsă poșeta și mâncarea la pachet pe podea și-i răspunse oracolului la îmbrățișare. Leuce se răsuci în scaun și-i oferi un zâmbet înțelegător.

— Presupun că ne-am cam lăsat purtate de val aseară, zise Leuce.

Persefona scoase un râset lipsit de veselie. Trebuia să nu mai muncească și să bea.

— Îmi pare rău! îi spuse Sibilei. Nu te-am ascultat.

— E-n regulă, zise Sibila. Nu te învinovățesc că vrei să le spui poveștile. Dar mă enervează foarte tare că nu te ascultă nimeni.

— Știu că de-asta mi-ai spus să nu o fac, spuse Persefona și zâmbi ușor în timp ce se desprindea din îmbrățișare ca s-o privească pe Sibila. Poate că Apollo ți-a luat puterile, dar instinctele încă îți sunt extrem de ascuțite.

Ea ridică din umeri.

— Știu cum au fost tratate femeile în istorie.

Sibila luă poșeta Persefonei și mâncarea pe care-o adusese, așezându-le pe blat.

— E musaca, dacă vreți, spuse Persefona, făcând un semn din cap spre punga cu mâncare. Am luat și baclava, pentru că... înțelegeți... a fost o zi grea.

Sibila râse ușor.

— Bineînțeles.

— Cred că mă duc să fac o baie.

Sibila aprobă din cap.

— Suntem aici, dacă vrei să vorbim! zise Leuce.

— Mersi!

Persefona se îndreptă spre noptiera ei pe întuneric, cunoscând bine planul propriei camere, și aprinse lampa. Intră în baie, își scoase bijuteriile și porni apa de baie. În timp ce curgea, ea se îndreptă din nou spre camera ei și începu să se dezbrace, când văzu cu coada ochiului ceva mișcându-se. Se întoarse, surprinsă de prezența lui Hades în camera ei.

Oare cum de nu-l simțise?

Pentru că n-a vrut, se gândi ea imediat.

— Te rog, continuă! îi ceru el, sprijinindu-se relaxat de perete în semiîntuneric.

Părea în largul lui, zămislit din umbre. Își ținea mâinile în buzunarele pantalonilor și-și scosese sacoul. Mânecile cămășii negre îi erau suflecate, iar cei doi nasturi îi erau descheiați, scoțându-i la iveală mușchii bine definiți ai brațelor și pieptului.

Ei i se tăie răsuflarea. Oare avea să se gândească la cât de frumos era el de fiecare dată când îl vedea?

Ochii lui arzători o cercetară din cap până-n picioare, iar Persefona își aminti deodată că e supărată pe el pentru foarte multe lucruri. Își trase din nou rochia pe ea, iar Hades râse fără să se amuze.

— Hai, iubito! Am depășit faza asta, nu? Doar am văzut fiecare centimetru din tine – ți-am atins fiecare parte a corpului.

Se înfioră toată, pentru că indiferent cât de supărată ar fi fost pe el, nu putea opri gândurile care-i copleșiră mintea auzind cuvintele lui.

— Asta nu înseamnă că ai s-o faci și în noaptea asta, spuse ea, iar Hades se încruntă. Ce cauți aici?

— Mă eviți.

— *Eu* te evit pe *tine*? pufni ea. E valabil pentru amândoi, Hades. Și tu ai fost la fel de absent.

— Ți-am oferit spațiu, replică el, făcând-o să-și dea ochii peste cap. Evident, a fost o idee proastă.

— Știi ce-ar fi trebuit să-mi oferi? întrebă ea. Niște scuze!

Se îndreptă spre baie. Hades n-avea s-o împiedice să facă baie. După ce se dezbrăcă, intră în apă. Era aproape prea fierbinte, usturând-o în timp ce se cufunda în ea. În mod normal, s-ar fi întins, dar se simți ciudat de stânjenită și-și trase genunchii la piept.

Hades o urmă, sprijinit de blat, cu brațele încrucișate la piept, cu buzele strânse.

— Ți-am spus că te iubesc.

— Astea nu sunt scuze.

— Vrei să-mi spui că aceste cuvinte nu înseamnă nimic pentru tine?

Ea se încruntă.

— Faptele, Hades! N-aveai de gând să-mi spui despre Leuce.

— Dacă tot vorbim despre fapte, hai să vorbim și despre ale tale!

În ciuda fierbințelii apei, Persefona simți brusc că îngheață.

— Nu mi-ai promis că n-ai să scrii despre Apollo?

Existau mai multe motive în spatele faptelor ei – fuseseră alimentate de Sibila, de Leuce și de vin –, dar nu putea spune asta, pentru că rezultatele erau aceleași. Își încălcase promisiunea.

— Am fost nevoită s-o fac…

— Nevoită? o întrerupse el. Ți s-a dat vreun ultimatum?

Da, mi s-a dat un ultimatum, prostule!

Nu răspunse și-și feri privirea, îndreptând-o spre apă. Dacă se uita prea mult la Hades, avea să izbucnească în lacrimi. Clocotea prea multă emoție în ea.

— Ai fost amenințată?

Din nou, ea păstră tăcerea.

— A avut *ceva* din toate astea legătură cu tine?

Nu suporta felul în care vocea lui o zgâria pe urechi. Se ridică din cadă, împroșcând cu apă peste tot, și luă un prosop de pe bară, acoperindu-se cu el.

— Sibila este prietena mea, iar viața i-a fost *distrusă* de Apollo. Comportamentul lui *trebuia* dat de gol!

Hades își înclină capul într-o parte, aruncând scântei din ochi. Își desfăcu brațele și păși spre ea. Persefonei îi bubuia inima în timp ce se apleca spre ea.

— Știi ce cred eu? șopti furios.

Ea vru să facă un pas înapoi - nu voia să se confrunte cu ceea ce făcuse. Cu felul în care se răzbunase pe el.

— Cred că, pentru tine, toată povestea asta e un joc! Te-am scos din sărite, deci vrei și tu să mă scoți din sărite, nu-i așa? Unu la unu - acum suntem chit.

— Nu totul se învârte în jurul tău, Hades.

Mâinile lui o prinseră de talie, trăgând-o mai aproape.

— Mi-ai promis că nu scrii despre Apollo.

Persefona făcu o grimasă.

— Cuvântul tău chiar nu valorează nimic?

Cuvintele lui o dureau. Înghiți în sec ca să scape de ceva ce-o gâtuia și se încruntă la el, cu ochii înlăcrimați.

— Să te fut!

Hades era nemilos. Zâmbea, nemernicul!

— Mai degrabă te-aș fute eu pe tine, iubito, dar atunci n-ai mai putea să mergi o săptămână.

El pocni din degete, iar lumea din jurul ei se schimbă. Erau în apartamentul pe care ea îl folosea pentru a se pregăti de

Balul Înălțării - acela era apartamentul pe care Hades îl construise pentru viitoarea lui regină. Faptul că o dusese acolo, și nu în propriul lui apartament, spunea enorm de multe.

Îl îmbrânci, îndepărtându-l de ea. Între ei stătea doar prosopul ei.

— Tocmai m-ai răpit?

— Da, răspunse el, întorcându-i deja spatele. Apollo o să vină după tine, și singurul mod în care o să aibă o întâlnire cu tine e dacă sunt și eu prezent.

— Pot să rezolv problema asta, Hades!

Nu știa cum, dar avea s-o rezolve. Demetri îi oferise două opțiuni - să-și ceară scuze sau să îi ia un interviu unei victime recente. Or fi fost opțiuni de tot rahatul, dar poate celelalte șapte aveau să fie dispuse să stea de vorbă cu ea.

Hades o întrerupse:

— Nu poți și n-ai s-o faci!

Persefona ridică bărbia, încruntându-se la Regele Morților. Încercă să se teleporteze, dar nu reuși. Furia-i clocotea pe sub piele.

— Nu poți să mă ții aici cu forța.

Un covor de liane se întinse de la picioarele ei spre Hades. El râse lugubru, iar colțul gurii i se ridică într-un rânjet arogant.

— Iubito, te afli pe tărâmul meu. Aici stai până spun eu!

— Hades, am de lucru. Am și eu o viață acolo sus.

El nu zise nimic.

— Hades!

Acesta continuă să meargă, iar ea își dori ca el să sufere, pentru că avea impresia că zeul nu simțea nimic în legătură cu asta. În clipa aceea, niște ghimpi mari și negri ieșiră din podeaua cu gresie, îndreptându-se spre picioarele lui Hades asemenea unor șerpi veninoși.

Dar Zeul Lumii de Jos făcu doar un semn cu mâna, iar ghimpii se făcură scrum.

O făcuse atât de ușor, atât de repede!

Ceea ce însemna că, de fiecare dată când ea folosise magia împotriva lui, el o... lăsase pur și simplu. Realitatea slăbiciunii sale deveni brusc necruțătoare în fața indiferenței lui, iar ea simți că nu se mai poate ține pe picioare.

În timp ce el se îndrepta spre ușă, strigă după el cu o voce frântă:

— O să-ți pară rău!

— Deja îmi pare, fu răspunsul lui, iar în vocea sa apăru o notă care suna a jale.

CAPITOLUL IX

Un strop de otravă

PERSEFONA SE RIDICĂ ÎN CAPUL OASELOR ÎN PAT, CU genunchii la piept, neputând să doarmă. Avea atâtea de rezolvat și nu știa dacă e pregătită - sau dacă știa, de fapt, ce să facă. Lumea de Sus mocnea de furie la adresa ei, iar Hades era rănit.

„Cuvântul tău chiar nu înseamnă nimic?"

Își dădea seama că rostise cuvintele la nervi, dar îi străpungeau pieptul de fiecare dată când își amintea de ele, ca un bisturiu care spintecă aceeași incizie.

Oare chiar credea asta? Oare îi pierduse încrederea?

Nu știa cât e ceasul, dar întunericul care se vedea pe fereastra ei părea nesfârșit. Persefona se ridică din pat, își luă rochia pe ea și ieși în grădină. Simțea răceala cărării de piatră pe tălpile desculțe, iar mireasma florilor parfumate o însoțea în timp ce mergea. Se oprea din când în când să atingă trandafirii catifelați și glicina de pe care picura roua.

Nu ieșise de mult timp când simți brusc că e urmărită, așa că se întoarse și-l văzu pe Hades în ușa camerei lui. Stătea cu brațele sprijinite de balcon. Chiar și de la distanța aia, știa că el îi urmărea fiecare mișcare, fiecare răsuflare. Spera ca el să sufere cumplit, să tânjească după ea. Erau puține locuri în Lumea de Jos în care putea merge fără s-o năpădească amintirile momentelor petrecute cu Hades. Nu cu mult timp înainte, el o alergase prin grădina aceea, o lipise de perete și făcuse dragoste cu ea.

Spera ca el să se gândească la asta în clipa aceea. Spera că se gândește la cât de fierbinte fusese gura ei când îi cuprinsese scula în livadă. Spera că-și amintește cum o lăudase pentru gustul ei dulce când gura lui îi devora carnea. Spera că se gândește la toate acele lucruri în timp ce dormea de unul singur în patul lui rece.

O parte a sa își dorea ca el să fi venit după ea, să fi apărut din întuneric și s-o fi devorat, dar de data asta lucrurile stăteau altfel. Nu era vorba de faptul că Hades era furios. Furia însemna pedeapsă, iar pedeapsa ducea de obicei la plăcere.

Suferința însemna timp. Însemna distanță.

Se strânse și mai tare în brațe și-i întoarse spatele, continuând să meargă pe potecă și intrând mai adânc în grădină.

La un moment dat se întoarse în camera ei. Nu-și aducea aminte când adormise, dar se trezi când auzi o bătaie la ușă și o văzu pe Hecate intrând în cameră, îmbrăcată cu o robă stacojie voluminoasă.

— Bună dimineața, dulceață!

O nimfă intră în cameră, ducând cu ea o tavă acoperită.

— Am adus micul dejun. Hai să mâncăm!

Persefona i se alătură lui Hecate pe balcon. Adusese diverse fructe, pâine, gemuri și cafea.

— Mai doriți ceva, milady?

— Ăăă, nu, răspunse Persefona, iar nimfa făcu o plecăciune, lăsându-le singure.

— E o dimineață divină, începu Hecate, respirând adânc. M-am gândit să ne antrenăm devreme astăzi…

— Știai de întoarcerea lui Leuce?

— O, nu, Hades n-o să-mi facă probleme! Știam că se întorsese și l-am sfătuit să-ți spună! Ce-a ales sau n-a ales să facă el nu-i din vina mea!

— Povestește-mi despre ea! îi ceru Persefona.

Hecate încremeni, cu cana de ceai la jumătatea drumului spre buze. În cele din urmă, luă o gură, apoi întrebă:

— Ce vrei să știi?

— Hades a iubit-o?

— Nu așa cum te iubește pe tine, răspunse ea fără ezitare.

— Nu încerca să mă faci să mă simt mai bine, Hecate!

— Chiar nu încerc asta. Sau, cel puțin, n-aș spune niciodată ceva ce nu e adevărat! Da, Hades a ținut la ea. Cred că el a avut impresia că o iubea; acum, cred că și-a dat seama că nu gândea cum trebuie.

— Am fost luată cu totul și cu totul pe nepregătite.

— La fel cum sunt convinsă că spera și mama ta să fii.

— Mama?

Persefona nu mai primise vreo veste de la Demetra și nici nu mai vorbise cu ea de când îi distrusese sera, și trebuia să recunoască faptul că nu-i simțea deloc lipsa.

— Ooo, da, aici se simte de la o poștă mâna Demetrei! răspunse Hecate, strâmbând din nas. Cine altcineva mai are puterea de-a transforma un copac înapoi într-o nimfă?

Hades, vru ea să sublinieze, dar știa că nu zeul o readusese pe Leuce la forma ei obișnuită.

— De ce i-ar face mama o favoare amantei lui Hades?

Hecate râse.

— Doar n-ai crezut c-o să ai tu ultimul cuvânt, nu? Demetra a încercat să sfideze Ursitoarele ca să te țină departe de Hades. E în stare să încerce orice ca să te smulgă de lângă el. Doar știi asta!

Persefona tăcu. Nici nu-i trecuse prin minte că mama ei ar fi putut fi implicată, dar când o auzi pe Hecate spunând-o, nu-i veni să creadă că nu fusese primul ei gând.

După o clipă, își luă capul în mâini.

— Nu înțeleg de ce nu mi-a spus.

— Prima regulă privitoare la bărbați, Persefona, e că toți sunt idioți.

Persefona dădu să protesteze, dar Hecate o întrerupse:

— Și să nu începi să crezi că doar pentru că Hades e străvechi și înțelept în alte privințe nu poate fi idiot! Nu e cazul. Crede-mă, am trăit lângă el, le-am văzut pe toate!

— De acord, e un idiot. Dar... și eu sunt la fel.

Privirea lui Hecate se îmblânzi.

— Chiar ești!

Cele două râseră împreună.

— O să mă transformi în vizon? întrebă Persefona și, deși întrebase în glumă, îi dădeau lacrimile.

Zeița zâmbi.

— Nu, draga mea. Am deja unul.

Persefona se șterse și mai abitir pe față.

— Of, Hecate! Ce-o să mă fac? L-am rănit pe Hades. Nu m-am gândit că... De fapt, n-am gândit deloc. Eram atât de...

— Rănită, completă Hecate. Și Hades te-a rănit. V-ați rănit reciproc. Răspunsul e simplu. Îți ceri scuze.

— Nu pare-a fi destul!

— E destul. E destul, pentru că vă iubiți.

Persefona inspiră adânc. *Să-și ceară scuze.* Asta putea să facă.

— În regulă, spuse apoi, ridicându-se în picioare. Unde e?

Hecate se ridică de pe scaun.

— Mai așteaptă puțin. O să vrei să fie furios pentru momentul când sosește Apollo. Hai să concentrăm ceva din durerea asta într-o lecție!

Porniră amândouă spre una dintre nenumăratele livezi ale lui Hades. Încă descoperea Lumea de Jos și panorama ei vastă, dar unul dintre ultimele lucruri pe care le descoperise era că Hades avea o rețea vegetală - struguri, măsline, smochine, curmale și rodii. Zeița Magiei alesese un luminiș unde crescuse un rodiu deosebit de mare. Frunzele lui de un verde smarald erau în puternic contrast cu fructele stacojii care-i atârnau greu de pe crengi.

O clipă, Persefona rămase fermecată de luminiș.

Apoi veniră albinele.

— De unde mama naibii au apărut astea? întrebă Persefona, ferindu-se de încă un demon înaripat care se năpustea la fața ei.

Alea nu erau albine drăguțe.

— Eu le-am chemat, zise ea, veselă.

— Tu... Ce?

— Folosirea magiei în condiții de stres e o abilitate de preț, Persefona.

— Nu ți se pare că am deja destul stres pe cap?

— În mintea ta, răspunse ea. Practicanții înzestrați ai magiei trebuie să învețe să lucreze în condiții de stres, atât fizic, cât și mental.

Nu azi, îi venea să spună.

— Ei, eu nu sunt o practicantă înzestrată a magiei.

— Dacă-ți tot spui lucrul ăsta, o să devină adevăr.

— *Chiar e adevărul.* Tu ești singura care nu-l vede. Și Hades știe. M-a lăsat să cred că sunt destul de puternică pentru a mă folosi de magie împotriva lui, atâta tot.

Hecate se încruntă.

— Cum adică?

Persefona îi povesti întâmplarea cu lianele de noaptea trecută.

— A fost fără niciun efort din partea lui.

— Iubita! Tu trebuie să ții minte că ăsta e tărâmul lui Hades. Aici e atotputernic!

Cuvintele ei n-o încălziră cu nimic, pentru că, de fiecare dată când se folosise de magie cu el, fusese aici, în Lumea de Jos. Nu era sigură de ce o deranja atât de tare. Poate pentru că de asta se folosise pentru a-și evalua progresul - și, la fel de ușor pe cât îi făcuse magia scrum, îi luase și extrem de fragila încredere cu el.

Hecate oftă.

— Poate am exagerat. Îmi pare rău pentru albine!

Imediat ce Hecate trimise albinele de-acolo, se concentrară asupra pregătirii.

— Ține minte ce ți-am spus! rosti apoi Hecate, așezând-o pe Persefona în fața rodiului. Magia e maleabilă.

Persefona își aducea aminte. Erau cuvinte pe care Hecate i le spusese la puțin timp după ce începuse să simtă viața din plantele, florile și copacii din jurul ei.

Exersarea magiei cu Hecate nu semăna deloc cu exersarea magiei de una singură. Zeița era dedicată meșteșugului ei și dădea instrucțiuni cu meticulozitate. Îi spuse Persefonei să coacă rodiile din copacul din mijlocul livezii. Acestea încărcau crengile copacului, iar coaja lor era galben-verzuie, cu urme de un roșu-aprins. Asta însemna că avea să fie nevoită să dea dovadă de stăpânire de sine când venea vorba despre adunarea și concentrarea puterii ei.

Cuvintele lui Hecate se ridicară la suprafața minții ei în timp ce își chema magia.

„Închipuie-ți-o ca pe lut! Modelează-o după cum dorești și... dă-i viață!"

Ușor de zis, greu de făcut.

Persefona simți căldura magiei pulsându-i în vene. I se adună în palme precum apa care se încălzea la soare, iar în timp ce închidea ochii, își închipui cum modelează magia în forma unei rodii roșii, coapte.

— Perfect! o auzi pe Hecate încurajând-o.

Persefona respiră adânc și deschise ochii. Nu vedea magia pe care-o ținea în mâini, dar o simțea. Era energie, și încărca aerul din jurul ei, ridicându-i părul pe brațe și pe ceafă.

— Acum, îndreaptă-ți magia spre țintă!

Persefona făcu după cum îi ceruse Hecate, întinzând mâinile în față în timp ce magia îi pulsa din palme, lăsându-i-le leoarcă de transpirație rece. Magia ajunse la copac, iar rodiile începură să se umfle și să se închidă la culoare.

— Da! sări Persefona, încântată de reușita ei.

Dar fructul creștea.

Și creștea.

Și creștea.

O, nu!

— Adăpostește-te!

Hecate o apucă pe Persefona de mână și o târî spre un copac din apropiere.

O secundă mai târziu, auzi un pocnet puternic atunci când explodară câteva rodii. Toată livada se înroşise. Parcă era o baie de sânge.

Îşi lăsă umerii în jos a înfrângere.

— Tocmai ai folosit prea multă putere, spuse Hecate.

— Cred că e mai mult decât evident, Hecate! se răţoi Persefona, furioasă pe ea însăşi.

Zeiţa Vrăjitoriei nu părea tulburată de răbufnirea Persefonei, ci doar zâmbi pur şi simplu.

— Să nu vezi asta ca pe o înfrângere, draga mea! Numai printr-o nereuşită de-a-ţi stăpâni puterea o să putem afla cât eşti de puternică de fapt.

Dar Persefona nu se simţea puternică, şi o şi spuse:

— Pot să fac să crească plante şi să le omor. Zeii consideră astea trucuri de bâlci.

— În momentul de faţă, fu de acord Hecate. Dar asta nu înseamnă că nu se vor manifesta şi alte puteri.

Persefona strânse din buze. Se gândi la felul în care simţise emoţii venind şi trecând de când Sibila sosise la ea în apartament.

— Draga mea, înlăuntrul tău e întuneric, iar noi abia am ajuns la suprafaţa lui.

Un fior i se strecură pe şira spinării. Nu era prima oară când auzise acele cuvinte.

„Lasă-mă să stârnesc întunericul din tine să iasă la iveală – o să te ajut să-l modelezi."

Erau cuvinte pe care Hades le rostise cu buzele lipite de pielea ei, chiar înainte de a-i explora pentru prima oară corpul, de la interior la exterior. Nu-şi dăduse seama ce vrea să spună Hades la vremea aceea, nu-şi dădea seama ce vrea să spună Hecate în clipa aceea, şi se hotărî că nici nu voia să întrebe.

— Poţi să cureţi mizeria asta? o întrebă Persefona pe Hecate.

Pulpa groasă curgea din copac pe florile de jos. Arăta ca un câmp de luptă.

— Aş putea, răspunse Hecate. Dar aşa nu mi-ar mai rămâne nicio lecţie pentru mai târziu.

— Vrei să curăţ *eu*?

Persefona ştia că nu e nevoie, dar gesticulă spre dezastrul din faţa lor.

— Ce te face să crezi că pot să dreg asta când nici n-am putut să o împiedic să se întâmple?

— Dacă aş fi crezut că eşti în stare s-o faci de una singură n-ar mai fi fost nicio lecţie, răspunse zeiţa.

Persefona fierbea de nervi.

Într-o zi, avea să-şi transforme mama într-o *rafflesia* pentru că nu-i lăsase magia să se manifeste.

— Nu-ţi face griji, iubita! adăugă Hecate. Ai să înveţi despre puterea ta pe măsură ce înveţi despre tine! promise Hecate.

Cele două se înapoiară la palat. O vreme, reuşiră să evite subiectul lui Hades şi Apollo, mai ales pentru că Hecate profitase de plimbarea lor după ce dăduseră de o livadă de cucută.

— La un moment dat, am să te învăţ meşteşugul otrăvirii. E o deprindere folositoare pentru o doamnă.

Persefona îi aruncă o privire nesigură lui Hecate.

— Nu cred că otrăvirea e un meşteşug folositor, Hecate.

— Este, atunci când trebuie să ucizi discret.

— Şi când trebuie să ucizi discret?

Ea ridică din umeri.

— Există anumite cazuri - abuzatorii de femei şi copii, traficanţii de carne vie, violatorii... şi lista poate continua.

Hmm, poate Hecate o şti ceva!

Merseră o vreme în tăcere, timp în care Persefona se gândi la utilitatea otrăvii împotriva unui anume zeu, după care întrebă:

— Ce-are Hades cu Apollo?

Știa de ce nu-l suportă *ea*, bineînțeles, dar furia lui Hades o depășea pe a sa.

Adăugă apoi:

— Și să nu mă pui pe mine să-l întreb!

Hecate îi zâmbi ușor.

— Presupun că are ce-au toți zeii unii cu ceilalți: își știu trecutul și faptele.

Hecate făcu o pauză și se întoarse spre Persefona.

— Hades nu o face pe încăpățânatul. Se teme pentru tine. Apollo... răzbunarea lui e crudă.

— Știu.

— Nu, nu *știi*, o contrazise Hecate, iar Persefona fu ușor surprinsă de tonul ei. În antichitate, el și soră-sa au omorât paisprezece copii. Copiii înșiși erau nevinovați; mama lor, Niobe, îi supărase după ce susținuse că e superioară mamei celor doi zei, Leto însăși.

Paisprezece copii? Cum de nu se îngrozise toată lumea de zeii ăia doi?

— Nu mai e nevoie să-ți zic că Apollo este imprevizibil, și, în loc să riște, Hades te-a adus aici, în Lumea de Jos – pe tărâmul lui –, unde orice gest ar face Apollo va fi interpretat ca o declarație de război la adresa Zeului Morților. Apollo o fi impulsiv, dar nu e prost. Nu-l vrea pe Hades pe post de dușman.

În ciuda faptului că simțea o nouă spaimă, Persefona era bucuroasă că întrebase.

Se întoarseră la palat, unde luară cina și discutară detaliile esențiale ale Sărbătorii Solstițiului de Vară.

— Am comandat o coroană nouă, spuse Hecate, chiar în timp ce Persefona se pregătea să ia o gură de vin.

O scuipă înapoi în pahar.

— Ian are emoţii.

Persefona se încruntă. Bineînţeles că-l implica pe Ian în povestea aia. Sufletul era meşter fierar. Înainte să moară, făurise armuri şi arme şi era favoritul lui Artemis. Favoarea ei dusese la moartea lui. Sufletul îşi folosea acum priceperea în Lumea de Jos pentru a croi lucruri frumoase şi meşteşugite - felinare, porţi şi, ocazional, câte-o coroană.

— Nu am nevoie de-o altă coroană, Hecate. Cea pe care mi-a făcut-o Ian e foarte frumoasă. Pot s-o port la sărbătorirea solstiţiului.

Nu spuse ceea ce gândea de fapt. Să poarte coroana ar fi însemnat să facă presupuneri. Hades nu vorbea cu ea în momentul acela, aşa că de unde putea ea să ştie că o mai doreşte pe post de regină?

— Ai putea, dar de ce să o faci când o să ai una nouă?

Persefona oftă.

— Mi-aş fi dorit să mă fi întrebat!

— Aş prefera să nu fac asta, răspunse ea. Acum, să vedem cu rochia! Mă gândeam la una neagră...

Hecate continuă să-şi explice perspectiva în legătură cu ceea ce numea „ţinuta de zile mari" a Persefonei. Dar zeiţa o asculta numai pe jumătate, gândul fiindu-i la povestea lui Apollo, a surorii lui şi a lui Hades. În timpul documentării despre Zeul Muzicii, nu se gândise să mai verifice şi alte poveşti din trecutul lui. Fărădelegile zeului erau într-adevăr numeroase şi violente, şi se trezi întrebându-se dacă Hades e în stare să-i împiedice răzbunarea.

După cină, Persefona se trezi singură în camerele ei. Începu să-l blesteme pe Hades pentru că le construise. Cine-şi băga soţia într-o parte cu totul diferită a propriului palatul? Era un obicei atât de... antic!

Nu ești soția lui, se corectă ea. *Ești... iubita lui.*

Poate.

Nu putea fi sigură. Nu-l mai văzuse pe Hades de când o urmărise de la balcon, în seara precedentă. Încercase să pornească mai devreme în căutare lui și nu-l găsise în tot palatul. Aproape sigur încerca să o evite. Iar ea avea întrebări și doleanțe. Ce trebuia să facă în privința slujbei de la ziar? Oare el îl anunțase pe Demetri unde o dusese? Dar Lexa, Sibila și Leuce?

Dispoziția-i deveni și mai proastă, dar se trezi ieșind iar să exploreze Lumea de Jos în lumina tot mai slabă. Frustrarea sa făcea florile din jur să înflorească și iarba să crească mai mare. Nu suporta asta. Lăsa, la propriu, o cărare în urma ei pe care putea porni oricine.

Se aventură departe, peste dealuri stâncoase și văi acoperite cu mușchi, până când ajunse pe marginea unei stânci, față în față cu un ocean cenușiu.

Vântul îi biciuia fața înfierbântată, răcorind-o. Continua să clocotească pe dinăuntru. Era atât de furioasă - furioasă pe Apollo, pe Hades și pe faptul că era prizonieră în camerele alea afurisite! Oare așa o pedepsea el? O lăsa în Lumea de Jos și-o evita cu orice preț? Nu părea să regrete câtuși de puțin ceva din toate astea.

Se hotărî că trebuie neapărat să se calmeze, când un trandafir îi înflori din braț. Creșterea bobocului îi provocă dureri, și, când și-l smulse, urlă de usturime, iar sângele se scurse din rană.

E o adevărată tortură, gândi ea.

Își rupse o bucată din rochie și o înfășură cât de strâns putu în jurul brațului, apoi se așeză pe pământ. La început, se concentră asupra sunetului mării care lovea țărmul dedesubt, asupra atingerii vântului pe fața ei, asupra mirosului de cenușă și sare din aer. Apoi închise ochii și răsuflă adânc – umplându-și plămânii cu aceleași mirosuri, același vânt, aceleași sunete, până simți că ea însăși e în ocean, legănându-se înainte și înapoi, la adăpostul valurilor calde.

Furia, tensiunea și durerea se risipiră.

Pentru prima oară în ziua aceea, se simțea calmă, stăpână pe sine, cu mintea limpede.

Când deschise ochii, era întuneric, și-și dădu seama că trebuia neapărat să se îndrepte din nou spre palat, până nu începea cineva să-și facă griji, dar când se ridică să plece, își dădu seama că poteca lăsată în urmă de propria magie dispăruse.

Totuși, credea că se poate descurca singură, așa că porni în direcția din care venise. Merse o vreme, apoi își dădu seama că se rătăcise. Epuizată, nefiind în stare să se teleporteze, găsi un loc lângă un copac și se așeză, alunecând pe pământ, unde adormi.

O trezi căldura lui Hades. Mirosul lui îi umplu nările în timp ce o strângea la piept. Își dădu seama când se teleportară, pentru că aerul se schimbă. Dacă n-ar fi fost atât de epuizată – atât de amețită –, ar fi deschis ochii să-i vadă expresia feței. De fapt, voia să deschidă ochii, pentru că inima ei avea nevoie să știe cum se uită la ea – dar descoperi că nu putea.

Era atât de obosită!

De ce era atât de obosită?

Hades o ținu strâns multă vreme, apoi se foi și o depuse pe o grămadă de pături. Îi lipi un sărut pe frunte, iar căldura îi pătrunse în piele.

Nu-și mai aduse aminte nimic altceva.

CAPITOLUL X

Zeul Muzicii

CÂND DESCHISE OCHII, PRIMUL LUCRU PE CARE-L observă Persefona fură cearșafurile negre de mătase. Le mângâie, încruntându-se. Cum ajunsese în camera lui Hades? Se întoarse pe-o parte, crezând că poate avea să dea peste el alături, dar patul era gol. Apoi auzi clinchetul unui pahar, iar privirea sa se îndreptă spre barul lui Hades.

Hermes stătea în fața barului, care încremenise la auzul sunetului, uitându-se să vadă dacă o trezise.

— Hermes? întrebă ea.

Zeul Poznelor se întoarse ținând o carafă cu lichid de culoarea chihlimbarului și un pahar.

— Scuze, Sefi! Voiam ceva de băut!

— Ce cauți aici?

— Eu ce caut aici? Dar tu ce-ai făcut azi-noapte?

Persefona se încruntă.

— Cum adică?

Hermes își înclină capul într-o parte.

— Chiar nu-ți amintești?

— Am ieșit la o plimbare, răspunse ea și ridică din umeri .

— Ce mai plimbare! pufni Hermes. Hades a făcut ca toate alea! Nu te găsea și nu te simțea nicăieri! Nu l-am văzut niciodată atât de...

— Furios?

Hermes se uita la ea de parc-ar fi fost nebună.

— Nu, tulburat. Aici e Lumea de Jos. E teritoriul lui. A crezut că se întâmplase ceva rău. A convocat fiecare zeitate din Lumea de Jos ca să te găsească... Și pe mine!

— Eu... m-am rătăcit, atâta tot. Voiam să-mi limpezesc mintea. Am meditat un pic, cum mi-a spus Hecate, iar când am terminat, se întunecase. Nu am mai reușit să găsesc drumul de întoarcere. N-am vrut să îngrijorez pe nimeni. Voiam doar să fiu singură!

— Păi, bucură-te de asta, că nu cred că te mai scapă Hades din ochi în viitorul apropiat.

Ea ridică dintr-o sprânceană.

— Ca acum, vrei să zici?

— Eu o fac pe dădaca, spuse el aproape cu mândrie, iar Persefona își dădu ochii peste cap.

— Și de ce o faci pe dădaca?

— Pentru că Apollo e aici!

Persefona încremeni, iar lui Hermes îi pieri culoarea din obraji când își dădea seama de greșeala comisă.

— *Poftim?*

— Am zis că Apollo e aici? Voiam să zic că-i pe drum! Categoric nu-i aici. Hades nu se întâlnește cu Apollo în sala tronului fără tine... *Futu-i!*

Persefona coborâse deja din pat.

— Persefona! strigă Hermes în timp ce ea ieșea din cameră. Sefi! Vino înapoi! Nu o să te ia nimeni în serios cu coafura aia!

Ea nu-l băgă în seamă și porni spre sala tronului, plutind parcă pe deasupra podelei de marmură. Dădu buzna înăuntru, unde-i găsi pe Hades și pe Apollo stând față în față. Chiar formau o pereche pe cinste – lumina și umbra se întâlneau pe un câmp de bătălie din marmură.

Înfățișarea de muritor a lui Apollo era splendidă. Avea o alură de băiețandru, fiind atletic și mai scund decât Hades. Avea o claie de bucle negre, un maxilar pătrățos și gropițe care i-ar fi conferit un oarecare șarm tineresc dacă n-ar fi părut atât de furios.

Pe de altă parte, Hades era întruchiparea masculinității în stare pură, primitivă. Îl domina pe Hermes, cu părul ca un nimb întunecat. Trăsăturile lui Hades aveau o maturitate fără nicio legătură cu barba lui îngrijită sau costumul impecabil croit. I se citea în ochi – negri, nesfârșiți, ochi ce văzuseră suferință cât pentru mai multe vieți.

Când intră, cei doi zei se întoarseră spre ea.

— Deci, muritoarea a venit la joacă, remarcă Apollo.

Hades se încruntă la Persefona peste umărul lui Hermes, care-o urmase. Zeul ridică mâinile, ca să potolească furia zeului.

— Ce-i? A venit la nimereală!

Hades se întoarse din nou spre Apollo.

— Înțelegerea s-a încheiat! N-ai să te atingi de ea.

— Ce înțelegere? întrebă Persefona.

Cei doi zei priviră din nou spre ea, Apollo amuzat, Hades furios, dar ei nu-i păsa. Deși înțelegea că Hades voia să o protejeze de Apollo, nu putea s-o excludă pur și simplu din discuție. Ea o începuse, avea lucruri de spus, iar Apollo avea s-o asculte.

— Amantul tău a încheiat o înțelegere, o informă Apollo.

Felul în care rostise cuvântul „amant" îi provocă fiori nedoriți pe piele. Îi spori senzația de disconfort, dar poate că se întâmpla deoarece simțea o anume lipsă de respect asociată cu ea – transmitea că era trecătoare, temporară. Așa se simțea în momentul acela, pentru că discuția avusese loc fără ea.

— Am căzut de acord să nu te pedepsesc pentru articolul tău... calomnios... iar Hades mi-a oferit în schimb o favoare... pe care o voi obține pe viitor.

Hermes fluieră.

— La naiba! Ăsta chiar te iubește, Sefi!

Toți îi aruncară priviri veninoase lui Hermes.

Faptul că Hades îi oferise o favoare lui Apollo însemna enorm. Zeul putea cere absolut orice, iar Hades era obligat să i-l ofere. Persefona simți un gol în stomac, însă nu era de vinovăție – ci de groază. De ce oferise Hades ceva atât de prețios fără să-i spună ei mai întâi?

Pentru că era singurul mod în care te putea proteja, gândi ea, *iar dacă ți-ar fi spus n-ai fi fost de acord.*

— Nu sunt de acord cu așa ceva, rosti Persefona.

— Nu ai de ales, muritoareo!

Ochii Persefonei aruncau flăcări, și simți magia lui Hades ieșind în întâmpinarea magiei ei pentru a o supune, lucru pentru care era recunoscătoare. Dacă Apollo ar fi știut că are în față o zeiță, ar fi avut un avantaj împotriva ei, iar zeul ar fi putut să se folosească de el, având în vedere trecutul lui răzbunător.

— Eu sunt cea care-a scris articolul, spuse ea. Înțelegerea ar trebui să fie cu mine.

— Persefona!

Numele ei îi scăpă lui Hades printre dinți, iar Apollo își dădu capul pe spate, râzând.

— Și cam ce-ai putea tu să-mi oferi?

Persefona strânse pumnii, iar unghiile i se înfipseră în palme.

— I-ai făcut rău prietenei mele, șuieră ea.

— Prietena ta a făcut în mod sigur ceva pentru care merita să fie pedepsită, altfel n-ar fi fost în situația în care se află.

O mânie faptul că el nici măcar nu știa despre care prietenă a ei e vorba.

— Adică vrei să-mi spui că refuzul de a-ți fi amantă înseamnă că merită să fie pedepsită?

Apollo încremeni, deși expresia îi rămase pasivă.

Persefona continuă:

— Ai lăsat-o fără loc de muncă pentru că a refuzat să se culce cu tine. E un lucru nebunesc și jalnic!

— *Persefona!* o avertiză Hades.

— Tu să taci! se răsti ea.

Nu crezuse niciodată că avea să se sature să-și audă numele pe buzele lui Hades, dar în clipa de față nu-și dorea altceva decât ca el să-și *țină gura.*

— Tu ai ales să nu mă implici în discuția asta. O să spun ce-am de spus!

Buzele zeului se subțiară, iar ochii îi aruncară scântei. Simțea frustrarea care-i clocotea pe sub piele, pentru că-i dădea și ei fiori.

Hermes râdea. Persefona îl ignoră și se întoarse spre Apollo.

— Am scris numai despre amantele tale din trecut. Nici măcar un cuvânt despre ceea ce i-ai făcut Sibilei. Dacă nu-i anulezi pedeapsa, te dobor!

Se lăsă tăcerea, iar Apollo chicoti, mijindu-și ochii.

— Ești o muritoare mică și aprigă! Mi-ar prinde bine una ca tine.

— Un cuvânt să mai scoți, nepoate, și n-o să mai ai motive să te temi de amenințarea ei, pentru că o să te fac bucăți-bucățele!

Apollo îi aruncă lui Hades o privire dezgustată, iar privirea îi reveni la Persefona, care îi făcu pe plac:

— Așadar?

Apollo o fixă câteva secunde cu privirea și, cu un zâmbet care-i întoarse stomacul pe dos, rosti:

— Bine. Am să-i redau puterile micii tale prietene și o să accept și favoarea lui Hades, dar tu n-ai să mai scrii nici măcar un cuvânt despre mine! S-a înțeles?

Persefona ridică bărbia.

— Cuvintele sunt legăminte, iar eu n-am destulă încredere în tine ca să fiu de acord.

Apollo chicoti.

— Ai învățat-o bine, Hades!

Zeul Muzicii îndrăzni să facă un pas spre ea. Îi simți atât pe Hades, cât și pe Apollo îndreptându-se de spate. Tensiunea era atât de puternică, încât Persefona nu mai putea să respire. Apollo se aplecă, apropiindu-și fața de a ei – și, în ciuda faptului că ochii lui aveau o nuanță superbă de albastru, era ceva sinistru în ei. Îi venea să vomite.

— Hai să o zic așa – dacă mai scrii un singur cuvânt despre mine, am să distrug tot ce iubești! Și, înainte să te gândești că iubești un zeu, adu-ți aminte că am favoarea lui! Dacă vreau să vă țin despărțiți pentru totdeauna, pot să o fac!

Cuvintele lui îi dădură fiori pe șira spinării Persefonei. Aruncă o privire spre Hades, întrebându-se dacă amenințarea era adevărată. Expresia de pe fața amantului ei îi spuse că era.

— S-a înțeles, rosti ea printre dinți.

Zeul se îndreptă.

— Te avertizez o singură dată, Apollo, rosti Hades cu o voce plină de respect. Dacă i se întâmplă orice rău Persefonei, cu sau fără favoare, am să te îngrop în cenușă pe tine și tot ce iubești.

Apollo îi zâmbi rece.

— N-ai să mă poți îngropa decât pe mine, Hades. Nu mai există nimic din ce iubesc eu.

Apollo plecă - dispărând într-o lumină orbitoare. În sala tronului se lăsă tăcerea, iar Persefona se trezi că ezită să stea față-n față cu Hades. Îi stricase planurile și-l nesocotise cu bună știință în fața altui zeu.

— Păi, e clar că se putea și mai bine, rosti Hermes, evident amuzat.

Persefona făcu o grimasă auzindu-i tonul, știind bine că Hades nu avea să fie mulțumit.

— Tu de ce mai ești aici? întrebă Hades printre dinți.

— O făcea pe dădaca pentru mine! se răsti Persefona, încruntându-se la el. Sau ai uitat cumva?

Poate că era furios pe cum se desfășurase toată povestea, dar ea îl considera vinovat pentru asta. Petrecuse ultimele câteva zile fără să o bage în seamă și apoi abia o lăsase să vorbească pe toată durata discuției cu Apollo - și oare nu insista el mereu să stea de vorbă? Oare cum era în stare să creadă că ea nu avea să lupte pentru prietena sa dacă i s-ar fi dat ocazia?

— Cum poți să spui că vrei să fiu regina ta când în momentul în care primești șansa de-a mă trata ca de la egal la egal tu o dai în bară în ultimul hal? Cuvântul tău chiar nu înseamnă nimic?

Hades făcu ochii mari, surprins de cuvintele ei. Era lovitura pe care spera să i-o dea. Îi întoarse spatele, îl luă pe Hermes de braț și ieși țanțoș din sala tronului.

— Asta a fost replică de doamnă cu coaie, Sefi! spuse Hermes.

Zeița se încruntă. O fi fost nevoie de coaie, dar asta n-o făcea să se simtă mai bine.

— În ritmul ăsta n-o să ne mai împăcăm niciodată, spuse ea, încruntându-se.

— Am dubii în privința asta, replică Hermes. Nu cred că Hades e dispus să stea atât de mult fără să ți-o tragă.

Persefona se încruntă la zeu.

— Nu totul se rezumă la sex, Hermes!

— Ba da, se rezumă. Nu o spun ca să fiu vulgar, replică el, apoi făcu o pauză și râse ușor. De fapt, cam așa sunt. Ce vreau eu să zic e că Hades te iubește. Tu nu l-ai văzut azi-noapte. Eu l-am văzut. N-o să stea mult fără să vorbească cu tine. Se teme prea tare să te piardă.

Zeița spera ca Hermes să aibă dreptate. În ciuda ultimelor cuvinte pe care i le adresase lui Hades, nu avusese intenția să plece de lângă el, iar în momentul în care-o făcuse, i se umpluse inima de durere.

Hermes rămase aproape toată după-amiaza și li se alătură ei și lui Hecate pentru un picnic în Asfodel. Zeii se jucară cu Cerber, Typhon și Orthrus și sporovăiră cu sufletele. Când terminară, Persefona își găsi liniștea în livada pe care i-o dăruise Hades.

Se minuna de ceea ce făcuse acesta.

Acolo, în pădurea ei, pământul era acoperit cu o mare de flori mov și albe. Coronamentul de deasupra lor alcătuia un adăpost alcătuit din frunze argintii atât de dese, încât lumina ciudată a lui Hades nu pătrundea deloc.

Era superb, eteric.

Și totul era o iluzie.

Îl văzuse pe Hades ridicându-și magia de deasupra Lumii de Jos și scoțând la iveală un pământ pustiit și sterp. Priveliștea o șocase, dar o lăsase și cu gura căscată în fața abilităților lui. Cum reușea să țeasă magia ca pe-o ață, țesând fumul cu focul în miresme dulci, culori vibrante și peisaje superbe?

Găsi un loc în livadă cu brebenoc şi flox alb şi se aşeză pe un petic de pământ veştejit. Respiră adânc, închise ochii şi începu să mediteze. Se concentră asupra propriei respiraţii, aşa cum o îndemnase Hecate să facă, apoi asupra curgerii sângelui prin corp, apoi a curgerii puterii prin vene şi a vieţii care-i apăsa pielea. Încercă să-şi imagineze peticul sterp din faţa ei fremătând de viaţă, dar, când deschise ochii, nu văzu nimic. Umerii i se lăsară şi simţi greutatea propriului eşec care parcă o zdrobea.

Mirosul lui Hades făcu aerul să vibreze, iar el o cuprinse deodată – cu pieptul lipit de spinarea ei, cu picioarele în jurul corpului ei. Căldura lui era precum întunericul, densă şi ameţitoare. Îşi îşi dorea să fie mistuită de ea.

— Îţi exersezi magia? o întrebă.

— Mai degrabă eşuez, răspunse Persefona.

El râse în timp ce ea dădea aerul afară.

— Nu eşuezi. Ai atât de multă putere!

Vocea lui tremura, făcând-o să vrea să-l creadă. Voia să creadă orice-i spunea cu vocea aia senzuală.

— Atunci, de ce nu pot să mă folosesc de ea?

— Ba te foloseşti de ea, răspunse el.

— Nu... corect.

— Există o modalitate corectă de-a te folosi de magie?

Persefona nu răspunse, nu pentru că nu avea una, ci pentru că era frustrată de întrebarea lui Hades. Bineînţeles că exista o modalitate corectă de-a te folosi de magie.

Zeul chicoti încet şi o apucă blând cu degetele de încheietura mâinii.

— Te foloseşti mereu de magia ta – când eşti furioasă, când eşti excitată...

Buzele lui Hades erau la o răsuflare depărtare de pielea ei. Își dorea cu disperare să se întoarcă și să-l sărute, dar rezistă.

— Asta nu e magie, răspunse ea încet.

— Atunci, ce e magia?

— Magia e... Se opri, căutându-și cuvintele în timp ce se căznea să respire: Control.

Hades chicoti.

— Magia nu e controlată. E pasională, expresivă. Reacționează la emoții, indiferent cât de bine te pricepi la ea.

Mâinile lui Hades se mișcară, prinzându-le pe ale ei și făcând-o să înghită în sec.

— Închide ochii, îi ceru el, iar ea îi făcu pe plac. Spune-mi ce simți!

Mă simt excitată, gândi ea.

— Simt... căldură, rosti Persefona în schimb.

Știa că Hades e amuzat după tonul vocii lui.

— Concentrează-te asupra ei! îi ceru el. De unde începe?

— De jos, fu răspunsul ei, și atunci se înfioră toată, în ciuda căldurii. Din stomac.

— Hrănește-o! spuse el cu răsuflarea tăiată.

Ea făcu întocmai - cu gânduri legate de cum că avea să-l împingă în flori și să-l satisfacă. El avea să fie surprins la început, dar în ochi avea să-i apară acel întuneric mocnit și apoi avea să încerce să preia controlul.

Doar că ea nu avea să-l lase. Avea să-i ia mădularul în gură până când avea să se arcuiască lipindu-se de ea, după care avea să-i lingă sperma de pe el. Când o va săruta, avea să-și simtă propriul gust.

Gândurile acelea o umplură de foc, iar Hades întrebă pe un ton poruncitor:

— Și-acum, zi, unde simți căldura?

— Peste tot, îi răspunse.

— Închipuie-ți toată acea căldură în mâinile tale! spuse el. Închipuie-ți-o radiind, închipuie-ți-o strălucind cu atâta putere, încât abia ești în stare s-o privești!

Ea făcu după cum o învățase el, concentrându-se intens asupra căldurii care-i năvălea în mâini. Era mai ușor, pentru că simțea greutatea mâinilor lui Hades peste ale ei. O țineau lipită de pământ.

— Acum închipuie-ți că lumina a slăbit, iar în umbră vezi viața pe care-ai dat-o. Buzele lui Hades îi atinseră urechea în timp ce îi șoptea: Deschide ochii, Persefona!

Când o făcu, o imagine sclipitoare cu brebenocul și floxul pe care și le închipuise mai devreme prinse viață în mâinile ei.

Era minunat.

Hades îi îndreptă mâinile spre pământul sterp, iar în timp ce magia atingea pământul, se transformă în flori.

Persefona atinse una dintre petalele mătăsoase, doar ca să fie sigură că e reală.

— Magia înseamnă echilibru - un pic de control, un pic de pasiune. Așa e de când lumea.

Își înclină capul spre el, dar nu reuși să-l vadă întru totul. Barba lui o zgâria pe obraz. Între ei se lăsă tăcerea, iar fiecare bucățică din pielea ei era ca un nerv expus. În cele din urmă, se întoarse, ajungând în genunchi. Privirea lui era aprigă, iar nările i se umflaseră.

— Te iubesc - ar fi trebuit să-ți reamintesc lucrul ăsta când te-am adus aici și în fiecare zi de-atunci! spuse Hades. Te rog să mă ierți!

Lacrimile îi provocau usturime pe sub pleoape.

— Te iert - dar numai dacă mă ierți și tu pe mine. Eram furioasă pe povestea cu Leuce, dar și mai furioasă pe faptul că m-ai părăsit în seara aia ca să mergi la ea, adăugă Persefona, iar cuvintele îi provocară durere, de parcă n-ar fi fost în stare să tragă destul aer în timp ce le rostea. Și mă simt atât de... *penibil.* Știu care-au fost motivele tale, știu că n-ai vrut să mă părăsești în seara aia, dar nu pot să schimb felul în care mă simt în legătură cu chestia asta. Când mă gândesc la asta, mă simt... rănită.

Poate că avea legătură cu emoția pe care o investise în momentul din sufragerie. Totul fusese atât de... intens, iar după el rămăsese simțindu-se neîmplinită, neglijată.

— Mă doare să știu că te-am rănit. Ce pot să fac?

Fu surprinsă de întrebare.

— Eu... nu știu. Presupun că lucrul pe care l-am făcut trebuie să compenseze. Ți-am spus că nu o să scriu despre Apollo – *ți-am promis* – și am încălcat acea promisiune.

Hades clătină din cap.

— Nu compensăm suferința printr-o altă suferință, Persefona. Ăsta e jocul zeilor – noi suntem iubiți.

— Atunci cum compensăm suferința? întrebă ea.

— Cu timp, răspunse el. Dacă ne simțim în largul nostru cu faptul că din când în când putem fi supărați unul pe celălalt.

Persefona se încruntă, și toate lacrimile despre care crezuse că-i secaseră începură să-i șiroiască din nou în timp ce șoptea:

— Eu nu vreau să fiu supărată pe tine.

— Nici eu, răspunse el, întinzând mâna să-i șteargă lacrimile. Dar asta nu ne schimbă sentimentele, și nici faptul că nu putem ține unul la celălalt cât timp ne vindecăm!

Persefona îl fixă cu privirea pe Hades și începu să clatine din cap.

— Cum se face că ți-am fost menită?

Hades se încruntă.

— Am mai discutat despre asta.

Nu părea furios, dar și ea știa că discuția asta mai avusese loc și nu decursese chiar atât de bine, așa că explică:

— Mă simt atât de... lipsită de experiență! Sunt tânără și impulsivă, și cum ai putea să mă dorești?

Cuvintele parcă îi rămaseră în gât, așa că își acoperi gura cu mâna ca să astupe emoția.

— Persefona, rosti Hades cu blândețe, acoperindu-i mâna cu a lui. În primul rând, mereu am să te doresc. Mereu. Și din punctul ăsta de vedere te-am dezamăgit. Am fost furios, n-am avut grijă de tine, nu te-am implicat și pe tine. Nu mă sui pe un piedestal pentru că te simți vinovată pentru deciziile tale. Doar... iartă-te, ca să mă poți ierta și pe mine. Te rog!

Ea respiră adânc și-și mușcă buza. Privirea lui Hades coborî spre gura ei. Deodată, înlăuntrul său totul era numai foc.

El avea dreptate. Nu avusese grijă de ea, iar Persefona după asta tânjise. În ciuda furiei amândurora, îl dorise – cu căldura lui, cu violența lui, cu dragostea lui.

Ea umplu spațiul dintre ei, încălecându-l în timp ce stăteau pe pământ, sub copacii argintii. Mâinile lui Hades se așezară pe șoldurile ei.

— Îmi pare rău! șopti ea.

Privirea sa era la același nivel cu a lui, iar ochii lui o pătrundeau adânc. Știa că poate să vadă până-n sufletul ei.

— Te iubesc! Poți să ai încredere în mine, pe cuvântul meu. Eu...

— Șșș, iubita mea! făcu el, cu gura la câțiva centimetri de a ei.

Mâinile i se plimbară în sus pe coapsele ei, apoi i se strecurară sub rochie. I se strânse stomacul de nerăbdare.

— Mereu îmi voi regreta furia. Cum am putut să-ți pun la îndoială dragostea? Cuvântul? Când tu ești stăpâna inimii mele!

Îl sărută, cerând să-l pătrundă cu limba, iar Hades o lăsă. Mâinile Persefonei se încurcară în părul lui, trăgându-l tare, apoi se urcă peste el, sărutându-l mai pătimaş, mai adânc, învineţindu-l când îl muşcă de buze şi-i supse limba.

Era necruţătoare, dar şi Hades era la fel.

— Unde arzi? întrebă el.

— Peste tot!

Îi dădu sacoul jos de pe umeri, iar Hades preluă controlul, aruncând-o la o parte în timp ce ea-l descheia la cămaşă, dezvelindu-i pieptul. Se desprinse ca să-l admire. El întinse mâinile după ea, dar fu oprit.

— Lasă-mă să te satisfac!

El nu vorbi, dar ochii îi ardeau mocnit, iar acela fu un răspuns destul de clar. Ea îl întinse pe spate şi-l sărută pe buze, apoi coborî spre pieptul lui musculos, urmând linia de păr de pe burta lui, până când ajunse sub pantalonii lui, unde mădularul stătea să rupă ţesătura. Îl descheie la pantaloni şi îi cuprinse cu degetele carnea moale, catifelată, iar în timp ce-l freca, îşi muşcă buza, gata să-i simtă gustul.

Hades mârâi.

— Mai uită-te aşa la mine, iubito! N-o să te las să păstrezi prea mult controlul.

Ea ridică o sprânceană în semn de provocare, apoi îi luă mădularul în gură. Hades şuieră în timp ce ea dădea târcoale capului sculei lui cu limba şi i-o lua mai adânc în gură. Gemu când îi ajunse în fundul gâtului, iar degetele sale se încurcară tare în părul lui. El crescu, parcă, umplându-i şi mai tare gura în timp ce ea intra şi ieşea.

— Futu-i!

Înjurătura lui Hades o încurajă, aşa că se mişcă mai repede, folosindu-se de mâini şi de limbă. El îşi dădu drumul urlând, iar sperma lui îi umplu gura - sărată şi dulce în acelaşi timp. Mirosul lui îi umplu nasul, un amestec de mirodenii şi de clor. Îl savură pe îndelete, lingându-i fiecare parte a corpului, până când el se trase în sus şi-şi lipi buzele de ale ei, rostogolindu-se astfel încât ea să ajungă dedesubt.

— Ce mai dar! rosti el cu gura la câţiva centimetri de a ei. Cum să te răsplătesc?

— Darurile n-au nevoie de răsplată, Hades.

— Un alt dar, atunci, propuse el şi-şi lipi buzele de ale ei într-un sărut fierbinte.

O dezgoli sub copaci şi se închină trupului ei până când cerul se umplu de stele care străluceau cu putere, încărcate de magia lui Hades.

CAPITOLUL XI

Destrămare

PERSEFONA SE ÎNTINSE PESTE TRUPUL GOL AL LUI HADES și-și sprijini capul pe pieptul lui. Se desfăta simțindu-l lipit de ea. Parcă se întorsese acasă după toate acele nopți pe care le petrecuse în singurătate. Tocmai veniseră de la băi, după ce făcuseră dragoste în livadă. Își simțea corpul cald și suplu, iar ochii îi erau grei de somn. Ar fi trebuit să-i cadă în mreje, legănată de mișcările lente, circulare, pe care Hades le făcea cu degetele pe spinarea ei.

În schimb, alese să vorbească:

— Eu o să-i fiu mentor lui Leuce, spuse ea, aruncându-i o privire, după ce tăcerea se lăsase de prea mult timp, întrebându-se ce-i trecea prin minte.

— Nu sunt sigur ce părere am despre asta.

— Nici eu, recunoscu ea, însă simțea că e corect să facă asta. Și vreau să-i asiguri o locuință și să-i dai slujba înapoi. Te rog!

Hades continua să deseneze forme cu degetul pe pielea ei.

— De ce-ți dorești să-i fii mentor?

Ea ridică din umeri.

— Cred că deoarece știu ce simte.

Hades ridică din sprânceană.

— Explică-mi.

— A fost copac câteva mii de ani, iar acum e iarăși normală și totul s-a schimbat. E înspăimântător... și cred că înțeleg ce simte.

Hades rămase mult timp tăcut, apoi întrebă din nou, de parcă ar fi vrut să fie sigur:

— Vrei să fii mentorul fostei mele amante?

Persefona oftă adânc și își dădu ochii peste cap.

— Nu mă face să regret asta, Hades!

— Nu vreau să regreți asta, dar ești sigură?

— E ciudat, recunosc, dar... e o victimă. Vreau să o ajut.

Îi era greu să-i spună lucrul ăsta, având în vedere că Leuce fusese plop din cauza lui. Era adevărat, aceasta greșise, dar era corect să piardă mii de ani din cauza asta?

Hades îi atinse bărbia.

— Mă uimești!

Ea chicoti.

— Nu sunt uimitoare! La început am vrut s-o pedepsesc.

— Dar nu ai făcut-o, spuse el. Niciun zeu nu mai e ca tine.

— N-am trăit destul ca să fiu la fel de blazată ca tine și ceilalți zei, răspunse ea. Poate în curând o să ajung și eu ca restul.

— Sau poate vei ajunge să ne schimbi pe toți.

Se fixară unul pe altul cu privirea, cu trupurile lipite, până când Persefona se ridică în capul oaselor, încălecându-l pe Hades. El avea o mină arogantă, făcând-o să presupună că are toate motivele să fie așa – o făcuse să-și dea drumul iar și iar, nemilos în misiunea sa.

— Mai doriți, milady? întrebă el, mădularul întărindu-i-se și îngroșându-se sub ea.

Ea zâmbi. Nu de-asta se ridicase. Avea ceva de spus și voia să o spună în momentul acela, până nu uita, dar când el puse întrebarea, ea își dădu seama că mai dorea *într-adevăr* - era nerăbdătoare să preia controlul asupra corpului lui, să-l folosească pe post de instrument.

— De fapt, mi-e teamă că am câteva cereri de făcut, spuse ea, și alunecă pe mădularul lui, umplându-se cu totul, în timp ce mâinile lui Hades se mutară pe coapsele ei, strângând-o.

— Da? făcu el printre dinți.

— Nu vreau să fiu pusă să stau într-un apartament din cealaltă parte a palatului, niciodată, spuse ea, rotindu-și șoldurile, simțindu-l peste tot. Nici când mă pregătesc pentru baluri. Nici când ești supărat pe mine. *Niciodată.*

Își sublinie fiecare cerință trântindu-se și mai tare pe el.

Degetele lui Hades i se înfipseră în piele.

— Mă gândeam că ai vrea intimitate, spuse el.

Ea se opri complet și se aplecă asupra lui. Se uită drept în ochii lui cu ochii ei arzători.

— Dă-o dracului de intimitate! Aveam nevoie de tine, să știu că mă vrei în continuare, în ciuda... a tot ce s-a întâmplat.

O cuprinse cu brațul și-și lipi buzele de ale ei. Începu să se miște din nou, iar Hades se rostogoli, preluând controlul, doar că imediat ce ea ajunse dedesubt, el rămase nemișcat. Se încruntă la el și își ridică șoldurile, dar el nu se clinti.

— Mereu am să te doresc, și mereu am să te primesc în patul meu în orice noapte.

— Nu știam, spuse ea.

El îi apăsă buzele umflate cu degetul mare.

— Acum știi.

O sărută cu forță, apoi își dădură drumul împreună, descărcându-se de furie și de durere, până când nu-și mai simțiră decât inimile bătând la unison.

Persefona se trezi câteva ore mai târziu și porni în căutarea lui Hecate. O găsi pe Zeița Vrăjilor în coliba ei, făcând mănunchiuri de salvie.

— Bună seara, dulceața mea! Arăți bine.

Persefona zâmbi.

— Sunt bine, Hecate, mulțumesc!

— Ai venit să-mi ceri o favoare?

— De unde știi?

Hecate rânji ironic.

— Mă gândesc că nu erai nerăbdătoare să pleci de lângă Hades. Ceva te-a împins să-mi calci pragul, și nu e pregătirea.

Persefona pufni și-i explică:

— Trebuie neapărat să vorbesc cu mama, dar... în circumstanțe controlate.

— Vrei s-o invoci ca apoi s-o refuzi?

Persefona aprobă din cap.

— Poți să mă ajuți cu asta?

Hecate legă ultimul mănunchi de salvie. Când termină, se întoarse spre Persefona și o privi în ochi.

— Draga mea, nimic nu mi-ar face o plăcere mai mare decât să te ajut să-i ții piept mamei tale.

Persefona zâmbi larg, apoi se teleportară în camera ei din Lumea de Sus. Hecate trecu la treabă, inițiind-o pe Persefona în arta vrăjilor de invocare.

— Mai întâi trebuie să curățim zona asta, spuse ea, arzând salvia și plimbând mănunchiul care ardea prin toată camera.

După ce termină, Hecate se folosi de magie pentru a trasa un cerc triplu pe podea.

— Invocarea celor vii nu diferă cu nimic de invocarea morților, îi explică Hecate. În ambele cazuri invoci sufletul, așa că vraja e aceeași.

Hecate îi dădu Persefonei o bucată de obsidian și una de cuarț.

— Obsidianul e pentru protecție, spuse ea. Iar cuarțul, pentru putere.

După asta, scoase o lumânare neagră pe care-o puse în centrul cercului triplu. Se aplecă deasupra ei, ridicând privirea ca să se uite în ochii Persefonei.

— Când o să aprind lumânarea asta, vraja o să fie gata. Mama ta o să audă chemarea.

— Ești sigură că o să vină?

Zeița ridică din umeri.

— Sunt șanse să se opună, dar mă îndoiesc că mama ta o să renunțe la ocazia de-a te vedea.

— Nu știi cât era de furioasă când am vorbit ultima oară cu ea.

— Tot fiica ei ești, răspunse Hecate. O să vină.

Hecate se aplecă, făcându-și palma căuș deasupra fitilului lumânării. Persefona văzu buzele zeiței mișcându-se, iar când se îndepărtă, o flacără neagră pâlpâia.

— Să vă las singure acum?

Persefona aprobă din cap.

— Da, mulțumesc, Hecate!

Ea zâmbi.

— Când simți că trebuie să plece, sufli în lumânare și gata.

Persefona își mușcă buza.

— Ești sigură că n-o să poată să rămână?

Sau să-mi facă rău?

— Numai dacă este invitată, promise Hecate, apoi dispăru.

Persefona rămase singură doar câteva minute, iar mirosul de salvie și ceară arsă se combină cu cel al florilor sălbatice și cu un frig năprasnic.

Ciudat!

Magia Demetrei era de obicei caldă ca un soare palid de primăvară.

Persefona se întoarse și-și văzu mama stând în pragul camerei. Demetra nu se schimbase, doar că părea mult mai severă decât și-o amintea. Purta o robă albastră, iar părul auriu era drept, cu o cărare pe mijloc, încadrându-i fața de o frumusețe rece. Coarnele îi erau elegante și înspăimântătoare deopotrivă. Umpleau spațiul și făceau camera Persefonei să pară și mai înghesuită. Era perfecțiunea întruchipată, iar prezența ei absorbi aerul din plămânii Persefonei.

— Fiică, rosti pe un ton rece.

— Mamă, o întâmpină Persefona.

Zeița recoltei o studie pe Persefona, probabil analizându-i cu atenție înfățișarea. Demetra nu-i suporta părul creț și pistruii, și ori de câte ori avea ocazia i-i acoperea cu un farmec. Orice-ar fi văzut acolo nu-i schimbă expresia severă, iar după o clipă, privirea începu să i se plimbe prin toată camera.

— Îmi fac, oare, speranțe prea mari? M-ai invocat ca să mă implori să te iert?

Persefonei îi venea să râdă. Dacă exista cineva care ar fi trebuit să-și ceară iertare, atunci aceea era Demetra. Ea era cea care-o ținuse pe Persefona prizonieră cea mai mare parte a vieții ei, iar după ce îi dăduse drumul o ținuse mereu din scurt.

— Nu. Te-am invocat ca să-ți spun să încetezi să te mai bagi în viața mea!

Privirea rece a Demetrei se opri din nou asupra Persefonei. Ochii ei căprui deveniră galbeni la lumina lumânării.

— Mă acuzi de ceva, fiică?

Persefona simțea o ușoară neliniște. Își dădu seama că era posibil ca mama ei să fie răspunzătoare pentru mai mult decât eliberarea lui Leuce din forma de plop - oare ce alte planuri o mai fi avut ca s-o oblige să se despartă de Hades?

— Ai eliberat-o pe fosta amantă a lui Hades din închisoarea ei, spuse Persefona.

— De ce să-mi bat capul cu asemenea banalități?

Demetra părea plictisită, dar Persefona nu era convinsă.

— Bună întrebare, mamă!

Demetra îi întoarse spatele fiicei sale și începu să scotocească prin cameră, studiind totul, judecând-o. Îi deschise sertarele noptierei și orice avea un capac deasupra, strâmbând din nas.

— Locul ăsta pute a Hades, spuse ea, îndreptându-se și mijindu-și ochii la Persefona. *Și tu* puți la fel!

Persefona își încrucișă brațele la piept și se încruntă la mama ei.

— Sper că folosești mijloace contraceptive, spuse Demetra. Atât ți-ar mai lipsi - să fii toată viața legată de Zeul Morților.

— Asta se înțelege de la sine, replică Persefona. Tu ești singura care pare să creadă că nu se înțelege.

— Tu nu-l cunoști pe Hades, spuse ea. Abia acum îți dai și tu seama de lucrul ăsta. Știu că te deranjează. Te temi de ceea ce nu cunoști.

Persefona o ura pe maică-sa pentru că avea dreptate.

— Aș putea spune același lucru și despre tine, mamă? Ce nu știu despre tine? Ce rele ascunzi sub fațada ta perfectă?

— Nu deturna discuția asta în direcția mea. I-ai sărit în brațe imediat ce ți-a spus că te iubește. E penibil că rațiunea ta ajunge doar până la pielea lui. Te-am crescut mai bine de-atât.

— Nu m-ai crescut deloc...

— *Te-am ținut ca la pușcărie!* o întrerupse Demetra, dându-și ochii peste cap. Pe zei, zici că ești o placă zgâriată! Ți-am oferit totul. Un cămin, prieteni, dragoste. Nu ți-a ajuns!

— *Nu* mi-a ajuns! se răsti ea. Și nu mi-ar fi ajuns niciodată! Tu chiar ai crezut că poți să le înfrunți pe Ursitoare și să câștigi? Critici alți zei pentru aroganța lor, dar tu ești cea mai arogantă dintre ei!

Demetra zâmbi cu răceală.

— Poate că Ursitoarele ți-au dat ce ți-ai dorit - un strop de libertate, un strop de iubire interzisă, dar nu confunda ceea ce ți-au oferit cu bunăvoința. Ursitoarele pedepsesc, și-i pedepsesc chiar și pe zei.

— Pe tine te-au pedepsit, spuse Persefona. Nu pe mine.

Demetra zâmbi subțire.

— Asta rămâne de văzut, floarea mea. Știi că Ursitoarele ți-au dat numele? „Persefona". Nu știam, pe-atunci, cum putea scumpa și *dulcea* mea floare să poarte un asemenea nume. „Distrugătoarea". Dar asta ești tu - o distrugătoare de visuri, de fericire, de vieți.

Ochii Persefonei se umplură de lacrimi în timp ce mama ei vorbea.

— Ooo, da, iubirea mea! Bucură-te de ce ți-au dat Ursitoarele, pentru că ele ți-au urzit destinul, și ești o rușine!

Persefona trase un șut lumânării, vărsând ceara și stingând flacăra. Silueta mamei ei dispăru, dar mirosul îi rămase în aer, sufocând-o. Căzu în genunchi, respirând greoi, când se deschise ușa. Lexa, Sibila și Leuce se adunaseră acolo.

— Persefona, ești în regulă?

Lexa se grăbi să i se alăture. Sibila luă lumânarea în mână, adoptând o mină perplexă. Leuce părea a fi singura care conștientă de ce se întâmplă.

— Vrajă de invocare? o întrebă.

Persefona o privi în ochi și răspunse cu ochii plini de lacrimi:

— Trebuie neapărat să stăm de vorbă!

Lexa o ajută pe Persefona să se ridice în picioare, iar Sibila curăță ceara de pe podea. Imediat ce terminară, Persefona închise ușa camerei.

Leuce se așeză pe marginea patului, cu ochii mari, împreunându-și degetele în poală. Probabil avea impresia că Persefona urma s-o dea afară.

— I-am cerut lui Hades să-ți dea apartamentul și slujba înapoi, o anunță ea.

Lui Leuce i se tăie răsuflarea.

— Î-îți mulțumesc, Persefona!

— Am fost de acord și să te ajut să înveți ce și cum e cu lumea asta, adăugă ea. Mai e un lucru pe care trebuie neapărat să-l știi – mama mea este Demetra, Zeița Recoltei.

Persefona nu credea că ochii lui Leuce s-ar fi putut face mai mari.

— Tu… Tu ești zeiță?

Ea aprobă din cap.

— Este foarte important să îmi păstrezi secretul, Leuce. Ai înțeles?

— Desigur… dar… de ce îmi spui mie?

— Pentru că trebuie neapărat să fii sinceră cu mine. Cine te-a eliberat din plop?

— Jur că nu știu! răspunse Leuce.

Sprâncenele ei palide se uniseră deasupra ochilor frumoși de un albastru glacial.

— Îmi aduc aminte doar că m-am trezit singură.

Se înfioră, frecându-și brațele, de parcă amintirea ar fi înspăimântat-o. Persefona o studie pe nimfă o clipă, apoi oftă.

— Te cred.

Totuși, asta nu însemna că Demetra nu e răspunzătoare.

— Ai să-mi spui dacă te ia mama legătura cu tine?

Leuce aprobă din cap, apoi înghiți în sec. Când vorbi, vocea-i tremura:

— Persefona... dacă ea a fost cea care m-a eliberat? Dacă o să vină după mine? Dacă mă transformă la loc în copac?

Persefona nu se gândise la asta, dar răspunsul ei veni imediat:

— Dacă vine după tine, am să te găsesc!

— Ar putea să mă facă scrum! spuse Leuce, apoi râse sec. Ciudate lucruri te mai sperie când ești copac!

Persefona se încruntă. Partea tristă era că știa că mama ei e în stare de o asemenea răutate. Zeița puse mâna pe brațul nimfei.

— O să fac tot ce-mi stă în putere să te protejez, Leuce. Îți promit!

Femeia zâmbi.

— Tu chiar nu ești precum ceilalți, Persefona!

Persefona nu era sigură ce magie folosise Hades, dar când se întoarse în Lumea de Sus, fu ca și cum nici nu plecase. Lexa, Sibila și Leuce n-o întrebaseră unde fusese, nu avea apeluri pierdute pe telefonul de la serviciu și nu o aștepta nicio gloată în față la Acropole pentru a o vedea și a protesta împotriva ei din cauza lui Apollo.

Cu toate că nu era deloc nerăbdătoare să-i vadă tot acolo, se simțea mai pregătită pentru ei decât fusese vreodată. Poate că avea o legătură cu întâlnirea ei cu Apollo în Lumea de Jos, dar se hotărî să nu intre în clădire cu capul plecat, ci privindu-i în ochi, ba poate chiar și să răspundă câtorva întrebări. Destul de departe de ideea ei de libertate, însă era totuși un mod de-a recăpăta controlul asupra situației, și era oricum mai bine decât senzația de-a fi prinsă în capcană.

— Îţi mulţumesc, Antoni! spuse Persefona când deschise portiera. Ne vedem după serviciu?

— Da, milady.

Ea îi zâmbi în timp ce pornea pe culoar.

— Bună dimineaţa! ciripi când trecu pe lângă oamenii adunaţi.

— Persefona! Persefona! Îmi dai şi mie un autograf?

Se opri, privind în ochii unui muritor. Ţinea în mâna întinsă un marker şi un carneţel. Ea le luă şi se semnă, iar el se lumină la faţă.

— M-mulţumesc! se bâlbâi el.

— Persefona, de când sunteţi împreună tu şi Hades?

— Nu de mult, răspunse ea.

— Ce te-a făcut să te îndrăgosteşti de el? ţipă cineva.

— Păi, e şarmant, răspunse ea, râzând uşor.

Drumul continuă în ritmul acela - răspunsuri la întrebări, obiecte semnate şi fotografii cu fanii. Aproape ajunsese la uşi când strigătele căpătară alt ton.

— De ce ai scris despre Apollo? ţipă cineva.

— De ce îl urăşti pe Zeul Soarelui? strigă altcineva.

— Îl urăşti pe Apollo! Blasfematoareo! răcniră câţiva.

Întrebările despre Apollo părură să aprindă gloata, apoi ceva se făcu ţăndări pe jos, în spatele ei. Se întoarse şi văzu o sticlă spartă la picioarele ei. Paznicii împinseră mulţimea, în vreme ce un poliţist o prinse de braţ şi o zori să intre.

— Sunteţi în regulă, domnişoară Rosi? întrebă agentul, un bărbat mai în vârstă, cu o tunsoare periuţă şi mustaţă.

Persefona ridică privirea spre el şi clipi. Nu avusese timp să conştientizeze ce i se întâmplase. *Cineva încercase să-i facă rău*, îşi dădu ea seama. Inspiră adânc şi expiră încet, apoi aprobă din cap.

— Da.

Agentul nu părea atât de sigur, încruntându-se la ea.

Privirea Persefonei coborî spre plăcuța aurie cu numele lui și zâmbi.

— Vă mulțumesc, domnule agent Woods!

Paznicul rânji și se înroși.

— N-aveți... n-aveți pentru ce!

Ea se eliberă din strânsoarea agentului și porni spre lifturi, amețită. Mintea îi reveni la cuvintele lui Hades: „E doar o chestiune de timp până când cineva care vrea să se răzbune pe mine o să încerce să-ți facă rău."

Oare cum avea să reacționeze zeul când afla de acel incident?

La etajul ei o aștepta Elena, cu o expresie îngrijorată pe față.

— Pe zei, Persefona, ești în regulă? Am auzit ce s-a întâmplat!

— Cum? întrebă Persefona, căci abia plecase, la propriu, de la parter.

— A ajuns la știri, răspunse ea. Era o echipă de filmare care te filma în direct când ai ajuns aici. Au surprins totul pe cameră.

Persefona gemu. Se zisese și cu planul ei de-a ascunde asta de Hades.

— Au arătat cine-a aruncat cu sticla?

— Da, fața tipului a ajuns la toate știrile.

O, nu!

Persefona se grăbi spre biroul ei. Trebuia neapărat să ajungă acolo înainte ca Hades să ia atitudine. Știa că Zeul Morților avea să caute să se răzbune el însuși pe muritorul care încercase s-o rănească, și oricât și-ar fi dorit să-l vadă pedepsit pentru fapta lui necugetată, chinul veșnic în Tartar i se părea o pedeapsă cam aspră.

Singura persoană pe care-i trecu prin cap să o sune era Ilias. Satirul preluase gestionarea programului lui Hades în... absența lui Minthe.

Telefonul sună o singură dată, apoi el răspunse.

— Ilias, unde e Hades?

— E indisponibil, milady, răspunse el, făcând o pauză de-o clipă, apoi întrebă: Sunteți bine?

— Ilias, sunt bine. Spune-i lui Hades să nu-i facă nimic acelui muritor...

Fu întreruptă în momentul în care un alt apel veni pe telefonul ei. Privi spre ecran și văzu c-o sună Lexa. Probabil că văzuse știrile și voia să se asigure că e în regulă.

Oftă.

— Ilias, te sun eu imediat. Spune-i lui Hades să nu îi facă nimic acelui muritor!

Persefona îi închise satirului și îi răspunse Lexei.

— Da, Lex. Sunt bine...

Doar că la celălalt capăt al liniei nu era Lexa.

— Persefona, sunt Jaison.

Tonul lui isteric îi făcu inima s-o ia la goană.

— Jaison, de ce...

— Trebuie neapărat să vii la spital *acum*! spuse el.

— OK. OK. Ce s-a întâmplat?

— E vorba despre Lexa. *Nu sunt siguri dacă o să supraviețuiască.*

Persefona simți că-i dispare tot aerul din plămâni, iar inima îi tresăltă cu putere, începând să-i bată neregulat, ca și cum era bolnavă, otrăvită de o spaimă atât de mare, încât avea impresia că i se oprise.

Lexa e la spital. Nu sunt siguri dacă o să supraviețuiască.

Deodată, se întreba dacă ăsta era începutul răzbunării lui Apollo.

PARTEA A II-A

Este lesne să cobori în iad.

VERGILIU, *ENEIDA*.

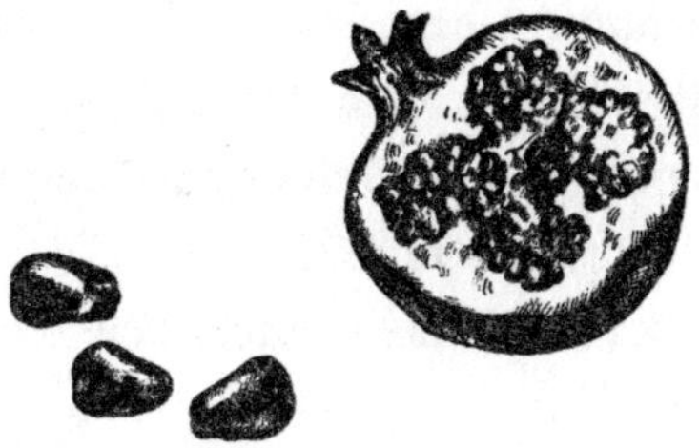

CAPITOLUL XII

Coborârea în Infern

PERSEFONA ÎȘI PĂSTRĂ CALMUL ȘI STĂPÂNIREA DE SINE în ciuda neliniștii care-i rodea stomacul. Vocea lui Jaison îi răsuna în minte, iar cuvintele pe care le rostise păreau îndepărtate și neadevărate.

„Lexa a suferit un accident. Nu sunt siguri dacă o să supraviețuiască."

În mod sigur se înșela. Nu se putea ca Lexa a lor – Lexa a *ei* – să lupte pentru propria viață.

— Persefona.

Vocea lui Jaison tremură în timp ce-i rostea numele, trezind-o la realitatea veștii pe care i-o dăduse. Clătină din cap și rosti în receptor:

— N-are cum să fie adevărat. Doar ce-am văzut-o azi-dimineață.

Vocea lui părea sugrumată, de parcă i-ar fi apăsat cineva pe gât, lăsându-l fără aer.

— În fața Turnului Alexandria s-a întâmplat. Era în drum spre serviciu. Ziceau că traversa strada și a lovit-o cineva.

Se simțea nesigură pe picioare. Corpul îi tremura necontrolat.

— Vin acolo cât pot de repede!

Se ridică din scaun înainte să închidă telefonul, plecând în goană de la Acropole.

Spitalul Comunitar Esculap era o clădire modernă făcută din sticlă reflectizantă, contopindu-se cu cerul azuriu și norii albi, denși. În interior, spitalul semăna mai degrabă cu un hotel decât cu o clădire medicală. Era luminos, curat și frumos, dar nimic nu putea ascunde mirosul. Era mirosul pe care Persefona îl considerase mereu mirosul bolii – izul înțepător de chimicale, mirosul metalic de apă stătută și izul amărui de latex. Îi umplea capul și o amețea.

Îl găsi pe Jaison la etajul al doilea, în sala de așteptare. Stătea pe unul dintre scaunele rigide din lemn, aplecat în față, cu capul sprijinit în mâini, cu fața ascunsă de păr.

— Jaison, îi rosti numele în timp ce se apropia.

El ridică privirea; avea ochii mari. Persefona îi înțelegea expresia, pentru că i-o împărtășea – amândoi erau șocați, derutați, neajutorați.

— Persefona.

Jaison se ridică și o îmbrățișă. Îl strânse cât putu de tare, de parcă s-ar fi temut că și el avea să dispară.

— E în regulă?

Părea o întrebare ridicolă, având în vedere ce-i transmisese el mai devreme, dar Persefona nu-și putea imagina o lume fără Lexa, așa că o puse.

El se retrase; era tras la față.

— E în operație. Atât vor să-mi zică. Părinții ei sunt pe drum încoace. O să aflăm mai multe când ajung ei.

— Cum s-a întâmplat așa ceva?

— Traversa strada. Șoferul pretinde că n-a văzut roșul de la blestematul ăla de semafor! Probabil trimitea mesaje.

Apoi se așeză, de parcă n-ar mai fi putut sta în picioare sub greutatea a ceea ce i se întâmplase Lexei, iar Persefona i se alătură. Nu era sigură ce putea spune, pentru că nu era-n stare să gândească logic. Parcă mintea ei nu știa cum să analizeze situația. O parte a ei se pregătea pentru ce era mai rău.

Dacă moare, o să fie vina ta. Tu vei fi transformat asta în realitate, se mustră ea repede. *N-are cum să moară. N-o să moară. E prea tânără. Are prea multe motive pentru a trăi.*

Doar că Persefona cunoștea moartea din experiență personală. Aceasta nu făcea nicio discriminare, și oricine-i putea cădea pradă. Totul atârna de un fir de ață, iar uneori era ca un joc de noroc.

— Și dacă... o pierdem? Ce ne facem?

Întrebarea lui Jaison îi tăie răsuflarea Persefonei, făcând-o să se uite la el.

El se aplecă din nou în față, de parcă i-ar fi venit rău. În schimb, își frecă fața cu mâinile. Persefona bănuia că el încearcă să-și țină lacrimile în frâu, și-i vedea ochii înroșindu-se și fața roz și plină de pete.

Întinse mâna și-l luă de mână. Era transpirată și rece, iar ale ei tremurau.

— Nu o s-o pierdem.

Vocea-i era aprigă, iar în timp ce vorbea, înțelese toate rugămințile disperate pe care muritorii i le adresau lui Hades – și ea îi adresa una în momentul acela. *Nu mi-o lua! Îți dau orice.*

Închise ochii ca să-și alunge gândurile, apoi vorbi din nou, mai nesigură ca niciodată:

— N-o s-o pierdem. N-avem cum.

Orele treceau chinuitor fără vești noi. Persefona ieși ca s-o sune pe Sibila și s-o anunțe ce se întâmplase. Oracolul ajunse la spital în treizeci de minute. Străbătură cu schimbul spitalul și se duseră la cantină de vreo zece ori după cafea și apă. Erau cam singurele lucruri pe care stomacurile lor erau în stare să le digere.

Când sosiră părinții Lexei, Jaison se grăbi să le iasă să-i întâmpine și să le arate drumul. Cât lipsi el, Persefona se întoarse spre Sibila.

— Ți-au revenit puterile? întrebă ea.

— Da, șopti oracolul, aruncându-i Persefonei o privire cu subînțeles, căci încă nu apucaseră să discute despre înțelegerea Persefonei cu Apollo.

Persefona avea o singură întrebare pentru oracol.

— Știi dacă o să scape cu viață?

— Nu știu. Așa se milostivesc zeii. Nu port povara cunoașterii sorții prietenilor mei.

Persefona se încruntă.

— Crezi că Apollo are vreo legătură cu asta?

Oare nu asta spusese Sibila? Că Apollo avea s-o pedepsească rănindu-i persoanele cele mai apropiate?

Sibila clătină din cap.

— Nu, Persefona. Cred că ăsta e exact ce pare-a fi... un accident al muritorilor.

Persefona nu era sigură de ce, dar nu voia să audă asta.

Apoi, Sibila întrebă:

— Poate-ai putea să-l întrebi pe Hades dacă... o să supraviețuiască.

Zeița înghiți în sec. Ar fi putut, dar dacă răspunsul era nu? Încercă să-și imagineze cum ar fi fost să meargă în fiecare zi în Lumea de Jos și s-o vadă pe Lexa plimbându-se pe străzile Asfodelului, braț la braț cu Yuri.

Nu putea face asta.

Nu putea nici să își închipuie de ce i se părea un gând atât de înspăimântător. Pur și simplu... dacă Lexa era în Lumea de Jos, însemna că e moartă. Însemna că nu mai e în Lumea de Sus. Că încetase să mai existe, iar Persefona nu suporta un asemenea gând.

Când sosiră părinții Lexei, Eliska și Adam, primiră mai multe informații despre starea leziunilor ei. Doctorul purta un halat alb și-și ținea ambele mâini în buzunare în timp ce vorbea.

Era mai în vârstă, cu pleoapele acoperindu-i ochii lăsați, cu nas lat, buze subțiri și o încruntătură permanentă întipărită pe figură. Părea obosit, dar așa era tonul vocii lui, scăzut și răgușit, de bariton.

— Are ambele picioare și cotul fracturat. Are leziuni la rinichi, la plămâni și cheaguri de sânge pe creier.

Auzind de traumele pe care le suferise corpul Lexei, Persefona izbucni în lacrimi.

El continuă:

— E în comă, în stare critică. E conectată la un aparat de respirat.

— Ce înseamnă stare critică? întrebă Jaison.

— Înseamnă că semnele ei vitale sunt instabile și anormale, răspunse doctorul. Următoarele douăzeci și patru până la patruzeci și opt de ore vor fi foarte importante pentru recuperarea Lexei.

Acele cuvinte îi năruiră Persefonei toate speranțele.

Părinții Lexei fură lăsați s-o vadă primii. Persefona, Sibila și Jaison așteptară.

— O să lupte. O să supraviețuiască, rosti tare Jaison, de parc-ar fi încercat să se convingă pe sine și pe ceilalți.

Eliska fu cea care se întoarse să-i ia şi să-i conducă în camera Lexei. În timp ce-o urmau, Persefona nu se putea abţine să se uite la ea. Lexa semăna foarte mult cu mama ei. Aveau acelaşi păr negru şi des şi aceiaşi ochi albaştri, iar uneori şi aceleaşi expresii.

Când intră Persefona, privirea i se opri direct asupra Lexei. Îi era greu să descrie sentimentul care-o încerca văzându-şi prietena sub toată acea aparatură. Era de parcă ar fi avut o experienţă extracorporală. Lexa era neclintită ca piatra şi abia se vedea sub straturile de tuburi şi fire care intrau în ea precum Firele Sorţii. O ţineau pe loc, iar în momentul acela o ţineau în viaţă. O fâşie groasă şi albă de material textil îi stătea pe frunte, iar un guler medicinal îi ţinea bărbia ridicată. Aparatul ei de respirat scotea un sunet de parcă ar fi expirat încontinuu, iar monitorul cardiac pulsa într-un ritm constant. Acelea erau lucrurile pe care nici măcar acel salon - aranjat cu pereţi multicolori, cu podeaua monocromă şi tuşele moderne - nu le putea ascunde. Acela era un loc în care oamenii veneau pentru că erau bolnavi, suferinzi sau pe moarte.

Persefona îi atinse mâna Lexei. Era rece, şi nu ştia de ce, dar asta o surprinse. Observă toate detaliile care făceau astfel încât prietena ei să nu arate aşa cum o ştia: faţa umflată, pielea învineţită, buzele palide.

În timp ce stăteau adunaţi în jurul ei, o asistentă intră în salon, verificându-i monitoarele, tuburile şi trecând informaţii noi într-un calculator.

— Nu mai au ce să facă, o auzi ea spunând pe mama Lexei. De-acum, totul depinde de ea.

Persefona îi strânse mâna Lexei. Prietena ei nu-i răspunse la fel.

Nu era sigură cât stătuse acolo și o privise pe Lexa, dar, la un moment dat, își dădu seama că trebuia să plece. Salonul era prea mic, iar părinții Lexei aveau nevoie de intimitate.

Imediat ce ieși din salon, Sibila se întoarse spre Persefona.

— Te duci la Hades?

Aprobă din cap.

— O să-l rogi să o salveze?

Parcă o înjunghiase cineva în stomac și răsucise cuțitul.

— O să fac tot ce pot, răspunse.

Imediat ce Persefona dispăru din câmpul ei vizual, riscă să se teleporteze și ajunse pe aleea de lângă Nevernight. Era întunecoasă, umedă și avea un miros rânced. Se grăbi spre intrarea unde stătea Mekonnen de pază. Când o văzu, zâmbi, scoțându-și la iveală dinții strâmbi și galbeni, dar își dădu repede seama că e ceva în neregulă. Zâmbetul larg îi pieri, iar umerii i se îndreptară, părând a crește, de parcă s-ar fi pregătit pentru o luptă.

— Milady, e totul în regulă? întrebă el.

Cuvintele-i erau aspre, arătând puțin din monstrul pe care se chinuia să-l țină în frâu.

— Hades, rosti ea cu răsuflarea tăiată. Am nevoie de el. Repede!

Mekonnen se fâstâci și deschise ușa. Ea se grăbi să intre, sufocată imediat de aerul fierbinte și de muzica zgomotoasă.

Se opri înainte să intre în club. Nu știa unde e Hades – ar fi putut fi la bar, făcând pariuri cu muritorii, sau în biroul lui, la acel pupitru impecabil, sau în Lumea de Jos, jucându-se cu Cerber.

Se grăbi să coboare treptele și traversă ringul de dans aglomerat. Se simțea cuprinsă de frenezie, de parcă ar fi rămas fără timp, dar tocmai aceea era problema. Nu știa cât timp are.

Aproape că se ciocni de o chelneriță care ducea în mâini o tavă uriașă cu băuturi. Dacă ar fi fost orice altă zi, și-ar fi cerut scuze, dar acum avea o misiune. În schimb, merse mai departe prin mulțime, dând oameni la o parte și înghiontindu-i în umeri. Un bărbat se întoarse, încruntat, și o apucă de braț, smucind-o cu fața spre el.

— Ce pizda mă-sii?

Când îi văzu fața, îi dădu drumul de parcă ar fi fost veninoasă.

— *Au, futu-i!*

O secundă mai târziu, un căpcăun apăru lângă el, iar atunci fu luat cu forța de la masă și dus în clubul întunecat.

Persefona urcă treptele două câte două și se hotărî să verifice mai întâi biroul lui Hades. Când deschise ușile, acesta traversă deja încăperea, de parcă i-ar fi simțit tulburarea și i-ar fi ieșit imediat în întâmpinare.

— Persefona!

— Hades! Trebuie neapărat să mă ajuți! Te rog...

Un suspin îi rămase în gât. Crezuse că e în regulă, că avea să fie în stare să treacă măcar prin asta. Era cea mai importantă idee, aceea de-a-i cere ajutorul lui Hades. Doar că nu reuși, și chiar când începu să vorbească, emoțiile dădură năvală ca dintr-un baraj, nefiltrate, dureroase și nestăpânite.

Hades o cuprinse în brațe, strângând-o cu putere în timp ce-i tremura tot corpul. Mâinile lui i se încurcară în păr, rămânând la baza capului ei. I-ar fi plăcut să rămână așa, suspinând în brațele lui, alinată de puterea și căldura zeului. Era epuizată, dar își dădu seama că nu erau singuri.

În mijlocul biroului lui Hades se afla un bărbat legat de un scaun. Era legat cu un căluș, făcuse ochii mari, iar ea avea impresia că încerca să-i atragă atenția urlând cât îl ținea gura.

— Hades...

— Nu-l băga în seamă, o întrerupse acesta, ridicând mâna, iar Persefona își dădu seama că avea de gând să-l facă pe muritor să dispară de-acolo.

Îl opri.

— Ăla e… Muritorul care-a aruncat azi cu sticla în mine?

Hades strânse din fălci.

— De ce-l torturezi în biroul tău și nu în Tartar?

Muritorul începu să țipe și mai tare, înăbușit.

— Pentru că nu a murit, răspunse Hades, apoi se încruntă la bărbat. Încă.

— Hades, n-ai cum să-l omori.

— N-o să-l omor, promise zeul. Dar o să-l fac să-și dorească să fi murit.

— Hades. *Dă-i. Drumul. Imediat!*

Ochii negri ai zeului o priviră cu atenție, și părea că se liniștește cu atât mai mult cu cât privea mai mult în ochii lui. După o clipă, oftă și rosti printre dinți:

— Bine.

Muritorul dispăru. Trebuia neapărat să țină minte să-l întrebe ce se alesese de el. Persefona nu credea o clipă că Hades cedase atât de ușor.

Hades se așeză și o așeză în poala lui, trasând cu mâna cercuri pe spinarea ei ca s-o liniștească.

— Ce s-a întâmplat?

Vocea lui nu era poruncitoare, dar avea un ton tăios, pe care Persefona îl puse pe seama fricii. Nu-l putea învinovăți. Dăduse buzna în biroul lui fără niciun avertisment, în urma unei zile în care apăruse la știri pentru că fusese atacată. Îi luă mult să răspundă, atât de mult, încât când Hades dădu capul pe spate ca s-o privească în ochi, o încruntătură amenința să i se întipărească pe față.

Oare știe deja ce-a pățit Lexa? se întrebă.

Încercă să-i spună, dar buzele-i tremurau atât de puternic, încât fu nevoită să se oprească și să inspire adânc de câteva ori. După câteva secunde, Hades făcu să apară vin. Ea îl bău ca pe apă. Băutura amară îi îngreună limba, dar îi liniști nervii.

— Ia-o de la capăt, spuse Hades. Ce s-a întâmplat?

De data asta, cuvintele îi veniră mai ușor.

În timp ce vorbea, expresia feței lui se schimbă dintr-una îngrijorată într-o mască a indiferenței. Era o manevră strategică la poker - una menită să înșele un alt jucător ascunzându-ți sentimentele. Dar acolo nu era vorba de un joc, iar Persefona știa în adâncul sufletului că e doar o metodă prin care Hades se pregătea să-i spună că nu o poate ajuta.

— Nu mai seamănă cu Lexa, Hades!

Din gât îi scăpă un suspin puternic. Își acoperi gura, de parcă astfel ar fi putut ține toate sentimentele în ea.

— Îmi pare atât de rău, iubita mea!

Se întoarse cu fața spre el în scaunul de pluș.

— Hades, îi rosti numele, trăgând anevoie aer în piept. *Te implor!*

El își feri privirea, scrâșnind din dinți ca să-și stăpânească frustrarea.

— Persefona, nu pot! rosti el pe un ton mai aspru de data asta.

Ea se ridică, simțind nevoia de distanță. Zeul rămase așezat.

— Nu pot s-o pierd.

— N-ai pierdut-o! sublinie Hades. Lexa trăiește încă.

Vru să-l contrazică, dar Hades n-o lăsă.

— Trebuie să-i dai sufletului ei timp să se hotărască.

— Să se hotărască? La ce te referi?

Hades oftă și se ciupi de șaua nasului, de parcă i-ar fi fost groază de discuția care urma să aibă loc.

— Lexa e în purgatoriu.

— Atunci poți s-o aduci înapoi.

Persefona mai auzise de purgatoriu. Hades adusese un suflet de-acolo pentru o mamă care-l jelea. Speranța-i înflori în inimă, iar Hades parcă o simți, pentru că i-o alungă imediat.

— *Nu pot.*

— Ai mai făcut-o. Ai spus că, în momentul în care un suflet se află în Purgatoriu, poți să negociezi cu Ursitoarele ca să-l aduci înapoi.

— La schimb cu viața altuia, îi reaminti Hades. Suflet pentru suflet, Persefona.

— N-ai cum să spui că nu o să o salvezi, Hades!

— Nu spun că nu *vreau* să fac asta, Persefona! Cel mai bine e să nu mă bag în treaba asta. Crede-mă! Dacă ții cu adevărat la Lexa – dacă ții cu adevărat la *mine* –, ai să renunți la ideea asta.

— Fac asta *tocmai* pentru că țin la voi! îl contrazise ea.

Hades pufni.

— Asta cred toți muritorii – dar pe cine vrei tu să salvezi de fapt? Pe Lexa sau pe tine însăți?

— N-am nevoie de o lecție de filosofie, Hades! zise ea printre dinți.

— Nu, dar se pare că ai nevoie să fii trezită la realitate!

Se ridică, dându-și brutal sacoul jos și descheindu-se la cămașă.

Persefona se încruntă.

— Nu fac sex cu tine în clipa asta!

Hades se încruntă la ea, dar continuă să se descheie la cămașă. Apoi, ea văzu niște semne negre apărându-i pe piele – erau nişte linii fine, nişte tatuaje care i se înfăşurau în jurul corpului precum un fir delicat.

— Ce sunt astea?

Dădu să întindă mâna, dar Hades o opri, apucând-o ferm de încheietura mâinii.

— E preţul pe care-l plătesc pentru fiecare viaţă pe care-am luat-o târguindu-mă cu Ursitoarele, spuse el. Le port cu mine. Sunt firele vieţii lor, arse pe pielea mea. Asta vrei să ai pe conştiinţă, Persefona?

Încet, îşi desprinse mâna din a lui şi şi-o duse din nou la piept, urmărind cu privirea liniile de pe pielea lui aurie. Îşi aduse aminte că se întrebase câte pacte făcuse când îl încheiaseră pe cel dintre ei. Habar n-avea că erau scrise pe pielea lui. Hades mai vorbise despre echilibru, dar era înlănţuit. Era unul dintre cei mai puternici zei Olimpieni, şi totuşi puterea lui era limitată.

— La ce-ţi foloseşte faptul că eşti Zeul Morţilor dacă nu eşti în stare să faci nimic?

Cuvintele i se revărsară din gură înainte să le poată reţine. Trase adânc aer în piept.

— Îmi pare rău! Nu asta am vrut să spun!

Hades râse aspru.

— Ba ai vrut! spuse el şi-şi lipi mâna de faţa ei, obligând-o să se uite din nou la el.

Când îl privi în ochi, parcă i se rupse inima în bucăţi. Cum putea zeul acela nemuritor să-i înţeleagă tristeţea?

— Ştiu că nu vrei să înţelegi de ce nu pot să te ajut, şi e în regulă.

— Eu... pur şi simplu nu ştiu ce să fac! spuse ea, iar umerii i se prăbuşiră.

Se simţea înfrântă.

— Lexa încă nu a murit, spuse el. Și totuși, o jelești. S-ar putea să-și revină.

— Știi sigur lucrul ăsta? Că o să-și revină?

— Nu!

Privirea-i era iscoditoare, făcând-o să se întrebe ce căuta. Persefona venise în căutarea speranței, sperând să primească o alinare că Lexa avea să fie bine, și totuși Hades nu i-o oferea. Își lăsă capul să-i cadă pe piept. Era atât de obosită!

După o clipă, Hades o luă în brațe și se teleportă în Lumea de Jos.

— Nu-ți umple mintea cu posibilitățile zilei de mâine, spuse Hades în timp ce-o așeza în pat.

O sărută pe frunte, iar apoi se lăsă întunericul deplin.

CAPITOLUL XIII

Un strop de panică

PERSEFONA SE TREZI A DOUA ZI DE DIMINEAȚĂ CU OCHII lipicioși și o durere de cap. Avusese un somn agitat, căci evenimentele din ziua aceea o aruncaseră de colo-colo, stârnindu-i un val de tristețe și de emoție în stare pură, apoi schimbându-se într-o amețeală amorțită.

În timp ce se ridica în capul oaselor, se auzi o bătaie în ușa ei, iar Hecate băgă capul pe ușă.

— Bună dimineața, dulceață! spuse ea. Ți-am adus micul-dejun.

Ceva gros i se blocase în fundul gâtului, dându-i impresia că avea să vomite. Nu putea mânca absolut deloc în momentul acela, la cât de întors pe dos îi era stomacul.

— Nu, mulțumesc, Hecate! Nu mi-e foame.

Zeița se încruntă.

— Atunci, stai un pic cu mine. Poate te răzgândești.

— Îmi pare rău, Hecate, chiar nu pot, răspunse Persefona, ridicându-se deja în picioare. Trebuie neapărat să ajung la spital.

Își verifică telefonul, dar nu avea mesaje de la mama Lexei sau de la Jaison. Spera că e un semn bun. Se repezi în baia de alături și se spălă pe față. Apa rece îi dădea o senzație plăcută pe pielea înfierbântată.

— Chiar ar trebui să mănânci ceva, insistă Hecate. Hades s-ar bucura.

S-o bucura Hades, dar Persefona era sigură că avea să vomite dacă mânca.

— Unde e Hades? întrebă ea, ieșind din baie.

Rămăsese lângă ea aproape toată noaptea, trezindu-se de fiecare dată când Persefona se ridica din pat ca să-și sufle nasul sau să se spele pe față.

Zeița ridică din umeri.

— Nu știu. M-a chemat dis-de-dimineață. N-a vrut să te deranjeze.

Nu era sigură de ce, dar faptul că nu știa unde e Hades în acel moment o neliniștea. Nu-și putu împiedica mintea să rătăcească în alte direcții - oare își rezolva problemele cu Leuce? Aceasta îi ceruse să-i ofere o locuință și locul de muncă înapoi, dar Persefona n-o mai văzuse pe nimfă. Presupunea că putea întreba astăzi, când avea programată o întâlnire cu Leuce. Era parte din înțelegerea pe care-o făcuse ca să-i fie mentor nimfei.

— Îmi pare rău pentru Lexa, Persefona! rosti în cele din urmă Hecate.

Sentimentul o făcu pe Persefona să tremure, iar ochii i se umplură de lacrimi.

— N-ar fi trebuit să fie ea, spuse Persefona.

Hecate nu zise nimic, iar Persefona își drese vocea. După ce se îmbrăcă, își luă poșeta și telefonul.

— O să vreau niște cafea dacă ai, îi spuse ea lui Hecate în timp ce se pregătea să iasă.

— Cu aia nu rezişti.

— Ba da - e cofeină!

Hecate se încruntă, dar îi făcu pe plac, făcând să apară o ceaşcă de cafea aburindă.

— Mulţumesc, Hecate! spuse Persefona. Când te vezi cu Hades, să-i spui că am servit micul dejun.

— Asta ar însemna să-l mint, o contrazise ea.

— Nu, n-ar însemna. El ştie ce înseamnă micul dejun la mine.

Hecate clătină din cap, făcând o grimasă, dar nu o contrazise.

Persefona plecă de la Nevernight pe jos. Era deja cald, şi nici măcar nu era ora prânzului. Căldura i se încolăcea parcă în jurul pielii în timp ce mergea, umezindu-i hainele şi lipindu-i părul de gât şi de faţă. Probabil c-ar fi trebuit să ia autobuzul sau să o roage pe Hecate să aranjeze să vină o maşină după ea, dar chiar îşi dorea să fie singură.

— Persefona!

Ridică privirea. Cineva din cealaltă parte a străzii o strigase pe nume. Nu recunoştea persoana, dar aceasta se uita în momentul acela în susul şi-n josul străzii, încercând să traverseze. Iuţi pasul.

— Persefona!

Aruncă din nou o privire în urmă. Persoana aceea reuşise să traverseze strada, iar în momentul acela alerga spre ea.

— Persefona Rosi, stai!

Tresări când se auzi strigată atât de tare pe nume, atrăgând priviri lungi din partea trecătorilor curioşi.

— Persefona? se alătură o altă voce. Hei, e Persefona Rosi! Amanta lui Hades!

Un bărbat veni în faţa ei şi întrebă:

— Pot să fac o poză cu tine?

Deja ținea telefonul ridicat.

— Îmi pare rău, dar nu! *Mă grăbesc.*

Persefona trecu pe lângă bărbat și merse mai departe pe trotuar.

— Cum e Hades? strigă cineva.

— S-a înfuriat pentru articolul pe care l-ai scris?

— Cum v-ați cunoscut?

Cuvintele o înghesuiau precum oamenii din fața Acropolei. Își ținu brațele pe lângă corp și capul plecat, astfel încât să nu poată face poze cu fața ei. Oare credeau că dacă avea mai puțin spațiu aveau s-o forțeze să răspundă la întrebările lor? Poate credeau că teama era soluția.

— Nu vă mai țineți după mine! țipă ea în cele din urmă, având o senzație de claustrofobie și de ușoară groază.

Persefona o rupse la fugă, încercând să scape de mulțimea care se adunase în jurul ei. Îi strigau numele și întrebări și tot felul de grozăvii. Traversă repede strada și se strecură pe o alee. Tocmai când ieșea, fu apucată de umăr și întoarsă. Se răsuci și-l lovi pe atacatorul ei cu pumnul în față.

Pumnul ei dădu de fața tare ca piatra a lui Hermes.

— Futu-i! înjură ea, scuturând din pumn. *Hermes!*

Sprâncenele lui se ridicară până la linia părului.

— Trebuie să recunosc că sunt în relații mai bune cu femeile în momentul în care acestea scot pe gură cele două cuvinte.

— A luat-o pe-aici! țipă cineva.

Persefona se uită în ochii lui Hermes și se răsti:

— Scoate-mă de-aici!

— Cum dorești, Zeița Vulgarității!

Hermes se teleportă, iar odată ce ajunseră în siguranță în grădina de pe acoperișul spitalului, ea scoase un strigăt de frustrare.

— Nu pot să merg nicăieri! Hermes, tu cum de ești zeu?

Zeul ridică din umeri, cu un rânjet întipărit pe față.

— Nu-i chiar atât de rău. Suntem cinstiți și venerați.

— Și *detestați*, completă Persefona.

— Vorbește în numele tău, răspunse el.

Persefona se încruntă la el, apoi oftă și-și trecu mâna prin păr. Trebuia să recunoască, era oarecum tulburată de ceea ce se întâmplase pe stradă.

— Sefi, dacă nu te deranjează... La un moment dat, o să trebuiască să accepți că viața ta s-a schimbat.

Îl privi derutată pe zeu.

— Ce vrei să zici cu asta?

— Vreau să spun că probabil nu poți să mergi pe stradă așa cum vrei tu. Vreau să spun c-ar trebui să începi să te comporți ca o zeiță... sau măcar ca amanta unui zeu.

— Tu să nu-mi spui ce să fac, Hermes!

Nu voise să pară atât de frustrată, dar nu era momentul potrivit pentru a purta o asemenea discuție.

— Bine, bine, spuse el, ridicând mâinile. Încercam și eu să ajut!

— Păi, nu ajuți deloc.

El îi aruncă o privire inexpresivă, fără a părea deloc frustrat de cât era ea de răzgâiată.

— Chiar era necesar?

Persefona oftă.

— Nu... Îmi pare rău, Hermes! Situația e... pur și simplu îngrozitoare în momentul ăsta.

— E-n regulă, Sefi. Să-mi spui dacă ai nevoie să te duc undeva.

Îi făcu cu ochiul și o lăsă singură pe acoperiș.

Înainte să plece spre spital, Persefona sună la serviciu. Cu fiecare țârâit al telefonului, neliniștea îi strângea stomacul. Ajunsese de la a se bucura de prezența lui Demetri la a-i fi groază să-l vadă.

— Persefona! răspunse Demetri. Ce mai face prietena ta?

— Ea... nu e bine, spuse Persefona. Azi nu vin la serviciu.

— Sigur, spuse Demetri. Stai cât ai nevoie.

Compasiunea din vocea lui o făcu să scrâșnească din dinți. O zăpăcea de tot omul ăsta. Putea fi înțelegător când voia și răzbunător când trebuia să fie.

— O să am nevoie de o amânare pentru articolul în exclusivitate, continuă ea.

Își ținu respirația în timp ce îl aștepta să vorbească. În cele din urmă, bărbatul răspunse:

— Persefona, o să văd ce pot să fac, dar... nu pot să promit nimic!

Nu era răspunsul pe care-l aștepta, iar senzația de neliniște îi crescu și mai mult.

— Demetri, dacă vrei să mă ai ca angajată, n-ai să insiști în legătură cu articolul în exclusivitate.

Acesta oftă, iar ea și-l închipui frecându-și fruntea cu degetele de parcă ar fi avut o durere de cap. Îl văzuse că făcea așa de multe ori, mai ales atunci când se uita prea mult în ecranul calculatorului.

— Mă ocup eu de asta, spuse el. Tu doar... ai grijă de prietena ta... și de tine.

Persefona închise telefonul fără să-i mulțumească.

Când ajunse la etajul doi al spitalului, află de la mama Lexei că doctorul venise în vizită în dimineața aceea. Spusese că semnele vitale ale Lexei se îmbunătățiseră. Persefona simți că-i crește inima de speranță.

— E de bine, nu-i așa?

— E un semn pozitiv, răspunse femeia. Ce e cu adevărat îngrijorător e creierul ei.

Eliska îi explică faptul că Lexa avea contuzii cerebrale, iar gravitatea leziunilor era necunoscută, dar putea varia între ușoară și severă.

Persefonei nu-i plăceau acele prognosticuri.

Speranța pe care-o simțise cu o clipă înainte se nărui.

Nu erau foarte multe de făcut la spital, așa că Persefona se cocoță pe un pervaz și-și scoase laptopul. Avusese de gând să se pună la curent cu știrile, dar mintea i se încurcă în jurul cuvintelor lui Hermes.

„Va trebui să începi să te porți ca o zeiță."

Ce vrea să însemne chestia asta? se întrebă. Oare voia să-i spună c-ar fi trebuit să fie precum Afrodita sau Hera? Persefona nu era interesată să renunțe la lucrurile care-o legau de lumea muritorilor. În jurul lor își construise identitatea când venise prima oară în Noua Atenă, iar în clipa aceea părea că avea să rămână cu totul fără ea.

Toată lumea voia ca ea să fie ceva ce nu era.

Persefona își distrase atenția documentându-se despre Apollo.

Se părea că mai ieșiseră în față alte persoane cu povești asemănătoare cu cele pe care Persefona le publicase în *New Athens News* - cazuri în care Apollo amenințase să le distrugă carierele amanților și amantelor lui dacă-l părăseau.

Se întreba dacă ăsta era motivul pentru care nu mai primise nicio veste de la Apollo.

Aceste noi acuzații au ieșit la iveală la doar câteva zile după ce amanta lui Hades, Persefona Rosi, a publicat un articol acid la adresa zeului.

Totuși, autorii articolului refuzau să dea vina pe Zeul Muzicii, declarând:

Acuzațiile încă nu au fost confirmate. Divine Entertainment a încercat să ia legătura cu reprezentanții lui Apollo, deși aceștia au refuzat să dea o declarație în momentul de față.

Poate pentru că Apollo are nevoie de un oracol nou, gândi ea. Persefona văzu cu coada ochiului ceva verde, așa că se întoarse și observă liane ieșind din pervaz și urcând pe geam. Hrănite de furia ei, creșteau repede. Le lovi cu mâna, de parcă ar fi strivit niște insecte, iar ele dispărură.

Pe zei, sunt jalnică!

— Ești bine?

Persefona tresări și se întoarse, dând cu ochii de Jaison.

Arăta îngrozitor.

— Ai dormit? îl întrebă.

El îi zâmbi vlăguit.

— Cât de cât.

— Ar trebui să te odihnești, îl încurajă ea. Ai putea să te duci la apartamentul nostru. E mai aproape decât al tău.

— Nu știu... Dacă se întâmplă ceva cât sunt plecat? Sau cât dorm? Dacă-mi scapă...

Persefona știa ce urma să spună – dacă-i scăpa șansa de a-și lua adio? Nu avea niciun răspuns, pentru că și ea se întreba același lucru.

— Doctorii au spus că semnele ei vitale s-au îmbunătățit azi.

Jaison nu făcu decât să aprobe din cap. Gândul îi era în altă parte. Se sprijini pe vârfurile picioarelor, apoi se așeză pe pervazul deja înghesuit. Persefona îi făcu loc, privindu-l cu atenție.

— Hades a zis că poate să te-ajute? întrebă el, vorbind repede, de parcă ar fi vrut să scoată repede cuvintele ca să încheie odată discuția.

Persefona nu credea că întrebarea avea s-o doară atât de tare, dar îi tăie răsuflarea. Strânse din buze, cu ochii înlăcrimați.

— A spus că... încă nu am pierdut-o.

Jaison aprobă din cap.

— Mă gândeam eu.

Persefona se încruntă.

— Ce vrei să zici cu asta?

El ridică din umeri, alegând să n-o privească.

— E Zeul Morților, nu Zeul Viilor. De ce să salveze o viață când se mai poate alege cu un locuitor pe tărâmul lui?

— Hades nu e așa, spuse Persefona. Situația e mai complicată decât crezi tu. Ursitoarele...

— Așa spune el! răspunse Jaison. Dar... de unde știi tu că e adevărat?

— *Jaison!*

Vocea îi tremură când vorbi. Îl credea pe Hades, pentru că văzuse firele de pe pielea lui, câte unul pentru fiecare viață pentru care făcuse un târg.

— Tu îi iei apărarea, dar ce spune asta despre el? Faptul că nu te-ajută nici măcar când ai cea mai mare nevoie de el?

Pentru că nu eu am cea mai mare nevoie de el în momentul ăsta. Lexa are, gândi ea.

— Nu e corect, Jaison!

— Poate că ai dreptate, răspunse muritorul. Scuze, Sef!

Nu-i spuse că e în regulă, pentru că nu era. Cuvintele lui Jaison fuseseră răutăcioase și, mai rău de-atât, îi pătrunseseră pe sub piele.

Oare faptul că Hades refuza s-o ajute însemna că n-o iubește atât de mult pe cât credea ea că o iubește?

E penibil! se certă ea singură.

Și totuși, se întrebă ea, cum o putea privi suferind în halul ăsta?

Cum nu apăruse nicio schimbare în legătură cu starea de sănătate a Lexei, Persefona se hotărî să meargă la întâlnirea programată cu Leuce. Avea să se întâlnească cu nimfa la Perla, un butic deținut de Afrodita situat în Cartierul Modei din Noua Atenă.

Ilias reușise să programeze un eveniment de shopping privat pentru ea și pentru nimfă. Aranjase și ca Antoni să o ducă cu mașina, lucru pentru care era recunoscătoare, având în vedere drumul dezastruos parcurs pe jos în dimineața aceea.

Persefona intră în magazin imediat ce ajunse. Buticul mirosea a trandafiri și era exact ce aștepta ea de la Zeița Dragostei. Covoarele erau albe și îmblănite, scaunele erau din pluș și bătute cu bijuterii și absolut fiecare detaliu sclipea.

Persefona se plimbă prin magazin, atingând ușor cu degetele materiale textile moi și bijuterii fine.

— Lexei i-ar plăcea la nebunie locul ăsta, rosti cu voce tare.

— Sunt convinsă, răspunse o voce.

Persefona se întoarse. Afrodita stătea tolănită pe un scaun în propriul butic. Era îmbrăcată cu ceva ce semăna cu lenjeria intimă - un costum de baie roz și o robă roz, țipătoare. Ținuta îi punea în valoare formele discrete. Pletele blonde, lucitoare, i se răsfirau în jurul capului. Persefona se întreba dacă tocmai se prăbușise pe fotoliu sau poza așa.

Chiar o vedea pe Afrodita în stare să pozeze.

— Afrodita! rosti Persefona, surprinsă să o vadă pe zeiță.

— Persefona!

— Nu ştiam că eşti aici.

— Aaa, am venit doar să văd ce mai faci, spuse ea. Am văzut ştirile.

— Ca toată lumea, bombăni Persefona. Sunt bine, după cum vezi.

Zeiţa ridică din sprânceană.

— Văd că ai o viaţă sexuală plină de culoare.

Persefona se îmbăţoşă şi-şi miji ochii.

— De unde ştii?

— După miros, replică zeiţa. Miroşi toată a Hades. Probabil aţi avut o noapte nebună. Sex de împăcare?

— Oribilă putere! făcu Persefona, iar Afrodita ridică din umeri.

— Dar tu? întrebă Persefona. Tu ce mai faci?

Zeiţa păru surprinsă de întrebarea ei, de parcă n-ar mai fi întrebat-o nimeni aşa ceva.

Se încruntă, iar sprâncenele ei deschise la culoare se uniră deasupra ochilor ageri. Persefona observă schimbarea expresiei de pe faţa ei – părea derutată, de parcă n-ar fi fost sigură de ce întrebarea stârnise emoţie. În cele din urmă, răspunse:

— Nu ştiu.

Afrodita nici că ar fi putut fi mai sinceră de-atât, iar Persefonei i-ar fi plăcut să afle mai multe despre durerea pe care-o simţea în spatele acelor cuvinte, dar se auzi soneria, iar Leuce intră în magazin.

Afrodita îşi drese glasul, ridicând privirea şi zâmbindu-i Persefonei.

— Păi, a venit vremea să plec.

— Stai, Afrodita! spuse ea. Îmi... pare rău – dacă ai vreodată nevoie să vorbeşti cu cineva...

— Nu am, se grăbi să răspundă zeița, apoi zâmbi strâmb. Adică... *mulțumesc,* Persefona!

Cu asta, dispăru.

— Persefona? întrebă Leuce.

Nimfa palidă părea spălăcită sub luminile sclipitoare ale Afroditei. Se relaxă când dădu de Persefona în încăperea alăturată.

— Aaa, bun; ești aici!

— Nu te-așteptai să fiu aici?

Nimfa ridică stângaci din umeri, apoi recunoscu:

— Nu te-aș învinovăți dacă te-ai hotărî că nu vrei să faci chestia asta.

Expresia Persefonei se înăspri ușor.

— Eu mă țin de cuvânt, Leuce.

— Știu, spuse ea. Doar că... sunt obișnuită cu dezamăgirile, atâta tot.

Persefona se încruntă, compătimind-o pe nimfă.

Doi servitori apărură și luară hainele și poșetele Persefonei și ale lui Leuce, apoi le dădură câte-un pahar de șampanie.

— Magazinul e al vostru, le anunță unul dintre ei. Noi suntem aici doar ca să vă servim.

Celor două le trebui ceva timp ca să se obișnuiască cu ideea cumpărătorilor, dar, după o vreme, Leuce le dădea servitorilor brațe întregi de haine.

— Vrei să-ți schimbi toată garderoba?

— Nu... dar m-am gândit că de ce să nu probez tot ce-i aici? E puțin probabil să mai avem vreodată o ocazie ca asta.

Persefona zâmbi ușor. Parcă era Lexa.

— Tu n-ai de gând să probezi nimic?

— Nu cred. N-am nevoie de nimic.

— Nu-i vorba de *nevoie*, spuse Leuce. E de distracție!

— Ia-o tu înainte, o încurajă ea. Eu mă mulțumesc să stau aici și să beau.

Leuce se încruntă ușor, dar dispăru în cabina de probă.

Persefona chiar și-ar fi dorit ca Lexa să fie acolo. Era genul ei de activitate. Când se întâlniseră pentru prima oară în facultate, Lexa o adusese chiar la acest butic. Râseseră, probaseră rochii și băuseră must acidulat. Era prima oară când i se spusese că „o prind" roșul, auriul și verdele, prima oară când îi spusese cineva în afară de mama ei că e frumoasă, prima oară când simțise sinceritate din partea cuiva în privința asta.

Fusese o zi absolut minunată.

Amintirile Persefonei fură întrerupte de sunetul telefonului ei. Era Jaison.

Răspunse, cu inima bubuindu-i în piept.

— E totul în regulă?

Nici măcar nu salută.

— Da, Persefona. Voiam să te anunț că Lexa a ieșit din operație.

— Poftim? De ce nu mi-ai zis mai devreme?

— Pentru că totul e în regulă!

Cum să fie totul în regulă când Lexa trebuise să intre în operație?

Persefona nu se putu stăpâni să se gândească la faptul că Jaison o făcuse dinadins pentru că ea nu reușise să-l convingă pe Hades să-i ajute.

— Și dacă *nu* ar fi fost totul în regulă?

— De-aia nu ți-am spus nimic mai devreme, replică el. Pentru că intri în panică și asta înrăutățește situația.

Bun, cuvintele-astea dor!

— A avut o hemoragie internă. Dar i-au depistat-o repede, iar acum e stabilă și înapoi la ATI.

— Intru în panică? Scuză-mă că sunt îngrijorată pentru prietena mea cea mai bună, Jaison!

— Păi, e iubita mea!

La capătul celălalt se lăsă tăcerea, iar când Persefona luă telefonul de la ureche, descoperi că Jaison îi închisese.

Oare ce pizda mă-sii se întâmpla, de fapt?

Deodată, se trezi că nu mai poate să respire, iar inima parcă-i bătea în cap, neregulat și iute. Se uită în jur, văzând încețoșat, și singurul lucru la care se putu gândi fu că era pe moarte.

Ieși în grabă din magazin.

Își auzi numele strigat în timp ce pleca.

— Lady Persefona!

Alergă pe trotuar și se opri pe o alee. Se sprijini de peretele de cărămidă și se aplecă în față, respirând adânc.

— Lady Persefona? Ești bine?

Leuce o urmase în timp ce fugea. Persefonei îi luă o clipă, dar în cele din urmă își reveni, în timp ce pieptul i se ridica și cobora cu repeziciune.

— E-n regulă dacă nu facem cumpărături?

Leuce făcu ochii mari - de o inocență stranie - și aprobă din cap.

— Bineînțeles. Cum vrei tu!

— Cafea, propuse Persefona.

— Sigur.

Merseră la The Coffee House. Era singurul loc în care Persefona simțea că mai poate merge fără să fie deranjată. Comandă două latte-uri cu vanilie - unul pentru ea și unul pentru Leuce, care nu mai băuse niciodată cafea.

Se așezară una în fața celeilalte. Persefona își făcu mâinile căuș în jurul cafelei, urmărind cum se topește frunza din spumă de deasupra.

— Cum se formează imaginea asta? întrebă Leuce, studiind spuma ca pe un fenomen rar.

— Cu foarte multă grijă, răspunse Persefona.

Nimfa luă o gură, cu sfială.

— Hmm! murmură ea, apoi luă o gură mai mare.

Persefona își aduse aminte de prima oară când băuse cafea. Nu-i plăcuse prea mult, dar Lexa susținuse că era din cauză că băuse cafea neagră.

Avusese dreptate - adăugase niște frișcă și devenise rapid băutura ei preferată.

— Așteaptă numai să-ncerci ciocolata caldă! remarcă Persefona.

Leuce făcu ochii mari.

Se lăsă tăcerea apoi între ele. Persefona își ținea privirea ațintită în cafea. Nu știa ce să-i spună lui Leuce și avea o senzație ciudată în corp. Panica de mai devreme făcea să-i tremure toate măruntaiele.

— Vrei să vorbim despre ce s-a întâmplat mai devreme? întrebă Leuce.

Persefona o privi în ochi pe femeie și clătină din cap.

— Aș prefera să nu.

Nimfa aprobă din cap.

— Îmi pare rău că prietena ta e bolnavă.

— Nu-i *bolnavă*!

Persefona nu avusese de gând să se răstească, dar cuvintele i se revărsară pur și simplu din gură. Pe lângă asta, încă era ușor speriată de ce se întâmplase mai devreme.

— E rănită. A fost rănită.

— Îmi pare rău!

Vocea lui Leuce era o șoaptă.

Persefonei i se lăsară umerii.

— Mulţumesc! Îmi pare rău! E... dificil.

Leuce aprobă din cap.

— Ştiu.

Persefona o privi în ochi, iar nimfa îi explică:

— M-am trezit acum câteva zile, şi tot ce ştiam eu se schimbase. Majoritatea prietenilor mei au murit, spuse ea, făcând o pauză. La început, eram furioasă. Cred că încă sunt.

Persefona nu era sigură ce să spună, dar era sinceră. Distanţându-se de situaţia respectivă, acum, că furia pe Hades i se mai potolise, putea gândi din punctul de vedere al lui Leuce.

— Îmi pare rău, Leuce!

Aceasta ridică din umeri.

— Măcar acum sunt liberă.

Era ciudat să stea faţă-n faţă cu femeia şi să descopere cât de mult semănau de fapt.

— Erai... *conştientă* cât timp ai stat închisă?

— Nu. Cred că s-ar putea să fi fost mai rău dacă era aşa. Poate că a fost un semn de îndurare.

Persefona îşi muşcă buza. Vorbeau despre Hades, deşi indirect.

— Nu-l... *învinovăţesc* pentru furia lui, continuă ea. I-am opus rezistenţă. N-a fost o relaţie bună. Nu a fost una cum ai tu cu el.

— De unde ştii tu ce am eu?

— Ai iubire, răspunse ea. El te iubeşte.

Persefona îşi feri privirea. Chiar n-avea chef să discute despre Hades cu fosta lui amantă. Leuce păru a simţi lucrul ăsta şi schimbă subiectul.

— Prietena ta se recuperează bine?

Persefona nu era sigură cum să răspundă la întrebarea asta – starea Lexei rămăsese aceeaşi. Clătină din cap.

— Îmi doresc s-o pot vindeca, pur şi simplu.

Leuce tăcu o clipă, apoi zise:

— Cred că pot să te-ajut.

Persefona o privi pe nimfă în ochi, iar aceasta se aplecă în față și șopti:

— Ai auzit de Magi?

Auzise. Erau muritori practicanți de magie neagră. Nu știa multe despre ei, în afara faptului că Hecate era adesea nevoită să facă curat în urma vrăjilor lor.

Leuce zâmbi ușor.

— Hai, că-mi dau seama că ai auzit. Ce-ai auzit?

— Nimic de bine, răspunse ea.

— Nu-s buni de nimic, spuse Leuce. Chestia asta nu s-a schimbat din vremurile străvechi, dar unii - ăia care se pricep bine la ce fac - pot face niște vrăji puternice.

— Ce fel de vrăji?

— Orice fel - vrăji de dragoste, vrăji de moarte, vrăji de *vindecare.*

— Dar e magie ilegală.

Era ilegală pentru că se punea contra zeilor. Dragostea era domeniul Afroditei, moartea al lui Hades, iar vindecarea al lui Apollo.

— Ilegală, da, dar mulți ar prefera să-i fie datori unui muritor decât unui zeu. Nu zic că trebuie să accepți un contract cu un Mag, dar... te pot ajuta să ajungi în același club cu ei. Dacă le atragi atenția, reușești să intri în audiență la ei.

— Și cum o să-și dea ei seama că vreau să intru în audiență?

— Pentru că nimeni nu merge acolo dacă nu vrea ceva. Uite-aici, spuse Leuce, scoțând din buzunar o carte de vizită și dându-i-o.

Era neagră. Pe suprafața ei era gravat un nume.

Ea îl citi cu voce tare.

— Iniquity[1]?

— Clubul are un nume foarte potrivit. E un cuib al relelor și păcatelor. Nu e un loc potrivit pentru tine.

Persefona râse ușor și sec.

— Nu mă cunoști suficient de bine dacă ai impresia asta.

— Poate că nu, dar știu sigur că Hades m-ar transforma înapoi în copac dacă ar afla că ți-am spus de locul ăsta, *însă...* s-ar putea să fie singura cale de-a-ți salva prietena dacă nu cumva vrei să faci o înțelegere cu Apollo.

Ăla era un mare nu.

— Cât de curând poți să m-ajuți să ajung acolo?

— Mâine, dacă vrei.

Persefona se bătu cu cartea de vizită în palmă.

— Hades o să fie furios dacă află.

Leuce rânji malițios.

— Mereu află.

— Te protejez eu, răspunse Persefona.

— Nu pentru mine îmi fac griji, spuse Leuce. Pe tine cine te protejează?

— De Hades?

Era surprinsă de întrebare, dar știa răspunsul: nu avea cum să se protejeze de amantul său. Tensiunea dintre ei era atât de puternică, încât se simțea până și în aer. Chiar dacă ar fi vrut, nu avea ce să facă împotriva Zeului Morților.

— Nu mai am protecție împotriva lui Hades.

---

[1] „Nelegiuire", „nedreptate", în lb. eng. (n. red.).

CAPITOLUL XIV

Iniquity

Persefona trebuia neapărat să ajungă la Iniquity la miezul nopții.

Ceva mai devreme, îi spusese lui Hades că vrea să rămână la apartamentul ei ca să stea cu Sibila. În loc să facă asta, petrecuse seara pregătindu-se.

Rochia îi era puțin spus decoltată, iar ea se întreba ce-avea să spună Hades dacă o vedea. Partea de sus era cu plasă încrucișată, linia gâtului era înaltă, avea mânecile lungi și o fustă scurtă și neagră. O asortă cu un sutien mic și negru și sandale cu tocuri.

— Arăți mortal! aprecie Sibila.

Stătea în pragul ușii Persefonei în pijama – o bluză albastră și pantaloni scurți gri.

— Mulțam!

— Nu pari încântată că ieși.

— Nu ies să mă distrez.

Sibila aprobă din cap.

— Trebuie neapărat să mergi?

— Cred că da, răspunse ea, privind-o în ochi pe Sibila. E ceva ce trebuie să știu?

Nu era cu totul sigură cum funcționau puterile Sibilei, dar îi plăcea să creadă că, dacă se îndrepta spre vreun pericol, Sibila avea s-o anunțe, însă oracolul clătină din cap.

În schimb, se desprinse de cadrul ușii și spuse:

— Îți chem un taxi.

Sibila dispăru.

Persefona își privi din nou reflexia. Aproape că nu recunoștea persoana care-o privea din oglindă. Era diferită – schimbată.

E întunericul, se gândi ea.

Dar nu Hades îl scosese la suprafață.

Durerea Lexei fusese cea care-l dezlănțuise.

Sibila se întoarse.

— A venit taxiul.

— Mulțumesc! spuse Persefona.

Respiră adânc, simțindu-se de parcă n-ar fi fost în stare să respire suficient de adânc. Își luă poșeta și telefonul, iar când se întoarse să plece, o văzu pe Sibila stând în pragul ușii și uitându-se la ea.

— Hades nu știe unde mergi, nu-i așa?

Persefona deschise gura, apoi o închise. Nu era nevoie să răspundă, Sibila deja știa. Așa că, în schimb, spuse:

— Nu că nu m-ar putea găsi.

Oracolul aprobă din cap:

— Te rog să... ai grijă, Persefona! Știu că vrei să o salvezi pe Lexa, dar ce o să distrugi ca să ajungi acolo?

Cuvintele îi dădură fiori pe șira spinării. Nu-i plăcea ce se ascundea în spatele lor. Tot ce-și dorea era ca totul să fie ca înainte de accidentul Lexei.

— Parcă ziceai că nu e nimic ce trebuie să știu.

Oracolul zâmbi cu amărăciune.

— Nu faci promisiuni, iar oracolele vorbesc în cimilituri.

Corect!

Persefona învățase multe lucruri despre oracole de la Sibila. Poate că *auzeau* profeții, dar felul în care erau interpretate ținea de cel sau cea care le primea.

Persefona alese să interpreteze asta ca pe un „nu ai cum altfel", așa că plecă spre Iniquity.

Își potoli neliniștea care-i clocotea în stomac când îi spuse șoferului destinația. El îi aruncă o privire în oglinda retrovizoare. Era clar că numele îl neliniștește, dar nu spuse nimic, ci doar aprobă din cap și porni în noapte.

Persefona se așeză pe bancheta din spate și-și verifică telefonul.

Era un obicei pe care și-l făcuse pentru că vorbea mereu cu Lexa, dar nu avea niciun mesaj nou – niciunul de la Lexa, nicio veste nouă de la Jaison sau de la mama Lexei, nimic.

Petrecu tot drumul citind mesajele anterioare de la Lexa, și, până se opri taxiul, avea deja ochii înlăcrimați și era gâtuită de lacrimi. Emoția o motiva. O făcea să-și înghită vinovăția și să privească pe geam.

Mașina se opri în fața unei clădiri banale din cărămidă. Numele nu se vedea nicăieri la exterior. Ezită înainte să coboare.

— E... locul care trebuie?

— La Iniquity ați zis, nu? întrebă șoferul, arătând spre clădire. Ăsta e!

Persefona coborî din taxi și rămase singură afară, tulburată de tăcere. Se așteptase să găsească o mulțime ca la Nevernight, deși Leuce îi spusese clar că Iniquity e un club diferit. Se intra doar pe bază de invitație – căci era dedicat exclusiv celor din pătura depravată a societății. Se înfioră și porni pe alee. Taximetristul o lăsase în fața clădirii, dar Leuce îi spusese clar: intrarea era prin spate, unde trebuia să coboare scările și să bată la ușă o singură dată.

Persefona continuă pe aleea slab luminată și găsi intrarea. Făcu întocmai cum i se spusese, iar o fantă se deschise în ușă. Tresări, dar nu văzu nimic prin deschizătură. Dură câteva clipe până își aminti parola.

— Parabază, spuse ea.

Cuvântul îi dădu fiori în tot corpul, făcând-o să se cutremure cu totul.

Depășirea intenționată a unei limite.

Știa că asta face, dar trebuia să încerce.

Lexa avea nevoie de ea – ea avea nevoie de Lexa.

Oricine-ar fi fost de cealaltă parte a ușii trase fanta la loc și deschise ușa. Ezitând, Persefona intră în club. La fel ca la Nevernight, dădu de un întuneric absolut. Oricine-ar fi ocupat spațiul ăla alături de ea nu era vizibil, cu toate că îi simțea prezența.

Persoana respectivă nu spuse nimic, ci doar trecu pe lângă ea. După o clipă, se deschiseră niște perdele în față, apoi pătrunse într-o lume necunoscută, colorată în roșu, plină de pietre prețioase, pene și lumini puternice. Clubul era ticsit de oameni. O scenă domina mulțimea, încadrată de o cortină stacojie și becuri orbitoare. Acolo dansau femei care purtau sutiene sclipitoare, ciorapi cu plasă și coroane enorme. Erau strălucitoare, sincronizate și sexy, legănându-se în ritmul unei muzici senzuale.

Persefona stătea încremenită, ca în transă.

În jurul ei, aerul era fierbinte, apăsător și cu parfum de vanilie. Îl inspiră, iar acesta îi umplu venele precum magia, trimițându-i fiori prin tot corpul și înfierbântându-i pielea. Își roti gâtul și umerii, relaxându-și mușchii încordați și lăsându-se purtată de ritmul muzicii. Partea din mintea ei care-i spunea să rămână în alertă se potolise.

O mână i se strecură într-a ei, iar atunci se întoarse și o găsi pe Leuce stând în spatele său. Nimfa nu vorbi, ci doar o târî pe Persefona pe lângă peretele din spate pe un coridor întunecoasă.

— Locul ăsta..., spuse Persefona, abia răsuflând.

— E menit să te prindă în mreje, Persefona, replică Leuce, punându-și mâinile de-o parte și de alta a feței Persefonei. Ține-ți mintea trează și concentrează-te asupra a ceea ce ai de făcut! Aerul de-aici e toxic. O să te atragă, e ca un curent din care nu poți scăpa!

— Ar fi fost o informație pe care-mi pica bine s-o știu înainte să ajung aici, spuse ea ușor iritată.

Nimfa zâmbi.

— N-aveam ce să fac ca să te pot pregăti. Ori ești tare din fire, ori nu ești. Așa o să fii aleasă.

Persefona se concentră asupra nimfei. Ochii albi și glaciali ai acesteia aveau o expresie intensă. În clipa aceea, observă cum era îmbrăcată fata. Păr alb buclat și aranjat. Purta un ruj roșu-aprins și o rochie scurtă, argintie, cu franjuri, care sclipea precum toate stelele de pe cer. Arăta ca una dintre dansatoarele de pe scenă.

— Lucrezi aici?

Din nou, era o informație pe care i-ar fi plăcut să o știe înainte să ajungă acolo, dar lui Leuce nu i se păruse importantă.

— Concentrează-te pe ce-ai de făcut, Persefona! Tu ai vrut asta, ții minte?

Suna aproape ca o amenințare.

Se încruntă la femeie, cu privirea aruncând scântei. Deodată, își dorea să-i reamintească femeii cine e cu adevărat.

— Atunci, spune-mi ce să fac! Cum mă asigur că mă văd?

— Dansezi, răspunse Leuce. Dacă sunt interesați, o să vină ei la tine.

Persefona aruncă o privire în urmă, unde sute de oameni se înghesuiseră laolaltă pe ringul de dans.

— Adică vrei să-mi spui că toți oamenii ăștia sunt aici pentru același lucru?

— Nu pentru același lucru. Dar toți sunt aici pentru că vor ceva.

— Leuce, ce se mai întâmplă aici în afară de magie ilegală?

— Asta nu-i o discuție pe care să-ți dorești s-o porți, Persefona. Crede-mă când îți zic!

Apoi dispăru, iar Persefona fu înghițită de mulțime. Preț de câteva secunde, se simți de parcă ar fi luptat contra unui curent, fără grație și panicată, dar, ca mai devreme, găsi ceva fermecător în muzică. Părea să-i danseze prin tot corpul, să i se scurgă prin toți porii, până când se trezi mișcându-se în ritmul ei, legănându-și șoldurile și ridicându-și brațele deasupra capului. Fruntea i se umplu de broboane de transpirație, iar prin minte începură să i se deruleze imagini din nopțile senzuale petrecute cu Hades – gura lui moale lipită de a ei, limba lui mătăsoasă lingându-i pielea sensibilă, trupul lui sclipind de transpirație și fierbinte, scula lui care o umplea, se întindea, și-i poruncea. I se tăie răsuflarea, iar un geamăt îi scăpă de pe buze.

Era turbată, flămândă, disperată.

Era tot mai rău.

În amintirile ei pătrunse brusc un alt chip. Nu corpul ei se afla sub al lui Hades – era Leuce, cu spinarea arcuită, cu capul dat pe spate, cu gura căscată, țipând numele amantului ei.

Fu destul ca să rupă vraja pe care muzica o aruncase asupra Persefonei. Deodată, era din nou conștientă de ce o înconjura – trupurile tuturor o înghesuiau, piele îmbibată în sudoare se freca de a ei.

Nişte mâini o prinseră de şolduri, iar corpul cuiva trecu în spatele ei. Se întoarse cu faţa spre un bărbat îmbrăcat în haine închise la culoare şi ai cărui ochi, în lumina roşie, erau negri. La început, se întrebă dacă bărbatul era acolo ca să o invoce, dar mâna lui îi rămase prinsă de şold. Îl împinse înapoi, având de gând să întrerupă contactul cu el, când alte mâini o prinseră de umeri.

Persefona se smulse din strânsoarea lui, cu inima bubuind, cu magia aprinzându-i-se în sânge, dar, în timp ce se întorcea ca să se uite la cealaltă persoană care-o atinsese, ambii bărbaţi dispărură în mulţime.

Tulburată, îşi făcu loc prin înghesuială până când ajunse la marginea exterioară a ringului de dans. Căuta întunericul, vrând să devină o umbră, şi-l găsi sprijinindu-se de un perete de la gura holului.

Încă tremura din toate încheieturile din cauza amintirilor retrăite pe ringul de dans. Era şi excitată, şi furioasă. Ce soi de magie îngrozitoare încuraja nişte gânduri atât de murdare? Şi de ce căpătaseră forma a ceva ce-o făcea să-i vină să vomite? Nu voia să se gândească la Leuce şi Hades împreună. Nu voia să se gândească la faptul că lucrul pe care-l aveau ele două în comun era că-i cunoşteau bine trupul lui Hades.

Îi plăcea să creadă că ea cunoştea un Hades diferit, şi că felul în care el îi stârnea orgasmul era diferit de cum se purtase cu altele.

Se simţea penibil în timp ce gândurile acelea îi năvăleau în minte. Poate că orice magie ar fi pus stăpânire pe ea pe ringul de dans încă se agăţa de propria-i aură.

În timp ce stătea ascunsă acolo, în întuneric, cu mulţimea care pulsa pe ringul de dans în faţa sa, ceva îi fu pus brusc în pumnul strâns. Senzația era ciudată și subită – *ca prin magie*, își dădu seama în timp ce desfăcea pumnul descoperind o foaie de hârtie. Când o despături, găsi un număr, 777, scris cu cerneală. Sub număr se afla o săgeată, care parcă i-ar fi indicat să meargă pe hol în jos.

Privi în jur, fără să vadă nimic, însă se simțea de parcă toată lumea din încăpere ar fi stat cu ochii pe ea, chiar dacă stătea ascunsă în întuneric. Desprinzându-se de perete, urmă săgeata și dădu de un lift, vizibil doar datorită faptului că numerele și ușile erau scăldate într-o lumină roșie.

Apăsă butonul, iar ușa liftului se deschise fără zgomot.

Înăuntru, observă că liftul mergea numai până la etajul opt. Presupuse că trebuia să ajungă la etajul al șaptelea și că numărul de pe hârtie era al unei camere.

După vacarmul de pe ringul de dans, liniștea din lift îi apăsa urechile. O tulbura și nu-i dădea de ales decât să se concentreze pe ce avea în față – pe necunoscut. Dacă Leuce se înșela în privința Magilor? Dacă voiau ceva ce nu le putea da? Dacă n-o puteau ajuta?

Când ușile liftului se deschiseră, ieși într-un hol care ducea direct la o ușă neagră. Se apropie ezitând, cu teama luptându-se cu vinovăția în propria minte. În cele din urmă, bătu la ușă, iar o voce dinăuntru îi spuse să intre.

Clanța era rece și-i trimise furnicături pe piele. Încăperea era slab luminată și avea podele de marmură neagră și pereți de culoare închisă. Singura sursă de lumină venea din centrul camerei. Lumina o platformă rotundă, înălțată, și un fotoliu mare de pluș, pe care stătea un bărbat cunoscut.

Era Kal Stavros.

Arăta exact ca în fotografiile din tabloide. Avea o față perfect pătrată, o coamă de păr negru și des și ochi albaștri.

Nu-i suporta fața.

Persefona își miji ochii și strânse pumnii. Valul de furie pe care-l simțea văzându-l pe individ era incredibil de puternic. Magia ei o luă razna.

— Persefona! toarse Kal.

Oare aș putea să-i bag mâna în gură și să-mi smulg numele din ea? gândi Persefona.

— Sper că Alec și Cy nu te-au speriat, dar trebuia să mă asigur că ești tu.

Deci cei de pe ringul de dans lucrau pentru el.

— Înțeleg de ce Hades e îndrăgostit până peste cap de tine, continuă el, iar privirea sa o cercetă din cap până-n picioare, făcându-i scârbă. Și frumoasă și focoasă, vorbești bine și-ți exprimi opiniile! Calități pe care eu le admir.

— Nu mă face să vomit! spuse ea. Zi odată ce vrei!

El chicoti. Era un chicotit răutăcios - nepotrivit cu frumusețea lui.

— Mă bucur tare mult că ai întrebat! Dar, mai întâi - ce te aduce la Iniquity, în inima păcatului?

Persefona șovăi. Ce mai căuta în încăperea aia? Se întoarse să plece, dar în loc să găsească ușa pe care intrase, se trezi cu fața la un perete plin de oglinzi.

— Pleci undeva?

Se întoarse spre el.

— Mă ții prizonieră?

— Astea sunt regulile de la Iniquity. Imediat ce intri în camera unui dealer, nu pleci până nu închei o înțelegere.

Leuce nu asta spusese.

— Și dacă nu vreau să fac o înțelegere cu tine?

— Nu știi ce îți ofer.

— Dacă nu există o cale de ieșire din camera asta, nu mă interesează.

— Nici dacă înseamnă că ai să-ți salvezi prietena?

Întrebarea lui fu urmată de liniște, iar Persefona înghiți în sec.

— Ce știi despre asta?

Kal zâmbi, iar acest lucru făcu următoarele cuvinte pe care le scoase pe gură să pară și mai nemiloase:

— Știu că o să moară dacă nu găsești o cale de-a o vindeca.

— Nu e *pe moarte*, rosti Persefona printre dinți.

Nu era adevărat - nu avea cum să fie. Nici Hades, nici Sibila nu spuseseră așa ceva... Iar ei n-ar fi spus dacă era așa?

— Eu nu așa văd lucrurile!

Persefona se foia ușor de pe un picior pe altul. Nu se simțea în largul său în această încăpere întunecoasă, închisă cu un om care încheiase deja o înțelegere cu ea - un articol în exclusivitate în schimbul slujbei ei.

— De ce-ar trebui să am încredere în tine?

— Pentru că în adâncul sufletului tău știi că am dreptate. Dacă aveai impresia că Lexa o să trăiască, mai veneai?

Îl ura.

— Ce dorești?

De data asta, când zâmbi, își dezvălui dinții.

— Am o propunere pentru tine. Îți dau vraja necesară pentru a-ți vindeca prietena, dacă-mi dai tot.

— Tot?

— Vreau fiecare amănunt despre relația ta cu Hades. Vreau să știu cum l-ai cunoscut, când te-a sărutat prima oară și toate detaliile scandaloase despre când te-a futut prima oară.

— Ești bolnav la cap!

— Sunt om de afaceri, Persefona! Sexul vinde, spuse el, lăsându-se pe spate în scaun. Sexul cu zei vinde și mai bine, iar tu, dulceața mea - ești o *mină de aur*.

— Nu sunt singura care s-a culcat cu Hades.

Ura să pronunțe acele cuvinte, însă erau adevărate.

— Dar ești singura la care ține destul de mult, încât să n-o vadă doar ca pe-o parteneră de futaiuri. E implicat în relația cu tine, ceea ce înseamnă că o să facă orice ca să te protejeze pe tine și detaliile despre viața voastră privată.

Persefona înțelese brusc.

— Vrei să-l șantajezi pe Hades?

— Păi, el e Cel Bogat!

— Dar și *tu* ești bogat! îi răspunse Persefona.

— Nu ca el, spuse Kal. Dar cu asta ai să mă ajuți tu și, în schimb, o să ai ocazia să-ți salvezi prietena de la moarte sigură.

Persefona încremeni auzindu-l zicând asta. Până acum, ar fi dat orice să o poată salva pe Lexa, însă acum, că i se prezenta această oportunitate, se întrebă - oare chiar ar fi putut dezvălui toate detaliile relației sale cu Hades în schimbul vieții celei mai bune prietene?

Vina și rușine o izbiră cu forță, la fel de puternice precum mirosul magiei lui Hades prezent dintr-odată în cameră. Privirea Persefonei fu atrasă de o licărire neagră de la picioarele bărbatului - șerpi. Se încolăceau în jurul încheieturilor mâinilor și picioarelor lui. Kal observă corpurile solzoase ale șerpilor abia când i se încolăciră în jurul gâtului. Urlă, dar încremeni când arătările îl strânseră și mai tare, sâsâindu-i la ureche.

Hades își făcu apariția din întuneric, surprinzând-o pe Persefona. Nu-i simțise deloc prezența.

— Mă amenințí, Kal?

— Nu... niciodată!

Tonalitatea vocii lui Kal se schimbă, ascuțindu-se de frică.

Persefona se întoarse să-l privească pe Hades. Era furios - se vedea după ochii lui și după cum își lipi buzele de ale ei când se aplecă să o sărute. Limba lui cerea să intre, împreunându-se cu a ei. Una dintre mâinile lui îi cuprinse fața și bărbia, iar cealaltă i se încurcă în păr, strângându-i șuvițele. Îi deschise și mai tare gura, cu forța, atingând-o până în fundul gâtului. Când se desprinse de ea, îi ținea buza inferioară între dinți.

— Ești bine?

Vocea lui era aspră.

Ea aprobă din cap, amețită.

Hades își îndreptă atenția spre Kal și porni încet spre el. Muritorul dădu să se apere, încă încremenit în lumina strălucitoare. Mâinile i se înfipseră în brațele fotoliului, iar corpul îi deveni rigid în timp ce șerpii sâsâiau și se târau pe el.

— Eu-eu urmam regulile tale! *Ea* m-a invocat!

— Regulile mele? Adică insinuezi că eu aș fi de acord cu un contract între tine și amanta mea?

— Asta ar însemna să fac o excepție, răspunse Kal. La Iniquity nu există excepții.

— Dă-mi voie să te lămuresc, spuse Hades, iar din vârfurile degetelor lui ieșiră spini negri.

Îl apucă pe bărbat de față, făcându-l să țipe când broboanele de sânge începură să-i curgă pe sub spinii care i se înfigeau în piele.

— Oricine îmi aparține e o excepție de la regulile clubului ăstuia.

Hades îl ridică pe Kal de pe scaun și-l trânti la pământ. Ateriză cu o bufnitură puternică, iar șerpii căzură cu tot cu el. Se repeziră, înfigându-și colții adânc în pielea lui. Kal urlă, iar Persefona urmări, fără să miște un mușchi, cum bărbatul care o amenințase era torturat de amantul ei.

— Nemernicule! gemu el, zăcând într-o poziție fetală, cu mâinile tremurând în timp ce încerca să-și acopere rănile.

— Fii atent, muritorule!

Hades se mişcă precum fumul şi se apropie de Kal.

— Am urmat regulile! gemu bărbatul. Am urmat regulile *tale*!

Persefona se uită la faţa lui Hades – era ascunsă în umbră, iar pometţii, ochii şi fruntea îi erau scăldate în lumină.

— Ştiu bine regulile, muritorule. Nu te încurci cu mine sau cu amanta mea, ne-am înţeles?

Kal se rostogoli în patru labe. Se chinui să ridice capul, dar, când o făcu, dădu de privirea Persefonei.

— Ajută-mă! strigă el.

— Nu vorbi cu ea, muritorule!

Hades îşi puse gheata în coasta bărbatului şi-l împinse la pământ, făcându-l să cadă pe unul dintre şerpi, care se răzbună muşcându-i iar din carne. Kal urlă.

Persefona nici măcar nu tresări.

Ce era în neregulă cu ea? Ar fi trebuit să oprească asta. Doar că o parte a sa era de părere că muritorul şi-o merita cu adevărat!

Hades se întoarse spre Persefona. Îl privi în ochi, fără a fi în stare să-şi dea seama după expresia feţei lui ce gândeşte.

— Să-l pedepsesc în continuare? întrebă Hades.

Persefona îl fixă cu privirea pe zeu, apoi privirea îi coborî asupra lui Kal. Faţa lui pătată de sânge avea dâre de lacrimi.

— O să-i rămână cicatrici pe faţă? întrebă Persefona.

— O să-i rămână, dacă asta îţi doreşti.

— Îmi doresc.

Kal scânci.

— Şşş! gânguri Persefona. Ar putea fi mai rău de-atât. Îmi vine să te trimit în Tartar.

El tăcu auzind ce spunea ea, apoi Persefona continuă:

— Mâine, vreau să-l suni pe Demetri și să-i spui că ai făcut o greșeală. Nu vrei să scrii articolul ăla în exclusivitate și niciodată, cât trăiești, n-ai să-mi mai spui ce să scriu! Ne-am înțeles?

Tremurând, el aprobă din cap. Persefona zâmbi.

— Bun!

Se îndreptă și se întoarse spre Hades.

— Lasă-l să trăiască! zise ea.

Zeul o fixă mult timp cu privirea, apoi îl privi pe Kal:

— Pleacă!

În clipa următoare, bărbatul și șerpii dispărură, iar Hades rămase singur cu Persefona. În pofida distanței dintre ei, furia îi apăsa precum un zid solid de piatră.

Înainte ca el să apuce să spună ceva, ea vorbi:

— Ai stricat tot!

Păru surprins, apoi își luă repede apărarea, îndreptându-se spre ea:

— *Eu* am stricat totul? Te-am împiedicat să faci o greșeală enormă! Ce-a fost în capul tău să vii aici?

— Încercam să-mi salvez prietena, iar Kal îmi oferea o cale pentru a face asta, spre deosebire de tine!

— Ai renunța la viața *noastră* privată – ceva la care ții mai mult decât la orice – pentru ceva care n-ar face decât să-ți condamne prietena?

— S-o condamne? O să-i salveze viața! Ticălosule! Mi-ai spus să sper! Ai spus că s-ar putea să supraviețuiască!

Erau nas în nas.

— Nu ai încredere-n mine?

— Nu! Nu, nu am încredere în tine! Nu când vine vorba de Lexa. Și cu locul ăsta cum rămâne? E clubul tău, așa-i, Hades? Ce mama dracului?

Hades întinse mâna după ea, prinzând-o de umeri, și o lipi de el.

— N-ar fi trebuit să vii aici niciodată. Locul ăsta nu-i de tine.

Persefona tresări.

— Leuce lucrează aici! se răsti ea.

— Pentru că e *Leuce*! replică Hades, de parcă asta ar fi lămurit toată problema. Mi-ai spus să-i dau slujba înapoi, așa că am trimis-o aici! Tu... tu ești... altfel!

Se desprinse de el.

— Altfel?

— Credeam c-am stabilit deja lucrul ăsta, spuse Hades printre dinți. Tu însemni mai mult pentru mine decât oricine altcineva – decât *orice altceva*!

— Și ce legătură are asta cu faptul că mi-ai ascuns locul ăsta?

Hades tăcu.

— Tot ce se întâmplă aici e ilegal, nu-i așa? Magii sunt aici. Ce mai e?

— Toate lucrurile de care te-ai temut vreodată, răspunse el, făcând-o să se înfioare. Asasini, baroni ai drogurilor...

Persefona simți cum îi pierea culoarea din obraji.

— De ce?

— Am creat o lume în care să-i pot urmări.

— Să-i urmărești cum fac ce? Cum încalcă legea? Cum le fac rău oamenilor?

— Da, răspunse el cu o voce răgușită.

— Da? Asta-i tot? Atât poți să-mi spui?

— În momentul de față, da.

Glasul îi devenise mai încordat, dar, în loc să plece, se îndreptă spre ea. Se ținu ferm pe poziție, fără teamă. Ridică bărbia și se încruntă la el.

— Cine te-a adus aici? o întrebă.

— Un taxi.

— Crezi că n-o să aflu?

— Am liber-arbitru. Am *ales* să vin aici din proprie inițiativă!

— Inițiativă care nu va rămâne nepedepsită, contracară el, și întinse mâinile după ea.

Instinctiv, Persefona îi dădu mâinile la o parte, făcându-i ochii să licărească.

— Mă refuzi?

Știa că dacă îl refuza, el se oprea, dar nu putea să nege că voia să vadă cum avea să decurgă pedeapsa. Ar fi adus odată cu ea o plăcere intensă și ar fi fost furioasă, dură și animalică, iar Persefona avea nevoie de eliberare.

Clătină din cap o dată, iar Hades o întoarse cu fața spre peretele cu oglinzi. Se sprijini de el în timp ce o aplecă în față și-i privi în reflexia. Îi depărtă ușor picioarele și îi ridică fusta, cu o privire hămesită.

Mâna lui îi atinse în treacăt pielea, apoi o plesni peste fund. Țipă, mai mult de surprindere decât de durere, iar Hades ridică privirea, uitându-se în ochii ei în oglindă, apoi îi trase chiloții până la glezne și o ajută să și-i dea jos. Ei i se întări miezul de nerăbdare în timp ce el își îndesa chiloții în buzunar.

Persefona rămase cu gura căscată când mâna lui îi pătrunse între coapse, arcuindu-și spinarea în timp ce el o ațâța cu degetele. Era topită după el – nici măcar nu-i trebuia preludiu.

Hades inspiră șuierând.

— Ce udă ești! De când ești așa?

Un geamăt îi rămase-n gât când răspunse:

— De când am ajuns aici. Mi-am dorit să apari pe ringul de dans. Mi-am dorit să-ți faci apariția din întuneric, dar n-ai fost acolo!

— Sunt aici acum, spuse el și se aplecă s-o sărute pe umăr, pe spinare, pe fund, iar degetul i se tot îndoia și, în tot acel timp, cu cealaltă mână, îi trasa cercuri lente, dureroase, în jurul clitorisului.

Ea abia mai era în stare să respire, concentrându-se pe senzația pe care-o avea cu el înlăuntrul ei, înnebunind de dorință.

— Hades, îl imploră ea. *Te rog!*

El se retrase, iar Persefona scoase un strigăt de frustrare. Dădu să se întoarcă spre el. Parcă era turbată. Voia să-și dea drumul, iar dacă el nu-i dădea voie, avea să caute s-o facă singură.

Dar mâinile lui Hades o apucară de șolduri.

— Rămâi așa! îi porunci el, iar ea se încruntă la el în oglindă.

Zeul rânji diabolic.

— Dacă ți-aș da ce-mi ceri când îmi ceri, n-ar mai fi nicio pedeapsă!

Persefona își împinse bărbia în față și spuse:

— Să nu te prefaci că nu mă dorești!

— Nu mă prefac, răspunse el, trăgându-și fermoarul pantalonilor, scoțându-și scula și pătrunzând-o pe la spate.

Persefonei i se tăie răsuflarea. Oare era posibil ca mădularul lui Hades să se fi îngroșat? Îl primi înăuntru dintr-o mișcare rapidă, iar un sunet gutural îi scăpă din gât în timp ce el intra adânc în ea.

La început, Hades păru să nu știe ce să atingă mai întâi – mâinile lui îi cuprinseră sânii, burta, șoldurile. Apoi își înfășură părul ei lung în jurul pumnului, ca pe un bandaj, și-i trase capul pe spate ca să o poată săruta pe gură. Îi dădu drumul, apoi o pătrunse languros, iar ea îl simți până-n adâncul stomacului.

— Asta e pentru noi, spuse el. N-ai s-o împărtășești cu nimeni altcineva!

Persefona nu reuși decât să scoată un scâncet abia auzit. Simți intensitatea cuvintelor lui la fel cum simțea brutalitatea cu care o pătrundea sexul lui. Brațul lui i se opinti în burtă în timp ce o ținea în loc, iar unghiile ei se înfipseră în carnea lui.

— Unele lucruri sunt sacre pentru mine, spuse Hades, a cărui răsuflare începu să devină greoaie, dar el continuă să vorbească, cuvintele lui amestecându-se cu gemetele Persefonei. Ce se întâmplă acum e sacru pentru mine. Tu ești sacră pentru mine! Înțelegi lucrul ăsta?

Persefona aprobă din cap, iar fruntea i se umplu de broboane de transpirație. Sprâncenele i se uniră într-o linie fermă. Părea gata să își iasă din minți.

— Spune-o! îi porunci el. Spune că înțelegi!

— Da, suspină ea. Da, pe zei, da! Înțeleg! Fă-mă să-mi dau drumul, Hades!

Zeul o întoarse cu fața spre el și o sărută, lipind-o de oglindă, savurându-i gura, apoi o ridică și o pătrunse din nou.

Persefona gemu, împletindu-i părul cu degetele, iar când el se retrase, ochii-i sclipeau.

— N-am iubit pe nimeni așa cum te iubesc pe tine.

Vorbea de parcă i-ar fi mărturisit ceva.

— Nu pot să-ți descriu prin cuvinte – nu există cuvinte care să se apropie măcar de a exprima ceea ce simt!

Persefona îl strânse și mai tare, aplecându-se spre buzele lui.

— Atunci nu-mi spune prin cuvinte!

Buzele li se izbiră, apoi alunecară pe podea. Genunchii Persefonei rămaseră îndoiți, apăsând pe podeaua tare de marmură în timp ce îl călărea pe Hades, dar nici nu observă, prea concentrată fiind pe plăcerea ce creștea înlăuntrul ei. Își împleti degetele cu ale lui Hades și-i ridică mâinile deasupra capului, legănându-se lipită de el.

— Futu-i! înjură Hades, eliberându-se din strânsoarea ei.

O apucă de șolduri și o ajută să se miște mai repede, mai cu putere. Se priviră în ochi până când îi umplu plăcerea. Persefona își dădu capul pe spate în timp ce se elibera, iar Hades o urmă imediat.

Căzu pe pieptul lui, cu răsuflarea tăiată, sătulă, alinată de brațele cu care Hades o cuprinsese. Nu vorbiră o perioadă lungă – nu vorbiră până nu li se potoli răsuflarea, iar inimile nu le mai bubuiau.

Hades sparse tăcerea.

— Căsătorește-te cu mine!

Persefona se lăsă pe spate. Hades rămăsese încă tare în ea, iar mișcarea îi făcea ochii să lucească precum tăciunii aprinși.

— Poftim?

De bună seamă că nu îl auzise bine.

— Căsătorește-te cu mine, Persefona! Fii regina mea! Spune că vei rămâne lângă mine... pentru totdeauna!

El vorbea serios, iar ea era... confuză. Nu în legătură cu dragostea pentru Hades – în legătură cu atât de multe alte lucruri.

— Hades... eu...

Nu-și dădea seama ce să spună.

— Erai furios pe mine.

El ridică din umeri.

— Iar acum nu mai sunt.

— Și vrei să te căsătorești cu mine?

— Da!

Ea se ridică împleticindu-se în timp ce se chinuia să se țină pe picioare. Hades întinse mâinile s-o ajute, dar îl refuză.

— Nu pot să mă căsătoresc cu tine, Hades, răspunse, iar ochii i se umplură de lacrimi. Eu... Eu nu te cunosc.

Sprâncenele lui Hades se uniră cu totul.

— Ba mă cunoști.

— Nu, nu te cunosc, îl contrazise, făcând un semn de jur împrejur. Ai ținut locul ăsta ascuns de mine.

Hades își plecă bărbia și-și miji ochii.

— Persefona, eu am trăit o veșnicie. Mereu vor exista lucruri pe care ai să le afli despre mine, și trebuie neapărat să știi că unele dintre ele nu o să-ți placă.

— Ăsta nu e unul dintre lucrurile alea, Hades! Locul ăsta este adevărat și există în prezent! Ai angajat-o pe Leuce să lucreze aici! Meritam să știu asta, la fel cum meritam să știu și despre Leuce! Când el nu spuse nimic, ea îl întrebă: De ce nu mi-ai spus?

— Pentru că m-am temut! se răsti el, apoi tăcu.

Cuvintele îi erau pline de furie, făcând-o să se întrebe dacă era mai frustrat pe faptul că trebuia să spună așa ceva decât pe faptul că avea asemenea sentimente.

— De ce?

— Evident, datorită codului tău moral!

Se ridică în picioare și se îndepărtă cu câțiva pași. Nu îi putea explica în ce fel o făceau acele cuvinte să se simtă, dar voia să-l contrazică spunându-i că nici ea nu avea cine știe ce cod moral, având în vedere că o transformase pe Minthe într-o plantă de mentă și-l urmărise pe Hades torturând un muritor.

Hades oftă.

— Am vrut să-mi fac timp să mă gândesc la un mod în care să-ți fac cunoscute păcatele mele. Să-ți explic de unde se trag. În schimb, se pare că toată lumea vrea s-o facă în locul meu.

Persefona clipi, iar frustrarea-i dispăru subit. În schimb, se simți... tristă. Nu se așteptase ca Hades să se simtă nesigur în legătură cu asta, darămite să mai fie și frustrat când alții îl lăsau fără ocazia de a-i spune, iar ea nu știa nici dacă exact asta intenționase, de fapt, Leuce.

Expresia feței ei se îmblânzi, apoi făcu un pas spre el.

— Îmi pare rău, Hades!

El se încruntă.

— Pentru ce-ți ceri scuze?

— Presupun că... Pentru tot. Pentru c-am venit aici... Pentru că te-am refuzat.

— E-n regulă. Îți cer multe în momentul de față, spuse el. Mai e și Lexa și problemele de la serviciu. Și în seara asta te-am încărcat cu multe, arătându-ți o parte din mine pe care nu ai mai văzut-o.

— Nu ești... supărat?

Hades se gândi un moment la asta.

— Oare să-mi doresc ca tu să fi spus da? Bineînțeles!

Ei îi căzură umerii.

— Eu... pur și simplu nu sunt pregătită.

— Știu, spuse el, sărutând-o pe frunte, iar în timp ce buzele lui îi atingeau pielea, Persefona începu să plângă.

Hades îi șterse lacrimile.

— Spune-mi!

— Am stricat totul, spuse ea, ascunzându-și fața la pieptul lui.

— Șșș! o liniști el. N-ai stricat nimic, iubita mea! Ai fost sinceră cu tine însăți și cu mine. Atât îți cer!

— Cum poți să vrei să te mai căsătorești cu mine? După ce te-am refuzat?

— Mereu o să vreau să mă căsătoresc cu tine, pentru că mereu o să te doresc ca soția și regina mea!

Fu alinată de promisiunea din vocea lui și speră ca, atunci când el avea să întrebe din nou, să fie pregătită.

— Îmi mai arăți ceva din locul ăsta? îl întrebă apoi, frecându-și fața ca să-și șteargă lacrimile.

— Din Iniquity?

— Da.

El gemu.

— Am de ales?

— Dacă vrei să fiu vreodată regina ta, nu.

CAPITOLUL XV

O urzeală de secrete

Iniquity însemna mai mult decât experiența ei în calitate de clientă pe ringul de dans. Funcționa și ca adăpost pentru familiile mafiote din Noua Atenă, societățile secrete, bandele și infractorii liber-profesioniști. Cuibul lor era la subsol, accesibil numai celor care aveau o monedă străveche numită obol.

Persefona aruncă o privire spre Hades.

— Văd că ai reinterpretat ideea de a plăti o taxă de intrare în Lumea de Jos.

Hades chicoti, dar nu spuse nimic în timp ce-o conducea pe un coridor lung și întunecat spre o încăpere spațioasă, care avea doar lumina filtrată printr-un perete plin de oglinzi. Persefona se apropie și descoperi că apartamentul avea vedere la o zonă de recreere. Acolo se afla un bar și câteva mese mai mici. Oamenii stăteau și jucau cărți sau discutau, bând și fumând, și umplând cu vârf scrumiere de cristal.

Persefona atinse sticla și întrebă:

— Pot să ne vadă?

— Nu, răspunse Hades.

— Deci îi spionezi de-aici, de sus? întrebă ea, privind spre zeul care rămase în urmă, ascuns în umbre.

— Poți să spui că îi spionez, dacă dorești!

Persefona continuă să se uite la oamenii de jos și găsi o față cunoscută.

— Aia e Madelia Rella, rosti Persefona, surprinsă s-o vadă pe matroana și proprietara Cartierului Plăcerilor - la propriu, un cartier întreg plin de bordeluri.

Era o muritoare frumoasă, de vârstă mijlocie. Avea părul negru și purta paiete și pene. Un portțigaret din jad îi atârna între degetul arătător și cel mijlociu. Persefona nu mai văzuse pe nimeni să arate atât de șic în timp ce fuma.

Madelia apărea adesea la știri, pledând în numele prostituatelor pentru condiții mai sigure de lucru și pedepse mai aspre pentru infracțiunile comise împotriva lor.

— Îmi e datoare.

— Cum?

— Eu i-am împrumutat bani ca să-și deschidă primul bordel.

Persefona nu era sigură ce părere are despre asta.

— De ce?

— A fost o oportunitate de afaceri, răspunse el pe un ton neutru. În schimbul banilor, eu dețin o parte din afacerile ei și pot să ofer siguranța damelor ei de companie.

Persefona nu se așteptase ca Hades să rostească acea ultimă parte, dar nu o surprindea foarte mult. Era protector cu femeile.

— Cine mai e acolo jos? îl întrebă.

Îl simți pe Zeul Lumii de Jos alături de ea și-i aruncă o privire în timp ce studia mulțimea de dedesubt. Arătă spre o masă mică, rotundă, dintr-un colț întunecat, unde doi bărbați jucau cărți.

— Ăia sunt Leonidas Nasso și Damianos Vitalis. Sunt miliardari și capii unor familii mafiote rivale.

— Nasso? întrebă Persefona. Adică... proprietarul lanțului Nasso Pizzeria?

— În carne și oase, confirmă Hades. Membrii familiei Vitalis sunt și proprietari de restaurante, dar, de fapt, își câștigă existența din pește.

Persefona recunoștea numele și de la Piața de Pește Vitalis. Erau unii dintre cei mai vechi și mai importanți comercianți angro de pește din țară.

— Și dacă sunt rivali, de ce joacă cărți?

— Ăsta e teritoriu neutru, răspunse Hades. Pe această proprietate este interzis prin lege să faci rău altcuiva.

— Presupun că tu ești excepția de la regulă? întrebă ea, ridicând din sprânceană.

Practic, îl torturase pe Kal.

— Eu mereu sunt excepția de la regulă, Persefona!

— Oamenii ăștia, zise Persefona. Reprezintă elita Noii Atene.

Hades încuviință o singură dată din cap.

— Sunt bogați și puternici, însă sunt așa datorită mie.

Persefona lăsă ideea să se sedimenteze, simțindu-se ușor tulburată de propria reacție. Ar fi trebuit să fie șocată, însă, în schimb, simțea doar curiozitate.

Hades îi mai arătă câteva persoane: pe Alexis Nicolo, jucător profesionist de jocuri de noroc, pe Helene Hallas, falsificatoare de opere de artă, și pe Barak Petra, asasin.

— Asasin? Adică e plătit ca să *omoare* oameni?

Hades nu catadicsi să-i răspundă, lucru care i se părea normal până la urmă. Persefona cunoștea răspunsul și, cumva, confirmarea doar ar fi înrăutățit lucrurile.

Clătină din cap.

— Nu înțeleg. Cum te poate preocupa salvarea sufletelor de la o existență îngrozitoare în viața de apoi când le oferi acestor... *infractori* un loc unde să se adune?

— Nu sunt infractori, o contrazise el. Nu-mi fac iluzii, Persefona. Știu că nu pot salva toate sufletele, dar măcar Iniquity are grijă ca aceia care operează în subteranele societății să urmeze un cod de conduită.

— Cum poate fi fărădelegea parte a unui cod de conduită?

— Fărădelegea nu e o parte a codului de conduită, răspunse el. Numai dacă acest cod este încălcat.

Se întoarse cu fața spre Hades.

— Nu putem fi toți buni, dar, dacă trebuie să fim răi, măcar să servim unui scop.

Persefona își miji ochii, nesigură de ce părere avea despre spusele lui. Hades pur și simplu era un cap al mafiei.

— Nu mă aștept să înțelegi. Există multe motive pentru care fac ceea ce fac. Iniquity nu face vreo excepție. Dețin o rețea cu cei mai periculoși bărbați și femei, pe care îi controlez strict. Și pe care i-aș putea doborî în orice moment. Iar ei știu asta, așa că fac ce le cer eu.

Ea se înfioră. Era bizar să înțeleagă că Hades nu era puternic doar datorită controlului asupra magiei sale. Era puternic și mulțumită înțelegerilor pe care le făcuse, iar asta dovedea din plin.

— Vrei să spui toți, mai puțin Kal Stavros?

Hades ridică din umeri.

— Ți-am spus că e doar o chestiune de timp înainte să încerce cineva să te șantajeze.

— N-ai pomenit niciodată de șantaj, contracară Persefona. Cu ce te are Kal la mână?

— Cu nimic, răspunse Hades. Își dorește doar să mă controleze, așa cum își doresc toți muritorii.

N-ar fi fost prima dată când un muritor încercase să câștige o oarecare formă de control asupra lui Hades. De fiecare când intrau în Nevernight ca să încerce să obțină un târg, era o încercare să-i poruncească Zeului Morților.

— Ți-e teamă de mine? întrebă el după o clipă de tăcere.

Întrebarea o surprinse. Știa că se născuse din teamă, și totuși, când îl privi, expresia feței lui nu dădu în vileag nimic din gândurile lui.

— Nu, răspunse ea repede. Dar e multă informație de conștientizat.

Și un motiv evident pentru care nu se putea căsători cu el.

Nu pe moment, cel puțin.

Cum se putea gândi să-i ceară să fie soția lui - regina lui - când ea habar n-avea de toate astea? Oare ăsta nu era un imperiu pe care urma să-l moștenească și ea?

Hades își feri privirea, gâtuit în timp ce înghițea în sec ca să alunge neliniștea ce părea să i se fi strecurat în conștiință.

— Am să-ți spun totul.

Nu avea nicio îndoială. Avea să se asigure de asta. Avea atâtea întrebări de pus! Voia să cunoască fiecare persoană care intra în acel club, ce afaceri deținea și cât din lumea aia controla Hades.

O parte a ei voia să-l întrebe ce crezuse el că ea avea să facă atunci când afla despre Iniquity, dar era evident că Hades crezuse că avea să plece.

— Cred c-am auzit destule, răspunse Persefona. Aș prefera să merg acasă.

— Vrei să te ducă Antoni?

Ea zâmbi ușor, dându-și seama că el credea că vrea să spună că dorește să se întoarcă la apartamentul ei.

— La fel de bine poți să mă duci tu. La urma urmei, mergem în același loc.

El strâmbă din buze și o cuprinse cu brațul de talie, ținând-o strâns, apoi se teleportă în Lumea de Jos.

Persefona nu putea să doarmă.

Stătea nemișcată, cuibărită lângă trupul cald al lui Hades, și suferea cumplit. Nu din cauza a ceea ce aflase despre Zeul Morților, ci din cauza a ceea ce spusese Kal despre Lexa.

„Dacă ai fi știut că Lexa avea să supraviețuiască, ai mai fi venit?"

Kal avea dreptate, bineînțeles. Persefona nu putea nega că venise la Iniquity în căutarea unui leac pentru rănile Lexei, și făcuse asta de teama că nu avea să-și revină. De teamă că, și dacă-și revenea, nu avea să mai fie la fel.

Închise ochii, încercând să alunge durerea pe care-o simțea, și ieși din camera lui Hades.

Holurile palatului erau liniștite și luminate de stelele de pe cerul nopții. Hades nu reușise să rețină strălucirea soarelui, dar cu luna se descurcase bine.

Traversă sufrageria și își croi drum spre bucătărie. Nu mai fusese niciodată în partea aceea a palatului. Hades punea mereu să le fie adusă mâncarea în sala de mese sau în bibliotecă, în birou sau în dormitor.

După ce aprinse lumina, descoperi o bucătărie modernă impecabilă. Dulapurile erau albe, blaturile, din marmură neagră, iar ustensilele, din inox. Își târșâi picioarele pe podeaua rece și începu să caute provizii prin dulapuri, uitându-se după tigăi, boluri de amestecat și ustensile.

Aia era partea ușoară.

Partea cea mai grea era găsirea ingredientelor potrivite pentru a băga ceva la cuptor.

Orice.

Reuși să adune destule ingrediente pentru un tort simplu de vanilie cu glazură. Îi luă câteva minute să-și dea seama cum funcționează cuptorul. Cel de la apartamentul ei era mai vechi și avea butoane masive, nu taste.

Imediat ce intră cuptorul în faza de preîncălzire, trecu la treabă, concentrându-se asupra sarcinii ei. Era ceva relaxant în ideea de a coace. Poate că-i plăcea atât de mult pentru că semăna cu alchimia, prin măsurarea perfectă a fiecărui ingredient, astfel încât să prindă simțurile în mreje.

Nemaivorbind de faptul că mereu își lua astfel gândul de la toate, dar, imediat ce băgă tortul în cuptor, o copleși o senzație de groază. Disperată s-o oprească, se apucă de curățenie. Deși Hades avea mașină de spălat vase, frecă fiecare vas cu mâna, îl clăti, îl uscă și-l puse în dulap. După asta, se concentră pe curățarea inoxului pe care-l mânjise cu amprentele ei.

Când termină, singurul semn că folosise cineva acea bucătărie era mirosul tortului ei care se cocea.

Cronometrul cuptorului arăta că mai are cincisprezece minute. Cincisprezece minute în care să fie singură cu propriile gânduri chinuitoare.

Porni muzica, sperând să-i distragă atenția așa cum avea nevoie. Trecu de primele câteva melodii, cu timbrul lor sumbru și rece. Melodiile alea îi aduceau aminte de Lexa, versurile amestecându-se cu propriile gânduri și trezindu-i amintiri nedorite. Cu cât avansa în lista de melodii, cu atât își dădea seama că nu conta cum sună muzica, toată îi amintea de Lexa.

O opri, simțindu-se deodată epuizată. Avea nisip în ochi și membrele greoaie. Se lăsă la podea, cu corpul scăldat în lumina cuptorului, și-și trase genunchii la piept.

— N-ai putut să dormi?

Sunetul vocii lui Hades o făcu să tresară. Se întoarse repede şi-l găsi în pragul uşii, cu braţele masive încrucişate la pieptul gol. O tunică-i atârna pe talie în jos, iar părul negru i se revărsa în jurul feţei. Părea somnoros şi arăta superb.

— Nu, răspunse ea. Sper că nu te-am trezit.

— Nu m-ai trezit, spuse el. Absenţa ta m-a trezit.

— Îmi pare rău!

El zâmbi uşor.

— Să nu-ţi pară - mai ales dacă asta presupune că şi coci ceva.

Hades traversă bucătăria şi se apropie de ea. Persefona crezu că are de gând s-o ridice în braţe şi să o ducă în dormitor, cu tortul încă în cuptor, dar o surprinse aşezându-se lângă ea pe podea.

Se trezi uitându-se la el - la felul în care muşchii lui ieşeau la suprafaţă de sub piele, la umbra de barbă nerasă de pe maxilarul lui, la buzele curbate şi cărnoase. Era imposibil de chipeş, inimaginabil de puternic şi-i aparţinea ei.

— Ştii că pot să te ajut să dormi, spuse el.

Ştia, pentru că mai făcuse asta.

— N-am terminat tortul, *şopti ea.*

Nu era din cauză că-şi dorea să păstreze tăcerea, ci din cauză că oboseala nu-i lăsa vocea *să răsune mai puternic.*

— Nu l-aş lăsa în veci să se ardă, spuse Hades.

După o clipă se mişcă, iar Persefona îşi sprijini capul de pieptul lui. Pielea lui Hades era caldă, iar mirosul său era la fel de îmbătător precum vanilia din aer, şi oricât de mult şi-ar fi dorit ea să ducă totul până la capăt, adormi în braţele lui pe podeaua bucătăriei.

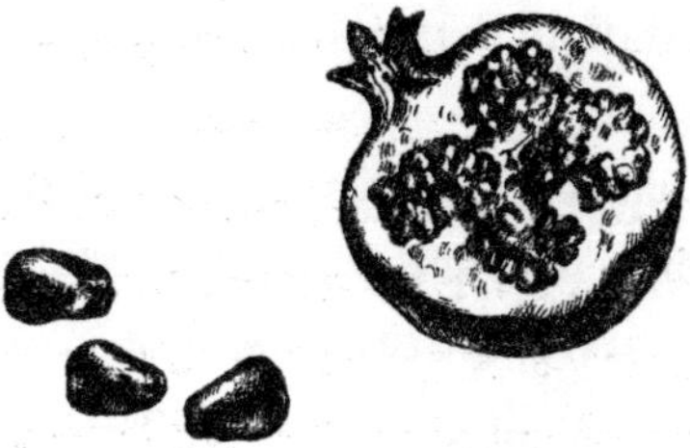

CAPITOLUL XVI

Punctul-limită

ÎN DIMINEAȚA URMĂTOARE, ÎN DRUM SPRE SERVICIU, Persefona o sună pe Eliska să vadă ce face Lexa. De fapt, îl evitase pe Jaison din cauza cuvintelor pline de ură pe care le rostise după operația Lexei și a comentariilor lui despre Hades. Era destul de greu să se împace cu faptul că Hades nu o putea ajuta, dar era și mai rău când Jaison le punea dragostea la îndoială.

Mama Lexei părea epuizată la telefon în timp ce-o anunța că nu e nicio schimbare la semnele ei vitale. Toată povestea părea un coșmar, doar că, pe măsură ce se prelungea, Persefona se gândea tot mai mult la faptul că avea să fie nevoită să trăiască fără Lexa.

După cele întâmplate în noaptea care trecuse, părea o posibilitate și mai mare.

— Bună dimineața, Persefona! rosti Elena, coborând din lift.

Expresia ei veselă se schimbă repede.

— E totul în regulă?

Întrebarea ei îi dădu Persefonei o stare ciudat de violentă.

— Nu! se răsti ea.

Se simți imediat cuprinsă de vinovăție în timp ce se îndrepta spre birou. Trebuia neapărat să-și ceară scuze mai târziu față de Elena, dar acum trebuia să se calmeze.

Abia reușise să se calmeze când Demetri ieși din birou.

— Persefona, ai un moment?

Mânia îi ieși din nou la suprafață, nechemată și fără rost. Ar fi trebuit să refuze, să întrebe dacă are mai mult timp la dispoziție să se instaleze, dar se trezi urmându-și șeful în biroul acestuia.

— Am vești bune, anunță Demetri, luând loc la birou.

Persefona știa ce are de gând să-i spună, dar așteptă, fixându-l cu privirea, cu mai multă indiferență decât simțise vreodată în viața ei. Era prima oară de când îi dăduse ultimatumul când își dădea seama cât de tare o afecta lucrul ăsta.

— Kal s-a hotărât să nu te oblige să scrii articolul în exclusivitate.

Când ea nu reacționă, Demetri se încruntă.

— Ce s-a întâmplat? Credeam c-o să te bucuri!

— Credeai prost, spuse ea. Răul a fost făcut deja!

— Persefona.

Nu suporta felul în care șeful ei îi pronunța numele, de parcă n-ar fi fost rezonabilă.

— Nu face asta! o rugă Demetri.

— Ce să nu fac? Să nu-ți dau de gol aburelile?

— Dac-ar fi fost abureli, ți-ai fi dat demisia în momentul în care am fost nevoit să-ți dau ultimatumul. Oricât ai vrea tu să te prefaci că n-ai nevoie de slujba asta, eu știu că ai! E singurul mod în care te poți deosebi de Hades.

Persefona tresări. Cuvintele lui chiar o duruseră.

Demetri oftă; frustrarea îi era palpabilă.

— Îmi pare rău! N-ar fi trebuit să-ți spun asta.

— De ce nu? râse ea amar. Doar e adevărul.

— Doar pentru că e adevărul în momentul de față nu înseamnă că va fi adevărul pentru totdeauna. Dacă poate cineva să-și construiască un nume în industria asta, tu ești acea persoană, Persefona.

— N-ajungi nicăieri cu lingușeala, Demetri!

Acum râse el amar.

— Ai să mă ierți vreodată?

— Să te iert, da. Să am încredere în tine, nu.

Demetri își coborî privirea la propriile mâini în timp ce-și împreuna neliniștit degetele.

— Ești conștientă că am făcut-o pentru că nu am avut de ales.

— Sunt convinsă că ai avut de ales, la fel cum și eu am avut de ales.

El aprobă din cap, dar privirea îi era pierdută, de parcă și-ar fi adus aminte de ceva ce se întâmplase cu mult timp în urmă. După o clipă, începu să vorbească:

— Kal n-o fi Hades, dar e puternic. Eu...

Făcu o pauză ca să-și dreagă vocea.

— Eu... i-am căutat ajutorul.

Persefona înțelese un lucru: Demetri știa despre Kal că e Mag.

— Cu ce motiv?

— Pentru o poțiune de dragoste!

Persefona se încruntă.

— Eu... nu pricep!

Demetri ridică din sprâncene, apoi o privi pe Persefona în ochi.

— În facultate, am întâlnit un bărbat pe nume Luca. A devenit cel mai bun prieten al meu, şi eram atât de îndrăgostit de el! Într-o noapte, m-am hotărât să-i spun ce simt! Sentimentele nu mi-au fost împărtăşite... dar... nu-mi închipuiam viaţa fără el.

— *Aşa că i i-ai dat o poţiune de dragoste?*

Era îngrozită de faptul că Demetri fusese în stare să recurgă la asemenea măsuri. Cu poţiunile de dragoste nu era de glumă. Prepararea şi distribuirea lor nu erau degeaba ilegale. Lăsau oamenii fără puterea de a *alege*.

— Recunosc, nu e un moment din viaţă cu care să mă mândresc, zise Demetri. Dacă aş fi nevoit s-o iau de la capăt, l-aş lăsa să plece.

— Trebuie neapărat să rupi vraja, spuse Persefona.

Demetri făcu ochii mari. Era evident că nu se aştepta ca ea să spună asta.

— Să rup vraja?

— Sau să îi spui ce-ai făcut, îl îndemnă Persefona. Demetri, *ai greşit*!

— Nu ţi-am mărturisit asta ca să-mi spui cum să-mi repar greşeala, replică el, înroşindu-se. Ţi-am povestit ca să înţelegi de ce am insistat.

— Sunt conştientă de lucrul ăsta, Demetri, dar dacă l-ai iubit cu adevărat...

— Să nu îndrăzneşti! se răsti Demetri, iar Persefona închise imediat gura.

El răsuflă adânc.

— Am încheiat discuţia!

— Demetri...

— Persefona, dacă aud un pâs pe undeva despre ce ţi-am spus aici, te concediez! Jur!

Persefona făcu gura pungă și se ridică în picioare, simțindu-se amețită. Se opri înainte să iasă din birou.

— Nu ești cu nimic mai bun decât Apollo!

Demetri râse, un hohot de râs rece și fără veselie.

— Cred că asta-i prima oară când m-a comparat cineva cu un zeu!

— Asta nu-i compliment! replică Persefona.

Știa că nu e nevoie să sublinieze asta. Demetri era conștient de gravitatea comparației ei. Practic, Apollo și Demetri luaseră aceleași decizii în privința celor pe care-i iubeau, iar consecințele fuseseră devastatoare pentru muritorii respectivi.

Ieși din biroul lui Demetri și-și adună lucrurile.

— Auzi... Persefona? strigă Elena în timp ce ea trecea de birou și se îndrepta spre lift.

Nu se opri.

— Persefona?

Elena se apropie de ea.

— Ești...

— Te rog să nu mă întrebi dacă sunt în regulă!

Elena strânse din buze și ezită, împiedicându-se în propriile cuvinte.

— Ăăă, ți-a venit asta!

Îi dădu un plic alb.

— Cine..., dădu să întrebe, dar Elena se răsuci pe călcâie și se întoarse la birou.

Persefona oftă. N-o învinovățea pe fată că fugea, practic, de ea. Acum avea două motive să-și ceară scuze, dar avea să fie nevoită s-o facă mai târziu, pentru că în momentul acela chiar voia să plece de-acolo.

Intră în lift și deschise plicul.

În el se afla o scrisoare scrisă de mână.

Dragă Persefona,

Văd că trandafirul nu ți-a plăcut. Sper că vei găsi viitoarele cadouri mai acceptabile.

Admiratorul tău

Era prima oară când se gândea la trandafir din momentul în care ajunsese la birou. Încă se mai afla acolo, ofilit și lăsat de izbeliște după accidentul Lexei. Deși presupusese că îl primise de la Hades, își dădu seama că nu el i-l dăduse, ci altcineva. Avea să fie nevoită să-i spună Elenei să nu mai accepte scrisori și pachete fără semnătură.

Simțindu-se brusc neliniștită, Persefona mototoli scrisoarea în mâini și, când ieși din lift, o aruncă.

Chemă un taxi și plecă spre spital, s-o viziteze pe Lexa.

Nu avea să se obișnuiască niciodată cu locul acela, simpla apropiere de el creându-i o stare de anxietate – o senzație care se accentuă după ce ajunse la etajul doi și se îndreptă spre salonul Lexei. Deodată se opri, dând de Eliska și Adam, care discutau cu doctorul.

— În momentul de față, e ceva ce trebuie luat în considerare, spunea doctorul.

Părinții Lexei păreau deznădăjduiți.

Persefona se ascunse după un suport de calculator, ascultând.

— Cât timp mai are? După ce e scos ventilatorul? îl auzi ea pe Adam întrebând.

— Depinde numai de ea. Poate muri în câteva secunde sau în câteva zile.

Persefonei i se făcu rău de la stomac.

— Bineînțeles, hotărârea vă aparține, continuă doctorul. O să vă dau ceva timp să vă gândiți la asta. Dacă aveți întrebări, vă rog să mă anunțați.

Persefona se întoarse și fugi din hol spre baie. Abia ajunse la toaletă înainte să vomite, iar când nu mai ieși nimic, icni în gol.

Îi luă mult mai mult să se adune decât și-ar fi închipuit, iar până când ajunse în salonul Lexei, Eliska era singură. Ridică privirea când intră Persefona și zâmbi.

— Bună, Persefona! zise ea.

— Bună ziua, doamnă Sideris! Sper că nu vă deranjez. Ar fi trebuit să vă spun că vin.

— E în regulă, draga mea.

Eliska se întinse.

— Dacă tot o să fii tu aici o vreme, eu cred că ies să fac o plimbare...

Persefona reuși să aprobe din cap și să zâmbească. În momentul în care Eliska plecă, se așeză pe patul Lexei și o luă cu grijă de mână. Avea pielea învinețită de la perfuzie și decolorată de la banda adezivă cu care prinseseră toate tuburile care-i intrau în corp.

Vinovăția îi apăsa din greu pe umeri. Nu reușise să găsească un leac pentru rănile Lexei. Ventilatorul respira în locul ei, o ținea în viață, iar părinții voiau să o deconecteze.

Era cea mai cumplită teamă a Persefonei, devenită realitate.

Ce era atât de îngrozitor în faptul că ar fi văzut-o ajungând în Lumea de Jos?

Era o întrebare care ar fi trebuit să aibă un răspuns simplu, dar era mai complicat de-atât, iar în urma cererii în căsătorie a lui Hades, adevărul despre chinuitoarele sale gânduri fusese scos la iveală. Dacă ea și Hades nu erau meniți să fie împreună pentru totdeauna? Dacă pierdea legătura cu Lumea de Jos și cu sufletele? Asta însemna că pierdea legătura și cu Lexa.

Recunoştea faptul că până şi când se despărţiseră, Zeul Morţilor îi permisese să-şi păstreze favoarea. S-ar fi putut duce oricând în Lumea de Jos să viziteze sufletele, dar nu o făcuse. Ideea de a merge i se păruse prea dureroasă şi o umplea de nelinişte - la fel avea să fie dacă se despărţeau din nou!

— Nu ştiu dacă mă auzi, spuse Persefona. Dar am atâtea lucruri să-ţi spun!

În timp ce o ţinea pe Lexa de mână, îi făcu un rezumat al tuturor lucrurilor care i se întâmplaseră.

Îi vorbi despre ultimatumul lui Kal.

— Ar fi trebuit să-ţi spun din clipa când s-a întâmplat, spuse ea, făcând o pauză şi râzând uşor. Sigur mi-ai fi spus să-mi dau demisia - să-mi înfiinţez un ziar al meu sau ceva de genul ăsta.

Îi spuse despre înţelegerea lui Hades cu Apollo şi despre cum le dejucase planul de-a se întâlni fără ea. Îi vorbi despre Iniquity şi despre tot ce aflase despre Hades.

I se umplură ochii de lacrimi în timp ce vorbea:

— Şi m-a cerut în căsătorie, iar eu l-am refuzat. Parcă te-aud cum mă întrebi ce-a fost în capul meu, şi adevărul e că nu ştiu, spuse ea, făcând o pauză, apoi clătină din cap. Ştiu doar că, oricât de mult l-aş iubi, nu mă pot căsători cu el în momentul ăsta.

Singurul răspuns fu sunetul ventilatorului Lexei.

Nu se simţise niciodată mai singură.

— Lexa, continuă Persefona, cu buza tremurând, iar lacrimile uriaşe îi înceţoşară vederea. Îi sărută mâna prietenei sale, şoptind: *Am nevoie de tine.*

Deodată, mirosul de flori sălbatice, mentă şi citrice amare pătrunse în aer. Persefona se încordă, apoi se adună cât putu de repede.

— Mamă.

Făcu o grimasă când vorbi. Era evident că plânsese. Nu se întoarse s-o privească pe Demetra.

— Ce faci?

— Am aflat de Lexa. Am venit să văd dacă ești în regulă!

Era deja în spital de două zile. Dacă Demetra ar fi fost cu adevărat îngrijorată, ar fi trebuit să-și facă apariția mai devreme.

— Sunt bine.

O simți pe mama ei apropiindu-se.

— Hades n-a vrut s-o ajute?

Din nou, Persefona se încordă. Nu suporta această întrebare deoarece extrem de multă lume presupunea că Hades *avea* s-o ajute, n-o suporta pentru că-și dăduse voie să creadă că era posibil ca ea să devină excepția de la regula lui, n-o suporta pentru că el era motivul pentru care fusese nevoită să-l refuze.

— A spus că nu se poate, răspunse Persefona.

Îi dădu drumul mâinii Lexei și se întoarse să-și privească mama. Zeița apăruse în forma ei de muritoare și purta o rochie galbenă, croită la comandă. Părul auriu îi era prins într-o coadă de cal strânsă și se ondula la vârfuri.

— Ce cauți, de fapt, aici? întrebă Persefona.

— Atât de greu îți e să crezi că sunt îngrijorată pentru tine?

— Da.

— Mereu m-am gândit doar la binele tău, chiar dacă tu refuzi să vezi lucrul ăsta!

Persefona își dădu ochii peste cap.

— Nu purtăm discuția asta, mamă! Am făcut o alegere!

— Cum ai să trăiești o viață întreagă lângă zeul care ți-a lăsat prietena cea mai bună să moară?

Persefona tresări. Se gândi la firele pe care Hades le ascundea pe piele și la viețile pe care le dăduse la schimb pentru a le obţine. Ar fi minţit dacă n-ar fi recunoscut că se întrebase de ce nu alesese să dea sufletul Lexei la schimb pentru altul.

Persefona îşi miji ochii, devenind brusc suspicioasă.

— Dacă aflu că ai avut vreo legătură cu asta...

— Ce-ai să faci? o întărâtă Demetra. Hai, zi!

— N-o să te mai iert niciodată!

Demetra zâmbi rece.

— Draga mea, pentru ca ameninţarea ta să fie bună de ceva, ar trebui să-ţi vreau iertarea.

Persefona ignoră durerea pricinuită de cuvintele Demetrei.

— Nu i-am făcut nimic Lexei. Date fiind împrejurările, cred c-ar trebui să te gândeşti - oare ar putea vreodată o fiică a primăverii să fie mireasa morţii? Poţi sta lângă zeul care ţi-a lăsat prietena să moară?

Adevărul era că Persefona nu ştia, lucru care o înfuria şi o făcea să se simtă şi vinovată. Îşi încleştă pumnii.

— Tacă-ţi gura! rosti printre dinţi.

— Ar trebui să-ţi îndrepţi furia împotriva Ursitoarelor, continuă Demetra. Ele ţi-au luat prietena.

Persefona scoase un hohot de râs sarcastic.

— Cum ai făcut tu? Cu ce te-ai ales după asta?

Demetra îşi miji ochii.

— Rămâne de văzut.

Persefona îi întoarse spatele mamei ei şi o privi din nou pe Lexa. S-o vadă aşa era cea mai grea experienţă prin care trecuse vreodată, şi era din ce în ce mai rău de fiecare dată când intra pe uşa spitalului.

— Hades nu e singurul zeu care te-ar putea ajuta. Apollo e Zeul Vindecării.

Persefona tresări.

— Bineînțeles că s-ar putea să-ți fi irosit singura șansă de-a te asigura că o să-i obții ajutorul când ai publicat mizeria aia de articol!

— Dac-ai venit aici să-i iei apărarea, nici nu vreau să aud! Apollo le-a făcut rău prietenei mele și multor altora!

— Tu chiar crezi că există vreun zeu nevinovat?

Făcu o pauză ca să râdă, iar râsul ei îi dădu fiori Persefonei.

— Fiica mea, nici măcar tu n-ai scăpare din fața depravării noastre! Ea vine odată cu puterea!

— Ce anume? Răutatea?

— Nu, libertatea de a face ceea ce-ți dorești! N-ai cum să-mi spui că, dacă ai avea ocazia, nu le-ai sfida pe Ursitoare ca să-ți salvezi prietena!

— Deciziile astea au consecințe, mamă!

— De când? Zi-mi și mie ce impact au avut articolele tale asupra zeilor, Persefona! Ai scris despre Hades și s-a ales cu o amantă! Ai scris despre Apollo și încă e iubit de toată lumea! spuse ea, oprindu-se ca să râdă. Nu, fiica mea, nu există așa ceva!

— Te înșeli! Zeii cer mereu favoruri - favorurile au consecințe!

— Ai noroc că ești zeiță! Stinge focul cu foc, Persefona, și nu te mai smiorcăi atâta pentru muritoarea aia!

Mama ei plecă, dar mirosul ei persistă în cameră și-i provocă scârbă.

Sau poate că-i era scârbă de ideea de-a cere ajutor din partea lui Apollo.

Nu era în stare să facă așa ceva. Cum putea să-i ceară ajutorul zeului pe care-l criticase și susținuse că-l urăște? Ar fi însemnat să-i trădeze pe Hades și Sibila; ar fi însemnat să se trădeze pe sine însăși.

Când se întoarse Eliska, Persefona se pregăti să plece, sărutând-o pe Lexa pe frunte. Când se întoarse din nou spre mama Lexei, lăsă să-i scape:

— N-o deconectați deocamdată de la aparate!

Ochii Eliskăi, care aveau deja cearcăne roșii, se umplură de lacrimi. Persefona era sigură că plimbarea ei fusese doar un pretext ca să se îndepărteze de ea și să plângă în voie.

— Persefona, începu Eliska, iar buza începu să-i tremure. Nu putem s-o... lăsăm să sufere în continuare.

Nici măcar nu e acolo! îi venea să spună. *E în purgatoriu.*

— Știu că acum ți-e greu. Eu și Adam încă nu ne-am hotărât ce vom face, dar, de îndată ce ne hotărâm, o să te anunțăm!

Persefona plecă de la ATI amețită. Se simțea ca în ziua în care aflase că Lexa suferise accidentul. Era ca o fantomă, încremenită în timp, urmărind lumea cum merge mai departe. Fără să se poată ține pe picioare, se îndreptă spre lift. Era atât de pierdută în propriile gânduri, încât aproape că nici nu-l observă pe Thanatos sprijinindu-se de un perete al sălii de așteptare. Sub lumina fluorescentă, părul lui blond părea lipsit de culoare, iar aripile negre nu se potriveau deloc cu pereții sterili și scaunele rigide.

Persefona știa că el nu se aștepta s-o vadă acolo, pentru că, în momentul în care-o văzu, ochii lui albaștri se măriră de mirare.

Încercă să-și controleze bătăile inimii.

El poate fi la spital din orice motiv. Lexa nu e singura de la ATI. Poate fi aici pentru oricine.

Se apropie de el și reuși să-i zâmbească.

— Thanatos, ce cauți aici?

— Lady Persefona, rosti el și făcu o plecăciune. Sunt... la serviciu!

Persefona încercă să nu schițeze o grimasă. Thanatos n-avea ce face, era Zeul Morții, dar, într-un fel, era altceva când stătea de vorbă cu el în Lumea de Jos. Acolo nu se gândea prea mult la scopul lui. Dar în Lumea de Sus, cu prietena conectată la aparate, era clar ca bună ziua. Venise să taie legătura dintre trupuri și suflete. Lăsa familii distruse. Avea s-o lase pe ea distrusă.

— Adică ești la cules de suflete?

— Încă nu, răspunse el, iar umbra lui de zâmbet șarmant îi provocă greață. Arăți...

— Obosită? încercă ea.

N-ar fi fost prima oară când o auzea în ziua aceea.

— Aveam de gând să spun „bine".

Simțea magia lui Thanatos gâdilându-i pielea, îndemnând-o la calm. În mod normal, ar fi interpretat-o ca pe un semn al firii lui grijulii, dar nu și astăzi, când i se părea că-i distrage atenția.

— Nu-mi trebuie magia ta, Thanatos!

Cuvintele ei erau necruțătoare. Era frustrată, era speriată, iar prezența lui o făcea să nu se simtă în largul ei.

Nu credea a fi posibil ca zeul să pară și mai palid, dar îi pieri și mai tare culoarea din față.

— Ți-am spus...

— Lucrezi. Vreau să știu după cine ai venit! rosti Persefona cu glas tremurător.

Zeul strânse din buze în semn de sfidare și răspunse:

— Nu pot să-ți spun lucrul ăsta.

Se lăsă tăcerea, iar Persefona rosti cuvintele în fața cărora Thanatos avea să fie nevoit să se supună, pentru că așa-i spusese Hades.

— Îți poruncesc!

Ochii lui Thanatos sclipiră, de parcă toată acea situație îi provoca, fizic, durere. Sprâncenele i se uniră deasupra ochilor plini de disperare, iar el îi rosti numele în șoaptă, cu vocea frângându-i-se în timp ce vorbea.

— *Persefona!*

— N-o să-ți dau voie să o iei!

— Dacă ar exista o altă cale...

— *Există* o altă cale, și presupune să pleci de-aici!

Îi dădu un brânci ușor.

— Pleacă!

La început vorbi încet, nevrând să atragă atenția, dar când el nu se clinti, o spuse din nou - de data asta, cu mai multă fermitate, scuipând cuvintele printre dinți:

— Am zis să pleci!

Îl împinse și mai tare, iar el ridică mâinile, dând înapoi.

— Ăsta nu e un lucru pe care să-l poți împiedica, Persefona. Munca mea e legată de cea a Ursitoarelor. Odată ce-i taie firul... trebuie neapărat să-i iau sufletul.

Nu suporta cuvintele acelea, care o întărâtară într-un fel la care nu se aștepta.

— Ieși! țipă ea. Ieși! Ieși! Ieși!

Thanatos dispăru, iar Persefona se trezi înconjurată deodată de asistente și de un paznic. Îi puneau întrebări și-i dădeau indicații, iar cuvintele îi umplură capul, amenințând să i-l facă să explodeze.

— *Doamnă, e totul în regulă?*

— *Poate-ar trebui să luați un loc.*

— *Vă aduc niște apă.*

Începu s-o doară partea din față a capului. În ciuda faptului că asistenta încerca să o ghideze spre un scaun, ea se eliberă.

— Trebuie neapărat să văd ce face Lexa! insistă Persefona, dar când încercă să se întoarcă în zona ATI, paznicul o opri.

— Trebuie să le ascultați pe asistente! spuse el.

— Dar prietena mea...

— Vă țin eu la curent cu starea prietenei dumneavoastră, o întrerupse bărbatul.

Persefona dădu să protesteze. *Nu mai avea timp.* Dacă Thanatos se teleportase în salonul Lexei și o dusese în Lumea de Jos? Brusc, ușile se deschiseră din interior, iar Persefona profită de ocazie. Trecând de paznic, o luă la fugă spre salonul prietenei sale și dispăru imediat.

Teleportarea pe un alt tărâm fără avertisment era ca și când s-ar fi aflat într-un gol. Deodată, îi era mai greu să respire, corpul îi părea lipsit de orice urmă de lichid, iar urechile îi pocniră dureros. Simptomele durară câteva secunde, apoi fu copleșită de magia lui Hades, care-i făcea nasul să usture, aidoma chiciurii.

În timp ce ochii i se obișnuiau cu întunericul, își dădu seama că fusese adusă în sala tronului lui Hades. Aici era mereu întuneric, în ciuda luminii difuze care pătrundea prin ferestrele cu fante de deasupra. Hades stătea pe tronul lui – o bucată sticloasă de obsidian care arăta și artistic, și monstruos deopotrivă. Nu-l vedea pe zeu, ci doar o bucată din chipul lui frumos, scăldat într-o lumină roșie.

Își dădu seama de ce o adusese Hades aici – ca s-o împiedice să intervină în treburile lui Thanatos și ca să-i țină iar morală în legătură cu faptul că nu se puteau băga în viața Lexei, însă ea nu voia să audă așa ceva.

Încercă să-și adune magia și să se teleporteze, conștientă fiind că era zadarnic – Hades nu ezita să o lipsească de orice drept de-a părăsi Lumea de Jos când era furios.

Și era furios.

Îi simțea frustrarea, care creștea între ei, încărcând aerul.

— Nu poți să mă *scoți* din Lumea de Jos când ți se năzare ție! țipă ea.

— Ai noroc că te-am scos eu și nu Furiile!

Tonul vocii lui era sumbru și o tulbură. Totuși, voia să se confrunte cu el.

— Trimite-mă înapoi, Hades!

— Nu!

Persefona simți o usturime cumplită în timp ce din umăr, din coastă și din coapse îi ieșeau spini. Căzu în genunchi în fața lui Hades. Zeul se ridică de pe tron, complet scăldat în lumina roșie. Arăta îngrozitor, ca un ucigaș, și mergea spre ea cu agerimea unui prădător.

— Stai! îi porunci ea. Nu veni mai aproape!

Nu voia ca el să vadă cât de grave erau, de fapt, rănile ei.

Hades nu o ascultă.

Îngenunche lângă ea.

— Futu-i, Persefona! De când se manifestă magia ta așa?

Persefona nu răspunse. În schimb, îl întrebă:

— Tu nu asculți niciodată?

El scoase un râset lipsit de veselie.

— Aș putea să te întreb același lucru.

Îi ignoră comentariul, concentrându-se să respire ca să-și aline durerea provocată de răni. Magia ei se manifestase astfel de câteva ori, dar acela era probabil cel mai grav episod. Hades își lăsă mâinile pe umerii ei. Când termină, se sprijini pe călcâie, cu mâinile pline de sânge.

— De când îmi ascunzi lucrul ăsta?

— Mi-a cam fost distrasă atenția, în caz că n-ai observat, replică ea. Ce vrei, Hades?

Ochii lui aruncară scântei, iar grija pentru ea se transformă repede în furie.

— Te-ai comportat absolut îngrozitor cu Thanatos! Ai să-ți ceri scuze!

— De ce să-mi cer scuze? se răsti ea. Avea de gând să o ia pe Lexa! Mai rău de-atât, a vrut să ascundă chestia asta de mine!

— Își făcea datoria, Persefona!

— Uciderea prietenei mele nu e datorie! E crimă!

— Știi bine că nu e crimă!

Vocea lui era aspră.

— Faptul că o ții în viață în interes propriu nu e bunătate. Ea are dureri, iar tu i le prelungești!

Persefona tresări, dar își reveni repede.

— Nu, *tu* i le prelungești! Ai putea să o vindeci, dar ai ales să nu mă ajuți!

— Vrei să mă târguiesc cu Ursitoarele ca ea să supraviețuiască? Ca să mai ai moartea cuiva pe conștiință? Nu-ți stă bine în postură de criminală, zeiță!

Îl pălmui – sau încercă s-o facă, dar Hades o apucă de încheietură și o trase spre el, sărutând-o până când rămase supusă în brațele lui și nu mai putu face altceva decât să plângă.

— Nu știu să pierd pe cineva, Hades! spuse ea, plângând la pieptul lui.

El îi luă fața în mâini și încercă să-i șteargă lacrimile.

— Știu. Dar dacă fugi de asta, n-o să te ajute cu nimic, Persefona! Nu faci decât să amâni inevitabilul!

— Hades, te rog! Dacă ar fi vorba de mine?

Îi dădu drumul atât de repede, încât ea aproape că-și pierdu echilibrul.

— Refuz să am asemenea gânduri!

— N-ai cum să-mi zici că n-ai încălca fiecare Lege Divină care există de dragul meu!

Persefona mai observase adâncimea ochilor lui Hades – de parcă s-ar fi oglindit mii de vieți în ei –, dar nu semăna cu ceea ce vedea în clipa aceea. Avea o sclipire de răutate – o clipă în care ea putea să jure că văzuse fiecare act de violență pe care el îl comisese vreodată. Nu se îndoia de lucrurile prin care ar fi fost dispus să treacă pentru a o salva.

— Să nu te îndoiești, milady, că aș da foc lumii întregi de dragul tău, dar e o povară pe care sunt dispus să o port. Tu poți spune același lucru?

Ceva se schimbă în Hades după ce puse întrebarea, iar rănile i se închiseră la fel de repede pe cât părea că i se deschiseseră. Ochii-i deveniră sticloși, iar expresia, pasivă.

— Am să-ți mai dau o zi în care să-ți iei rămas-bun de la Lexa, spuse el. E singurul compromis pe care ți-l pot oferi. Ar trebui să fii recunoscătoare că ți-l ofer și pe ăsta.

Și cu asta, dispăru.

Rămasă singură în sala tronului, Persefona se aștepta să fie copleșită de realitatea faptului că, în mai puțin de douăzeci și patru de ore, Lexa avea să fie moartă.

În schimb, simțea o hotărâre ciudată.

Consecințe pentru zei? se gândi ea. *Nu există așa ceva.*

Se ridică în picioare și se teleportă în propriul apartament. Sibila stătea tolănită pe canapea, și făcu ochii mari când Persefona apăru plină de sânge și învinețită în urma magiei ei.

Oracolul se ridică în capul oaselor.

— Persefona, ești...

— Sunt bine, se grăbi să o liniștească. Am nevoie de ajutorul tău. Unde-și face Apollo veacul în serile de sâmbătă?

CAPITOLUL XVII

Cartierul Plăcerilor

PERSEFONA SE PLIMBA PE STRĂZILE ÎNGUSTE, PIETRUITE, ale Cartierului Plăcerilor, trecând pe lângă magazine proaspăt văruite și bordeluri cu nume precum Hetaera, Pornai și Kapsoura. Aleile erau ticsite de oameni. Erau cei care veniseră să se bucure de plăcerile din cartier, ieșind în evidență prin măștile de care se foloseau pentru a-și ascunde identitatea. Apoi mai erau cei care veneau ca să ofere plăceri – femei în costume din dantelă și bărbați cu pieptul gol. Dansau prin mulțimi, ațâțând potențiali clienți cu ghirlande și ciocolată. Pielea le lucea de uleiuri care miroseau a iasomie și a vanilie. Luminile se încrucișau deasupra capului ei, oferind o strălucire ciudată, roșie, locului.

Se părea că acolo-și petrecea Apollo serile de joi.

„O să fie la Erotas", spusese Sibila. „Are un apartament acolo, la etajul al treilea."

Zeița Primăverii întinse mâna să verifice masca pe care Sibila o lăsase să o împrumute. O cuprinse paranoia la gândul că ar fi putut cumva să se desprindă și să-i dea de gol identitatea. Era grea, solidă și neagră. Trebuia s-o poarte doar până ajungea la Erotas, căci, odată intrat, fiecărui vizitator îi era promis anonimatul.

Recunoștea faptul că avea de ales, dar nu era o alegere pe care își dorea să o facă. Mama ei avusese dreptate? De ce să nu-i ceară lui Apollo să-i vindece prietena? Era o înțelegere pe care era dispusă să o facă, așa că se îndreptă spre Erotas.

Îl vedea de la distanță – un falus uriaș, cu pereți din oglinzi, aflat chiar la marginea Cartierului Plăcerilor. Fiind unul dintre cele mai scumpe bordeluri, unul de lux, avea cea mai bună vedere la ocean. Când ajunse la ușă, se dezbrăcă de pardesiu și-și scoase masca. Pe sub pardesiu purta o rochie neagră, simplă, și pantofi cu toc cu curele – era ținuta femeilor care prestau servicii înăuntru, iar dacă Persefona avea noroc, avea să se integreze suficient de bine ca să-l găsească pe Apollo.

Fu surprinsă să descopere că interiorul bordelului era decorat într-un stil mai tradițional. Holul era rotund și luminat de un candelabru mare de cristal. Pereții erau roșii, decorați cu oglinzi cu ornamente și sfeșnice, iar Persefona nu văzu pe nimeni în timp ce mergea pe podeaua de marmură spre un șir de trepte ca dintr-un palat ce ducea la al doilea etaj.

Destul de simplu, se gândi Persefona, în timp ce atingea cu mâna balustrada de fier forjat.

— Încotro?

Încremeni și se întoarse, văzând o femeie mai în vârstă, cu un costum stacojiu. Era frumoasă, suplă și avea părul alb. Presupuse că e matroana – sau managerul – bordelului.

— Am un client, răspunse Persefona. Mă așteaptă. Sus.

— Minți, spuse femeia.

Persefona păli.

— Încă n-a urcat nicio fată! continuă femeia. Haide!

Persefona ezită, dar cobori treptele. Femeia o studie în timp ce se apropia, încercând să-și dea seama de unde s-o ia.

— Cum te cheamă? o întrebă ea mijindu-și ochii.

— K-kora, îngăimă Persefona.

— Ești nouă, spuse femeia, apoi îi atinse fața Persefonei, de parcă ar fi verificat-o de imperfecțiuni. Da, o să aduci un preț bun.

— Preț bun?

Persefona se încruntă.

— Presupun că de-aia plecai. Ai emoții în legătură cu vreo licitație?

Licitație?

Persefona aprobă din cap.

— Stai liniștită! scumpa mea. Hai cu mine!

Matroana o luă de braț pe Persefona și o conduse într-un salon de sub un șir de trepte.

Înăuntru se aflau bărbați și femei de toate vârstele și mărimile îmbrăcați în negru. Persefona se întreba de ce se îmbrăcaseră de parcă ar fi participat la o înmormântare.

În timp ce matroana și Persefona intrau, un bărbat cu o cârpă roșie în jurul taliei și cu o mască de aceeași culoare se apropie cu o tavă argintie. Matroana luă un pahar de șampanie și i-l dădu Persefonei.

— Bea! o îndemnă. O să-ți mai liniștească nervii.

Persefona sorbi din băutură - era dulce și ușoară.

— Bagă-te-n seamă, intră în vorbă! Imediat începe licitația.

Matroana plecă, iar de Persefona, odată rămasă singură, se apropie o femeie cu bucle negre și gene lungi. Avea buzele roșu-aprins, iar pielea îi era de un cafeniu-închis.

— Nu te-am mai văzut pe-aici, spuse ea. Mă cheamă Ismena.

— Kora, răpunse Persefona. Ăăă... poți să-mi spui și mie ce se întâmplă?

Ismena râse ușor, aproape ca și când ar fi crezut că Persefona glumește.

— Te-au luat de pe stradă doar pentru că ești frumușică?

Persefona făcu ochii mari.

— Se întâmplă așa ceva?

— Las-o așa! spuse Ismena. E o licitație. Ți se dă un număr și ești dusă într-o sală ca un fel de amfiteatru, unde aștepți până când ți-e strigat numărul. După aia, ajungi pe o scenă, și... stai acolo până îți ți se zice să pleci.

— Iar apoi?

— Ești condusă în camera celui care-a licitat pentru tine.

Persefonei i se întoarse stomacul pe dos.

— Dar totuși cum ai intrat în domeniul ăsta de activitate? întrebă Ismena. Nu pari absolut deloc pregătită.

Persefona râse cu jumătate de gură și răspunse:

— Uneori n-ai deloc de ales. Dar tu?

Femeia ridică din umeri.

— Se câștigă bine, și de cele mai multe ori bărbații ăștia nici măcar nu caută sex. Vor doar să aibă cu cine face conversație.

Era bine, pentru că Persefona venise doar pentru asta – pentru o conversație și pentru a face o înțelegere.

Femeia în roșu reveni și bătu din palme, atrăgând atenția tuturor.

— A sosit momentul, doamnelor și domnilor!

Persefona o urmă pe Ismena. Intrară cu toții în șir indian într-o cameră alăturată, unde era aranjat un șir de scaune. În timp ce intrau, primeau numere și-și ocupau locurile. Unul câte unul, matroana chema bărbați și femei, iar în timp ce aceștia dispăreau în întunericul din jurul ei, inima Persefonei începu să bubuie. Se întreba ce-ar fi făcut Hades dacă ar fi aflat că are de gând să se ofere într-o licitație celui care plătea cel mai mare preț.

Apoi îi trecu un alt gând prin minte: dacă nu reușea să-l găsească pe Apollo?

Așteptă o veșnicie - până când nu mai rămase nimeni în încăpere în afară de ea.

Intră matroana.

— E rândul tău, Kora.

Persefona se ridică și o urmă pe femeie în întuneric. Fu condusă spre o scenă rotundă. Nu vedea nimic dincolo de ea, dar știa că oamenii se împrăștiaseră în întuneric, pentru că îi simțea. Un torent de emoții o izbi în plin - singurătate și dor aprins, iar dincolo de ele, o notă de amuzament. Ridică privirea în întuneric și zâmbi ușor cu jumătate de gură.

— Sunt aici pentru tine, Apollo.

Matroana apăru din umbră, iute ca fulgerul, și o apucă de încheietura mâinii.

— Cum îndrăznești? Licitația asta trebuie să fie anonimă!

O voce se auzi pârâind printr-un interfon.

— Să nu-i lași vânătăi, madam Selene, că te confrunți cu mânia lui Hades!

S-a zis și cu anonimatul!

Femeia respiră adânc și-i dădu drumul, făcând ochii mari.

— Ești Persefona?

Vocea lui Apollo pârâi prin interfon:

— Condu-o în apartamentul meu!

Persefona se întoarse nerăbdătoare spre matroană. Îi luă o clipă s-o ia din loc, fiind parcă încremenită și fixând-o cu privirea de parcă ar fi fost ea însăși unul dintre morți. După câteva clipe, își drese glasul și făcu o plecăciune.

— Pe aici, milady.

Matroana o conduse pe Persefona afară din încăpere şi apoi la un lift cu pereţi acoperiţi de oglinzi. Când se închiseră uşile, madam Selene o fixă cu privirea pe Persefona în reflexie.

— De ce m-ai lăsat să mă port cu tine ca şi cu una dintre fetele mele?

Persefona ridică din umeri.

— Eram curioasă. Nu-ţi face griji, dacă toată lumea prezentă aici în seara asta îmi păstrează secretul, o să mă asigur că Hades nu află niciodată că ai pus mâna pe mine. S-a înţeles?

— Desigur.

Madam Selene scoase o cheie şi o introduse într-un panou, apăsând butonul pentru etajul al treilea. Păstrară tăcerea până când o întrebă:

— Eşti aici ca să închei o înţelegere cu el?

Persefonei îi bubuia inima.

— De ce aş încheia o înţelegere cu Apollo?

— Pentru că eşti disperată.

Persefona o fixă cu privirea pe femeie.

— Eu văd disperare în fiecare zi, iubita mea. Dacă vrei să-i pui capăt, crede-mă când îţi spun că nu Apollo e soluţia!

Persefona strânse din dinţi.

— Ţii minte promisiunea mea de mai devreme, matroană? Ar fi bine să-ţi ţii gura!

Femeia zâmbi cu jumătate de gură, făcând-o pe Persefona să îşi închipuie că îi dezvăluie oarecum răutatea.

— Scuzele mele, milady!

Se opri liftul, iar Persefona pătrunse într-un living luxos şi bine mobilat. Locul era plin de materiale dense, covoare cu modele complicate şi opere de artă superbe.

Simţi o oarecare nelinişte în timp ce se plimba prin cameră, crezând că Zeul Muzicii avea să apară ca de nicăieri ca să o sperie, dar, când coti spre zona de relaxare, îl găsi pe Apollo într-o cameră alăturată. Era dezbrăcat și se relaxa într-o cadă uriașă. Când o văzu, zeul se întinse, sprijinindu-și picioarele și întinzându-și brațele peste marginea căzii.

— Ah, lady Persefona! rosti el. O adevărată plăcere!

— Apollo, îl întâmpină ea.

— Hai și tu cu mine!

— N-ai avertizat-o tu pe madam Selena de furia lui Hades? Îți taie coaiele și ți le dă să le mănânci dacă te atingi de mine!

Apollo chicoti, de parcă i-ar fi plăcut la nebunie imaginea pe care i-o prezentase Persefona.

— Nu-mi dai ceea ce mi se cuvine? La urma urmei, doar te-am cumpărat, am plătit pentru tine!

— Tu pierzi! răspunse ea.

Apollo chicoti, mijindu-și ochii violeți precum tușul.

Deodată, ușile liftului se deschiseră din nou, iar trei nimfe intrară în cameră. Purtau slipuri sclipitoare. Una ducea un bol, cealaltă o tavă cu diverse sticle, iar ultima, un vraf de prosoape.

— Puneți uleiurile în baie! Am așteptat destul! se răsti Apollo în timp ce se apropiau.

Pe nimfa cu tava nu părea s-o neliniștească deloc grosolănia zeului. Mișcările ei erau fără grabă și precise. Puse tava jos, luă o sticlă și măsură uleiul cu capacul. Când aceasta termină, cealaltă împrăștie petale de trandafiri prin baia lui Apollo, iar ultima împături un prosop și i-l puse sub cap. Imediat ce terminară, nimfele ieșiră din cameră fără să scoată un sunet.

— Sibila ți-a spus unde să mă găsești?

Persefona se încruntă.

— Deci ți-ai adus aminte numele ei.

Înainte, refuzase să-l rostească.

Zeul își dădu ochii peste cap.

— Țin minte toate numele oracolelor mele, toate numele amantelor și amanților mei, toate numele dușmanilor mei.

— Nu sunt unul și același lucru? îl provocă ea.

Zeul se încruntă, iar chipul îi deveni ca de piatră.

— Ar trebui să ai grijă ce cuvinte folosești, mai ales c-ai venit aici să ceri ajutor.

— De unde știi că am venit să cer ajutor?

— N-am dreptate?

Ea tăcu, iar zeul râse.

— Deci, spune-mi, lady Persefona, ce vrei și nu-ți dă amantul tău pe gratis?

Viață.

Deodată, Persefona simți un val de fierbințeală străbătându-i tot corpul. Nu suporta să se afle acolo, nu suporta faptul că venise la Apollo să-i ceară ajutor. Nu suporta să știe că era acolo pentru că Hades nu-i putea oferi ceea ce voia.

— Vreau să-mi vindeci prietena, răspunse.

Cuvintele îi erau ca niște ghimpi pe limbă. Știa că n-ar fi trebuit să le rostească sau să-i ceară lui Apollo să le sfideze pe Ursitoare, și totuși iat-o aici.

Apollo o fixă cu privirea o perioadă lungă, apoi își dădu capul pe spate, râzând. Persefona nu suporta să-l audă. Tonul era nepotrivit, plin de fals amuzament. Doar că în momentul în care zeul se uită din nou la ea, ochii îi sclipeau.

— Și mă rog, de ce-aș ajuta-o pe jurnalista care mi-a terfelit numele?

Persefonei îi tremurau mâinile, așa că strânse pumnii ca el să nu observe. După o clipă de tăcere, vorbi:

— Pentru că sunt dispusă să fac o înțelegere cu tine.

Asta îi atrase atenția lui Apollo. Se ridică în capul oaselor în cadă, apoi în picioare, complet gol.

— Ești dispusă să faci o înțelegere cu mine? o întrebă.

Persefona întoarse capul, înghițind în sec cu putere. Dacă era să fie sinceră, să-l vadă pe Apollo gol nu era altfel decât să vadă statuile din Grădina Zeilor de la Universitatea Noua Atenă, dar era ceva diferit să vadă carne, nu piatră.

— Da, Apollo. Asta am spus.

Apa pleoscăi, făcând-o să își dea seama fără să se uite că el ieșise din cadă.

— Această... *prietenă*. Trebuie să fie foarte importantă pentru tine.

— E totul pentru mine.

— Așa se pare, replică Apollo pe un ton amuzat. Mai cu seamă dacă ești atât de dispusă să-l sfidezi pe Hades și să faci o învoială cu mine.

Privirea Persefonei se îndreptă repede spre Apollo, care nu se acoperise cu nimic.

— Mă ajuți sau nu? N-am venit aici să fac conversație de complezență.

— Asta ți se pare de complezență? pufni zeul.

Persefona își strânse pumnii cu putere, iar Apollo își miji ochii. Se întrebă dacă acesta simțea că ea își pierdea controlul asupra propriului farmec.

— Imploră-mă! spuse el. În genunchi.

Persefona simți că i se face scârbă.

— Niciodată!

— Atunci nu te-ajut.

Dădu să se întoarcă, iar atunci ea strigă:

— Stai!

Apollo se opri, ridică dintr-o sprânceană și așteptă.

Persefona se strădui să-și țină furia sub control în timp ce se lăsa la podea, iar vocea-i tremură:

— *Te rog!*

— Nu.

Apollo dădu să plece chiar când din podea ieșiră liane, prinzându-l fără niciun avertisment.

— Măi, măi, măi! Ești plină de surprize! constată zeul.

— *Am spus te rog!*

Vocea-i era plină de venin. Avea să-l tortureze și avea să găsească o plăcere enormă în asta.

— Ești zeiță! O zeiță deghizată în muritoare!

Apollo nu-i băgă rugămintea în seamă, cu ochii sclipind de încântare.

— Nu știe nimeni, nu-i așa?

Nu era tocmai adevărat, dar, în loc să-i răspundă, făcu să crească spini pe lianele care-l țineau pe Apollo. O așchie ascuțită-i plesni lângă față și lângă sculă, amuțindu-l.

— Cred că purtam o discuție, spuse ea. Care implica faptul că tu ai să-mi salvezi prietena!

Apollo *își* miji ochii, apoi încercă să rupă lianele care-l strângeau. După câteva încercări, se dădu bătut, gâfâind.

— Din ce-s *făcute* chestiile astea?

Persefona clipi – nu știa. Dar era surprinsă de faptul că Apollo nu reușise să-i rupă magia. Poate că furia și ura pe care le simțea față de zeu aveau o legătură cu puterea ei.

O privi în ochi cu o expresie curioasă.

— Ești o arătare mică și puternică!

— Nu sunt arătare!

— Ba ești! Ești o *lipitoare* care suge toată distracția din seara mea!

— Tu ești cel care a complicat situația!

— Nu m-aș fi gândit că ai fi în stare să...

Își cobori privirea spre propriul trup, fiind cât pe ce să se trezească cu fața înfiptă în ghimpele uriaș.

— Să te înfrâng? sugeră Persefona.

— Să mă imobilizezi, o corectă el, iar sclipirea poznașă îi reapăru în ochi. Oare am dreptate dacă presupun că asta-i una dintre părțile preferate ale lui Hades?

— Nu-s aici să discut despre Hades.

— Bineînțeles. Că dacă ai fi, ar trebui să vorbim despre ce sare-n ochi. El nu știe că ești aici, nu-i așa?

— De ce toată lumea mă tot întreabă chestia asta? se plânse ea. Nu trebuie să cer permisiunea nimănui ca să fiu aici!

Apollo strâmbă din buze.

— Poate că nu, dar sunt convins că o să se simtă de-a dreptul trădat în momentul în care o să afle că ai venit la mine să ceri ajutor. La urma urmei, mi-a oferit și el o favoare ca să te salveze de mine ultima oară.

Persefona ignoră sentimentul de vinovăție.

— Aia a fost alegerea lui Hades! Am făcut și eu o alegere. Propun o înțelegere, Apollo. Tu îmi vindeci prietena, iar eu... eu...

— Faci orice vreau!

Persefona nu suporta cât de deschis era Apollo în legătură cu posibilitatea unei cereri deschise.

— Nu orice vrei tu, replică ea. Nu fac nimic ce i-ar putea face rău lui Hades.

— O, dar deja faci asta, mică zeiță! Bine. O să fac o înțelegere cu tine, dar numai pentru că asta o să mă distreze!

Persefona aşteptă. Voia să audă termenii înțelegerii lor.

— Nu pot să gândesc cu ghimpele-ăsta în față!

Se gândi să-i spună că are ghinion, dar se hotărî că trebuie să fie ceva mai îngăduitoare. Era la mila lui când venea vorba de acea înțelegere.

Renunță la magia ei, iar Apollo se întinse, tot dezbrăcat.

— Îți cer prea mult dacă te rog să te îmbraci? îl întrebă.

— Da. Deci... ce vreau de la tine? se gândi el la întrebare în timp ce se îndrepta spre colțul camerei și-și lua un halat cu model floral.

Rămase cu spatele la ea cât îl luă pe el, dar nu-l legă cu nimic, ci-l lăsă să atârne pe corp, arătându-și goliciunea și făcând-o să-și dea ochii peste cap.

— Vreau să stai cu mine.

— Poftim?

Persefona crezu că glumește, dar expresia de pe fața lui Apollo îi spuse că nu era cazul.

— Ai să fii... *prietena* mea. Petrecem împreună, participăm la evenimente împreună, vii la penthouse-ul meu.

— Vrei să stau cu tine?

Ceva nu era în regulă cu asta.

— Cât timp?

— Cât valorează viața prietenei tale?

Persefona nu avea de gând să răspundă la această întrebare.

— Și dacă ne urâm reciproc?

Persefona era convinsă că avea să-l urască și mai mult după asta.

Apollo ridică din umeri.

— Ai fi surprinsă să vezi cât pot să duc!

Niciodată nu-i venise mai tare să-și dea ochii peste cap în fața cuiva.

— Ce înseamnă „să stau cu tine”? îl întrebă.

— Cineva te-a învățat cum trebuie! remarcă zeul.

— Nu mă culc cu tine! Nu fac rău nimănui pentru tine! Nu-mi folosesc nici puterile pentru tine!

— Altceva?

— Dacă vindecarea ta nu-și face efectul, înțelegerea pică!

Lui Apollo i se păru deosebit de amuzantă replica.

— Dacă vindecarea mea nu funcționează? Micuță zeiță, tu ai habar câți vindecători am adus pe lume?

— Nu vreau să știu nimic despre partea aia din viața ta, replică Persefona.

— Ai terminat cu pretențiile?

— Șase luni, adăugă Persefona. O să fac asta doar șase luni.

Zeul tăcu în timp ce se gândea la propunerea ei. În cele din urmă, răspunse:

— S-a făcut.

— S-a făcut?

Nu se putu abține; fu nevoită să-l întrebe. Nu se așteptase ca el să fie atât de deschis în legătură cu perioada.

Apollo chicoti.

— Atât de greu îți e să crezi că te-aș ajuta cu adevărat?

— Nu o faci de bun ce ești la suflet! îi răspunse Persefona. Mă ajuți pentru că te avantajează! Într-un mod ciudat!

Apollo se bosumflă.

— Să nu mă jignești – pot să-mi retrag oferta!

— Nu! spuse ea, și roși la față.

Nu de rușine, ci de furie.

— Îmi pare rău!

Zeul o fixă cu privirea.

— Chiar ții la prietena ta! Dar trebuie să te întreb - ce-ar fi atât de rău dacă ar muri? Ești amanta lui Hades. Nu e ca și cum n-ai putea să o vezi în Lumea de Jos!

Persefona șovăi, făcându-l pe Apollo să râdă.

— Ești nesigură în privința relațiilor tale cu Cel Bogat, nu-i așa?

— Ăăă, eu..., făcu ea, nesigură cum ar fi trebuit să reacționeze la ceea ce spunea Apollo.

Se gândea la cuvintele mamei ei - „Date fiind împrejurările, ar trebui să te gândești: oare poate o fiică a primăverii să fie mireasa morții?" Era o întrebare la care nu putea răspunde. Oare putea coexista cu Hades, zeul care-i lăsase prietena cea mai bună să moară? Oare putea conduce o lume răspunzătoare pentru durerea de nesuportat pe care o simțea?

— Nu am cum să fiu zeița pe care și-o dorește el.

Apollo pufni.

Persefona se încruntă.

— Ce-i?

Zeul ridică din sprâncene.

— Nimic, doar că mi se pare că tu crezi că el vrea altceva în afară de tine, iar eu nu asta am văzut când am venit în Lumea de Jos ca să te pedepsesc.

Persefona își încrucișă brațele la piept.

— Ce știi despre asta, Apollo?

Nu-i plăcea cât de serios devenise brusc.

— Mai multe decât ți-ai putea închipui vreodată, micuță zeiță.

Ea simți adevărul din spatele acelor cuvinte. Voia să-i pună mai multe întrebări - ce văzuse, mai exact, când venise în Lumea de Jos? -, dar nu dorea ca Apollo să știe că e curioasă.

— Te rog... vindecă-mi prietena, Apollo!

— Cum dorești, zeiță!

Îi întinse mâna.

— Unde mergem?

— La Esculap, răspunse Persefona. Etajul al doilea. ATI.

— Aaa, da - spitalul numit după fiul meu! Știai că Hades se plângea atât de mult în legătură cu abilitatea lui, încât tata l-a omorât?

— Abilitatea lui?

— Învia morții, o lămuri Apollo. Îmi închipui că Hades l-a trimis în Tartar pentru asta.

Apollo o luă de mână, iar puterea magiei lui îi întoarse stomacul pe dos. Mirosea a lemn și a eucalipt.

Se pomeniră în salonul întunecat al Lexei. Părinții ei adormiseră în colț. În cameră se simțea un miros stătut, iar aerul era lipicios și fierbinte. Persefona îi aruncă o privire lui Apollo, surprinsă să vadă că e tras la față și sumbru.

— Înțeleg de ce erai disperată să faci o înțelegere, spuse el. E aproape moartă.

Comentariul lui era o afirmație cum că Persefona luase decizia corectă, iar Apollo o privi în ochi, de parcă ar fi auzit gândul ei.

— Sigur îți dorești asta?

— Da.

Vocea ei era o șoaptă în întuneric, iar în clipa următoare, Zeul Muzicii ținea în mână un arc și o săgeată. Arma era eterică - strălucea și sclipea în întunericul camerei. Era ciudat să vezi un zeu îmbrăcat într-un halat floral ținând în mână o armă atât de maiestuoasă.

Apollo potrivi săgeata în arc, încordându-și venele brațului în timp ce o trăgea înapoi cu coarda, și-i dădu drumul fără să scoată un sunet. Săgeata o nimeri pe Lexa în mijlocul pieptului și dispăru într-o explozie de magie sclipitoare.

Se lăsă liniștea.

Și nu se întâmplă nimic.

— Nu funcționează, rosti Persefona, apucând-o deja groaza la gândul ăsta.

— O să funcționeze, spuse Apollo. Mâine, o s-o deconecteze de la aparate, iar ea o să se trezească și o să respire fără ajutor. O să fie o minune vie, care respiră. Exact cum ți-ai dorit.

Dintr-un motiv anume, cuvintele acelea o lăsară pe Persefona cu un gust cumplit de amar. Se uită în urmă la Lexa, care era nemișcată ca un cadavru.

— Păstrăm legătura, adăugă el. Curând, îți vei intra în rol.

Apoi dispăru.

Iar în secția ATI zgomotoasă, Persefona se întrebă ce făcuse.

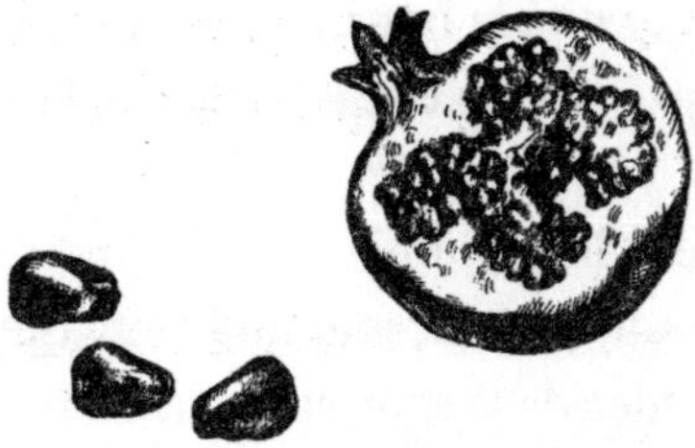

CAPITOLUL XVIII

Furiile

PERSEFONA AJUNSE LA SPITAL CU SIBILA DOUĂ ORE MAI târziu. Era prea neliniștită ca să poată sta departe de spital. Nu era vorba de faptul că nu avea încredere în puterea vindecătoare a lui Apollo, dar nu putea scăpa de sentimentul că urma să se întâmple ceva cumplit de rău. O simțea – era un întuneric tangibil care se tot creștea, câștigând viteză, profunzime și greutate.

Oare Lexa avea să se vindece suficient până o deconectau de la aparate? Oare Hades avea să intervină? Ce-avea să se întâmple când afla că făcuse o înțelegere cu Apollo? Avea să-i considere decizia o trădare?

Vinovăția îi provoca greață și amețeală când se îndreptă spre lift alături de Sibila, făcându-și griji că o să facă un alt atac de panică. Se întrebă dacă oracolul îi simțise tulburarea, mai ales când aruncă o privire în direcția ei.

În schimb, Sibila o întrebă:

— Ai reușit?

Persefona nu se uită la oracol. Continuă să fixeze cu privirea numărul roşu în timp ce se schimba de la un etaj la altul.

— Da.

— Ce i-ai oferit în schimb?

Sperase să poată ţine cât mai mult înţelegerea secretă. Nu voia să ştie ce credea de fapt prietena sa despre înţelegere.

— Timp.

Persefona încă nu înţelegea ce acceptase când venea vorba de cererea lui Apollo de a-i acorda atenţie, dar grija începea deja să o macine. În orele de după plecarea de la spital, studiase termenii înţelegerii lor. Era sigură că-i scăpase ceva, iar Apollo avea să-i ceară dintr-o clipă în alta să facă ceva ce nu putea refuza.

Dacă Lexa trăieşte, atunci merită, gândi ea.

Aşa spera.

Când ajunseră la etajul al doilea, Jaison era deja acolo, stând cu ochii închişi pe acelaşi scaun din lemn pe care-l ocupase de la accidentul Lexei. Se mişcă în timp ce ele se apropiau şi le privi.

— Salut! rosti Persefona cu toată blândeţea de care era în stare. Ce faci?

Jaison ridică din umeri. Albul ochilor i se îngălbenise, iar pielea îi era palidă.

— Cât mai e până aflăm ceva? întrebă Sibila.

— Vor s-o deconecteze de la aparate la ora nouă, răspunse el sec.

Persefona şi Sibila făcură un schimb de priviri. Jaison se aplecă înainte şi se frecă zdravăn pe faţă, apoi se ridică în picioare.

— Mă duc să-mi iau o cafea.

Plecă, iar Persefona îl urmări până dispăru. Nu era de mirare că muritorii îl implorau pe Hades să-i aducă înapoi pe cei dragi. Ameninţarea morţii nu lua o singură viaţă. Gândul îi umplu ochii de lacrimi. Cum să conducă ea un regat care cauza atâta durere? Care le aducea atâta suferință muritorilor?

— El nu știe, nu-i așa? întrebă Sibila.

Persefona clătină din cap. Tânărul încă avea impresia că astăzi urma s-o piardă pe Lexa.

— Nu trebuie să știe nimeni, spuse Persefona. Să creadă toți că a fost o minune.

Luară loc amândouă și se puseră pe așteptat. În cele din urmă, Jaison se întoarse cu o cană aburindă de cafea și se așeză lângă ele. Nu vorbiră, ceea ce ei i se părea în regulă. Era pierdută în gânduri și nu se putea concentra la nimic. Cu cât tăcerea se întindea mai mult, cu atât devenea mai neliniștită.

La un moment dat, sosi și familia Lexei. Curând, fură conduși într-un salon mai mare, unde fusese mutată Lexa. Părinții ei stăteau cel mai aproape de ea, apoi Jaison, câteva mătuși și unchi și prieteni din orașul ei natal, Ionia. Fiecare persoană din încăpere se apropia de ea și-și lua rămas-bun, atingând-o, ținând-o de mână sau sărutând-o pe față.

Când veni rândul Persefonei, o luă pe Lexa de mână și-i sărută pielea rece.

— Te rog din suflet, trezește-te! se rugă ea nimănui în afară de magia lui Apollo, iar spre surprinderea Persefonei, Lexa o strânse de mână.

Ea ridică privirea și se uită în ochii lui Jaison, dar, după expresia lui, își dădea seama că și el văzuse ce se întâmplase.

— M-a strâns de mână! veni, ascuțită, vocea Persefonei, nefamiliară chiar și pentru propriile urechi, dar adrenalina dăduse deja năvală.

— Poftim?

Jaison o privi pe Persefona și o prinse pe Lexa de cealaltă mână.

— Lexa, Lexa, iubire! Dacă mă auzi, strânge-mă de mână!

Toţi începură să se agite. Toată lumea, mai puţin părinţii Lexei, fu condusă afară, iar doctorii fură chemaţi să-i verifice semnele vitale. Ceva mai târziu, tatăl Lexei veni în sala de aşteptare ca să anunţe pe toată lumea că trupul ei se vindecase suficient în ultimele douăsprezece ore ca să nu mai aibă nevoie de aparate.

— E o minune! adăugă el cu ochii în lacrimi. O minune!

Şi ochii Persefonei se umplură de lacrimi, iar corpul începu să-i tremure. Sacrificiul ei meritase! Lexa îşi revenise!

— Ai reuşit, şopti Sibila, iar cele două se îmbrăţişară.

În clipa aceea, ea îl observă pe Jaison stând separat de ele. Se apropie de el, ezitând.

— Eşti în regulă? îl întrebă.

— Da, răspunse Jaison, trăgându-şi nasul şi ştergându-se la ochi.

După o clipă, o îmbrăţişă, răsuflând greoi, cu gura căscată.

— Îţi mulţumesc, Persefona!

Faptul că-şi exprimase recunoştinţa părea nelalocul lui având în vedere ce făcuse ea, aşa că, în loc să vorbească, tăcu şi-l strânse şi mai tare în braţe.

Rămaseră în sala de aşteptare, râzând şi vorbind. Totul părea ciudat, dar plin de speranţă, de parcă soarele ar fi reuşit să strălucească în continuare de după nişte nori deşi, negri. La un moment dat, Persefona se hotărî că e timpul să plece pe furiş de-acolo. Trebuia neapărat să facă un duş şi să doarmă câteva ore. Îşi luă rămas-bun de la Jaison, Sibila şi familia Lexei, şi plecă.

Ajunse afară înainte ca părul de pe ceafă să i se zbârlească şi un şuierat înspăimântător să-i îndrepte privirea spre cer, unde trei femei pluteau în aer, cu nişte aripi negre, ca de piele, larg desfăcute. Membrele erau de un alb pur şi şerpi negri se zvârcoleau în jurul trupurilor lor. Părul lor era de culoarea cernelii şi părea să plutească în jurul corpurilor, de parcă s-ar fi aflat sub apă. Toate purtau câte o coroană cu ţepi lungi, ca nişte cuţite negre.

Erau Furiile - zeiţe ale răzbunării, şi apăreau numai atunci când cineva încălca Legea Divină.

— Persefona, fiică a Demetrei!

Vorbiră la unison, iar vocile lor îi răsunară în minte precum sâsâitul unui şarpe.

— *Futu-i!*

— Ai încălcat o lege sacră a Lumii de Jos şi, prin urmare, trebuie să fii pedepsită!

Un fior de teamă îi zgudui şira spinării. Nu se gândise că decizia ei de-a o ajuta pe Lexa putea fi pedepsită de către cele trei zeiţe.

Deodată, la picioarele ei începură să alunece şerpi. Persefona sări în sus.

— O, nu! Futu-i, futu-i, futu-i!

Încercă să sară din mijlocul grămezii de şerpi, dar o înconjurară repede şi i se târâră pe picioare, pe trup şi pe umeri. Aveau solzi alunecoşi şi aspri şi o strângeau ca nişte frânghii. O şoaptă slabă îi ajunse la ureche - *pedeapsă, pedeapsă, pedeapsă.* Apoi unul dintre şerpi îşi înfipse colţii în umărul ei.

Persefona urlă. Durerea era ascuţită, iar veninul îi provoca usturimi. Deodată, încremeni - ţipătul i se opri în gât, iar picioarele nu mai voiră s-o asculte. Încercă să se mişte, dar căzu, lovindu-se tare de ciment. Deodată, îşi simţi corpul de parcă ar fi fost rupt în două şi brusc totul se întunecă, iar ea căzu.

Apăru pe ringul de dans de la Nevernight.

Fu luată prin surprindere când Apollo ateriză cu faţa de podea lângă ea. Zeul gemu şi se rostogoli pe spate. Persefona reuşi din nou să-şi mişte membrele şi încercă să se ridice în picioare când îl văzu pe Hades stând deasupra ei ca un nor negru. Avea o furie năprasnică în privire, făcând-o să se simtă de parcă ar fi jupuit-o de vie cu privirea lui fixă. Niciodată nu simțise teamă stând față-n față cu el, nici măcar după ce-și publicase articolul despre Apollo, dar acum o simțea apăsătoare și rece în măruntaie.

Așa te simțeai când stăteai față-n față cu Hades, Regele Lumii de Jos – judecător și călău?

— Blestematele de Furii! bodogăni Apollo, scuturându-se în timp ce se ridica în picioare.

Persefona aruncă o privire spre zeu, care-l observă în clipa aceea pe Hades.

— Să știi c-ai putea să treci și tu la ceva mai modern ca să impui ordinea firească, Hades! Mai bine mi-ar pica să fiu cărat pe brațe de un bărbat arătos decât de trei zeițe albinoase și-un șarpe.

— Parcă ajunseserăm la o înțelegere, Apollo! rosti Hades printre dinți.

Persefona se minuna de felul în care amantul ei putea să-și încarce vocea cu o furie tăcută. O simțea în aer și i se așeza pe piele, scoțând la suprafață pielea de găină.

— Adică înțelegerea aia în care eu mă țin departe de zeița ta în schimbul unei favori?

Hades nu spuse nimic. Apollo cunoștea înțelegerea.

— M-aș fi ținut bucuros de ea, dar iubițica ta s-a înființat la Erotas să-mi ceară ajutorul! Și aș mai adăuga că mai făceam și baie!

— Ba n-ai mai adăuga nimic, șuieră Persefona.

— Poate fi foarte convingătoare când o apucă furia, continuă el fără s-o bage în seamă. Magia a ajutat-o.

Nici măcar nu fu nevoie ca Apollo să rostească ultima parte; Hades știa ce înseamnă când se înfuria ea – își pierdea controlul.

— N-ai zis că-i zeiță! Nici nu-i de mirare c-ai pus așa repede laba pe ea!

De ce zice toată lumea chestia asta? se întrebă Persefona.

— Doar nu era să-i refuz cererea când mi-a îndreptat spini ascuțiți-brici spre „bijuteriile coroanei"!

Persefonei îi venea să vomite, dar aruncă o privire spre Hades și observă că, în ciuda furiei care-i întuneca trăsăturile, părea un pic mândru.

— Prin urmare, am făcut un târg. O „înțelegere", cum îți place ție să-i zici.

Privirea lui Hades se întunecă.

— Mi-a cerut să-i vindec micuța prietenă, iar la schimb îmi oferă... compania ei!

— Nu o face să sune scârbos, Apollo!

— Scârbos?

— Tot ce scoți tu pe gură are aluzii sexuale!

— Ba nu!

— Ba da!

— Ajunge!

Vocea lui Hades plesni ca un bici, iar când Persefona se uită la el, văzu că ochii îi aruncau flăcări. Deși i se adresa lui Apollo, privirea lui nu se desprinse de ea, făcând-o să simtă cum îi îndepărtează cu brutalitate toate straturile și-i dă de gol teama pură și adevărată pe care-o simțea.

— Dacă nu mai ai nevoie de zeița mea, aș dori să stau de vorbă cu ea. Singur.

— E numai a ta! spuse Apollo, care avu bunul-simț să se evapore fără să mai adauge ceva.

Persefona rămase nemișcată, fixându-l cu privirea pe Hades. Liniștea de pe ringul de dans de la Nevernight era tangibilă. Îi apăsa din greu pe umeri și pe urechi, iar în momentul în care vocea lui tună, arzând liniştea, simţi promisiunea durerii – deja simţea cum i se rupe inima.

— Ce-ai făcut?

— Am salvat-o pe Lexa!

— Asta crezi tu?

Zeul clocotea de furie. Ea vedea farmecul lui desprinzându-se ca nişte trâmbe de fum. Nu-l mai văzuse niciodată pierzându-şi controlul asupra magiei lui.

— Urma să moară...

— *Alesese* să moară! mârâi Hades, înaintând spre ea.

Farmecul i se desprinse, iar el rămase în faţa ei fără înfăţişarea de muritor. Parcă umplea toată încăperea, ca un infern, răspândindu-şi căldura, tot mai furios şi cu ochii în flăcări.

— Şi, în loc să ţii cont de dorinţa ei, ai intervenit! Şi toate astea numai pentru că ţi-e teamă de durere!

— *Mi-e teamă de durere!* se răsti ea. Ai să mă iei în batjocură, aşa cum îi iei pe toţi muritorii pentru asta?

— Nici nu se compară! Măcar muritorii au curajul să o înfrunte!

Ea tresări, iar furia i se aprinse. Simţi o durere cumplită în tot corpul, iar din piele-i răsăriră spini.

— *Persefona!*

Întinse mâna spre ea, dar Persefona se feri. Mişcarea îi provocă durere, făcând-o să respire printre dinţi.

— Dacă ţi-ar fi păsat, ai fi fost acolo!

— Am fost acolo!

— N-ai venit o dată cu mine la spital când a trebuit să-mi văd prietena zăcând fără nicio reacţie! N-ai stat o dată lângă mine când am ţinut-o de mână. Ai fi putut să-mi spui când avea să apară Thanatos! Ai fi putut să-mi spui că... „alegea" să moară. Dar n-ai făcut-o. Ascunzi toate astea, de parc-ar fi nu ştiu ce pizda mă-sii de secret! *N-ai fost acolo!*

Pentru prima oară de când fusese trântită în fața lui de către Furii, el păru șocat şi uşor pierdut când spuse:

— Nu ştiam că vrei să fiu acolo!

— De ce să nu vreau? întrebă ea cu o schimbare de ton, cu o notă de tristețe pe care nu şi-o putea ascunde.

— Nu sunt cea mai bine primită prezență în spitale, Persefona!

— Asta-i scuza ta?

— Şi-a ta care e? Nu mi-ai spus niciodată că...

— N-ar trebui să-ți *spun* să fii alături de mine când prietena mea e pe moarte! În schimb, te porți de parcă asta ar fi... ceva la fel de normal ca respirația!

— Pentru că moartea a făcut mereu parte din existența mea! se răsti el, simțind cum îi crește frustrarea.

— Asta-i problema *ta*! Eşti de-atâta amar de vreme Zeul Morților, încât ai uitat cum e să fii pe cale să pierzi pe cineva. În schimb, stai toată ziua şi-i judeci pe muritori pentru că se tem de tărâmul tău, pentru că se tem să-i piardă pe cei dragi!

Fu uşor şocată de cuvintele care-i ieşiseră pe gură. Sinceră să fie, nici măcar nu fusese conştientă de cât era de furioasă până în momentul acela.

— Aşadar, ai fost furioasă pe mine, spuse el. Şi, din nou, în loc să vii la mine, ai hotărât să mă pedepseşti căutând ajutorul lui Apollo!

Scuipă numele zeului; era evident că-l ura.

— Nu *încercam* să te pedepsesc! Când m-am hotărât să mă duc la Apollo, nu mai simțeam că eşti o variantă!

Hades miji ochii.

— După tot ce-am făcut ca să te protejez de el...

— Nu ți-am cerut să faci asta! se răsti ea.

— Nu, presupun că n-ai făcut-o! N-ai primit niciodată ajutor din partea mea, mai ales când a fost ceva ce nu voiai să auzi, spuse el, părând atât de amărât, încât ea tresări.

— Nu-i corect!

— Nu e? Ți-am oferit o egidă, dar tu ai insistat că n-ai nevoie de escortă, și totuși ești acostată în mod regulat în drum spre serviciu! Abia accepți să te ducă Antoni cu mașina, iar acum o faci doar pentru că nu vrei să-l jignești! Apoi, când îți ofer alinare, când mă străduiesc să-ți înțeleg suferința pricinuită de durerea Lexei, nu e destul!

— *Alinare?* izbucni ea. Ce alinare? Când am venit la tine, implorându-te s-o salvezi pe Lexa, te-ai oferit să mă lași s-o jelesc! Ce era să fac? Să stau deoparte și să o văd cum moare când știam că pot să împiedic asta?

— *Da!* șuieră Hades. Exact asta trebuia să faci! Nu ești mai presus de legea tărâmului meu, Persefona!

Era clar că nu e așa. Furiile veniseră după ea.

— Nu văd ce importanță are moartea ei! Vii în Lumea de Jos în fiecare zi! Ai fi revăzut-o pe Lexa!

— Pentru că nu e același lucru! se răsti ea.

— Asta ce mai vrea să însemne?

Se încruntă la el, cu brațele la piept. Cum să-i fi explicat asta? Lexa era prietena ei, cea mai apropiată prietenă a ei, și tocmai când credea că-și făcuse ordine în viață, îl cunoscuse pe Hades, care i-o aruncase de pe orbită. Lexa era singura care-o lega de vechea ei viață și Hades voia să i-o ia și pe ea?

Ceea ce ducea la adevărata problemă, și o durea s-o spună cu voce tare, pentru că ar fi însemnat să-și recunoască teama cea mai mare.

— Ce se întâmplă dacă eu și tu...

Făcu o pauză, nefiind în stare să pronunțe cuvintele.

— Dacă Ursitoarele hotărăsc să ne destrame viitorul? Nu vreau să mă pierd într-atât în tine, să fiu atât de ancorată în Lumea de Jos, încât să nu mai știu cum să exist după aceea.

Hades își miji ochii, dar, când vorbi, o făcu pe un ton trist:

— Eu încep să am impresia că s-ar putea ca tu să nu mai vrei să continui relația asta.

Cuvintele astea o făcură să simtă că i se strânge pieptul.

— Nu asta vreau să spun.

— Atunci ce vrei să spui?

Ea ridică din umeri și, pentru prima oară, simți lacrimile gata să se reverse.

— Nu știu. Știu doar că... exact când începeam și eu să-mi dau seama cine sunt, ai apărut tu și m-ai dat complet peste cap. Nu știu cine ar trebui să fiu! Nu știu...

— Ce vrei, completă el.

— Nu-i adevărat! spuse ea. Te doresc. Te iu...

— Să nu-mi spui că mă iubești! o întrerupse el. Nu suport... să aud lucrul ăsta exact acum.

Tăcerea care se lăsă o făcu să se simtă și mai deznădăjduită. Își simți fața umedă, așa că se atinse pe obraz și-și șterse lacrimile.

— Credeam că mă iubești, șopti ea.

— Te iubesc, spuse el, fixând podeaua cu privirea. Dar cred că s-ar putea ca eu să fi înțeles greșit.

— Ce să fi înțeles greșit?

— Pe Ursitoare, răspunse el cu amărăciune. Te-am așteptat de atâta amar de vreme, încât am uitat că ele țes rareori sfârșituri fericite.

— N-ai cum să vorbești serios, spuse ea.

— Vorbesc serios, spuse el. Ai să afli în curând de ce.

Hades își puse farmecul la loc și-și aranjă cravata; ochii îi erau goi de orice emoție. Cum își putea reveni el atât de repede când ea se simțea de parcă-i făcuse cineva măruntaiele praf? Apoi, de parcă n-ar fi fost suficient, cuvintele lui de despărțire ajunseră la ea - reci și tulburătoare.

— Ar trebui să știi că faptele tale au condamnat-o pe Lexa la o soartă mai cumplită decât moartea!

CAPITOLUL XIX

Zeița Primăverii

Rămasă singură, Persefona se prăbuși, înlăcrimată. Când se lovi de podea, spinii ce-i ieșeau din piele se zguduiră, făcând-o să țipe de durere.

— Vai, iubita mea!

Persefona simți mâna lui Hecate pe spate. N-o privi pe zeiță, ci suspină, acoperindu-și fața cu mâinile pline de sânge.

— Am dat-o în bară, Hecate!

— Șșș! făcu zeița. Hai, în picioare cu tine!

Hecate o ridică în picioare, având grijă să evite să atingă spinii ce-i ieșeau din piele, și se teleportă în coliba ei. O lăsă jos pe Persefona, puse mâna pe spinii care-i străpunseseră pielea și-și începu incantațiile. Palmele îi emanau căldură. Persefona văzu cum spinii începeau să se micșoreze tot mai mult, până când nu mai rămase nimic din durerea care i-o pricinuiseră. După ce se vindecară rănile, Hecate curăță sângele și se așeză în fața Persefonei.

— Ce s-a întâmplat?

Persefona izbucni din nou în lacrimi, vinovăția și agonia războindu-se în mintea ei. Îi spuse lui Hecate totul - discuția pe care-o auzise fără să vrea, deconectarea Lexei de la aparate, vizita mamei ei și plimbarea prin Cartierul Plăcerilor.

— Când a venit vorba s-o pierd... n-am putut, pur și simplu.

Un suspin îi rămase în gât.

Hecate întinse mâna și o așeză peste a Persefonei.

— Iar mama n-a făcut decât să înrăutățească situația! E posibil să nu existe consecințe pentru zei, dar pentru mine există consecințe!

— Mereu există consecințe! Diferența dintre tine și alți zei e că ție-ți pasă de consecințe!

Persefona tăcu o clipă, apoi repetă ceea ce-i spusese Hades:

— Am condamnat-o pe Lexa la o soartă mai cumplită decât moartea! rosti ea, oprindu-se apoi. Am vrut doar să rămână cu mine!

— De ce te-agăți de lumea muritorilor?

Persefona o privi pe Hecate.

— Pentru că acolo e locul meu!

— Chiar așa să fie? Și cu Lumea de Jos cum rămâne?

Când Persefona nu răspunse, Hecate clătină din cap.

— Draga mea, tu te străduiești să fii ceea ce nu ești!

— Ce vrei să zici? Toată viața n-am încercat altceva decât să fiu eu însămi!

Și-i fusese mai greu decât și-ar fi putut închipui vreodată.

— Chiar așa? Pentru că persoana care stă acum în fața mea nu se potrivește cu cea pe care o văd dedesubt.

— Și pe cine vezi dedesubt? întrebă ea pe un ton vecin cu sarcasmul.

— Pe Zeița Primăverii, răspunse Hecate. Pe viitoarea Regină a Lumii de Jos, pe soția lui Hades.

Cuvintele o făcură să se înfioare.

— Te agăţi de o viaţă care nu te mai ajută la nimic! O slujbă care te pedepseşte pentru relaţiile tale, o prietenie care-ar fi putut înflori în Lumea de Jos, o mamă care te-a învăţat să fii prizonieră!

Persefona se zburli auzind aceste cuvinte.

— Şi dacă ai nevoie de şi mai multe dovezi că-ţi negi natura, uită-te nu mai departe de felul în care ţi se manifestă magia! Dacă nu înveţi să te iubeşti, puterile tale o să te sfâşie în bucăţi!

Persefona se încruntă.

— Ce vrei să spui, Hecate? C-ar trebui să renunţ la viaţa mea din Lumea de Sus?

Zeiţa clătină din cap.

— Prea gândeşti în extreme, spuse Hecate. Ori eşti zeiţă, ori eşti muritoare, ori trăieşti în Lumea de Sus, ori în Lumea de Jos. Nu cumva vrei totul, Persefona?

— Ba da, răspunse ea frustrată. Bineînţeles că vreau totul, dar toată lumea îmi tot spune că nu se *poate*!

Încet, pe faţa lui Hecate se întipări un zâmbet.

— Croieşte-ţi viaţa pe care ţi-o doreşti, Persefona, şi nu mai asculta ce spune toată lumea!

Persefona clipi, băgând la cap cuvintele lui Hecate.

„Croieşte-ţi viaţa pe care ţi-o doreşti!"

Până în clipa de faţă, crezuse că ştie ce fel de viaţă îşi doreşte, dar lucrul pe care îl înţelegea acum era că toată acea situaţie se schimbase de când îl întâlnise pe Hades. În ciuda dificultăţilor întâmpinate în a se accepta pe sine însăşi şi propriile puteri, el schimbase ceva înlăuntrul ei. Odată cu el, avea noi dorinţe, noi speranţe, noi visuri, şi nu avea cum să le atingă fără să renunţe la cele vechi.

Înghiţi în sec, simţind cum ochii i se umplu de lacrimi.

— Am dat-o în bară, Hecate.

— Cum facem toți, răspunse zeița, ridicându-se în picioare. Și cum vom face toți. Acum, hai să canalizăm ceva din durerea aia și să curățăm mizeria pe care-ai făcut-o în livadă. Ia-o ca pe o pregătire!

Persefona n-o contrazise, descoperind că se simțea ciudat de motivată.

Ieșiră din coliba lui Hecate și plecară spre livadă. Persefona își dădu seama că se apropiau pentru că-i mirosea a fructe putrezite – un amestec cumplit de zahăr și putregai.

— Scopul tău e să aduni toate bucățile putrede și să le transformi în rodii coapte, spuse Hecate.

— Cum fac asta?

— La fel cum ai distrus-o – doar că trebuie să controlezi cantitatea de putere pe care vrei să o folosești.

Persefona nu era sigură că e în stare, dar își aduse aminte de timpul petrecut alături de Hades și de cum o învățase să-și concentreze puterea. Amintirea îi provocă o durere în piept pe care n-o credea posibilă.

„Magia înseamnă echilibru – un pic de control, un pic de pasiune. Așa e de când lumea."

— Imaginează-ți rodia întreagă, de o culoare stacojie delicioasă.

Vocea lui Hecate dispăru în timp ce Persefona se concentra asupra sarcinii ei.

Închide ochii! îl auzi pe Hades șoptindu-i la ureche, și-l ascultă în timp ce i se tăia răsuflarea. Ar fi putut jura că-i simte obrazul frecându-se de-al ei.

El continuă să șoptească:

Spune-mi ce simți.

Căldură, gândi ea.

Concentrează-te asupra ei.

Ca înainte, porni din măruntaie, iar ea o hrăni, chinuită de gândul la Hades.

Unde simți căldură?

— Peste tot, șopti, închipuindu-și căldura aceea în mâini.

Energia deveni atât de strălucitoare, încât abia mai era în stare s-o privească, de parcă ar fi ținut în palme un soare sau o stea pe moarte.

Deschide ochii, Persefona!

Putea să jure că respirația lui îi mângâie pielea.

Deschise ochii, iar imaginea tremurândă a unei rodii îi apăru în mâini. Respiră adânc, calculat, apoi își îndreptă mâinile spre sol și, în timp ce o făcea, bucăți de fructe putrede se ridicară de la pământ și se adunară. Curând, livada începu să miroasă a fructe coapte, proaspete, iar la picioarele ei stăteau câteva rodii întregi.

Când o privi pe Hecate, zeița era evident surprinsă.

— Foarte bine, iubirea mea!

Persefona ar fi zâmbit, dar descoperi că reușita ei de-a reconstrui rodia era umbrită de o tristețe adâncă. Parcă se îngreunase lumea, iar corpul ei părea leneș. Clipi cu iuțeală, încercând să-și stăpânească lacrimile.

Nu era sigură că Hecate îi simte tulburarea, dar zeița îi distrase repede atenția.

— Hai să te învăț să faci otrăvuri, cum ți-am promis!

Se întoarseră la coliba ei, iar Persefona se așeză lângă Hecate, care culesese și legase câteva soiuri de plante.

— Ce-s toate astea?

— Ca de obicei. Cucută, laur, mătrăgună, buretele-viperei, brugmansia, curara.

Zeița îi explică părțile mortale din fiecare plantă și cât trebuia din fiecare ca să ucidă o țintă. Părea să fie încântată să-i explice *cum* ucidea planta.

— Ce i-ar face otrava unui zeu? întrebă Persefona.

Pe buzele zeiței apăru umbra unui zâmbet.

— Te gândești să-l otrăvești pe Apollo?

Persefona își simți obrajii roșind.

— N-nu!

Hecate râse ușor.

— Să nu te simți vinovată că te gândești să omori pe cineva, draga mea; cei mai mulți dintre zei au făcut lucruri mult mai rele.

Persefona știa că e adevărat.

— Posibil ca otrava să aibă un impact redus asupra lui Apollo, să-i provoace doar o stare foarte puternică de greață, ceea ce-ar fi la fel de mișto. Că tot ziceam că nu există consecințe.

Persefona râse și păstră informația respectivă pentru mai târziu.

Petrecură o vreme zdrobind frunze și preparând uleiuri pentru poțiuni puternice, până când pe Persefona o dureau mâinile de la cât folosise mojarul și pistilul, iar ochii o usturau de la mirosurile puternice ale plantelor. La un moment dat, începu să se frece la ochi, iar Hecate o apucă de încheietură.

Persefona țipă, mai ales de surprindere. Nu știa că Hecate se poatea mișca atât de repede.

— Nu!

Hecate o conduse pe Persefona la o chiuvetă. Se spălă pe mâini și așteptă ca Hecate să termine, apoi se îndreptară spre Câmpia Asfodel.

— Ți-am terminat rochia pentru Solstițiul de Vară, o anunță Hecate.

Persefonei simți un gol în stomac. Știa ce încerca zeița să facă. Deja îi comandase Persefonei o coroană nouă pe care s-o poarte cu acea ocazie. Încerca să o transforme într-un soi de regină, lucru care, în urma conflictului cu Hades, îi provoca o stare de neliniște.

Când sosiră Persefona și Hecate, sufletele începură să roiască în jurul lor. Nu era sigură de ce, dar astăzi entuziasmul, bunăvoința și devotamentul lor evident față de ea îi umplură ochii de lacrimi. Poate că avea vreo legătură cu discuția ei cu Hecate. Fusese mereu conștientă că locuitorii Lumii de Jos o considerau zeiță, ba, mai mult decât atât, făcuseră mereu aluzii la potențialul ei de-a deveni Regina Lumii de Jos, iar ea nu făcuse altceva decât să se opună.

Pentru că se temea.

Se temea că avea să-i dezamăgească în vreun fel așa cum o dezamăgise pe mama ei, așa cum îl dezamăgise și pe Hades.

Respiră adânc, silindu-se să înghită nodul greu din gât, cauzat de emoție, și se prefăcu a fi totul în regulă. Ajută la luarea hotărârilor finale pentru sărbătorirea solstițiului, gustă din diverse feluri de mâncare, aprobă decoruri și se jucă cu copiii, apoi reveni în Lumea de Sus.

Când ajunse acasă, clacă.

Sibila nu-i puse întrebări, pentru că mai mult ca sigur își dăduse deja seama ce se întâmplase. Oracolul nu făcu decât s-o țină în brațe în timp ce ea plânse până adormi.

A doua zi, înainte să meargă la serviciu, Persefona se opri la spital, dar află că Lexa dormea.

— S-a trezit un pic, o informă Eliska. Dar a fost foarte confuză. Doctorul i-a dat un sedativ.

— Confuză?

Neliniștea Persefonei crescu brusc, întorcându-i stomacul pe dos.

— Ei cred că e vorba de o psihoză temporară, explică femeia. Nu e ceva neobișnuit pentru pacienții care au fost la ATI.

„Psihoză." „Temporară."

Se simți imediat ușurată. Probabil că se aștepta la prea mult dacă avea impresia că Lexa urma să-și revină ca prin farmec.

Crezuse că magia Divină avea să funcţioneze altfel decât medicina tradiţională. Că, atunci când Apollo vorbea de minuni, se referea şi la faptul că sărea peste etapa recuperării.

— Persefona, eşti în regulă?

Zeiţa o privi pe muritoare în ochi şi aprobă din cap.

— Da, sunt bine! Îmi... daţi şi mie un mesaj când se trezeşte Lexa?

— Desigur, draga mea, spuse ea, oprindu-se s-o studieze. Orice-ar fi văzut Eliska în expresia Persefonei o făcu să intre la bănuieli, pentru că întrebă din nou: Eşti sigură că eşti în regulă?

Nu, gândi Persefona. *Mi se năruie toată lumea.*

Aprobă din cap.

— Da, doar că... sunt obosită.

Se simţea caraghios să spună aşa ceva. Şi Eliska era obosită.

— Te înţeleg. Promit să te sun imediat ce se trezeşte Lexa!

Se întinse spre Persefona, strângând-o tare în braţe.

— Sunt atât de recunoscătoare că Lexa are o prietenă ca tine!

Persefona înghiţi în sec, iar ochii i se umplură de lacrimi. Din nou, cuvintele lui Hades îi explodară în minte.

„Ar trebui să ştii că faptele tale au condamnat-o pe Lexa la o soartă mai cumplită decât moartea."

Se agăţaseră de ea precum lipitorile însetate de sânge. Îi pricinuiseră dureri de cap şi de inimă. O făcuseră să-i vină să urle.

Nu sunt o prietenă bună. Nu sunt o iubită bună. Nu sunt o zeiţă bună.

La lucru, avu toată ziua o senzaţie aiurea.

Persefona nu se mai simţea în largul ei în prezenţa lui Demetri de când aflase de înţelegerea pe care o făcuse cu Apollo. Ca situaţia să fie şi mai grea, recursese la a-i da ei sarcini care țineau de munca de jos, cum ar fi fost să tragă la xerox, să verifice munca altor colegi și să delege niște muncă de cercetare pe care el trebuia s-o facă în legătură cu o lege privitoare la confidențialitate. Îi trimisese lista cu obiective într-un e-mail cu termen-limită până la sfârșitul zilei, ceea ce însemna că nu putea lucra la niciunul dintre articolele pe care le avea la rând.

Bătu la ușa deschisă a lui Demetri.

— Ai un moment? îl întrebă când el ridică privirea din tabletă.

— Nu prea. Rămâne pe altă dată?

— E vorba de lista de obiective.

Demetri își scoase ochelarii și o privi fix.

— Sunt trei lucruri, Persefona! Cât de greu să fie?

Comentariul lui o făcu să se fâstâcească.

— Nu e greu! se răsti ea. Dar am și alte articole...

— Nu azi, o întrerupse el. Azi ai de rezolvat trei lucruri până la ora cinci.

Persefona scrâșni atât de tare din dinți, încât crezu că avea să-și rupă maxilarul.

— Vezi să-nchizi ușa când pleci!

O trânti. Nu era cea mai inspirată mișcare, dar era mai bine decât să-l umple pe el de găuri de la spinii cu care-i venea să arunce în el. Răsuflă adânc de câteva ori, hotărându-se că era cel mai bine să îndeplinească pur și simplu sarcinile pe care i le dăduse Demetri.

Când termina, avea să poată căuta de-a fir a păr printre informațiile adunate de-a lungul ultimelor săptămâni și să se hotărască în legătură cu următorul ei articol.

Avea la dispoziție câteva opțiuni și un milion de piste, dar informațiile gravitau mereu în jurul mamei ei. Zeița Recoltei ar fi trebuit redenumită Zeița Pedepsei Divine, pentru că-i plăcea, evident, tortura, iar metodele ei erau nemiloase, silindu-i adesea pe muritori să moară de foame sau blestemându-i cu o foame de nepotolit. Din când în când, în momentele în care îi sărea țandăra rău de tot, isca o foamete și omora populații întregi.

E de groază mama, cugetă Persefona.

Până la prânz, Persefona se gândea tot mai serios să scrie despre Demetra. Deja vedea titlul, scris cu litere negre, îngroșate:

Grijulia Zeiță a Recoltei lasă populații întregi fără hrană

Apoi făcu o grimasă, închipuindu-și urmările.

Probabil că Demetra avea să se răzbune în cel mai cumplit mod pe care Persefona și-l putea închipui – să dezvăluie că ea e fiica Demetrei.

Cu acest gând, Persefona plecă de la Acropole și se întâlni cu Sibila la Mithaecus Café pentru prânz.

În mintea ei era un haos total, făcând-o să se îndrepte în mai multe direcții deodată – se gândea la vindecarea Lexei și la furia lui Hades, ceea ce însemna că-i era greu să se concentreze cât de cât asupra a ceea ce-i spunea oracolul, lucru care-o făcea să se simtă vinovată, pentru că Sibila avea vești.

— Astăzi am primit o ofertă de lucru, anunță ea, atrăgându-i atenția Persefonei. De la Fundația Cypress.

Persefona se lumină la față.

— Vai, Sibila! Mă bucur atât de mult pentru tine!

— Ar trebui să-ți mulțumesc! spuse ea. Sunt convinsă că datorită ție m-au ales.

Zeița clătină din cap.

— Hades recunoaște talentul când îl vede!

Oracolul nu părea foarte sigur.

Persefona nu-și putea explica de ce, dar entuziasmul ei pentru Sibila se stinse repede, în timp ce pieptul îi era apăsat de un sentiment greu. Era, de fapt, o combinație de sentimente – vinovăție, deznădejde și o grămadă de sentimente nerostite.

— Trebuie să stau cu Apollo, anunță ea brusc.

Sibila o privi fix pe Persefona.

— Asta a fost înțelegerea, îi explică Persefona. Eu... voiam doar să știi.

— Mă bucur că mi-ai spus, zise Sibila, iar Persefona nu se putu abține să se gândească la faptul că era prea de treabă, prea înțelegătoare.

— Îți mai aduci aminte, la Gală, când ai spus că eu și Hades avem niște culori care...

Amuți; întrebarea îi stătea pe limbă. Privirea Sibilei era iscoditoare, făcând-o să strângă din buze. Persefona nu era sigură că e din cauză că încerca să se abțină să spună ceva ce avea să regrete sau pentru că voia să-și ascundă zâmbetul, dar se văzu nevoită să o întrebe:

— Mai sunt... încurcate?

— Da, sunt. Mi-aș dori să le vezi. E ceva frumos, senzual și haotic.

Persefona râse sec.

— Bine zis haotic!

Zâmbi.

— Păi, ți-am zis că e o încurcătură acolo! Așa se întâmplă când se întâlnesc doi oameni puternici.

— Discordie? întrebă Persefona.

— Și pasiune, și fericire, completă Sibila, zâmbind cu toată fața.

Persefona își feri privirea. Ea și Hades chiar aveau parte de toate astea din plin, dar era posibil să le redobândească? După toate câte făcuse?

Sibila își puse mâna peste a Persefonei.

— Ai fost mereu menită să fii măreață, Persefona, dar ca să ajungi la măreție trebuie să treci prin război!

Cuvintele oracolului o făcură să se înfioare.

— Nu la propriu, nu?

Sibila nu răspunse.

Plecară în direcții diferite, Persefona la muncă, iar Sibila la spital, s-o viziteze pe Lexa. Persefona nu primise nicio veste de la Eliska, deci presupunea că Lexa încă nu se trezise. Gândul o neliniștea. Oare însemna că magia lui Apollo nu funcționase? Alungă acele gânduri. Apollo era un zeu străvechi, cu multă experiență în practicarea magiei.

Lexa încă se vindecă. E obosită, își spuse Persefona. *Are nevoie de odihnă.*

O luă pe o scurtătură înapoi spre Acropole. Se obișnuia deja să evite atenția jurnaliștilor și ai fanilor înrăiți ai Divinilor, asta însemnând că evita străzile principale, preferând aleile înguste. Deși nu erau la fel de plăcute precum trotuarele îngrijite ale Noii Atene, descoperise că erau cea mai ușoară modalitate de a ajunge unde avea nevoie să ajungă în cel mai scurt timp, pentru că erau mai puțini oameni pe ele, iar celor pe care-i întâlnea nu părea să le pese că e și ea acolo. Probabil că de aceea observă o pisică cu blana albă ca zăpada și ochi mari și verzi urmărind-o.

Își dădu seama după gesturile ei – ciudat de umane și de atente – că e un metamorf. Metamorfii nu se foloseau de farmece ca să-și ascundă înfățișarea pentru că se puteau transforma din punct de vedere biologic, ceea ce însemna că Persefona nu vedea ce se află dincolo de înfățișarea lor.

Continuă să meargă o vreme, prefăcându-se că nu observă pisica ce rătăcea alături de ea pe alei. Când ieși din raza oricui ar fi putut s-o vadă, se opri. Pisica păru surprinsă și se opri și ea. Apoi, parcă amintindu-și că ar fi trebuit să fie o pisică, arătarea începu să-și lingă laba.

Scârbos! gândi Persefona. *Piatra asta nu-i curată.*

— Schimbă-ți înfățișarea! îi porunci Persefona.

Dacă era trimis, așa cum bănuia, de Hades, metamorful n-avea de ales decât să se dea de gol. În ciuda acestui lucru, pisica încercă să fugă. Era evident că nu se așteptase ca Persefona să se confrunte cu ea.

În timp ce alerga, corpul ei se îndreptă și crescu, transformându-se într-o femeie suplă îmbrăcată în armură aurie. Părul negru îi era împletit și-i cădea pe umeri. Persefona observă că avea câteva arme prinse de corp – o sabie lungă la șold, două cuțite încrucișate în spate, un pumnal pe coapsa dezgolită.

Era egidă și amazoană – o fiică a lui Ares crescută pentru brutalitate și război.

Se lăsă într-un genunchi, ducându-și mâna la piept, și spuse:

— Milady!

— Nu!

Vocea Persefonei era tăioasă, iar războinica o privi în ochi, ridicându-se în picioare.

— Hades te-a trimis?

— Este o onoare să vă slujesc, milady.

— Nu eu ți-am cerut asta, spuse Persefona.

— Lordul Hades își face griji pentru dumneavoastră. O să am grijă să fiți în siguranță!

Chiar nu suporta felul în care cuvintele acelea făceau ca speranța să-i înmugurească în piept.

— Nu am nevoie să ai grijă să fiu în siguranță. Pot să am eu grijă de asta. Am trăit în lumea muritorilor ani întregi, și crede-mă, dacă-mi sare o amazoană în ajutor, n-o să facă decât să-mi îngreuneze situația.

Femeia ridică privirea, sfidătoare.

— Voi face după cum poruncește lordul Hades!

— Atunci o să vorbesc eu cu lordul Hades! răspunse ea, răsucindu-se pe călcâie.

— Vă rog!

Persefona se opri, auzind cum tremură vocea amazoanei. Se întoarse cu fața spre femeie.

— N-ar trebui să mă aștept să vă pese, dar am nevoie de asta. Am nevoie de sarcina asta. Am nevoie de onoarea asta.

— De ce?

Persefona chiar era curioasă, dar nu-i plăcea schimbarea prin care trecuse amazoana. Femeia privi spre propriile picioare, iar umerii i se lăsară. Orice motiv ar fi avut, o împovăra. Apoi spuse:

— Nu vreau să-mi dau de gol rușinea.

Urmă o tăcere tensionată, apoi Persefona întrebă:

— Cum te numești?

Femeia părea zăpăcită.

— Îmi puteți spune egidă, milady.

— Prefer să-ți spun pe nume, rosti Persefona. Exact cum prefer și ca tu să-mi spui Persefona.

— Lordul Hades...

— Chiar mi-aș dori ca personalul lordului Hades să nu-mi mai spună ce-i place și ce-i displace lui. E clar că el nu s-a gândit să-mi acorde atât respect.

Își regretă pe dată izbucnirea, dar femeia zâmbi.

— E-n regulă, spuse aceasta, apoi făcu o pauză. Eu sunt Zofie.

— Zofie, îi rosti Persefona numele. Dacă e atât de important pentru tine, n-o să te alung.

Dar avea să aibă o discuție serioasă cu Hades... când se hotăra să-i vorbească din nou!

— Îți mulțumesc... Persefona!

— Întârzii! continuă ea și dădu înapoi, arătând spre ce purta femeia. O să discutăm și despre armură mai încolo.

Zofie înaintă.

— Lordul Hades a spus să nu te scap din ochi.

Persefona își dădu ochii peste cap.

— Zofie, n-am cum să te iau cu mine la birou... nici îmbrăcată așa, nici sub formă de pisică!

— Mă mulțumesc să te-aștept afară! propuse ea.

Persefona oftă.

— Bine. Vorbim și despre asta mai târziu.

Persefona plecă de pe alee, iar noua ei egidă o urmă. Avea o grămadă de întrebări pentru femeie – în speță, de unde venea și de ce era atât de important pentru ea să-și păstreze acea poziție? Persefona n-o putuse refuza când îi văzuse privirea, pentru că recunoscuse acea privire la ea însăși: era deznădejde.

Se întrebă dacă Zeul Morților îi alesese strategic egida pentru că știa că Persefona n-ar fi lipsit-o pe Zofie fără visul ei.

CAPITOLUL XX

Concurența

PERSEFONA SE HOTĂRÎ SĂ REZOLVE REPEDE PROBLEMA armurii lui Zofie.

După ce plecă de la lucru, amazoana tropăi în urma ei spre Lexusul lui Hades și sări în el.

— La Perlă, Antoni.

Se întreba dacă Afrodita era la butic. Din moment ce Zofie era angajata lui Hades și i se dăduse sarcina de-a o păzi pe Persefona în Lumea de Sus, în mod sigur nu avea să-l deranjeze faptul că îi trecea hainele, pantofii și accesoriile în contul lui.

Iar dacă îl deranja, ei bine, era vina lui c-o subminase.

Antoni aruncă o privire în oglinda retrovizoare.

— Văd c-ați cunoscut-o pe Zofie!

— Să nu-mi spui că știai de chestia asta, Antoni!

Ciclopul își plecă ușor capul, de parcă ar fi vrut să se ascundă de frustrarea ei.

— Cred că era inevitabil, milady!

Persefona nu răspunse. Privi pe fereastră în timp ce treceau pe lângă clădiri albe din marmură, biserici semețe și apartamente colorate, până când ajunseră la magazinul Afroditei. Persefona o luă în brațe pe Zofie, care protestă miorlăind tare.

— Șșș! porunci ea. Nimeni nu-și lasă pisica să intre prin magazine de capul ei.

Coborî din limuzină și intră în magazin.

— Nu știam că-ți plac pisicuțele, spuse Afrodita, apărând imediat ce Persefona așeză animalul pe podea.

Zeița era mai îmbrăcată ca de obicei, purtând o rochie de mătase de culoarea șampaniei cu flori în relief. Avea bretele subțiri, îi ajungea până la jumătatea pulpei și părea mai degrabă o cămașă de noapte decât ceva potrivit pentru a fi purtat în public, dar Persefona descoperise că e ceva tipic pentru Afrodita.

— Schimbă-ți înfățișarea! îi porunci Persefona, iar Zofie redeveni om.

Afrodita își miji ochii la amazoană.

— O fiică a lui Ares, rosti ea. Nu mă miră!

Persefona se încruntă.

— Ce vrei să spui cu asta?

— Hades ar oferi doar celor mai buni sarcina de-a te proteja.

Zofie înclină capul.

— E o onoare că spuneți lucrul ăsta, lady Afrodita.

Zeița Dragostei îi zâmbi cu jumătate de gură, dar fără bunăvoință.

— Bineînțeles! Toată lumea știe că voi, amazoanele, sunteți brutale, agresive și însetate de sânge. Sunteți bucată ruptă din tatăl vostru!

Zofie încremeni lângă ea, iar Persefona se întrebă de ce simțea zeița nevoia să fie atât de crudă.

— Afrodita, sper să-i pot cumpăra egidei mele o nouă gamă de ținute, adăugă repede Persefona. Am nevoie să se poată adapta la mediu, dacă tot o să mă... *protejeze*.

Persefonei îi venea greu să pronunțe cuvântul. Nu voia să aibă nevoie de protecție. Voia să se protejeze, dar acum, după ce se întâmplase cu câteva zile înainte, era la fel de probabil se rupă în bucăți.

— Ce s-a-ntâmplat? Sari prea tare în ochi ca războinică șic?

Persefona îi aruncă Afroditei o privire seacă în vreme ce începea să ia haine de pe suporturi și să le dea angajaților de acolo.

— Ce culori îți plac, Zofie? întrebă Persefona.

— Nu știu, răspunse tânăra. Nu m-am gândit niciodată la asta.

Persefona se opri și se uită la ea.

— Nu te-ai gândit niciodată la asta?

— Noi suntem războinice, lady Persefona!

— Asta nu înseamnă că nu vă poate plăcea moda, comentă Persefona, apoi râse în sinea ei.

Parcă era Lexa.

Când brațele angajaților se umplură cu mormane de haine, Persefona o conduse pe Zofie într-una dintre cabinele de probă și luă loc. Afrodita se tolăni în apropiere.

— Și cum stai cu viața amoroasă? întrebă Afrodita.

— De ce pui mereu întrebarea asta?

Întrebarea o frustra din motive evidente. Nu-l mai văzuse pe Hades de când se certaseră și suferea cumplit din pricina stării relației lor de-atunci încoace.

— Nu te-am mai întrebat niciodată. De obicei îmi dau seama după miros.

Persefona își dădu ochii peste cap, încă scârbită de abilitățile ciudate ale Afroditei.

— Păi, atunci cred că ai răspunsul.

Persefona nu o privi pe Afrodita, ci fixă cu privirea perdeaua după care dispăruse Zofie.

— Poate că nu faceți sex, dar tot îl iubești, spuse Afrodita.

— Bineînțeles că îl iubesc pe Hades!

Nu era nevoie de magie ca să vadă asta.

— I-ai spus?

— Am încercat.

„Să nu-mi spui că mă iubești!"

Afrodita tăcu o perioadă lungă, apoi spuse:

— Niciodată n-am spus cuiva că-l iubesc sincer.

— Și cu Hefaistos cum rămâne?

— Nu i-am spus niciodată că-l iubesc.

Urmă o pauză forțată, apoi Persefona întrebă:

— Asta pentru că îl iubești cu adevărat?

Afrodita nu răspunse, iar Zofie profită de moment ca să iasă din cabina de probă îmbrăcată cu o rochie albastră care-i venea mănușă, făcând-o să pară deosebit de bronzată și accentuându-i constituția atletică.

— Vai, Zofie! Arăți superb!

Amazoana se făcu roșie ca racul și se opri în fața oglinzii, netezindu-și rochia cu mâinile.

— Nu-i foarte bună pentru lupte, remarcă ea, încercând să dea o lovitură de picior și să stea pe vine.

— Păi, draga mea, dacă nu ești în stare să lupți într-o rochie croită la comandă și pantofi cu tocuri în ziua de azi, cum te poți numi războinică?

Persefona nu-și dădea seama dacă Afrodita vorbea serios sau nu. Unei nemuritoare îi era ușor să spună așa ceva. Zeii erau aproape invincibili.

— Să sperăm că n-o să ai niciun motiv să lupți cât mă păzești pe mine.

Zofie dispăru din nou după perdea. Încercă alte câteva ținute, preferând costumele cu pantaloni în locul fustelor și rochiilor. Persefona reuși să o convingă pe amazoană să cumpere o rochie simplă, de gală, lungă până în podea, de aceeași culoare albastră ca și cea pe care-o încercase mai devreme, argumentând că dacă războinica avea să-i fie egidă, avea să fie nevoită să participe la evenimente formale.

După ce terminară cumpărăturile, Persefona și Zofie rămaseră în fața magazinului Afroditei.

— Ai o casă? o întrebă.

— Casa mea e în Terme.

Era la nord, la câteva sute de kilometri distanță.

— Ai un loc unde să stai aici în Noua Atenă?

Zofie părea confuză.

— Trebuie să merg unde mergi și tu, Persefona!

În momentul acela, îi trecu prin cap o idee.

— Unde-ai fi stat dacă nu te-aș fi descoperit eu?

— Afară.

— Zofie!

— E-n regulă, milady, sunt rezistentă!

— Nu mă îndoiesc nicio clipă de rezistența ta – dar nu accept să dormi afară, ca pisică sau altfel. Poți să dormi pe canapea!

Aveau să regândească planurile de dormit când revenea Lexa din spital. Deocamdată, Sibila ocupase patul Lexei și era puțin probabil ca Persefona să mai doarmă în Lumea de Jos în următoarele câteva săptămâni.

— Nu pot să dorm, spuse Zofie.

— Ce vrei să spui?

— Nu am nevoie de somn. Cine stă cu ochii pe tine dacă eu nu stau trează?

— Zofie, am supraviețuit până acum fără să fiu răpită. Sunt sigură că o să fiu în regulă.

Dar imediat ce scoase cuvintele pe gură, simți o magie străină prinzând-o și senzația cunoscută de aspirație într-un vid. Cineva o forța să se teleporteze.

— Zofie...

Amazoana făcu ochii mari, iar ultimul lucru pe care-l văzu înainte să dispară fu expresia hotărâtă a lui Zofie în timp ce întindea mâinile spre ea.

O secundă mai târziu, Persefona fu aruncată în mijlocul unei mulțimi care urla. Aerul din jur era cețos și lipicios. Mirosea a fum și-a trupuri nespălate.

— Iată-te!

Apollo o cuprinse cu brațul de gât și o lipi cu forța de el. Era transpirat și îmbrăcat lejer, într-un tricou polo și blugi.

— Ce pizda mă-sii, Apollo? întrebă Persefona, împingându-l sălbatic, dar zeul o ținu cu forță, trăgând-o după el prin mulțime și conducând-o spre o scenă mică din partea din față a încăperii. În timp ce o făcea, întoarse capul spre al ei, șoptindu-i la ureche: Aveam o înțelegere, zeiță!

Persefona nu suporta să-i simtă respirația pe piele. Ar fi trebuit să se aștepte ca Apollo s-o răpească dintr-o clipă în alta. Era o parte din înțelegere pe care uitase să o lămurească, iar regreta acest lucru.

Fu aruncată sub niște lumini puternice, orbitoare, care făceau tot acel loc să pară și mai întunecat, astfel încât îi fu greu să-și dea seama exact câți oameni se aflau în mulțimea din fața ei.

Apollo înhăță microfonul și urlă în el:

— Persefona Rosi, doamnelor și domnilor! S-ar putea s-o cunoașteți drept amanta lui Hades, dar, în seara asta, ne va fi judecător, juriu și călău!

Mulțimea izbucni în urale.

Apollo puse microfonul la loc în suport și întinse mâna s-o prindă pe Persefona de braț. Ea dădu înapoi, dar zeul își așeză mâna pe spatele ei, conducând-o spre un scaun din spatele scenei.

— Nu mă mai atinge, Apollo! rosti ea printre dinți.

— Nu te mai preface că nu-ți place de mine! replică zeul.

— Nu-mi place. Să-mi placă de tine nu făcea parte din înțelegere! se răsti ea.

— Să știi că-mi surâde ideea de-a anula înțelegerea, Persefona, dacă te împaci cu moartea prietenei tale!

Ea se încruntă și se așeză. Apollo zâmbi.

— Ce fetiță cuminte! Și-acum stai acolo, cu un zâmbet pe fața aia frumușică a ta, și jurizează concursul ăsta pentru mine, ai înțeles?

Apollo o mângâie pe față. Persefonei îi venea să-i tragă un șut în ouă, dar se abținu, apucând mânerele scaunului. În timp ce el se întorcea din nou cu fața spre mulțime, aceasta începu să-i scandeze numele. Zeul îi încurajă cu mișcări ritmice ale pumnilor în aer.

— Doamnelor și domnilor de la Liră, avem în mijlocul nostru un pretendent!

Mulțimea huidui, dar Persefona se simți ușurată să știe în sfârșit unde se află. Lira era un club din Noua Atenă unde muzicienii de toate genurile țineau concerte. Era situat în Cartierul Artelor, la marginea orașului.

— Un satir care pretinde că este un muzician mai bun decât mine!

Și mai multe huiduieli.

— Știți ce zic eu? Să demonstreze!

Apoi se îndepărtă de microfon, cu fața scăldată în lumina de pe scenă.

— Aduceți-l pe concurent în față!

Avu loc o întrerupere, iar Persefona văzu mulțimea despărțindu-se. Doi bărbați mătăhăloși târau între ei un satir. Era tânăr și blond, cu părul creț adunat ca un cuib în vârful capului. Avea maxilarul încordat și pieptul i se ridica și cobora rapid, dându-i teama de gol, dar ochii îi erau negri, mijiți și ațintiți asupra lui Apollo cu o ură pe care Persefona o putea simți.

— Satirule! Vei fi pedepsit pentru trufia ta!

Mulțimea aclamă, iar Apollo le făcu semn bărbaților să-l aducă pe tânăr mai aproape. Îi dădură brânci pe scenă, făcându-l să se împleticească și să cadă în genunchi. Persefona îl urmări pe Apollo făcând să apară un instrument din aer. Era un soi de flaut, iar când satirul îl văzu, făcu ochii mari. Era clar că e important pentru el.

Apollo i-l aruncă, iar el îl prinse și-l strânse la piept.

— Cântă la el! Arată-ne talentele tale, Marsyas!

O clipă, băiatul păru și mai speriat de ideea de-a-și auzi numele ieșind de pe buzele zeului, apoi Persefona îl urmări ridicându-se în picioare cu o expresie hotărâtă.

Marsyas duse flautul la buze și începu să cânte. La început, Persefona abia auzi muzica pe care o cânta din cauza mulțimii extrem de gălăgioase. Nu se putu abține să se gândească la faptul că păreau a fi în mrejele vreunei vrăji, dar încet-încet tăcură. Persefona îl urmări pe Apollo, observând felul în care își strângea pumnii și își încorda umerii. Era clar că nu se așteptase ca satirul să fie bun.

Muzica lui era frumoasă – plăcută auzului, umplând toată încăperea, pătrunzând prin toți porii și întrepătrunzându-se cu sângele tuturor. Cumva, parcă știa exact cum să atingă fiecare emoție sumbră, fiecare amintire dureroasă, iar când se termină, Persefona se trezi că plânge.

Mulţimea tăcu, iar Persefona nu-şi dădea seama dacă o făcea de uluire sau dacă Apollo o împiedica să aibă vreo reacţie prin magie, aşa că începu să aplaude şi încet-încet restul mulţimii i se alătură, fluierând, aclamând şi scandând numele satirului.

Apollo se înroşi şi-i aruncă o privire ameninţătoare Persefonei, apoi făcu să-i apară şi lui un instrument: o liră.

În timp ce ciupea coardele, făcând să se audă o melodie frumoasă, fiecare notă părea a ţine mai mult decât ultima. Era un sunet straniu şi eteric, care nu liniştea, ci cerea atenţie. Persefona parcă nu mai avea loc pe scaun, şi nu-şi dădea seama de ce. Oare se temea de Apollo? Sau aştepta ca muzica să se transforme în ceva mai mult?

Când zeul termină de cântat, publicul izbucni în aplauze.

Persefona se simţi de parcă o apucase o mână de inimă şi-i dăduse drumul brusc. Se lăsă pe scaun, respirând adânc.

Apollo făcu o plecăciune spre mulţime, apoi se întoarse spre Persefona.

— Şi acum, să-i urăm bun-venit frumoasei noastre jurate!

Zâmbi, dar privirea îi era ameninţătoare.

Îi făcu semn Persefonei să i se alăture în lumina reflectoarelor. Se supuse, strâmbându-se când braţul lui i se încolăci ca un şarpe în jurul taliei.

— Persefona, *zeiţă* frumoasă ce eşti, spune-ne cine e câştigătorul concursului din această seară? Marsyas? întrebă el, făcând o pauză ca să lase publicul să huiduie, pentru că hipnoza sub care se aflase până atunci dispăruse. Sau eu, *Zeul* Muzicii?

Mulţimea aclamă, iar Apollo îi vârî microfonul în faţă. Îşi simţea inima bătând cu putere în piept, iar fruntea i se umplu de broboane de transpiraţie. Nu suporta luminile alea; erau prea strălucitoare şi prea fierbinţi.

Îl privi pe Apollo, apoi pe Marsyas, care părea la fel de îngrozit de ce-ar fi putut spune ea.

Vorbi, atingând cu buzele suprafața dură de metal a microfonului:

— Marsyas.

În clipa aceea, se dezlănțui infernul.

Mulțimea strigă în semn de protest, iar unii încercară să ia cu asalt scena. În același timp, matahalele care-l târâseră pe satir pe scenă se întoarseră și-l apucară din nou, silindu-l să stea în genunchi.

— Nu, nu, vă rog!

Era prima oară când tânărul vorbea. O implora, cu ochii negri plini de disperare.

— Retrageți asta! Lord Apollo, am greșit c-am vorbit împotriva talentului domniei voastre! Îmi sunteți superior!

Dar rugămințile nu-i fură ascultate, pentru că Apollo nu avea ochi decât pentru Persefona.

— Îndrăznești să mă sfidezi? rosti el printre dinți.

Avea maxilarul atât de încordat, încât venele de la gât stăteau să-i plesnească.

— N-am spus nimic cu subînțeles, Apollo. Marsyas a fost mai bun decât tine!

Faptul că nu-i plăcuse niciodată muzica lui Apollo n-o ajuta deloc.

Furia zeului se preschimbă curând în amuzament, iar un zâmbet răutăcios i se întipări pe fața frumoasă. Schimbarea bruscă din atitudinea lui îi îngheță sângele în vine.

— Judecătoare, juriu și călău, Persefona.

Se întoarse spre mulțime.

— Ați auzit verdictul Persefonei! strigă el la microfon. Marsyas, *câștigătorul*!

Mulțimea încă era furioasă. Striga cuvinte obscene și azvârlea cu tot felul de lucruri spre scenă. Persefona se ascunse în spatele lui Apollo.

— Aveți grijă! îi avertiză el. E protejată de Hades!

Ei i se păru ciudat ca el să spună asta, crezând că acesta ar fi preferat ca ea să fie atacată, dar mulțimea se potoli când li se reaminti acel aspect.

— Deși Marsyas este câștigătorul, tot se face vinovat de trufie! Cum să-l pedepsim?

— Spânzurați-l! strigă cineva.

— Spintecați-l! țipă altcineva.

— Jupuiți-l! strigară câteva persoane.

Uralele fură cele mai puternice în acel moment.

— Așa să fie!

Apollo puse microfonul la loc în stativ și se întoarse spre Marsyas, care se zbătea în brațele bărbaților care-l țineau.

— Apollo, nu cred că vorbești serios!

Persefona întinse mâna după el, iar zeul o împinse la o parte.

— Trufia va duce la prăbușirea omenirii și trebuie neapărat pedepsită, spuse el. Iar eu voi fi acela care-o va pedepsi!

— E doar un copil, îl contrazise ea. Dacă el e vinovat de trufie, și tu ești! Te-a rănit prea tare în orgoliu ca să-l lași să trăiască?

Apollo își strânse pumnii.

— Tu ești vinovată de moartea lui, Persefona!

Zeița îi sări în față, ascunzându-l pe Marsyas de el.

— N-ai să-l atingi! N-ai să-i faci niciun rău!

Era disperată și se temea să nu-și piardă controlul. Își simțea magia pulsând, provocându-i furnicături în carne și ridicându-i părul.

Apollo râse.

— Și cum ai să mă oprești?

Magia lui Apollo o înconjură, sufocând-o cu miros de laur. Se încruntă la el.

— Și-acum, spuse zeul, întorcându-se din nou spre Marsyas, să înceapă jupuirea!

Persefonei i se făcu greață.

Nu se poate să se întâmple așa ceva!

Apollo făcu să apară un cuțit de nicăieri, iar tăișul lui străluci în lumina arzătoare.

Persefona se strădui să se elibereze, dar cu cât se zbătea mai tare, cu atât mai apăsătoare părea magia lui Apollo.

Urmări cu ochii mari, îngrozită, cum Apollo îngenunchează în fața satirului și-i lipește lama de obraz.

Când îi văzu sângele picurând pe față, își pierdu controlul.

— Încetează! țipă cât o țineau plămânii.

Magia i se desprinse de corp. Era un sentiment ciudat, de parcă-i ieșea prin toți porii, prin gură și prin ochi. O ardea de parcă i-ar fi smuls pielea și o orbea de parcă ar fi fost lumină pură.

Când îi dispăru senzația, fu șocată să descopere că toată lumea încremenise: Apollo, oamenii lui, mulțimea, toți, în afară de Marsyas.

Satirul o fixa cu privirea pe Persefona, cu fața mânjită cu roșu de la rana provocată de Apollo.

— T-tu ești zeiță!

Persefona se repezi la el și încercă să desprindă degetele bărbatului de pe brațul satirului, dar acesta îl strângea prea tare. Agitată, căută o altă variantă. Nu știa cât timp avea să reziste magia ei. Nici măcar nu era sigură cum reușise să-i facă pe toți cei din încăpere să încremenească.

Apoi, privirea sa coborî spre cuțitul pe care Apollo îl ținea la câțiva centimetri de fața lui Marsyas. Întinse mâna după el, iar mânerul alunecos îi scăpă din strânsoare. Respiră adânc de câteva ori, apoi tăie degetele bărbatului, ca Marsyas să se poată elibera.

— Fugi! îl îndemnă.

— O să mă găsească, o contrazise el, frecându-se pe braț.

— Promit că n-o să mai vină după tine, spuse ea. Du-te!

Satirul o ascultă.

Așteptă până când el dispăru, apoi se întoarse spre Apollo și-i trase un șut puternic în ouă.

Descărcarea de agresivitate fu suficientă pentru a readuce toată încăperea la viață.

— Băga-mi-aș! răcni bărbatul din spatele ei, ținându-se cu mâna de piept în timp ce Apollo cădea la pământ, umilit.

Persefona se aplecă amenințător deasupra lui.

— Să nu mă mai pui niciodată într-o situație de genul ăsta! rosti Persefona cu vocea tremurând de furie.

Apollo respira greoi, ridicând privirea încruntată spre ea.

— Om avea noi o înțelegere, dar n-o să te folosești de mine. Du-te-n pizda mă-tii!

Părăsi clădirea cu zâmbetul pe buze.

CAPITOLUL XXI

Un strop de trădare

CÂND PERSEFONA REVENI ACASĂ, ÎI GĂSI PE SIBILA, Zofie și Antoni în livingul ei.

— Vai, slavă zeilor! exclamă Sibila, repezindu-se s-o îmbrățișeze. Ești în regulă?

— Sunt bine, răspunse Persefona.

Sincer, de multă vreme nu se mai simțise atât de bine.

— Unde-ai fost? întrebă Zofie.

— La Lira! Apollo s-a hotărât că azi e ziua în care profită de înțelegerea dintre noi! preciză Persefona.

Zofie făcu ochii mari.

— Ai o înțelegere cu Apollo?

Nu-i răspunse, ci merse în living să se așeze pe canapea, brusc epuizată. Cei trei o urmară.

— I-ați spus lui Hades că am fost răpită?

Antoni se scărpină la ceafă și se făcu aproape rozaliu la față. Nu era nevoie să răspundă; știa că ciclopul îi spusese.

Persefona oftă.

— Să-i spună cineva că sunt în regulă, să nu se-apuce să distrugă lumea!

Antoni și Zofie făcură un schimb de priviri.

— Îi spun eu, se oferi Antoni. Mă bucur că ești în regulă, Persefona!

Ea îi zâmbi ciclopului. Imediat ce plecă el, Sibila se așeză lângă Persefona.

— Ce te-a obligat Apollo să faci?

Persefona le povesti Sibilei și lui Zofie ce se întâmplase, omițând partea în care reușise să încremenească pe toată lumea din încăpere și tăiase degetele cuiva. Dar se hotărî că dorește ca ei să știe că-i trăsese lui Apollo un șut în ouă. Sibila râse. Zofie încercă să-și ascundă zâmbetul, temându-se, probabil, de răzbunare.

— Nu cred c-o să mă mai oblige să jurizez vreun concurs de talente în viitorul apropiat, spuse ea. Și nici n-o să mă mai răpească de pe stradă.

Urmă o perioadă lungă de tăcere.

— Ceva noutăți despre Lexa? o întrebă Persefona pe Sibila.

Oracolul clătină din cap.

— Încă dormea când am fost eu în vizită.

Tăcerea se prelungea. În atmosferă se simțea o ciudată stare de epuizare care părea a se fi abătut asupra tuturor deodată, iar Persefona oftă.

— Mă duc să mă culc. Ne vedem mâine, gașcă!

Își urară noapte bună, iar Persefona porni spre camera ei. Se opri în timp ce deschidea ușa, copleșită de mirosul lui Hades. Inima începu să-i bată mai tare în piept, iar pielea i se înfierbântă. Avea o senzație caraghioasă, fiind și entuziasmată, și neliniștită de posibilitatea de-a-l vedea și de-a vorbi cu el.

Închise uşa şi întrebă:

— De cât timp eşti aici?

— Nu de mult.

Vocea lui răsună din întuneric. Tonul său avea o nuanţă aspră. Persefona ştia că el încearcă să-şi ascundă emoţiile. Le simţea dând năvală în jurul ei: furie, teamă, dorinţă, jind.

Avea să le primească pe toate dacă asta însemna că putea fi aproape de el.

— Ştii ce s-a întâmplat?

— Am auzit fără să vreau, da, răspunse el.

— Eşti furios? îl întrebă, şi se trezi că-i e teamă de răspunsul lui.

— Da. Dar nu pe tine.

Hades păstrase distanţa până la acel moment, dar apoi îl simţi, iar energia lui se îndreptă spre a ei. Mâinile lui dădură de braţele ei, de umerii, apoi de faţa ei. Inspiră cu putere, simţindu-i atingerea.

— Nu te simţeam! spuse el. Nu te găseam!

Persefona îşi lăsă mâinile peste ale lui.

— Sunt aici, Hades! Sunt bine!

Crezu că avea s-o sărute, dar în schimb el îi dădu drumul şi aprinse lumina. Aceasta-i provocă usturimi de ochi.

— N-ai să înţelegi niciodată cât îmi e de greu!

— Îmi închipui că ţi-e la fel de greu cât mi-a fost mie să le fac faţă lui Minthe şi Leuce.

Privirea lui Hades se întunecă.

— Doar că Apollo nu mi-a fost niciodată amant!

El se încruntă. Ea îl stârnea, dar trebuia să-i vadă emoţia, să vadă că-i pasă.

— Nu ai fost în Lumea de Jos!

Persefona își încrucișă brațele la piept.

— Am fost ocupată, spuse ea.

Și furioasă, și speriată.

— Sufletelor le e dor de tine, Persefona! spuse Hades în cele din urmă.

Îl privi, nefiind sigură în ce direcție ducea discuția. Oare lui îi era dor de ea?

— Să nu le pedepsești pentru că ești supărată pe mine!

— Nu-mi ține morală, Hades! Tu habar n-ai prin ce-am trecut!

— Normal că n-am. Că aia ar însemna să vorbești cu mine!

Ea se încruntă.

— Cum vorbești tu cu mine sau cum? Nu sunt singura care are probleme de comunicare, Hades.

— N-am venit aici să mă cert cu tine, Persefona! spuse el. Sau să-ți țin morală! Am venit să văd dacă ești în regulă!

— La ce-ai mai venit? Putea să-ți zică Antoni!

— A trebuit să vin, răspunse el, ferindu-și privirea și încordându-și maxilarul.

Persefona simțea ceea ce el nu spunea. Emoțiile ce-și atingeau culmea între ei erau încărcate de disperare și teamă, dar de ce nu *spunea* el asta?

— Hades, eu...

Făcu un pas în față, spre el. Nu era sigură ce avea să-i spună. Poate „îmi pare rău"? Totuși, acele cuvinte nu păreau tocmai suficiente, iar ea nu avu timp să-și dea seama ce și cum, pentru că Hades vorbi:

— Ar trebui să plec. Întârzii la o *întâlnire*.

Dispăru, iar Persefona expiră cu putere, sprijinindu-se de ușă. Corpul i se îngreună brusc, iar mintea i se umplu de gânduri chinuitoare.

Abia aștepta să scape de tine, se gândi ea.

Tristețea i se cuibări în piept, dureroasă și fierbinte. Se îndreptă spre duș și rămase sub jetul fierbinte până când se făcu rece ca gheața. După aceea, se urcă în pat.

Îi era dor de Hades.

De alinarea lui.

De discuțiile cu el.

De atingerea lui.

De tachinările lui.

De pasiunea lui.

Îi era dor de tot ce însemna el.

Gemu și se întoarse pe-o parte.

Ciudat, auzea vocea Lexei în cap.

De ce nu i-ai cerut să rămână și gata?

Nu mi-a dat ocazia. Oricum era superocupat.

Măcar ai încercat să-l oprești?

Nu.

Deja se certaseră. Ce-ar fi făcut dacă el ar fi rămas?

Ați fi tras o partidă fierbinte de sex de împăcare, replică Lexa în mintea ei.

Reuși să zâmbească în ciuda lacrimilor ce-i înțepau ochii. O clipă, gândurile i-o luară razna. Cum ajunsese în situația aceea? Își întrerupsese relația cu mama ei și întrerupsese o înțelegere cu Hades ca să înceapă o alta, cu Apollo. Prietena ei cea mai bună era în spital, viitorul îi era încă incert, iar ei nu-i mai plăcea propria slujbă, de când cu ultimatumul lui Demetri.

Ce pizda mă-sii faci, Persefona?

Ce știi mai bine, o auzi pe Lexa răspunzând înainte să cadă într-un somn adânc.

Fără vreo veste despre Lexa de la mama ei, Persefona se îndreptă direct spre serviciu. Antoni opri în fața Acropolei, aruncând o privire în oglinda retrovizoare.

— Vrei să te conduc?

Zeița privea pe geam când vorbi el, iar vocea lui o umplu de groază. Nu pentru că voia s-o conducă, ci pentru că era nevoită să coboare din mașină.

Se străduise din răsputeri să îmbrățișeze gloata care țipa, dar astăzi nu avea chef de prefăcătorii.

Era tristă.

Îl privi pe ciclop.

— Nu, mulțumesc, Antoni!

În plus, undeva acolo se afla și Zofie, la pândă. Dacă situația scăpa de sub control, egida ar fi intervenit.

Persefona coborî din Lexus, intrând în grămada de fani și reporteri care urlau:

— Persefona! Persefona!

Ținu capul plecat, mergând cu pași hotărâți spre Acropole.

— Persefona! Ai văzut ce-a apărut în *Divine*?

— O cunoști pe femeia cu care Hades a fost văzut aseară?

Pașii ei șovăiră, apoi se opri, căutând în mulțime persoana care pusese întrebarea, când privirea i se opri asupra unei femei care ținea în mână un ziar. Pe prima pagină din *Delphi Divine* se afla o fotografie cu Hades și Leuce mână în mână. Titlul o izbi în față:

Hades iese cu o femeie misterioasă

Se apropie de muritoare și-i smulse ziarul din mâini. Deodată, tot ce era în jurul ei îi părea îndepărtat, iar sunetul fu acoperit de ceva ce-i năvălea în urechi.

„Întârzii la o întâlnire", auzi vocea lui Hades în mintea ei.

Întârzii la o lipeală, se gândi ea cu amărăciune.

Pe zei, cât de proastă am fost!

Oare se supărase atât de tare pe ea, încât căutase alinare la Leuce? Și așa, în văzul tuturor, pe deasupra. Probabil că voise s-o tortureze. Cu câteva luni înainte, nu s-ar fi lăsat fotografiat, și totuși acum era pe prima pagină din *Divine*.

Dar nu se simțea trădată doar de Hades.

Se simțea trădată și de Leuce. După tot ce făcuse ca s-o ajute pe nimfă, așa o răsplătea?

Persefona intră în clădire ținând ziarul strâns în mână. Elena ridică privirea în momentul în care ea coborî din lift, și pentru prima oară de când începuse să lucreze la *New Athens News*, nu o întrebă dacă e în regulă.

Zeița își adună lucrurile, inclusiv ziarul. Nu era sigură de ce mai voia să-l păstreze; poate pentru a i-l arunca lui Hades în față când avea să se vadă cu el. Poate pentru că-i plăcea tortura. Își porni calculatorul și făcu cafea, cu mintea plină de atâtea emoții, încât nu se putea concentra și simțea că are puseuri de fierbințeală. Într-o clipă era furioasă, în alta abia își putea stăpâni lacrimile.

La un moment dat, trecu la încercarea de a privi situația prin filtrul rațiunii.

Poate că totul a fost doar o neînțelegere.

Știa prea bine că presa te putea păcăli. O singură fotografie spunea doar o partea a poveștii.

Desfăcu iar ziarul și studie poza. Hades și Leuce păreau hotărâți, cu expresii serioase pe chipuri.

Pentru că știau că fuseseră prinși, chibzui ea.

Oare ce explicație avea să-i dea Hades? Oare voia măcar s-o audă?

Stomacul îi era întors pe dos, iar gâtul îi era umflat. Îi venea să vomite.

În timp ce se ridica în picioare, în față se stârni agitație, iar Persefona se uită într-acolo la timp ca să-l vadă pe Hades venind cu pași mari spre ea. Părea furios și hotărât, și nu avea ochi decât pentru ea.

— Pleacă în clipa asta! îi ceru imediat Persefona.

El făcea scandal. Toată lumea din redacție se oprise să se holbeze la ei.

— Trebuie neapărat să vorbim, spuse el.

Mirosul lui o izbi, iar prezența lui, și mai tare. Era un director executiv al morții, bine îmbrăcat, chipeș și sumbru.

— Ba nu, spuse ea.

— Atunci, crezi ce scrie acolo? întrebă el. În articolul ăla?

— Parcă aveai o întâlnire.

— Aveam, răspunse Hades.

— Și ai uitat, foarte convenabil pentru tine, să-mi spui că a fost cu Leuce?

— N-a fost cu Leuce, Persefona!

— În clipa asta nu vreau să aud așa ceva! Trebuie neapărat să pleci! spuse ea, și ieși de după birou.

Porni spre lift – avea să-l conducă afară.

— Când o să discutăm despre asta? o întrebă el.

— Ce să discutăm? Ți-am cerut să fii sincer cu mine când te vezi cu Leuce! Nu ai fost!

Apăsă pe buton pentru a chema liftul.

— Am venit la tine imediat după ce-am condus-o pe Leuce acasă, spuse el. Dar m-aș fi simțit aiurea dacă te-aș fi trezit. Ieri, când te-am văzut, păreai epuizată!

Se întoarse spre el cu ochii plini de lacrimi.

— Chiar *sunt* epuizată, Hades! Sunt *sătulă* de tine și mi-e *silă* de scuzele tale! spuse ea, arătând spre ușile liftului, care se deschideau. Pleacă!

Hades se încruntă la ea, apoi, fără niciun avertisment, o apucă de talie și o îmbrânci în lift. Magia lui aruncă scântei, iar ea își dădu seama că el împiedica pe altcineva să intre în lift sau să-l folosească.

— Dă-mi drumul, Hades! îi ceru, zbătându-se să se elibereze din strânsoarea lui, dar el o lipi și mai tare de perete. Mă faci de rușine! De ce-a trebuit să faci chestia asta acum?

— Pentru că am știut că o să tragi concluzii pripite!

Ridică privirea încruntată spre el, dar și expresia lui era la fel de aprigă.

— Nu mă fut cu Leuce!

— Există și alte moduri de-a înșela pe cineva, Hades! spuse ea, împingându-se în pieptul lui cu putere.

Era ca o stâncă, precum un munte de neclintit, enervant.

— Nu fac nimic din toate astea!

Ea continua să se uite la pieptul și încerca să nu izbucnească în plâns.

— Persefona, îi rosti Hades numele, iar ea închise ochii auzindu-i disperarea din voce. Persefona, te rog!

— Dă-mi drumul, Hades!

Rămase mult timp tăcut.

— Dacă nu mă asculți acum, ai să mă lași să-ți explic mai târziu?

— Nu știu, șopti ea.

— Te rog, Persefona! Dă-mi șansa să-ți explic!

— Te anunț eu, șopti ea cu vocea gâtuită de emoție.

— Persefona, insistă Hades, întinzând mâna să o atingă pe obraz, dar ea dădu înapoi din fața atingerii lui, tot fără să-l privească, ceea ce însemna că nu-i văzu expresia feței înainte ca el să dispară.

După ce Hades dispăru, ușile liftului se deschiseră, iar Persefona descoperi toată redacția adunată în fața ușilor.

— La ce pizda mă-sii vă holbați toți? se răsti la ei.

— Persefona!

Demetri era în fruntea mulțimii și arătă scurt cu degetul mare spre biroul lui.

— O clipă!

Fără tragere de inimă, îl ascultă și-l urmă în birou. Imediat ce se închise ușa, șeful ei luă loc lângă ea, nu la birou.

— Nu trebuie să-mi spui ce se întâmplă, de fapt. Dar nu te poți comporta așa la lucru.

— Cum?

— Liftul, înjurăturile, răspunse el.

— Liftul nu s-a defectat din vina mea...

Nici nu voia să-și imagineze ce credea lumea despre lift. Se repeta situația cu sufrageria.

Demetri ridică mâna.

— Uite ce-i, am văzut ce-a apărut azi-dimineață în *Divine*. Știu că treci printr-o situație complicată. Ce-ar fi să-ți iei liber restul zilei?

— Nu, sunt bine! Am nevoie să-mi iau gândul de la asta!

— Nu, Persefona! Trebuie neapărat să-ți rezolvi problemele! Serios! Hai, pleacă!

Persefona îl ascultă. Avea o senzație de amețeală când ieși din biroul lui Demetri. Își adună lucrurile și se îndreptă spre etajul întâi. Se opri, văzând mulțimea care aștepta afară. Nu putea să se confrunte cu ea sau să modifice ce apăruse în ziar în ziua aceea, așa că intră din nou în lift și alese să meargă la subsol.

Îl găsi pe Pirithous la oficiul de întreținere. Stătea la birou, absorbit de ceva din fața lui.

— Salut! spuse Persefona.

Pirithous sări ca ars. Era clar că nu se așteptase s-o vadă în pragul ușii sale. Se grăbi să ascundă la ce lucra, iar Persefona se ridică pe vârfuri, curioasă.

— Ce meșterești? îl întrebă.

— Aaa, nimic, răspunse bărbatul, ridicându-se stângaci în picioare. Pot să te-ajut cu ceva?

Părea agitat şi îşi freca uniforma cu mâinile, aşa că ea zâmbi.

— Am nevoie de ajutor, spuse ea. Poţi să mă scoţi de-aici?

— S-sigur. Iar vrei cu vehiculul de fugă?

— Nu e metoda mea preferată de evadare, dar dacă e singura...

El zâmbi ceva mai relaxat, făcând-o să se întrebe ce-l agita.

— S-ar putea să am ceva mai bun!

Pirithous îşi luă cheile, stinse lumina și încuie, apoi o conduse spre o uşă din capătul unui hol, pe care nu scria nimic.

Era intrarea într-un tunel subteran.

Persefona se încruntă la el.

— M-ai obligat să mă bag într-un tomberon şi ştiai de chestia asta?

Pirithous râse.

— Atunci n-aveam cheia.

— Aaa! făcu ea. Păi, atunci...

— Haide!

Pirithous îi făcu semn să intre, apoi închise uşa în urma lor. Tunelul era rece, din ciment şi luminat de un şir de becuri care scălda totul într-o lumină verde-pal.

— Unde duce ăsta?

— La Olive & Owl Gastropub din piața Monastiraki.

Tunelurile pietonale erau obişnuite în Noua Atenă, dar Persefona nu mai fusese niciodată într-unul.

— Există vreun motiv pentru care nu e deschis publicului larg?

— Probabil pentru că directorii executivi de la Acropole nu vor să-l împartă cu nimeni.

Aha! Are logică.

— Azi pleci devreme de la serviciu, observă Pirithous.

— Am nevoie de o zi în care să am grijă de psihicul meu, atâta tot, răspunse Persefona.

Nu voia să-i explice ce scria în ziar sau că Hades venise la ea la serviciu și făcuse scandal. Din fericire, Pirithous nu insistă. Nu făcu decât să aprobe din cap și să spună:

— Am înțeles.

Merseră în tăcere o perioadă scurtă, apoi Persefona întrebă:

— La ce lucrai mai devreme?

— La o listă, spuse el. Niște... provizii de care am nevoie.

Se gândi să-l întrebe ce fel de provizii erau, dar nu părea interesat să discute despre asta - sincer, părea la fel de distrat cum se simțea ea.

În cele din urmă, ajunseră la capătul tunelului, iar Pirithous descuie ușa.

— Mersi, Pirithous! Rămân datoare.

El clătină din cap.

— Încă n-ai învățat nimic despre cum e să le rămâi dator oamenilor?

Cuvintele o izbiră cu putere, iar întrebarea o puse pe gânduri, dar muritorul avu grijă să schimbe subiectul:

— Ai grijă, Sef!

El închise ușa, iar ea auzi broasca închizându-se cu un clic pe partea cealaltă.

Persefona traversă Olive & Owl Gastropub și ieși în piața Monastiraki, într-o curte pietruită cu câteva puburi, cafenele și o biserică enormă. Norii se înmulțiseră cât stătuse ea în subteran, iar în aer plutea o ceață ușoară, care acoperea totul cu un strat fin de burniță. Își îndesă mâinile în buzunare și se îndreptă spre apartament.

În drum spre casă, Persefona primi un mesaj din partea Eliskăi cum că Lexa se trezise. Schimbă direcția și se îndreptă spre spital.

Nu era sigură la ce se aştepta când îşi imagina reîntâlnirea cu Lexa, dar, când dădu cu ochii de prietena ei cea mai bună, îşi dădu seama că îşi făcuse speranţe prea mari.

Lexa părea epuizată. Era palidă şi avea cearcăne închise la culoare sub ochi. Avea buzele crăpate, iar părul negru îi era lipit de cap, o parte din el lipindu-i-se şi de faţă.

Apoi mai erau şi ochii.

Spre deosebire de restul corpului, aceştia nu reveniseră la viaţă, iar când o privi în ochi pe Persefona, nu străluciră a recunoaştere. Totuşi, reuşi să zâmbească, deşi simţea ceva sumbru acaparându-i adâncul minţii.

Ceva e în neregulă.

— Bună, Lex! spuse Persefona încet, apropiindu-se de pat.

Lexa se încruntă, iar când vorbi, o făcu pe un glas scăzut și răgușit:

— De ce sunt aici?

Persefona ezită și o privi pe Eliska, aşteptând lămuriri.

— Asta spune încontinuu de când s-a trezit, îi explică ea. Doctorul zice că e un simptom al psihozei.

— De ce sunt aici? repetă Lexa.

Eliska se apropie de ea şi se aşeză pe marginea patului, luând-o de mână.

— Ai fost implicată într-un accident, iubito, spuse ea. Ai fost rănită foarte grav.

Lexa se uită la mama ei, dar parcă nici pe ea n-o recunoştea.

— Nu, *de ce sunt aici?*

Lexa repetă întrebarea pe un ton mai agresiv, iar privirea-i deveni tulbure.

— N-am ce căuta aici!

Persefona simți cum îi piere culoarea din obraji. Își dădea seama ce spunea Lexa. Nu întreba de ce e în spital; întreba de ce e în Lumea de Sus.

Eliska o privi pe Persefona și-i văzu disperarea din ochi. Una era s-o aibă înapoi pe Lexa și alta să facă față impactului și consecințelor traumei ei.

— O chem pe asistentă, spuse Eliska. Așa o să petreci puțin timp singură cu ea.

— N-am ce căuta aici, repetă Lexa în timp ce mama ei ieșea din salon.

Persefona se așeză la capătul patului.

— Lexa! îi strigă zeița numele.

Dură o clipă, dar ridică în sfârșit capul și o privi pe Persefona în ochi.

— Nu-ți aduci aminte.

Ochii Lexei sclipeau de lacrimi.

— Eram fericită!

— Da, erai fericită, spuse ea, cu speranța că-și aducea aminte umflându-i pieptul. Cea mai fericită persoană pe care o cunosc, și erai îndrăgostită.

Asta o puse pe Lexa pe gânduri, făcând-o să se încrunte.

— Nu, clătină ea din cap. Eram fericită în Lumea de Jos!

Persefona înmărmurise. Era ultimul lucru pe care se aștepta să-l spună.

— De ce sunt aici? întreba Lexa iar și iar. De ce sunt aici? De ce sunt aici?

Vocea-i deveni mai puternică, apoi începu să se legene, zgâlțâind patul.

— Lexa, liniștește-te!

— De ce sunt aici? țipă ea.

Persefona se ridică în picioare.

— Lexa...

Ușa salonului se deschise deodată, iar Eliska și două asistente se grăbiră s-o imobilizeze. În clipa aceea, Lexa țipa – era un sunet pe care nu-l mai auzise niciodată la prietena ei cea mai bună. Dădu înapoi din fața acelei scene până ajunse la ușă, apoi o luă la fugă.

Țipetele Lexei o urmăriră pe Persefona până când în lift.

Așteptă până se închiseră ușile, apoi izbucni în lacrimi.

— Ești mulțumită de rezultate?

Se întoarse brusc și dădu de Apollo.

Era îmbrăcat cu un costum gri și o cămașă albă cu nasturi. Părul negru îi era o claie plină de bucle. Părea și frumos, și rece în același timp.

— Tu!

Persefona înaintă spre el. Apollo ridică dintr-o sprânceană și nu se mișcă. Zeița nu suporta faptul că el nu părea să se teamă deloc de ea.

— Ai zis că o vindeci!

— Și chiar am vindecat-o. Evident. E trează.

— Nu știu cine-i aia, dar nu-i Lexa!

Apollo ridică din umeri, iar nonșalanța lui o enervă pe Persefona atât de tare, încât începură să-i iasă liane din piele. Nici măcar nu simți durerea.

Apollo părea scârbit.

— Controlează-ți furia. Faci mizerie aici!

— Înțelegerea a picat, Apollo!

— Mă tem că n-a picat! spuse el, părând deodată mult mai înalt și mai impunător, în timp ce se ridica și-și desfăcea brațele. Mi-ai cerut să o vindec, iar eu am vindecat-o. Ce nu ai reușit tu să conștientizezi e că nu doar trupul, ci și sufletul ei era frânt, iar ăsta, mă tem, e domeniul amantului tău, nu al meu.

Parcă i se spunea din nou că Lexa avea să moară.

Nu cunoștea mare lucru despre suflete, nu cunoștea ce înseamnă să ai sufletul frânt.

Dar putea presupune.

Însemna că Lexa nu avea să mai fie niciodată Lexa pe care o cunoscuse înainte de accident.

Însemna că nimic nu avea să mai fie la fel.

Însemna că încheiase degeaba o înțelegere cu Apollo.

Știa că la asta se referise Hades.

„Faptele tale au condamnat-o pe Lexa la o soartă mai cumplită decât moartea."

Persefonei îi luă o clipă să se concentreze.

— Chiar ești cu adevărat oribil!

Se răsuci pe călcâie și plecă din lift în timp ce ușile i se deschideau. Apollo o urmă îndeaproape.

— Doar pentru că nu ai observat neajunsurile înțelegerii pe care-ai încheiat-o nu înseamnă că sunt rău.

— Nu, tot ce faci înseamnă că ești rău!

— Nici măcar nu mă cunoști, o contrazise Apollo.

— Faptele tale vorbesc de la sine, Apollo! Am văzut tot ce trebuia să văd la Lira.

— Există două versiuni ale fiecărei povești, iubițico!

— Atunci, chiar te rog, spune-mi versiunea ta! se răsti ea.

— Nu trebuie să mă justific în fața ta!

— Atunci, de ce continui să vorbești?

— Bine, nu mai vorbesc!

— Bine!

Se lăsă tăcerea în timp ce străbăteau etajul principal al spitalului, apoi Apollo vorbi din nou:

— Încerci să-mi distragi atenția de la obiectivul meu!

— Parcă nu vorbeai, se plânse ea, apoi întrebă: Ce obiectiv?

— Am venit să te invoc, spuse el. La o întâlnire!

— Una la mână, nu se invocă oamenii la întâlniri. A doua la mână, noi doi nu ieșim împreună. Ai cerut o tovarășă. Atât.

— Prietenii ies mereu împreună, o contrazise el.

— Noi nu suntem prieteni.

— Timp de șase luni, suntem. Așa ne-am înțeles, Guriță-Dulce!

Persefona se încruntă.

— Nu mă mai face în fel și chip!

— Nu te fac nicicum!

— Iubițică? Guriță-Dulce?

El zâmbi larg.

— Alinturi! Încerc să-l găsesc pe cel potrivit.

— Nu vreau niciun alint. Vreau să mi se spună pe numele meu!

Hermes îi dăduse deja o poreclă, iar ei ajunsese să i se pară un alint.

— Ghinion! Face parte din înțelegere, iubire!

— Nu, nu face, îl contrazise ea.

— Ți-a scăpat. Era scris cu litere mici.

Persefona știa că ochii verzi îi străluceau cu putere.

— Nu-i o variantă, Apollo! îl întrerupse ea. Ai să-mi spui Persefona și nicicum altfel! Dacă vreau să mi te adresezi pe un alt nume, am să te anunț!

Apollo avea o grămadă de lucruri de învățat despre respectarea dorințelor altora. Ea observă cum îi zvâcnea maxilarul și se întrebă ce avea să facă în continuare.

— Bine, rosti el printre dinți. Dar ai să vii cu mine. La Cele Șapte Muze. Să fii acolo la zece!

— Chiar nu e un moment potrivit în seara asta, Apollo!

Trebuia neapărat să meargă în Lumea de Jos și să asculte explicația lui Hades în legătură cu ieșirea cu Leuce, dar și să finalizeze pregătirile pentru sărbătorirea Solstițiului de Vară din seara următoare.

— Nu te-am întrebat dacă-ți pică bine momentul! replică zeul. Ți-am spus să te pregătești. Avem eveniment!

CAPITOLUL XXII

Cele Șapte Muze

PERSEFONA SE AFLA ÎN DRESSING, CĂUTÂND CEVA CU care să se îmbrace. Scoase un geamăt.

— Oare cu ce să mă îmbrac la Cele Șapte Muze?

— Stai să te-ajut, se oferi Hermes, luându-i locul Persefonei în șifonier și studiindu-i garderoba.

Persefona îl invocase imediat ce ajunsese acasă. Când îl strigase pe nume, el apăruse imediat și întrebase:

„Pe cine trebuie să omor, Sefi?"

„Pe frate-tu!" răspunsese ea.

„Aaa! Se poate amâna?"

Persefona îi dăduse o altă opțiune – s-o însoțească în seara aceea.

„N-a zis că trebuie să fiu singură."

Apollo sărise repede să-i arate Persefonei unde greșise când făcuse înțelegerea cu el, așa că avea să procedeze și ea întocmai. Nu-i surâdea deloc să fie singură cu Zeul Muzicii.

Hermes băgă capul pe ușă.

— Hades știe că ieși?

— De ce pune toată lumea întrebarea asta? se plânse Persefona. Nu trebuie neapărat să știe fiecare mișcare pe care o fac!

Hermes ridică din sprâncene.

— Ce-ai de te oftici? Întreb doar în caz că e posibil să te întâlnești cu el în seara asta!

— Și ce-are asta cu ținuta mea?

— Are toată legătura din lume cu ținuta ta! răspunse Hermes, dispărând iar în dulapul ei, iar după o clipă reapăru.

— Eu zic c-ar trebui să te îmbraci cu asta.

Ținea o rochie care arăta ca un mănunchi de dantelă cu foiță de aur amplasată strategic și ținută laolaltă cu aer.

— De unde-ai luat-o? îl întrebă, știind că ea nu avea așa ceva.

Hermes zâmbi larg.

— Ai vrea tu să știi!

Ea își miji ochii.

— Ai furat-o?

Probabil că se teleportase în timp ce se afla în dulap.

— Îmbracă-te cu ea și gata! spuse el, punând-o pe pat.

— Nu pot să mă îmbrac cu asta, Hermes!

— De ce nu?

— Pentru că o să pară că nu m-am îmbrăcat cu... nimic!

— Ba nu! O să pară că ești îmbrăcată cu foiță de aur amplasată strategic.

Se încruntă la el.

— Ție cumva ți-a scăpat că trebuie să ies cu Apollo?

— Ție cumva ți-a scăpat când te-am întrebat de Hades?

— O să-l scoți din sărite!

— Îl vrei pe Hades scos din sărite. Să nu cumva să mă minți, Sefi! Abia aștepți să trageți o partidă fierbinte de sex de împăcare când o să vă împăcați!

Hermes îi vârî Persefonei rochia în mâini.

— Acum, du-te!

Se îndreptă spre baie.

O parte din ea voia să-l facă gelos pe Hades, mai ales după toată situația cu Leuce.

Se îmbrăcă repede în rochie. Fu surprinsă de faptul că-i venea perfect și ieși din baie să-i arate lui Hermes, care scoase un fluierat.

— Ce mai rochie!

— Stai să pricep și eu! Tu vrei să port asta în cazul în care mă întâlnesc cu Hades?

Hermes ridică din umeri.

— Posibilitatea există mereu, dar, dacă nu-l vezi, știi că lumea o să facă poze.

— N-am cum să mă îmbrac cu asta, spuse Persefona.

Se îndreptă din nou spre baie ca să se schimbe, dar, când se întoarse, Hermes bloca ușa.

— Uite care-i treaba, trebuie să-i arăți lui Hades ce pierde!

— Și dacă Apollo crede că mă îmbrac special pentru el?

Hermes pufni, iar Persefona se încruntă.

— Bine, bine, ia fii atentă! Uite, se pot spune o grămadă de lucruri despre Apollo, dar el știe că ești a lui Hades! Poate că va flirta cu tine, dar nu va încerca nimic. Indiferent ce crezi tu, știe prea bine că e în primejdie să-și piardă biluțele.

— Dacă așa stau lucrurile, atunci n-ar fi trebuit să facă o înțelegere cu mine.

— Sefi, eu îl cunosc de mult timp pe Apollo. O fi el în multe feluri – egoist, egocentric și nesimțit –, dar e și singur.

— Păi, poate că dacă n-ar fi atât de egoist, egocentric și *nesimțit* n-ar mai fi singur!

— Ce vreau eu să zic e că-și dorește un prieten sau o prietenă. Și da, e un pic cam penibil că se-apucă să facă înțelegeri doar ca să aibă prieteni, dar, în caz că n-ai observat, Apollo nu știe nimic despre relațiile autentice. De-aia își face toți amanții și toate amantele s-o ia razna.

— Nici măcar nu se străduiește să devină mai bun.

— Pentru că nu trebuie s-o facă. E zeu!

— Asta nu-i o scuză.

— Și totuși, e o scuză.

— Tu nu ești ca el.

— Nu, dar te-ai gândit vreodată că eu sunt în minoritate? Majoritatea Divinilor sunt exact ca Apollo. El a avut doar ghinionul să-ți stârnească furia.

— O spui de parcă aș fi făcut ceva greșit.

— Te simți vinovată?

— Bineînțeles că nu! Apollo trebuia să răspundă pentru ce-a făcut!

— Și cu ce te-a încălzit chestia asta?

Cu nimic.

— Nu spun că-i bine sau rău ce-ai făcut. Ce spun eu e că nu așa îl faci pe Apollo să te-asculte!

— Dar cum îl faci?

— Păi... Îi ești prietenă, pur și simplu.

Persefonei îi venea să râdă. Nu-i plăcea de Apollo. Făcuse rău oamenilor - prietenei ei, mai precis. O înșelase, vindecând-o pe Lexa deși știa că sufletul ei era încă frânt. Cum să fie prietenă cu o persoană ca asta?

De parcă Hermes i-ar fi ghicit gândurile, adăugă:

— Oamenii ca Apollo sunt frânți, Sefi!

— Apollo nu e om.

— Și totuși, are defecte omenești, ca noi toți!

Schimbând subiectul, Hermes bătu din palme.

— Oare eu cu ce să mă îmbrac?

Se hotărî să îmbrace o ținută complet albă - o cămașă mătăsoasă, blugi și pantofi lucioși. Chiar când se pregăteau să plece, Zofie dădu buzna pe ușă.

— Unde credeți că vă duceți? ceru ea să afle.

— De unde știi că mergem undeva? întrebă Persefona, care îi spusese lui Zofie că avea să meargă la culcare când ajungea acasă.

— Am ascultat la ușă, răspunse amazoana.

— Bun, va trebui să stabilim o regulă în privința asta, spuse Persefona.

— Și întârziem!

Hermes o luă pe Persefona de mână.

— Așa că, dacă nu te superi...

Zofie scoase sabia.

— Dă-i drumul, altfel ai să-mi simți furia!

Hermes râse.

— Unde-ai găsit-o pe asta?

Persefona oftă.

— Zofie, pune aia deoparte!

— Oriunde mergi tu, trebuie să merg și eu, lady Persefona! spuse ea, încruntându-se la Hermes. Ca să te protejez.

Hermes încă râdea.

— Asta știe că sunt zeu, nu?

Persefona îi dădu un cot.

— Ajut-o pe Zofie să-și găsească ceva de îmbrăcat! Vine cu noi.

Când apărură în fața la Cele Șapte Muze, mulțimea le țipa numele.

Persefona se încruntă la Hermes în timp ce erau conduși înăuntru de doi centauri.

— A trebuit să anunți pe toată lumea că suntem aici, nu?

Acesta zâmbi larg.

— Cum altfel să afle Hades de rochie?

Ea îi trase din nou un cot zeului.

— Au! Ei, dar violentă mai ești în seara asta, Sefi! Eu încerc doar să te-ajut.

Abia reușiseră să intre în club, când drumul le fu blocat de Apollo.

Zeul se încruntă la Hermes.

— Tu ce cauți aici?

— Am fost invitat, răspunse Zeul Înșelătoriei.

Apollo își mută privirea asupra lui Zofie.

— O amazoană?

Zofie se încruntă la el, iar Persefona avu sentimentul că amazoana nu-l iertase pentru că o răpise.

— E egida mea, spuse Persefona. O cheamă Zofie. El se încruntă, iar Persefona rânji în timp ce adăugă: N-ai spus că nu pot să aduc o prietenă.

Apollo își dădu ochii peste cap și oftă.

— Hai, că am un separeu!

Se răsuci pe călcâie, iar cei trei îl urmară. Persefona observă că Zeul Muzicii alesese pantaloni din piele neagră și o cămașă cu plasă drept ținută de club. Pe sub plasă i se vedeau contururile mușchilor. Era bine clădit și atletic. Se trezi comparându-l din nou cu Hades. Cu Hades, al cărui corp părea clădit pentru a nimici, cu umeri lați și mușchi masivi.

Masa lui Apollo era mai degrabă ca un bar. Canapele albe erau așezate față-n față, iar niște perdele uriașe și albe le ofereau tuturor o oarecare intimitate. Aerul era încețoșat de fum și lumini de laser - de care nu scăpară nici măcar în separeu.

Zeul Muzicii se prăbuși teatral pe una dintre canapele, cu brațele răsfirate pe partea din spate și cu un picior sprijinit pe o pernă.

Persefona, Hermes și Zofie se așezară cu toții unul lângă celălalt. Zeița se simțea incomod în rochia decoltată și stătea cu spatele drept și mâinile pe genunchi.

— Și de când vă știți? întrebă Apollo ridicând dintr-o sprânceană deschisă la culoare și privind de la ea la fratele lui.

Părea frustrat.

— Suntem prieteni de-o veșnicie! răspunse Hermes, dând peste cap un shot din ce era pe masă.

— Mmm, ar trebui să încerci chestia asta!

Încercă să-i dea lui Zofie un pahar, dar încruntătura amazoanei îl făcu să se răzgândească.

— Las-o așa! zise el.

— Adică de șase luni, interveni Persefona. Eu și Hermes ne știm de șase luni.

— Șapte, o corectă Zeul Înșelăciunii. Am scos-o dintr-un râu și am fost azvârlit prin toată Lumea de Jos dacă tot mi-am bătut capul. Îi aruncă o privire Persefonei, adăugând: Apropo, atunci mi-am dat seama că Hades e îndrăgostit de tine.

Persefona își feri privirea, iar între ei se lăsă o tăcere ciudată, sau poate că Persefona se simțea doar nelalocul ei din cauză că Hermes începu să chicotească lângă ea.

— Îți aduci aminte când îi slujeai pe muritori, Apollo?

Apollo nu părea amuzat.

— Păi cine-a învățat-o pe Pandora să fie curioasă, Hermes?

Zeul Înșelăciunii se încruntă.

— De ce aduce toată lumea vorba de chestia asta?

— S-ar putea spune că tu ești răspunzător de toate relele lumii.

Un zâmbet se întipări pe buzele lui Apollo. Era chiar... șarmant.

— Dar cine-a băgat totuși răul la cutie? întrebă Persefona. Pare-o prostie.

Frații făcură un schimb de priviri.

— Tatăl nostru.

Persefona își dădu ochii peste cap.

Puterea nu înlocuia inteligența.

După câteva shoturi, Hermes le târî pe Persefona și pe Zofie spre ringul de dans. Muzica avea un ritm electronic și-i vibra în corp. O vreme chiar dansară împreună – până și Zofie, care stătuse ca pe muchie de cuțit, se relaxă, lăsându-se dusă de valul de trupuri.

Persefona continuă să se miște. Se scutura și se unduia, imitând mișcările lui Hermes, până când atenția îi fu atrasă de un bărbat chipeș care se apropia din spate de el.

Persefona îl încurajă, dar se trezi față în față cu Apollo. El nu dansa, ci stătea în mijlocul mulțimii, fixând-o cu privirea.

— Așadar, îți era teamă să fii singură cu mine?

— Nu îmi era teamă să fiu singură cu tine, doar că nu *voiam* să fiu singură cu tine!

— De ce?

— De ce? repetă ea, căci întrebarea o lăsase mută. Tu nu înțelegi prin ce m-ai făcut să trec azi-noapte? Era să omori un *copil*!

— A calomniat...

— Nu mai ești în Antichitate, Apollo! Lumea n-o să fie de acord cu tine, și va trebui să înveți să faci față acestui adevăr! Dă-o-n pizda mă-sii de treabă, mie nici măcar nu-mi place muzica ta!

Persefona făcu ochii mari. Oare chiar rostise acele cuvinte cu voce tare?

Apollo strânse cu putere din buze și după o clipă, întrebă:

— Vrei un shot?

— Ai de gând să-mi pui otravă în el?

Din nou, îi zâmbi strâmb.

Plecară de pe ringul de dans și se îndreptară spre bar, comandând un rând de băutură.

Apollo își dădu shotul peste cap, trântind paharul pe masă, și o privi pe Persefona.

— Și cum a primit amantul tău vestea înțelegerii noastre?

Persefona fixa cu privirea paharul gol.

— Deloc bine. Cred că nu pot să-l învinovățesc!

Îi promisese lui Hades o grămadă de lucruri și-l dezamăgise.

— Cred că mă urăște, adăugă ea atât de încet, încât crezu că Apollo nu o auzise.

— Hades nu te urăște, aproape că pufni Apollo. Nu-i în stare de așa ceva!

— Tu n-ai văzut ce privire mi-a aruncat!

— O privire de-aia cu totul frântă? întrebă el. Cred că înțeleg, Persefona!

Clipi spre el.

— E doar rănit și frustrat. Cu toții avem lucruri importante pentru noi - lucruri pe care punem mai mult preț decât pe orice altceva. Hades pune preț pe încredere. Pune preț pe procesul câștigării încrederii. Simte că a dat greș.

Persefona se încruntă.

— De unde știi asta?

— Olimpienii au o istorie lungă. Ne cunoaștem în niște feluri care te-ar face să tresari - la propriu și la figurat.

Persefona tremură.

— Hades nu se simte vrednic fără încredere. Are nevoie ca tu să crezi în el, să-ți găsești puterea în el.

Persefona se încruntă. Știa că lui Hades îi e greu să se simtă demn de închinarea oamenilor lui, dar niciodată nu se gândise că era posibil să aibă aceleași dificultăți în a se simți demn de iubirea ei.

Oare ce se întâmplase cu el de-a lungul nenumăratelor lui vieți?

— Ce s-a întâmplat cu tine? îl întrebă Persefona. Nimeni nu face ce faci tu fără... vreo traumă!

Lui Apollo îi luă mult să vorbească, dar răspunse în cele din urmă:

— Era un prinţ spartan. Hiacintus. Era frumos. Admirat şi curtat de mulţi zei, dar m-a ales pe mine. Înghiţi în sec şi repetă: M-a ales pe mine. Apollo se opri, apoi reluă: Am vânat şi ne-am căţărat pe munţi. L-am învăţat cum să tragă cu arcul şi să cânte la liră. Într-o zi îl învăţam *quoit*. *Quoit* era unul dintre jocurile jucate la Jocurile Panelenice. Implica aruncarea unui disc greu din metal. Lui Hiacintus îi plăcea să mă provoace şi voia să se ia la întrecere cu mine. Ştia că nu-l puteam refuza - pe el sau şansa de-a câştiga. Eu am aruncat primul. Nu m-am gândit la forţa din spatele aruncării. S-a repezit să prindă discul, dar aruncasem cu prea multă forţă, iar discul a ricoşat de pe pământ şi l-a lovit în cap.

Pieptul lui Apollo se umflă când el respiră adânc.

— Am încercat să-l salvez! Doar sunt Zeul Vindecării, ce pizda mă-sii! Ar fi trebuit să-l pot vindeca, dar de fiecare dată când magia mea se străduia să-i închidă rana, se deschidea la loc. L-am ţinut în braţe până a murit.

Vocea începuse să-i tremure.

— Multă vreme l-am urât pe Hades pentru asta. L-am acuzat pe el pentru ce mi-au luat Ursitoarele. L-am acuzat că a refuzat să mă lase să-l văd. Am... am făcut nişte lucruri de neiertat, ca urmare a morţii lui Hiacintus. De-asta mă urăşte Hades, şi, sincer să fiu, nu-l învinovăţesc.

— Apollo! şopti Persefona.

Ezitând, îi puse mâna pe braţ.

— Îmi pare foarte rău pentru pierderea ta!

El ridică dintr-un umăr.

— A fost demult!

— Asta nu înseamnă că e mai puţin dureroasă!

Deşi asta nu scuza faptele lui Apollo, acum îl înţelegea ceva mai bine. Fusese frânt cu mult, mult timp înainte, iar de-atunci tot încerca să găsească moduri în care să se simtă din nou întreg.

— Încă un rând! strigă el la barman, care se execută repede.

Apollo îi dădu Persefonei un shot.

— Hai noroc! zise el.

După ultimul shot, se lăsă o ceață totală. Persefona era amețită, amesteca de multe ori cuvintele și totul i se părea amuzant. Dansă cu Apollo până o durură picioarele, până când o usturară ochii de la lumini, până când pe piele îi apărură broboane de transpirație. Când sudoarea i se răci brusc, începu să se simtă rău și se împletici pe podea, lovindu-se de ceva tare.

— Aaa, salut, Hermes!

El se încruntă.

— Ești în regulă?

Persefona îi răspunse vomitând pe podea.

Următorul ei moment de luciditate fu acela în care se trezi întinsă pe canapeaua din separeul lui Apollo, iar un Hades neclar arunca o umbră asupra ei.

Părea impasibil, lucru care-o duru mai tare decât s-ar fi așteptat.

— De ce l-ai chemat? îl întrebă ea pe Hermes. Mă urăște!

— Dă vina pe Zofie! spuse Hermes.

Hades îngenunche lângă ea.

— Poți să te ridici în picioare? Aș prefera să nu te car în brațe de-aici!

Altă lovitură. Se ridică în capul oaselor. Hades încercă să-i dea apă, dar ea îi dădu peste mână.

— Dacă nu vrei să fii văzut cu mine, de ce nu te teleportezi?

— Dacă mă teleportez, s-ar putea să vomiți! Mi s-a spus că deja ai făcut-o o dată!

Nu părea deloc încântat.

Persefona se ridică în picioare. Dură ceva până când nu se mai învârti toată lumea cu ea, apoi se sprijini de Hades, care-o prinse repede în brațe.

Când îl simți lipit de pielea ei, parcă se înfioră de excitare. O făcu să tremure până-n miezul ființei. Îi înfierbântă tot corpul. O făcu să vrea să-i rostească numele gemând.

Era penibilă.

Îl îmbrânci.

— Hai să mergem!

Ea o luă înainte spre ieșire, unde aștepta Lexusul negru al lui Hades, iar Antoni o întâmpină cu zâmbetul lui strâmb când o văzu.

— Milady!

— Antoni, spuse, trecând repede pe lângă el și urcând în partea din spate a mașinii lui Hades în patru labe.

Își dădea seama pentru că-i simțea mirosul - mirosea a mirodenie, a cenușă și a păcat.

Niciodată nu se mai gândise la mirosul păcatului, dar îl simțea în clipa aceea - îmbietor și sexual. Îi umplu plămânii și-i înfierbântă sângele.

Pe drumul spre casă rămaseră tăcuți, iar în aer se simțeau din plin emoții care se băteau cap în cap. Persefona era ocupată să construiască un zid împotriva sentimentelor lui Hades - care erau sumbre. Le simțea încolăcindu-se spre ea, precum tentaculele magiei lui.

Fu atât de ușurată când ajunse la Nevernight, încât deschise portiera înainte ca Antoni să se fi ridicat de pe scaun, dar, în timp ce cobora din mașină, rată bordura și căzu, lovindu-se tare cu genunchiul de beton.

— Milady! strigă Antoni.

Întinse mâna s-o prindă de braț, dar ea-l dădu la o parte.

— Sunt bine!

Se rostogoli și se așeză. Genunchiul îi era varză, iar de rana însângerată i se lipiseră bucăți de mizerie. Hades se opri lângă Antoni, fixând-o amândoi cu privirea.

— E-n regulă, nici nu simt.

Încercă să se ridice, dar era destul de amețită și conștientă că mai mult mormăia unele cuvinte. Nu suporta să fie în halul ăsta.

Expiră prelung.

— Știi ceva? Eu cred c-o să mai rămân un pic aici!

Hades nu spuse nimic, dar de data asta o luă pe sus și o duse în Nevernight.

Clubul era gol, ceea ce îi dădea Persefonei de înțeles că era mai târziu decât crezuse inițial. Se aștepta ca el să se teleporteze în Lumea de Jos, dar în schimb o purtă în jos pe scări, pe ring, apoi la bar. Când o așeză, văzu că se afla pe marginea unei mese. Apoi el se întoarse și începu să meșterească ceva.

— Ce faci?

Hades îi dădu un pahar cu apă.

— Bea!

Bău. De data asta chiar îi era sete.

Cât timp bău ea, Hades își scoase sacoul și mai umplu un pahar cu apă. Îi curăță genunchiul rănit, spălând mizeria și sângele de pe el. După aceea, îl acoperi cu mâna, iar căldura lui o vindecă.

— Mulțumesc! șopti Persefona.

Hades dădu înapoi, sprijinindu-se de tejghea în fața ei. Zeița trebuia să recunoască faptul că nu-i plăcea distanța dintre ei. Parcă încă-i ținea inima în mână și o întindea în timp ce se mișca.

— Mă pedepsești? întrebă Hades.

— Poftim?

— Toate astea, răspunse el, arătând spre ea. Hainele, Apollo, băutura?

Ea se încruntă și își coborî privirea spre rochie.

— Nu-ți plac hainele mele?

Se încruntă la ea, și, nu știa de ce, dar asta o înfurie. Coborî de pe masă și își ridică rochia pe șolduri.

— Ce faci? întrebă Hades.

În ochi îi apăru o sclipire, iar ea nu-și dădea seama dacă era amuzat sau excitat.

— Mă dezbrac de rochie.

— Asta văd și eu. De ce?

— Pentru că nu-ți place.

— Nu am spus că nu-mi place, răspunse el.

Și totuși, nu o opri.

Se dezbrăcase din rochie. Stătea goală în fața lui.

Ochii lui Hades îi cercetau trupul cu lăcomie.

Pe zei!

Simțea furnicături în tot corpul, de parcă pielea ei ar fi fost o adunătură de nervi expuși. Degetele sale tânjeau să atingă, să provoace plăcere - ori ei înseși, ori lui, chiar n-o interesa.

— De ce nu purtai nimic pe sub rochie?

— N-aveam cum, răspunse ea. N-ai văzut-o?

Lui Hades îi zvâcni maxilarul.

— Îl omor pe Apollo! șopti încet printre dinți.

— De ce? întrebă ea.

— Ca să mă distrez.

Vocea lui era răgușită, iar Persefona chicoti.

— Ești gelos!

— Nu mă provoca, Persefona!

— Apollo n-avea de unde ști! replică ea, urmărindu-l cum bea direct dintr-o sticlă pe care-o luase de pe perete. Hermes a fost cel care-a venit cu ideea.

Sticla se făcu țăndări. Într-o clipă era în mâna lui Hades, în următoarea, podeaua de la picioarele lui era plină de cioburi și de alcool.

— Futu-i!

Persefona nu era sigură dacă înjurătura fusese rostită din cauza a ceea ce spusese ea despre Hermes sau din cauza faptului că tocmai făcuse risipă de whiskey.

— Ești în regulă? îl întrebă încet.

— Iartă-mă dacă stau un pic cam prost cu nervii! Am fost obligat să fiu celibatar.

Persefona își dădu ochii peste cap.

— N-a zis nimeni că nu poți să mă fuți!

— Ai grijă, zeiță! urui vocea lui, gros și înspăimântător.

Era vocea pe care-o folosea când o pedepsea.

— Nu știi ce-mi ceri.

— Ba eu cred că știu ce-ți cer, Hades. Nu că n-am mai fi făcut sex până acum!

El nu se mișcă, ci își înclină un pic capul, iar trupul ei se încordă, știind că orice i-ar fi cerut el avea s-o facă să tremure din toate încheieturile.

— Te-ai umezit pentru mine?

Se umezise, el o știa bine, iar reținerile lui o scoteau din sărite. Își înclină și ea capul și-l provocă:

— De ce nu vii să afli singur?

Ea așteptă, în timp ce pieptul lui Hades se ridica și cobora cu repeziciune, iar încheieturile pumnilor i se albiră în timp ce se prindea de blatul din spatele lui. Când el nu se clinti, ea se hotărî să aducă vorba despre Apollo – asta merita.

— De ce nu l-ai lăsat pe Apollo să-l vadă pe Hiacintus după moarte?

— Draga mea, chiar știi cum să blegești de tot o erecție, trebuie să recunosc!

Zeul se întoarse din nou spre șirul de băuturi alcoolice și mai găsi o sticlă. Persefona își încrucișă brațele la piept. Energia dată de alcool îi pierea și, deodată, nu mai simțea nevoia să fie dezbrăcată. Se întinse după sacoul lui Hades. Când îl luă pe ea, parc-o înghiți cu totul.

— A spus că te-a acuzat de moartea lui.

— M-a acuzat.

Răspunsul lui Hades fu scurt.

— Exact așa cum și tu m-ai învinuit pentru accidentul Lexei.

— N-am spus niciodată că te învinuiesc.

— M-ai învinuit pentru că n-am putut să te-ajut. Și Apollo a procedat la fel.

Persefona strânse din buze și răsuflă adânc.

— Eu... nu vreau să mă cert cu tine. Vreau doar să aflu versiunea ta.

Hades se gândi la asta în timp ce bea dintr-o sticlă pe care-o luase de pe raft. Persefona nu-și dădea seama ce era în ea – sigur nu whiskey.

În cele din urmă, el vorbi:

— Apollo n-a cerut să-și vadă amantul. A cerut să moară.

Persefona făcu ochii mari. Nu s-ar fi așteptat ca Hades să spună așa ceva.

— Bineînțeles, a fost o cerere pe care nu am putut – nu am vrut – să o îndeplinesc.

— Nu înțeleg. Apollo știe că nu poate muri. E nemuritor. Și dacă ar fi să-l rănești...

— Voia să fie aruncat în Tartar. Să fie sfâșiat în bucăți de Titani. E singurul mod în care poate fi ucis un zeu.

Persefona se înfioră.

— Bineînțeles, era revoltat, și s-a răzbunat în singurul mod în care știe el să se răzbune – s-a culcat cu Leuce.

Lucrurile se așezau cap la cap.

— De ce nu mi-ai spus? întrebă Persefona.

— Tind să-mi doresc să uit acea parte din viața mea, Persefona.

— Dar eu... n-aș fi...

— Ai încălcat deja o promisiune pe care-ai făcut-o. Mă îndoiesc că povestea trădării mele te-ar fi împiedicat să cauți ajutor la Apollo.

Nu știa cum să răspundă la asta - cuvintele lui erau dure, dar binemeritate. Tresări și se strânse și mai tare în brațe. Nu era sigură dacă Hades îi observase reacția sau se hotărâse să încheie discuția, dar el se îndepărtă de bar și adăugă:

— Probabil ești obosită. Pot să te duc în Lumea de Jos sau Antoni poate să te conducă acasă.

Îl studie o clipă și-l întrebă:

— Tu ce vrei?

De fapt, întreba: „Mă vrei?"

— Nu eu iau hotărârea asta.

Ea își feri privirea, înghițind în sec ca să-și alunge nodul din gât, dar vocea lui Hades o făcu să se întoarcă spre el.

— Dar dacă tot ai întrebat... te vreau mereu alături de mine. Chiar și atunci când sunt furios.

— Atunci o să vin cu tine.

O trase mai aproape de el, cu brațul ca un cârlig în jurul taliei ei. Se sprijini de bicepsul lui în timp ce taliile li se atingeau, iar privirile li se întâlneau. Voia să-l sărute - n-ar fi fost mare lucru. Erau deja atât de aproape unul de celălalt, dar ea șovăia totuși - vomitase și încă avea o senzație de dezgust pentru aia. Pe lângă asta, Hades nu se apropie de ea, iar durerea întipărită pe chipul lui o înghețǎ și-i împietri și ei inima.

Avea să fie nevoită să petreacă o noapte întreagă dormind lângă el.

Avea să fie greu.

CAPITOLUL XXIII

Sărbătoarea Solstițiului

PERSEFONA SE TREZI SINGURĂ.

Nu băgă în seamă strânsoarea din piept în timp ce se ridică să se pregătească. Imediat ce se îmbrăcă, o găsi pe Hecate în sala de bal a palatului, dându-le indicații sufletelor, daimonilor și nimfelor cu privire la sarcinile lor în timp ce se pregăteau pentru sărbătoarea solstițiului din seara aceea.

Când sosi Persefona, Hecate zâmbi, iar câteva voci izbucniră deodată:

— Milady, ați sosit!

Era atâta energie și entuziasm în încăpere, încât Persefona nu putu să rămână îmbufnată.

— Sper că nu m-ați așteptat mult, spuse ea.

— Tocmai terminam de repartizat sarcini, răspunse Hecate.

— Grozav! Eu ce pot să fac?

Persefona văzu ezitarea de pe fața lui Hecate.

— Firește, ar trebui să supraveghezi!

Persefona se încruntă.

— Mi-ar plăcea să ajut! spuse ea și se uită la cei adunați în sală. În mod sigur unora dintre voi v-ar prinde bine două mâini în plus!

La început, fu întâmpinată de tăcere, apoi Yuri prinse glas:

— Bineînțeles, milady. Ne-am bucura de ajutorul dumneavoastră cu aranjamentele florale!

Persefona zâmbi larg.

— Mulțumesc, Yuri! Mi-ar plăcea foarte mult.

Ca să nu mai pomenească de faptul că avea nevoie să-și distragă cumva atenția - orice care să-i ia gândul de la ultimele câteva săptămâni.

— Să trecem la treabă! strigă Hecate, iar mulțimea se împrăștie.

Persefona lucra cu un grup din sala de bal care făcea aranjamente florale, ghirlande și coroane din florile pe care sufletele le culeseseră din grădinile Lumii de Jos.

— Ești mai tăcută decât de obicei, remarcă Hecate, venind să lucreze alături de Persefona.

Tăia frunze de pe tulpini, iar Persefona le aranja într-o urnă încăpătoare.

— Chiar așa?

Fusese atât de absorbită de munca ei, încât nu fusese prea atentă la ce se întâmpla în jur.

— Nu doar azi, spuse Hecate. N-ai mai fost în Lumea de Jos de zile întregi.

Persefona încremeni o clipă, apoi continuă să lucreze. Nu știa ce să spună - oare ar fi trebuit să-și ceară scuze? Ochii i se umplură de lacrimi, iar înainte să apuce să se dezmeticească, Hecate o conducea afară din sala de bal, pe hol, în biblioteca lui Hades.

— Ce s-a întâmplat, draga mea? o întrebă Hecate, făcându-i semn să se așeze și îngenunchind în fața ei.

— Am dat-o în bară rău de tot!

— Sunt sigură că nu e nimic de nerezolvat.

— Eu sunt sigură că așa e, spuse Persefona. Am făcut o grămadă de greșeli, Hecate! I-am distrus viața celei mai bune prietene ale mele, am făcut o înțelegere cu un zeu cumplit și mi-am sacrificat relația cu Hades!

— Chiar că e mult!

Cuvintele lui Hecate o făcură pe Persefona să se simtă și mai jalnic.

— Dar nu cred că e adevărat.

— Sigur că e adevărat, spuse ea, fixând-o pe Hecate cu privirea, derutată de cuvintele zeiței.

— Ai lovit-o tu pe Lexa cu mașina? întrebă Hecate.

Persefona clătină din cap.

— Nu tu i-ai distrus viața prietenei tale, spuse ea. Muritorul care conducea acea mașină a făcut-o.

— Dar nu mai e la fel...

— Nu mai e la fel. Și dacă și-ar fi revenit de una singură, fără ajutorul magiei lui Apollo, tot n-ar fi fost la fel. Ai făcut o înțelegere cu un zeu, da – cumplit?

Hecate ridică din umeri.

— Dacă-l poate învăța cineva pe Apollo să dea dovadă de mai multă compasiune, tu ești aceea, Persefona.

Ea nu era sigură în privința asta, dar după ce aflase despre trecutul lui Apollo, știa că își dorește să facă ceva pentru el. Poate dacă dădea dovadă de bunăvoință față de el, acesta, la rândul lui, avea să dea dovadă de bunăvoință față de ceilalți.

— Cu sau fără compasiune, asta nu schimbă cu nimic ce simte Hades față de mine! Nu are încredere în mine și nici nu crede că eu am încredere în el.

— Hades are încredere în tine, o contrazise Hecate. Doar ți-a dăruit inima lui!

— Sunt sigură că regretă decizia asta!

— Nu poți fi sigură de ceva dacă nu întrebi, Persefona! E mai nedrept să presupui că știi ce simte Hades!

Persefona se gândi la asta. Voise să-l întrebe multe lucruri în ziua care trecuse, dar teama și rușinea o împiedicaseră.

— Și am o presimțire că întunecatul nostru conducător nu a fost prea corect cu tine!

Persefona nu era sigură că acest „corect" era cuvântul potrivit.

— A fost sincer în legătură cu faptul că e supărat pe mine.

— Și probabil ăsta e motivul pentru care îți dorești să-l eviți. Și eu l-aș evita. Nimeni nu-l place pe Hades când e furios.

Persefona scoase un râset anemic.

— Ce vreau eu să spun e că amândoi aveți foarte multe de învățat din asta. Dacă vreți ca relația voastră să meargă, trebuie să fiți sinceri. Nu contează dacă vorbele voastre sunt usturătoare; ele sunt importante.

Folosise multe cuvinte.

— Nu-ți face griji, iubita mea!

Hecate se ridică în picioare, ridicând-o și pe Persefona cu ea.

— Totul va fi bine.

Înainte să plece din bibliotecă, Persefona se opri.

— Hecate, tu știi cum să găsești un suflet în Lumea de Jos?

Aceasta zâmbi.

— Nu, dar știu cine știe.

Persefona și Hecate se întoarseră în sala de bal și terminară cu aranjamentele florale. După aceea, se îndreptară spre bucătărie, unde Milan, un daimon, și câteva suflete care fuseseră bucătari în viețile anterioare, lucrau la ospățul pentru solstițiu. Milan insistă ca ele să încerce o gamă de gemuri, conserve, struguri, smochine, rodii, fragi, pere și curmale. Mai erau și cărnuri maturate și diverse brânzeturi, biscuiți și ierburi proaspete.

— Milady Persefona, știți cumva rețeta pentru pâinea aceea dulce pe care-ați făcut-o? întrebă Milan.

Ei îi luă o clipă să înțeleagă ce vrea să spună Milan.

— Aaa, de tort zici!

— Ce-o fi fost, a fost delicios! spuse Hecate. Și aproape c-a stârnit un război!

Persefona râse. Băgase tortul în cuptor, îl lăsase să se răcească peste noapte și uitase cu totul de el.

— E foarte ușor, Milan. Te învăț eu!

Daimonul zâmbi larg, iar Persefona petrecu toată după-amiaza în bucătărie gătind, până ce Hecate o luă deoparte ca să se pregătească pentru festivități.

Stătură în dormitorul lui Hades. Nimfele lui Hecate, lampadele, îi aranjară Persefonei părul în bucle netede, ridicându-i pe jumătate o parte din el. Avea un machiaj mai închis la culoare decât de obicei, cu un contur sclipitor și un rimel gros, care-i făceau ochii să pară mai mari și mai deschiși; culoarea îi deschidea și irisurile. Buzele de un roșu-burgund veneau în completarea înfățișării ei.

În timp ce își urmărea transformarea în oglindă, își aminti de serile pe care le petrecuse împreună cu Lexa pregătindu-se pentru evenimente. Persefona nu crescuse printre muritori, așa că, atunci când venise la Universitatea Noua Atenă, nu se pricepea la machiaje și la modă. Lexa îi arătase cum stă treaba cu ele, și se pricepuse de minune.

Se pricepe în continuare de minune, se corectă Persefona.

Lexa *era* în viață.

Doar că Persefona avea impresia că Lexa e ca și moartă. Persoana care stătea în patul ăla de spital semăna cu cea mai bună prietenă a sa, dar nu se purta ca ea.

Ochii Persefonei se umplură de lacrimi, aşa că trase adânc aer în piept, privind spre tavan. Lampadele îi simţiră tulburarea şi o mângâiară pe faţă şi pe păr.

— Sunt bine, șopti ea. Doar că m-am gândit la ceva trist.

— Poate te-ajută asta să-ţi iei gândul, spuse Hecate, intrând în camera lui Hades.

Persefona se întoarse în scaun în timp ce Zeiţa Vrăjitoriei se apropia cu o cutie lungă şi albă. Înăuntru se afla o rochie superbă. Era neagră cu reflexii aurii. Mânecile îi erau desprinse de umeri, lungi şi despicate, dând impresia unei mantii.

— Vai, Hecate! E superbă, spuse Persefona, răsucind-o în faţa oglinzii după ce-o luă pe ea.

Rochia nu era singura surpriză pe care i-o pregătise Hecate. Se plasă în spatele Persefonei şi făcu o mişcare ca şi cum i-ar fi pus ceva pe cap. În timp ce făcea asta, în mâini îi apăru o coroană. Era din fier, zimţată şi plină de pietre strălucitoare: obsidian, perle negre şi diamante. Aşezată pe cap, semăna cu o aură neagră, în contrast puternic cu părul ei de culoare deschisă.

— Arăţi superb! spuse Hecate.

— Mulţumesc! şopti Persefona.

Nu se recunoştea în oglindă şi nu era sigură ce anume era diferit - coroana, rochia, machiajul sau altceva. Se întâmplaseră multe lucruri în ultima lună, iar ea le simţea greutatea pe umeri, pe piept, până în stomac.

— Hades a venit?

— Sunt sigură că vine şi el mai târziu, răspunse Hecate.

Persefona îşi privi prietena în ochi în oglindă. Îl voia pe Hades. Nu era nevoie să vorbească; voia doar să fie alinată cu prezenţa lui.

— Hai, că sufletele au o surpriză pentru tine!

Hecate o prinse pe Persefona de mână și plecară din camera lui Hades. Lampadele le urmară și ele, zburând în grabă să-și ocupe locurile afară.

Tot palatul era împodobit. Buchetele de flori la care lucraseră Persefona și ceilalți aduseseră la viață umbrele. Mesele de banchet erau încărcate cu mâncare și lumânări aprinse. Mirosurile făceau să-ți plouă-n gură. Ușile panoramice ale palatului erau deschise și duceau într-o curte în care ardea un foc, iar sufletele ridicaseră un arminden.

Când Persefona ieși, sufletele, daimonii și nimfele izbucniră în urale.

Yuri se repezi în față, prinzând-o de mâini pe Persefona.

— Persefona! Haide, copiii au o surpriză pentru tine!

Yuri o scoase din curtea de piatră prin iarba aplecată la pământ, unde lampadele se adunaseră în cerc. Sufletele le urmau și ele.

Fu surprinsă când Yuri o conduse spre un tron aflat în partea de sus a cercului. Spre deosebire de al lui Hades, era un scaun făcut din aur. Metalul fusese modelat în formă de flori, iar pernele erau albe.

— Yuri, eu nu sunt...

— Poate că nu ești regină după titlu, dar sufletele te numesc regina lor.

— Asta nu înseamnă că trebuie să port coroană sau să stau pe un tron în Lumea de Jos.

— Fă-o de dragul lor, Persefona! o imploră Hecate. Face parte din surpriză.

— Bine, spuse Persefona, aprobând din cap. De dragul sufletelor.

Luă loc, iar Yuri bătu încântată din palme.

O clipă mai târziu, copiii apărură din întuneric, intrând în cercul de lumină îmbrăcați în haine colorate. Își începură spectacolul bătând din picioare și din palme la unison. Dădea impresia unei melodii, crescând ritmul pe măsură ce se desfășura spectacolul. Curând, bătăilor din palme și picioare li se alăturară și vocile lor, iar ei începură să se miște de colo-colo, creând tot felul de linii și de forme cu corpurile lor. Până la sfârșitul reprezentației, Persefona bătea din palme și zâmbea atât de larg, încât o durea fața. Copiii zâmbeau și ei larg, făcând o plecăciune la aplauzele ei.

Apoi se auzi un flaut, iar copiii începură să cânte. Vocile li se ridicau și coborau într-o melodie tulburătoare. Cântecul pe care-l cântau era povestea râului Lethe, râul uitării, și vorbea despre o femeie care băuse din apele lui și uitase de iubirea vieții ei. Când se încheie cântecul, Persefonei i se puse un nod uriaș în gât. Se ridică în picioare și aplaudă, iar copiii alergară spre ea, cuprinzându-i picioarele în brațe.

— Vă mulțumesc! spuse ea. Ați fost minunați cu toții!

După spectacolul copiilor începu adevăratul festival, iar locuitorii se împrăștiară. Unii dansau și cântau la instrumente, iar alții jucau jocuri - curse, aruncări cu discuri și concursuri de sărituri. Un grup intră în sala de bal ca să mănânce, iar copiii se adunară în jurul armindenului.

— Persefona!

Leuce se apropie de zeiță, cuprinzând-o înconjurându-i gâtul cu brațele, cu un pahar de vin în mână.

— Leuce, ce mă bucur c-ai reușit să ajungi!

Nimfa dădu înapoi.

— Mulțumesc că m-ai invitat! E absolut minunat! N-am mai văzut vreodată palatul în culori atât de vii!

— Bea! o îndemnă, dându-i Persefonei paharul pe care-l ținea în mână. Vinul are gust de căpșuni și de vară!

Leuce se răsuci pe călcâie și se îndepărtă, dispărând în mulțimea de suflete.

— Măi să fie, nu semeni tu cu Regina Lumii de Jos? spuse Hermes, apărând de nicăieri.

— Hermes! exclamă ea, cuprinzându-l în brațe. Ce mă bucur că ai reușit să vii!

Persefona îi zâmbi Zeului Înșelăciunii. Era îmbrăcat ca un zeu străvechi – în armură aurie și cu un șorț de piele. Avea sandalele strânse pe coapsele puternice, o coroniță din frunze de laur îi era așezată pe cap, iar aripile cu pene albe îi înveșmântau trupul ca o mantie fină.

— Pentru nimic în lume n-aș rata așa ceva, Sefi! spuse el, apoi îi făcu cu ochiul, ridicând o sticlă de vin pe care-o șterpelise din sala de bal. M-ajută vinul! Unde-i bosumflatul ăla de amant al tău? Sper că n-a fost prea supărat pe tine, nu?

Auzind pomenit numele lui Hades, Persefona își aminti că Zeul Lumii de Jos încă nu-și făcuse apariția. Se încruntă.

— Nu știu sigur unde e! A plecat înainte să mă trezesc eu.

— Hopa! Sefi, să nu-mi spui că n-ați făcut sex de împăcare!

Oare când ajunsese sexul să fie un subiect constant de discuție între ea și Hermes?

— Nu.

— Îmi pare rău, Sefi! spuse Hermes, apoi îi mai turnă niște vin în pahar. Dă-l peste cap, frumusețe! O să ai nevoie!

Dar Persefonei nu-i ardea de băut, iar atenția lui Hermes fu distrasă curând.

— Nemesis! țipă Hermes când o văzu pe Zeița Răzbunării și a Pedepsei Divine. Am ceva de împărțit cu tine!

Persefona se strădui să nu râdă. Se amuza când îl auzea pe Hermes folosind expresii de-ale muritorilor. Dădu să se întoarcă și-l văzu pe Apollo. Pesemne că tocmai sosise, întrucât era sigură că i-ar fi simțit deja prezența amenințătoare. Parcă trimitea paraziți în aerul dintre ei.

Purta o robă roșie prinsă cu frunze aurii stilizate. Nu-i mai văzuse niciodată coarnele, dar în seara aceea se mândrea cu ele. În total avea patru, iar două dintre ele îi coborau, încârligate, pe față. Aproape că semănau cu un coif purtat în luptă.

Îi zâmbi și se apropie de el.

— Când am verificat eu ultima oară, eu eram cel care te invoca.

— Nu te-am invocat, replică Persefona. Te-am invitat. Nu trebuia neapărat să vii.

Apollo strânse din fălci.

— Dar mă bucur că ai făcut-o, adăugă ea, iar zeul ridică din sprâncene. Haide, vreau să întâlnești pe cineva!

Îl conduse pe Apollo afară, unde era înălțat armindenul, iar morții dansau. Îi luă ceva, dar îl găsi în cele din urmă stând cu o mulțime de suflete. Hiacintus, tânărul pe care-l iubea Apollo. Era frumos, cu mușchii bine definiți și o claie de păr blond. Când zâmbi, îi sclipiră dinții, iar râsul lui suna a cântec. Își dădu seama când îl văzu Apollo, pentru că se încordă dintr-odată lângă ea.

— Du-te la el, Apollo! îl îmboldi.

El ezită și păli.

— Își mai amintește...?

— Încă te mai iubește, răspunse Persefona. Și te-a iertat.

Fu surprinsă în momentul în care Apollo o privi cu o expresie severă pe față.

— De ce? întrebă el.

Ea clipi.

— Poftim?

— De ce faci asta pentru mine? Eu m-am purtat atât de rău cu tine!

— Toată lumea merită bunăvoință, Apollo.

Mai ales cei care fac rău altora, vru să adauge, dar se abținu.

— Du-te! îl încurajă. Nu aveți mult timp, așa că trebuie să profitați din plin de el.

Însă el continua să o fixeze cu privirea, ca și cum nu reușea s-o citească.

După o clipă, el se întoarse, inspiră adânc, își îndreptă umerii și porni cu pas lejer spre Hiacintus. Tânărul suflet sări ca ars, iar expresia de pe fața lui fu înlocuită cu una de șoc profund când îl văzu pe Zeul Muzicii apropiindu-se. Lăsă băutura deoparte și îl cuprinse pe Apollo cu brațele de gât, trăgându-l spre el. Când buzele li se întâlniră, Persefona simți un junghi în piept – își reaminti cât îi era de dor de Hades.

Clătină din cap și plecă din curte spre grădini. Spera să stea singură câteva minute, dar dădu peste o siluetă ascunsă în umbre, care-o sperie.

— Thanatos! șopti ea după ce i se potoli inima. M-ai speriat!

— Îmi pare rău! Nu asta îmi era intenția.

Zeița se încruntă. Nu-l mai văzuse pe Zeul Morții de când țipase la el la spital. Simțea ceva diferit în aerul dintre ei. Dacă înainte era prietenie, acum era o oarecare durere.

— Ce cauți aici?

— Mă bucur de bucuria sufletelor, răspunse el.

Nu privea spre ea, ci fixa cu privirea armindenul din fața lui scăldat în lumina nimfelor.

— De ce nu li te-alături?

Thanatos zâmbi trist.

— Nu sunt făcut pentru veselie, milady.

Asta o făcu să se încrunte.

— Te rog, spune-mi Persefona, Thanatos!

El lăsă capul în jos.

— Așa. Îmi pare rău!

— Ba nu, *mie-mi pare rău*! spuse ea. Nu există scuze pentru cum m-am comportat cu tine. Abia... abia îmi vine să cred!

— E-n regulă, Persefona. Sunt obişnuit cu aşa ceva.

Ea făcu o grimasă.

— Mă doare să ştiu lucrul ăsta. Mi-aş dori să nu fie aşa – meriţi mai mult, mai ales din partea unei prietene.

Thanatos o privi în ochi, zâmbind.

— Îţi mulţumesc, Persefona!

Rămaseră pe loc o vreme, privindu-i pe locuitorii Lumii de Jos cum sărbătoresc.

La un moment dat, Persefona reintră în palat. Umblă dintr-o cameră în alta, căutându-l pe Hades. Cu cât trecea mai mult timp fără ca el să-şi facă simţită prezenţa, cu atât devenea ea mai frustrată. Cum putea să nu vină la o sărbătoare pe propriul tărâm? Nu doar că era important pentru oamenii lui, ci era important pentru ea. El o ajutase să planifice petrecerea şi ştia că avea să aibă loc în seara aceea. *Ce l-o fi reţinut?*

Petrecerea se apropia de sfârşit şi nici urmă de Hades! Nereuşind să se odihnească, continuă să-l aştepte.

Şi-l aşteptă.

Şi-l aşteptă.

Era aproape cinci dimineaţa când se întoarse şi el. Prezenţa lui îi era cunoscută şi, spre deosebire de ocaziile anterioare când îi stârnise nevoia, acum ea simţea o senzaţie de răceală.

Când Hades intră în cameră, se întoarse cu faţa spre el. Ochii lui negri o cercetară din cap până-n picioare. Nu-şi scosese coroana pe care i-o făcuse Ian, nici rochia croită de Hecate. Hades nu făcu niciun comentariu legat de ţinuta ei, ci spuse:

— Nu mă aşteptam să fii trează!

— Unde-ai fost?

— Am avut de rezolvat nişte treburi.

Persefona își încleștă pumnii.

— Treburile astea erau mai importante decât tărâmul tău?

Hades coborî sprâncenele.

— Ești furioasă că n-am fost la petrecerea ta.

Deci nu uitase.

— Da, sunt furioasă! Ar fi trebuit să fii acolo!

— Morții sărbătoresc orice, Persefona. Următoarea n-o să-mi scape!

— Dacă așa vezi tu lucrurile, mai bine nu vii deloc!

Hades păru surprins de comentariul ei.

— Atunci, ce vrei de la mine?

— Mă doare-n cur de cât de des sărbătoresc. Ce-i important pentru ei ar trebui să fie important și pentru tine. Ce-i important pentru mine ar trebui să fie important și pentru tine.

— Persefona...

— Nu, îl întrerupse. Înțeleg că nu știi ceea ce nu-ți spun, dar mă aștept să fii conștient de planurile mele și să dai dovadă de interes - nu doar față de mine, ci și față de oamenii tăi! Nu m-ai întrebat nici măcar o dată de sărbătoarea solstițiului, nici măcar după ce ți-am cerut permisiunea de-a o ține în curte!

— Îmi pare rău!

— Ba nu-ți pare! se răsti ea. Spui asta doar ca să mă potolești, și *nu suport* chestia asta! De-aia ți-ai dorit tu o regină? Ca să nu fie nevoie să vii la evenimentele astea?

— Nu, pe *tine* te-am dorit, replică el. Și, din cauza asta, mi-am dorit să te fac regina mea. Nu am motive ascunse.

Dar ei nu-i scăpase faptul că vorbise la trecut.

Își miji ochii.

— Uite ce-i, Hades, dacă nu... mai vrei relația asta, trebuie neapărat să știu.

Hades smuci din cap și o privi fix.

— Poftim?

Evident, nu gândea când vorbea.

— Dacă nu mă vrei... Dacă nu poți să mă ierți, nu cred că are rost să fim într-o relație, și dă-le încolo de Ursitoare!

Era prima oară când Hades se mișca de când intrase în cameră.

Se îndreptă hotărât, cu pași mari, spre ea, și vorbi în timp ce mergea:

— N-am spus niciodată că nu te vreau! Credeam că am lămurit ieri aspectul ăsta!

Asta o făcu să-și dea ochii peste cap.

— Deci vrei să mă fuți? Asta nu înseamnă că îți dorești o relație adevărată. Nu înseamnă că o să mai ai încredere în mine!

Hades se opri la câțiva centimetri de ea și își miji ochii.

— Dă-mi voie să te lămuresc! Chiar vreau să te fut! Mai important de-atât, te iubesc... Te iubesc din tot sufletul, la nesfârșit. Dacă m-ai părăsi astăzi, eu tot te-aș iubi! Te voi iubi întotdeauna. Asta înseamnă Destin, Persefona! Îmi bag ceva în ele de culori, de fire... și-n nesiguranța ta!

Veni și mai aproape de ea în timp ce vorbea, rămânând cu fața la câțiva centimetri de-a ei.

— Nu sunt nesigură! Mi-e frică, prostule!

— De ce? Ce-am făcut?

— Nu e vorba de tine! Pe zei, Hades! Aș fi zis că, dintre toți, tocmai tu ai înțelege!

Își întoarse capul, fără a fi în stare să-l privească.

După o clipă, Hades vorbi din nou, îndemnând-o:

— Spune-mi!

Persefonei îi tremura buza.

— Am tânjit toată viața după iubire, spuse ea. Am tânjit după acceptare, pentru că mama mi-a fluturat-o prin față ca pe ceva ce trebuia câştigat. Dacă mă ridicam la nivelul aşteptărilor ei, mi-o oferea, dacă nu, mi-o lua. Tu vrei o regină, o zeiţă, o amantă... Eu nu pot... să mă ridic la nivelul acestor *aşteptări* pe care le ai de la mine!

Era ceva eliberator în a rosti toate astea cu voce tare. Brusc, se simţi mai uşoară, de parcă s-ar fi descărcat de un bolovan pe care-l cărase în spate.

— Persefona...

Degetele lui Hades o apăsară sub bărbie, făcând-o să-l privească în ochi.

— La ce te gândeşti când te gândeşti la o regină?

Persefona se încruntă, apoi clătină din cap şi recunoscu:

— Nu ştiu. Ştiu ce mi-ar plăcea să văd la o regină.

— Atunci, ce ţi-ar plăcea să vezi la o regină?

— Bunătate... compasiune... *Că e prezentă!*

Hades îi mângâie buzele cu degetul mare.

— Şi tu crezi că nu ai toate astea? Ea nu răspunse, iar Hades spuse: Nu-ţi cer să fii regină. Îţi cer să fii tu însăţi. Îţi cer să te căsătoreşti cu mine. Titlul vine odată cu căsătoria noastră. Nu schimbă nimic.

Persefona înghiţi în sec.

— Iar mă ceri în căsătorie?

— Vrei să te căsătoreşti cu mine?

Persefonei i se tăie răsuflarea. Nu era în stare să-i răspundă. În ultimele câteva săptămâni, ea şi Hades nu-şi prea vorbiseră. Aveau prea multe de rezolvat. Ochii i se umplură de lacrimi, care-i curseră şiroaie pe faţă. Hades i le şterse.

— Iubita mea, nu trebuie să-mi răspunzi acum. Avem timp... o eternitate.

Buzele li se lipiră – sărutul lor fu păcătos, aspru şi disperat. Persefona se simţea înfierbântată şi înnebunită de dorinţă.

Adrenalina o umplu de îndrăzneală, așa că îi băgă mâna în pantaloni, frecându-i scula. Hades gemu, apucând-o ușor cu dinții de buza de jos, apoi îi dădu drumul ca să-și plimbe buzele pe maxilarul, pe gâtul și pe sânii ei.

Păru uluit când îl împinse. Rămaseră despărțiți o clipă, răsuflând greoi, înfierbântați, umezi și înnebuniți. Apoi, Persefona îi propti o mână în piept și-l împinse până când el se prăbuși în pat.

— Stai jos! îi porunci ea.

O ascultă și o privi în ochi în timp ce îngenunchea în fața lui. Ochii-i sclipeau ca obsidianul.

— Futu-i, chiar că arăți ca o regină!

Un colț al gurii ei se ridică ușor.

— Sunt regina ta!

Îl prinse de mădular și-l frecă de la rădăcină la vârf, atingându-i capul sculei cu degetul mare.

— *Persefona!*

Îi mârâi numele, apoi ea îi luă scula în gură. Hades gemu, împletindu-și degete în părul ei. Îl lăsă să pătrundă adânc - până în fundul gâtului, apoi, într-o parte a obrazului. Se opri ca să-l lingă și să-l sugă, savurându-i gustul.

— Da! șuieră el.

Ea îl simțea îngroșându-se, zvâcnind, iar când își dădu drumul, îi bău sămânța de parcă n-ar mai fi gustat niciodată ceva atât de dulce. Hades o ridică în picioare - o sărută, o posedă și o paraliză. Îi lăsă rochia grămadă la podea și o conduse spre pat, dezbrăcându-se și el de haine și acoperindu-i trupul.

Era cald și solid, potrivindu-se cu ea de parcă fusese clădit pentru fiecare formă a trupului ei. În timp ce se apleca asupra ei, Persefona întinse mâna și-și trecu o șuviță din părul lui negru peste deget.

— De ce îți dorești să te căsătorești?

Hades ridică dintr-o sprânceană. Era evident că întrebarea îl amuză.

— Tu n-ai visat întotdeauna să te căsătorești?

— Nu, răspunse ea cu sinceritate.

Nu se gândise vreodată la posibilitatea căsătoriei cu cineva. Mama ei se asigurase că nu se putea întâlni cu nimeni în primii optsprezece ani de viață, iar odată ce-și căpătase libertatea, fusese atât de concentrată pe facultate și pe găsirea unui job, încât nu-i prea stătuse gândul la relații.

— Nu mi-ai răspuns la întrebare, spuse ea. De ce e importantă căsătoria pentru tine?

— Nu știu, răspunse și el cu sinceritate. A devenit importantă pentru mine în momentul în care te-am întâlnit pe tine.

Persefona îl privi în ochi și-și desfăcu picioarele, cuprinzându-i talia cu ele. Îi simțea capul sculei lipit de gaură. Hades o pătrunse adânc cu un geamăt. Rămase cu gura căscată și-l apucă de brațe. Începutul fu dulce. Hades se aplecă să o sărute, sprijinindu-și fruntea de a ei și inspirând răsuflarea ei. Apoi totul se schimbă. Hades o pătrunse din ce în ce mai repede, iar capul îi căzu în scobitura gâtului ei. Dinții lui îi zgâriară și-i mușcară pielea.

— Futu-i, ce dulce ești! șuieră Hades, privind-o în ochi. Lasă-mă să intru mai adânc, iubire!

Persefona nu era sigură că așa ceva e posibil; deja-l simțea până-n stomac. Brațele lui Hades i se împreunară sub genunchi, apoi o ridică ușor. Tot corpul ei se cutremură de plăcere și-i zgârie trupul cu unghiile.

— Mai tare! îi porunci ea.

O pătrunse, mișcând ritmic din șolduri. Îl strânse tare în brațe, apropiindu-se tot mai mult de orgasm, care stătea să iasă la suprafață.

— Dă-ți drumul, draga mea!

Auzindu-l, termină, iar când își reveni din euforie, Hades gemu, lăsându-și capul pe spate și cutremurându-se și el.

După ce terminară, rămaseră lipiți unul de celălalt, sărutându-se, atingându-se și respirând.

— Pe zei, ce dor mi-a fost de tine! spuse Persefona, rămânând lipită de Hades și rezemându-și capul de pieptul lui.

Hades chicoti, apoi se priviră în ochi. După o clipă de liniște, Persefona vorbi cu o voce scăzută:

— Voiai să-mi spui despre Leuce.

— Hmm! Da, spuse el, și, după o clipă, o trase deasupra lui. Am avut o întâlnire cu Ilias la restaurantul meu. Nu știam că e și Leuce acolo. A ieșit în grabă după mine și m-a luat de mână. Năravul din fire!

Persefona se încruntă, iar Hades îi lipi un deget de buzele ei țuguiate.

— M-am desprins de ea și plecat mai departe. Îmi cerea un nou loc de muncă.

— Asta-i tot?

— Mă tem că da!

Se prăbuși peste el.

— Mă simt ca o idioată!

— Cu toții devenim geloși. Mie-mi place când ești geloasă... mai puțin când am impresia că o să pleci cu adevărat de lângă mine!

Persefona se ridică, încălecându-l de data asta.

— Da, am fost furioasă... dar nu mi-a dat niciodată prin cap să te părăsesc.

O clipă mai târziu, Hades se ridică în capul oaselor, lipindu-se de ea.

— Te iubesc! Chiar dacă Ursitoarele ne-ar destrăma destinul, tot aș găsi o cale să mă întorc la tine.

Persefona îl cuprinse cu brațele de gât.

— Crezi că te-aud? îl provocă ea.

— Dacă m-aud, să facă bine și să ia ce-am spus ca pe-o amenințare!

Persefona râse, iar apoi își dădură încă o dată drumul amândoi. Mai târziu, în timp ce ațipea, se gândi la Ursitoare.

Oare chiar aveau să le destrame destinul?

Absența lui Hades o trezi pe Persefona din somn.

Se ridică în capul oaselor, strângând așternuturile la piept. Focul ardea, iar în Lumea de Jos era încă întuneric.

Ceva nu e în regulă, își zise în gând.

Coborî din pat, își luă rochia pe ea și-și croi drum spre grădină. Hades avea obiceiul să iasă din când în când noaptea ca să stea sub cerul liber pe glicină. Străbătu toată grădina, ajungând în capătul care dădea într-un câmp cu flori. De-acolo, vedea luminile Asfodelului și flăcările Tartarului arzând mocnit.

Poate că acolo s-a dus, se gândi ea.

Ajunse pe câmp. O briză caldă purta mirosul de cenușă și făcea iarba să foșnească în jurul ei. Foșnetul mai că era suficient de puternic ca să acopere sunetul pașilor lui Cerber, Typhon și Orthrus, dar Persefona îi auzi gâfâind și întoarse capul exact la timp ca să-i vadă pe cei trei dobermani gonind prin iarbă.

— Vai, băieții mei frumoși! exclamă, mângâindu-l pe fiecare pe cap. L-ați văzut pe tăticul vostru?

Cei trei scânciră. Presupuse că asta însemna da.

— Mă duceți și pe mine la el?

Cei trei o conduseră pe Persefona pe câmp printr-o pădure încâlcită. Nu mai fusese niciodată aici și presupunea că era nou-adăugată la Lumea de Jos. Tărâmul lui Hades era într-o continuă schimbare, și bănuia că era așa pentru a-i împiedica pe oameni să intre și să scape de-acolo.

Pădurea părea a se întinde la nesfârşit – era adâncă şi întunecată. Crengile se întrepătrundeau, alcătuind o boltă deasupra capului, şi, deşi erau goale, lampadele stăteau pe ele, luminând cărarea de parc-ar fi fost cerul plin de stele.

Câinii stăteau cu boturile lipite de pământ şi o surprinseră pe Persefona când o zbughiră de pe cărare în pădurea de dincolo de ea.

Oare Hades chiar era atât de adânc afundat în pădurea aia?

Îi urmă, cu calea luminată de nimfe, până nu-i mai văzu şi nu-i mai auzi pe Cerber, Typhon şi Orthrus.

Un geamăt abia auzit îi atrase atenţia. Venea din spatele ei şi se-auzea tot mai tare.

Persefona se îndreptă spre sunet. Inima-i bubuia în piept, iar aerul din jurul ei deveni deodată încărcat şi tare. Nu trecu mult şi-i văzu – Hades şi Leuce, la fel de strâns împreunaţi precum crengile de deasupra lor, cu nimfele scăldându-le dragostea în lumină.

PARTEA A III-A

Drumul spre Paradis începe în Infern.
DANTE ALIGHIERI

CAPITOLUL XXIV

Un strop de nebunie

PENTRU O ORIBILĂ SECUNDĂ, PERSEFONA NU FU ÎN STARE să se mişte.

Era încremenită, amorţită.

Picioarele-i tremurau, iar pieptul o durea într-un hal în care nu ştiuse niciodată c-ar fi putut să o doară. Era de parcă şocul ei s-ar fi transformat într-un monstru, iar acesta încerca s-o sfâşie cu ghearele pe dinăuntru.

Apoi scoase un sunet cumplit.

Cei doi încremeniră şi se întoarseră spre ea. Hades se desprinse de Leuce, iar nimfa se prăbuşi la pământ, nepregătită pentru mişcarea bruscă.

— Persefona...

Abia îşi auzi numele rostit de el din cauza vuietului din urechi. Puterea îi clocotea în vine, făcându-i sângele să fiarbă şi să-i năvălească aproape de suprafaţa pielii.

Vedea numai roşu în faţa ochilor.

Avea să-l nimicească. Avea să nimicească toată această lume.

Persefona urlă de furie, iar în jurul ei, totul începu să se ofilească. Copacii putreziră în fața ochilor ei, frunzele se ofiliră și căzură, iarba se îngălbeni și se decoloră până când pământul din jur secă de tot. Avea să smulgă viața din lumea lui Hades, așa cum și el îi smulsese fericirea.

Leuce fugi, iar Hades porni spre ea. Când se apropie, ea simți din nou lovitura devastatoare a trădării lui.

— Persefona!

— Să nu-mi pronunți numele!

Vocea-i era diferită, guturală.

Puterea îi ardea în mâini, iar ea o hrăni cu tulburarea propriului suflet. Pământul de sub picioarele ei începu să se cutremure.

— Persefona, ascultă-mă!

Îl ascultase. Îl ascultase și îl crezuse.

„Te iubesc – din suflet, la nesfârșit!”

Nu-l mai asculta.

Mai făcu un pas spre ea.

— Nu!

În timp ce vorbea, pământul dintre ei se despică, iar o cavernă uriașă se deschise la picioarele lor.

Hades făcu ochii mari.

— Persefona, te rog!

Părea disperat, dar era de așteptat.

Ea îi distrugea tărâmul.

Persefona țipă, glasul răsunându-i de furie și de violență, în vreme ce magia îi ardea pielea ca focul. Nu știa ce face, dar se simți călăuzită să împreuneze mâinile, iar puterea care se adunase în ele se simți imediat. Îl izbi pe Hades și-l aruncă în spate, în peisajul pustiu.

Zeul ateriză în picioare și-și dădu farmecul jos. Era o întruchipare a morții – sumbru și amenințător.

Așa arăta pe câmpul de luptă, gândi ea și, preț de o clipă, inima Persefonei bătu mai tare de teamă că avea s-o copleșească prin puterea lui.

Umbrele se desprinseră de corpul lui și se năpustiră spre ea. Încerca să o supună, iar gândul trimise un val de furie pură prin ea. Țipă din nou, iar magia se desprinse de ea, înghețând umbrele întocmai cum înghețase ea pe toată lumea la Lira.

Se așternu o tăcere asurzitoare, iar Persefona îl privi în ochi și trimise cu forță umbrele lui Hades înapoi spre el cu o rafală din magia ei.

— Încetează! porunci el. Persefona, e o nebunie!

Nebunie? Îi arăta ea nebunie!

— Ai arde lumea întreagă pentru mine? îl întrebă, aducându-și aminte de cuvintele folosite de el atunci când ea îi vorbise despre Apollo și de cât de înfocat fusese când îi spusese să nu mai folosească niciodată numele zeului în dormitorul lui - în dormitorul *lor*.

Puterea i se adună în mâini.

— Eu am să ți-o distrug!

Hades făcu ochii mari chiar în timp ce o pocnitură cumplită răsună în aer. Niște rădăcini uriașe brăzdară cerul, prăvălindu-se spre pământ. Atrăgea viața din Lumea de Sus în Lumea de Jos.

Rădăcinile se loviră de pământ cu o explozie asurzitoare, cutremurând pământul și distrugând munții.

— Hecate!

Vocea lui Hades era puternică și răsunătoare în timp ce-o invoca pe Zeița Vrăjitoriei, care apăru imediat lângă Hades. Împreună, puterile lor o înfruntară pe a Persefonei, iar rădăcinile care amenințau să străpungă Lumea de Jos ca niște sulițe se opriră în aer.

— Ce s-a întâmplat? strigă Hecate.

— Nu știu. I-am simțit tulburarea și am venit cât de repede am putut!

Mi-a simțit tulburarea? Mi-a văzut-o! De ce se purta de parcă nu el ar fi fost trădătorul în situația de față?

Furia Persefonei continuă. Se luptă din răsputeri cu Hades și Hecate. În combinație, magia lor era ca o greutate uriașă. Cu cât i se opunea mai mult, cu atât se simțea mai secătuită de vlagă, însă nu era doar epuizată fizic.

Pe dinăuntru, furia i se preschimba în disperare.

Pe dinăuntru, era frântă.

— Draga mea.

Parcă Hecate ar fi fost chiar lângă ea, vorbindu-i la ureche, deși era de cealaltă parte a faliei căscate în pământ.

— Spune-mi!

Ochii Persefonei se încețoșară de lacrimi, iar ea clătină din cap.

— Persefona, spune-mi ce s-a întâmplat!

Lacrimile se scurseră pe obrajii Persefonei, în timp ce amintirea care-i dezlănțuise spaima ieși nechemată la suprafață. Dac-ar fi putut, Persefona și-ar fi reprimat-o pentru tot restul vieții, dar, auzind cuvintele lui Hecate, retrăi groaza pe care-o simțise văzându-l pe Hades cum o pătrundea pe Leuce. Văzând plăcerea de pe fața ei, îi venea să vomite.

De data asta, în loc să-i stârnească furia care-i hrănea puterea, amintirea o goli de energie. Se simțea instabilă pe dinăuntru, înfrântă și bolnavă. Puterea care-i năvălise în corp se stinse, făcând-o să se clatine. Hecate o prinse chiar în timp ce vomita.

Încet, zeița o ajută să se așeze jos, iar Persefona se cuibări în brațele ei. Hecate îi dădu părul de pe față, liniștind-o.

— N-a fost adevărat, draga mea, iubita mea, dulceața mea!

Persefona suspină, sprijinindu-și capul la pieptul lui Hecate.

—Nu pot să-mi iau gândul de la asta! Nu pot să trăiesc cu aşa ceva!

— Şşş! Ai să poţi, draga mea! Odihneşte-te!

Apoi fu îmbrăţişată de întuneric.

Persefona se trezi în apartamentul reginei, cu faţa umflată şi cu o durere de cap. Trupul ei slăbit stătea tolănit pe pături de pluş, iar prin ferestre pătrundea o lumină puternică. Îi luă o clipă să-şi aducă aminte cum ajunsese acolo, dar curând amintirile îi reveniră, năpădindu-i mintea precum un coşmar. Lacrimile îi umplură ochii şi i se scurseră pe faţă.

— Nu plânge, scumpa mea! spuse Hecate.

Persefona întoarse capul şi o văzu pe Hecate lângă pat. Se frecă la ochi, vrând să alunge lacrimile, dar nu făcu decât să suspine şi mai tare.

Hecate o luă pe Persefona de mână.

— Respiră, draga mea! Ceea ce-ai văzut n-a fost adevărat.

Persefona respiră adânc de câteva ori şi-şi privi prietena.

— Ce vrei să spui cu asta?

— Ai umblat prin Pădurea Disperării, Persefona. Ceea ce-ai văzut a fost o manifestare a celei mai mari temeri ale tale!

Persefona rămase câteva clipe tăcută, încercând să conştientizeze ceea ce-i spusese Hecate, dar spaima acelor amintiri îi rămânea adânc înrădăcinată în minte.

Hecate oftă.

— Şi văd că vraja încă nu s-a risipit de tot.

— Vraja?

— Credem că aşa ai ajuns în pădure, spuse ea.

— Crezi că m-a vrăjit cineva?

Persefona se încruntă.

— Cine?

Zeiţa zâmbi uşor, dar fără pic de veselie.

— Hades a pornit la vânătoare.

Se înfioră. Nu putea decât să-și închipuie ce însemna asta în vreme ce își amintea cum arătase el în pădure după ce ea o secătuise de viață. Totuși, nu putea să nu spere că oricine ar fi făcut-o avea să fie găsit, pentru că era o adevărată tortură ceea ce văzuse în noaptea dinainte.

Persefona se ridică în șezut, sprijinindu-se de tăblia patului, amețită.

— De ce să aibă Hades un loc atât de îngrozitor în Lumea de Jos?

— Păi, e o extensie a Tartarului, răspunse Hecate, iar tu n-ar fi trebuit să fii acolo.

Persefona dădu așternuturile la o parte și încercă să se ridice, dar se simțea foarte slăbită.

— Aș vrea să merg afară.

Hecate o ajută să se ridice și merseră afară. Era după-amiază târziu, iar Persefona fu ușurată când ieși și văzu că Lumea de Jos era luxuriantă și verde.

Deodată, începu să se agite.

— Sufletele! Le-am...

Folosise atât de multă putere, încât cutremurase pământul și crăpase cerul, fără a se gândi la oamenii pe care i-ar fi putut răni.

— Totul e în regulă, Persefona, o liniști Hecate. Hades a restabilit ordinea.

Persefona închise ochii și răsuflă adânc.

Slavă zeilor!

Intrară în grădină și găsiră un loc sub glicina mov în care să se așeze.

— Ai dat dovadă de o mare putere în pădure, Persefona.

Nu-și dădea seama după tonul vocii zeiței, dar simțea un amestec de admirație și teamă.

O privi pe Hecate.

— Ție... ți-e teamă?

— Nu mi-e teamă de tine. Mi-e teamă *pentru* tine!

Persefona se încruntă, iar Hecate oftă, coborându-și privirea spre mâinile ei.

— E o teamă pe care-o am din clipa în care te-am cunoscut, teama c-o să fii puternică... extrem de puternică.

Persefona clătină din cap.

— Eu... nu înțeleg. Nu sunt...

— Ai oprit magia lui Hades. I-ai *folosit* magia împotriva lui, Persefona! E un zeu străvechi, foarte priceput. Dacă află Olimpienii...

— Dacă află...? rosti ea când vocea lui Hecate se stinse.

Fu rândul său să clatine din cap.

— Presupun că se poate întâmpla orice. S-ar putea să dorească să devii Olimpiană, sau...

— Sau?

— Sau să te perceapă ca pe o amenințare.

Persefona nu se putu abține și râse, dar o singură privire spre Hecate îi transmise cât de serioasă era zeița în legătură cu asta.

— E penibil, Hecate! Abia-mi pot controla puterea, și se pare că nu-mi pot păstra forța.

— Înveți să-ți controlezi puterea, iar forța vine odată cu exercițiul, spuse Hecate. Ascultă ce-ți spun, Persefona: ai să devii una dintre cele mai puternice zeițe ale timpurilor noastre.

Persefona nu râse.

O vreme, păstrară tăcerea, iar Hecate se ridică brusc să plece.

— Trebuie să plec. I-am promis lui Yuri că bem un ceai împreună. Am crezut că tu n-o să fii în stare.

Persefona zâmbi. Zeița avea dreptate, nu se simțea în stare de mare lucru. Era epuizată și încă tulburată de evenimentele care se desfășuraseră în noaptea anterioară.

Hecate se aplecă în față și o sărută pe Persefona pe păr, apoi plecă.

Rămasă singură, gândurile ei se îndreptară spre Hades. Crezuse că-și văzuse în fața ochilor cea mai mare temere când aproape c-o pierduse pe Lexa, fără să se gândească prea mult la faptul că trădarea lui Hades ar fi fost la fel de cumplită. Încă simțea o durere de neînchipuit când se gândea la el și la Leuce împreună, deși Hecate îi explicase ce se întâmplase în Pădurea Disperării.

Oftă și se ridică în picioare, începând să cutreiere grădina lui Hades și oprindu-se când zeul apăru în fața sa din direcția opusă. Avea înfățișarea Divină, corpul puternic fiindu-i înveșmântat în robe, părul lung și negru prins într-un coc neglijent, iar coarnele-i erau ca niște crestături negre ce se înălțau spre cer. Era epuizat, palid și frumos.

Își ținu respirația în prezența lui, de parcă oceane întregi s-ar fi aflat între ei.

— Ești bine? o întrebă.

Întrebarea o încălzea de fiecare dată, dar de data asta o aprinse. Simți atâtea pentru el într-o singură clipă, încât abia reuși să le înțeleagă pe toate: dragoste, dorință, compasiune.

— O să fiu, îi răspunse.

Hades o cercetă câteva clipe cu privirea.

— Pot să te însoțesc în plimbarea ta? o întrebă apoi.

— E tărâmul tău.

Hades se încruntă, dar nu spuse nimic, în schimb își potrivi ritmul cu al ei. Nu se ținură de mâini și nu merseră mână-n mână, însă, din când în când, degetele li se atingeau ușor, iar senzația era ca un curent electric. Fiecare centimetru din pielea ei părea a fi un nerv expus. Era atât de ciudat, după toate prin câte trecuseră în ultimele câteva zile, să-și simtă corpul reacționând la el de parcă nimic din toate astea nu s-ar fi întâmplat.

Se trezi întrebându-se dacă şi Hades simţea la fel, apoi îl observă strângând pumnii.

O luă ca pe-o confirmare.

Merseră în tăcere până ajunseră la marginea grădinii unde Persefona se trezise înainte să ajungă în Pădurea Disperării. În cele din urmă, Hades se întoarse spre ea şi vorbi:

— Persefona, nu ştiu ce-ai văzut tu... dar trebuie să ştii - *trebuie să ştii* - că nu a fost adevărat!

Părea atât de frânt, de disperat ca ea să înțeleagă!

— Să-ţi spun ce am văzut?

Rosti cuvintele în şoaptă şi, deşi nu simţea furie, voia ca şi el să înţeleagă.

— V-am văzut pe tine şi pe Leuce împreună. O ţineai şi o pătrundeai de parcă erai disperat după ea.

Tremura în timp ce vorbea, cu unghiile înfipte în palme.

— Îţi făcea plăcere. A fost una să ştiu că ţi-a fost amantă, dar să şi văd lucrul ăsta a fost... devastator.

Închise ochii ca să alunge coşmarul, în vreme ce lacrimile îi şiroiau pe faţă.

— Şi am vrut să distrug tot ce iubeai. Am vrut să mă vezi distrugându-ţi lumea. Am vrut să te distrug *pe tine*.

— Persefona, îi şopti Hades numele, apoi ea îi simţi degetele sub bărbie. El îi înălţă capul, cerându-i să deschidă ochii, şi rosti: Trebuie să ştii că nu a fost adevărat.

— A părut adevărat.

Vârfurile degetelor lui Hades îi alunecară pe piele, ştergându-i lacrimile.

— Te-aş scăpa de toate astea, dacă aş putea, spuse Hades.

— Poţi, spuse ea, apropiindu-se de el. Sărută-mă!

Buzele lui Hades se lipiră de-ale ei. Limba lui îi atinse uşor buzele, apoi îi pătrunse în gură şi se împleti cu a ei. Gura lui era aspră şi-i lăsa vânătăi, dar avea un gust dulceag, de fum, în timp ce i-o explora. Mâinile îi coborâră pe abdomen și-l prinse de sculă prin haine.

Un geamăt nefiresc îi ieși din gură, iar el se retrase; privirea lui parcă o ardea.

— Ajută-mă să uit de ceea ce-am văzut în pădure! îi ceru Persefona. Sărută-mă! Iubește-mă! Distruge-mă!

Se loviră unul de altul, smulgându-și hainele de pe ei până rămaseră goi sub cerul lipsit de culoare al Lumii de Jos. Buzele li se ciocniră, limbile li se gustară una pe alta, răsuflările li se amestecară. Mâna lui Hades îi cuprinse ceafa, iar cealaltă îi coborî spre burtă, în cuibul de bucle dintre coapsele ei. Ea gemu în timp ce degetele lui pătrunseră în carnea ei fierbinte. O clipă, se pierdu în plăcerea pe care i-o provoca zeul, în durerea din propriul miez.

Când Persefona nu mai fu în stare să se țină pe picioare, Hades îngenunche odată cu ea. Se lăsă pe spate, înfășurată în robele lui, în timp ce el stătea sprijinit pe călcâie, privindu-i trupul gol, cu ochii aprinși ca focurile Tartarului.

— Ești minunată! Dacă aș putea, ne-aș ține aici, în clipa asta, pentru totdeauna, cu tine întinsă sub mine.

— De ce nu derulezi pe repede înainte? întrebă ea. Până la momentul în care mă pătrunzi?

Hades zâmbi larg.

— Ești nerăbdătoare, iubita mea?

— Întotdeauna.

El îi sărută partea interioară a genunchiului, apoi coborî spre coapse până când gura i se închise deasupra vulvei ei, cu limba jucăușă, apoi îi despărți crăpătura și o pătrunse. Ea se zbătu, opunând rezistență, iar Hades îi împinse genunchii în jos, desfăcând-o și mai mult. Ea simți cum se încleștează în jurul lui, iar excitarea ei atinse o culme atât de înaltă, încât era aproape dureroasă.

Își dădu drumul rostindu-i numele cu răsuflarea tăiată și strângându-și degetele în părul lui ca să-l poată trage spre ea și săruta. Buzele lui se izbiră de ale ei, i se plimbară pe gât, apoi pe sâni, iar limba lui dădu târcoale fiecărui vârf, întărindu-l ca piatra.

— N-a fost chin mai cumplit pentru mine decât acela de a-ți simți tulburarea, spuse el. Știam că sunt cumva răspunzător, și nu puteam face nimic.

Ea își duse degetele la buzele lui umflate.

— Poți face ceva.

Băgă mâna între ei, unde scula lui Hades, tare ca oțelul, îi apăsa pe picior. Îl conduse spre miezul ei. Își dădură amândoi drumul cu sălbăticie. Șoldurile lui Hades se frecau puternic de-ale ei în timp ce se bucura de durerea provocată de mădularul lui care-o umplea și se întindea. Își dădu brusc capul pe spate, se lipi de pământ și se arcui, opintindu-se în el, iar un urlet gutural îi ieși din gură.

Hades se aplecă s-o sărute pe buze, gâtuindu-i strigătul. Persefona nu mai știa ce să facă cu mâinile. Îi apucă roba de mătase, iarba, apoi brațele.

— Futu-i!

Poate că înjurase pentru că ea-i străpunsese pielea, nu știa – oricum, îi imobiliză încheieturile deasupra capului. Avea o privire sălbatică și tulbure, iar ritmul lui crescu pe măsură ce căuta să ajungă la orgasm, izbind-o mai puternic ca niciodată.

Își dădură drumul împreună, iar Hades își sprijini capul de scobitura umărului Persefonei. Luceau de transpirație, iar răsuflarea le era scurtă și aspră. După o clipă, Hades se ridică pe coate și-i dădu Persefonei părul la o parte de pe față.

— Ești bine?

— Da, șopti ea.

— Ți-am...

Șovăi.

— Ți-am făcut rău?

Persefona zâmbi auzindu-i întrebarea, pentru că nu se simțise niciodată mai bine.

— Nu.

Îi atinse fața, urmărindu-i conturul sprâncenelor, nasului, buzelor umflate de săruturi, și-i șopti:

— Te iubesc!

Un zâmbet ușor apăru pe buzele lui Hades.

— Nu eram sigur că o să mai aud vreodată aceste cuvinte.

Adevărul recunoscut de Hades îi frânse inima.

Persefonei i se umplură de lacrimi.

— N-am încetat niciodată să te iubesc!

— Șșș, iubita mea!

Privirea lui Hades era blândă.

— Nu mi-am pierdut niciodată încrederea în tine.

Dar *ea* și-o pierduse, iar gândul o distrugea.

Hades o cuprinse în brațe și o aduse în patul lui. Acolo, o sărută, scoțând-o din întuneric. Îi depărtă picioarele ușor cu genunchiul și, chiar în timp ce se pregătea s-o devoreze din nou, se auzi o bătaie în ușă.

Persefona încremeni și, spre surprinderea ei, Hades îi ceru persoanei de la ușă să intre.

— Hades!

Zeul se rostogoli de pe ea și se ridică în șezut în pat, cu pieptul dezgolit la vedere. Persefona se ridică în șezut alături de el, ținând așternuturile la piept în timp ce Hermes intra în dormitorul lor.

— Salut, Sefi! spuse el, zâmbindu-i stânjenit.

— *Hermes!* îi atrase Hades atenția.

— O, da, spuse el. Am găsit-o pe nimfă, pe Leuce!

— Adu-o încoace! porunci Hades.

Persefona îi aruncă lui Hades o privire întrebătoare în timp ce Leuce apărea în mijlocul încăperii. Trecuse o vreme de când Persefona o văzuse pe nimfa care părea epuizată și speriată. Avea ochii mari și tremura din toate încheieturile. Când dădu cu ochii de Hades și Persefona, un suspin cumplit îi ieși din gât.

— Vă rog...

— Tăcere! porunci Hades, iar lui Leuce parcă-i pieri abilitatea de-a scoate sunete. Ai să-i spui Persefonei adevărul! Tu ai trimis-o în Pădurea Disperării?

Lacrimile șiroiau pe obrajii lui Leuce în timp ce încuviința din cap.

Vinul, își dădu Persefona seama: „Bea! Vinul are gust de căpșuni și de soare!"

Instinctul îi spunea Persefonei să se simtă trădată, dar ceva părea... în neregulă!

— De ce? o întrebă.

— Ca să vă despart, răspunse nimfa.

Nu era nici urmă de venin în vocea ei, iar Persefonei i se păru ciudat. Dacă nimfa își dorise cu adevărat asta, de ce părea atât de... plină de regret? Se foi, dându-se mai aproape de marginea patului.

— De ce? repetă Persefona.

Leuce făcu ochii mari și clătină din cap, refuzând să vorbească.

— Ai să răspunzi! interveni Hades.

Persefona nu credea că e posibil ca Leuce să plângă și mai tare, dar o făcu, iar de data asta, nimfa se prăbuși în genunchi.

— O să mă omoare!

— Cine?

— Mama ta, completă Hades.

Dezvăluirea n-ar fi trebuit s-o șocheze pe Persefona, dar tot o făcu.

— E adevărat? întrebă întorcându-se spre Leuce.

— Am mințit când am spus că nu-mi aduc aminte cine m-a readus la viață, recunoscu aceasta. Dar mi-a fost teamă. Demetra mi-a adus iar și iar aminte de faptul că avea să-mi ia tot dacă nu o ascult. Îmi pare tare rău, Persefona!

Leuce își ascunse fața în mâini.

— Tu ai fost atât de bună cu mine, iar eu te-am trădat!

Persefona strânse așternuturile în jurul ei și coborî din pat, fără să țină seama de faptul că îl lăsase pe Hades gol în fața celorlalți. Se apropie și îngenunche în fața lui Leuce.

— Nu ai de ce să te temi de mama, spuse Persefona, iar în timp ce vorbea, Leuce o privi în ochi. Și eu m-am temut de ea multă vreme. Nu am s-o las să-ți facă rău, Leuce!

Nimfa se prăbuși peste Persefona, iar zeița o ținu mult timp strâns, până reuși să o liniștească.

— Hermes, reluă Persefona. O conduci tu pe Leuce în apartamentul meu? Cred că merită să se odihnească puțin.

— Da, *milady*.

Făcu o plecăciune teatrală și rânji.

Imediat ce plecară, Persefona se întoarse spre Hades, care avea o expresie ciudată pe față.

— Ce e?

El clătină din cap, iar pe față i se întipări un zâmbet.

— Te admir și eu, atâta tot!

Remarca lui îi distrase temporar atenția, apoi îi răspunse:

— Cred c-ar trebui s-o invocăm pe mama în Lumea de Jos.

Hades ridică din sprâncene. Era clar că nu se așteptase ca ea să spună așa ceva.

— Poate-ar trebui să facem și dragoste, să nu aibă motive de bănuială că planul ei a funcționat.

— *Hades!* îl mustră Persefona, dar zâmbi și ea.

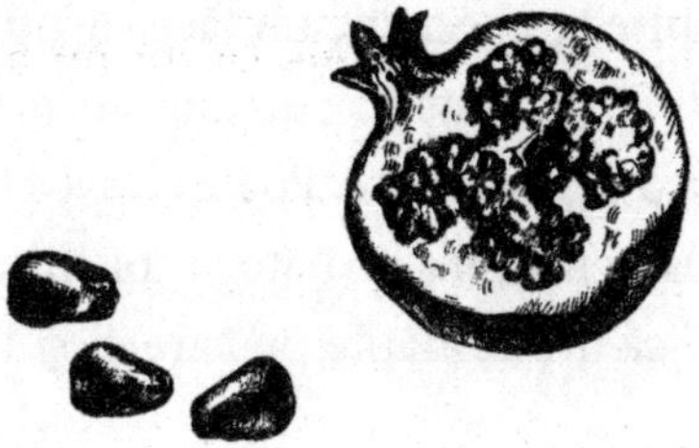

CAPITOLUL XXV

Se adună piesele

CÂTEVA ORE MAI TÂRZIU, HADES, PERSEFONA ȘI LEUCE se adunaseră în sala tronului. Hades avea forma Divină, la fel și Persefona. Stăteau unul lângă celălalt, Hades pe tronul lui de obsidian, Persefona pe cel de aur și fildeș. Leuce stătea lângă Persefona, tremurând.

— O să se dezlănțuie, spuse Leuce. Sunt sigură de asta.

— O, mă aștept, replică Persefona și se uită la nimfă. Doar e mama.

— S-a întors Hermes, remarcă Hades.

Îl trimisese pe Hermes s-o aducă pe Zeița Recoltei – misiune pe care zeul n-o acceptase cu tragere de inimă.

„Eu cred că pur și simplu vrei ca aia să mă desfigureze!" spusese Hermes. „O să mă facă pulbere când o să afle că i-ai poruncit să se prezinte în Lumea de Jos!"

„Atunci, nu-i spune că Hades a trimis după ea", zisese Persefona. „Spune-i că-i cer eu insistent să vină!"

Hermes zâmbise larg, exact cum făcea acum Persefona.

Se simțea plină de putere, cum nu se mai simțise până atunci, și nu putea explica de ce. Poate că avea legătură cu ceea ce spusese Hades în noaptea sărbătorii solstițiului – că o iubea pentru cine e și că are calitățile pe care el și le dorea de la o regină.

Asta însemna că Persefona putea fi ea însăși fără niciun sacrificiu, iar primul pas spre asta era rezolvarea problemelor cu propria mamă.

Hermes o conduse pe Demetra în încăpere, și în ciuda măștii severe pe care încerca să și-o păstreze, Persefona recunoscu privirea plină de dispreț din ochii mamei ei când o văzu stând lângă Hades ca niște regi în hăul acela întunecos.

Avea buzele strânse și privirea dură și rece. Se opri când ajunse în mijlocul încăperii.

— Ce vrea să însemne asta? întrebă Demetra, în a cărei voce se simțea o notă de furie.

— Prietena mea îmi spune că ai amenințat-o, răspunse Persefona.

Dacă Demetra nu avea să folosească amabilități de complezență, nici ea nu avea s-o facă.

Demetra se încruntă la nimfă, apoi se uită la Persefona.

— Tu ești în stare să o crezi pe curva amantului tău, în loc să mă crezi pe mine?

— Ești răutăcioasă! spuse apăsat Persefona. Cere-ți iertare!

— N-ai să vezi...

— Cere-ți iertare, am spus! porunci Persefona, iar Demetra se trezi în genunchi.

Marmura de sub ea crăpă din cauza forței căzăturii. Persefona nu avusese de gând să folosească atâta forță, dar rezultatul avu efectul scontat. Demetra făcu ochii mari de mirare. Nu se aşteptase să fie doborâtă de propria fiică. Expresia ei se transformă repede într-o încruntătură, iar furia sa umplu încăperea.

— Deci, rosti ea cu glas tremurat, aşa stau lucrurile?

Persefona nu spuse nimic. Demetra îşi alesese calea respectivă prin faptele ei.

— Ai putea să pui capăt umilinţei prin care treci, spuse Persefona. Cere-ţi iertare... şi gata!

Cuvintele ei sunau ca o declaraţie de război.

— Niciodată!

Cuvântul ieşi de pe buzele Demetrei într-o şoaptă tremurândă.

O undă de şoc din puterea Demetrei năvăli în sala tronului în timp ce zeiţa dădea să se ridice. Valul de putere o luă o clipă prin surprindere pe Persefona, iar magia ei ieşi repede în faţă pentru a-l stăvili. Aruncă o privire spre Hades şi-i simţi puterea apropiindu-se la limită de-a ei, aşteptând să se dezlănţuie.

Persefona se ridică în picioare şi urcă cele câteva trepte care-o despărţeau de mama ei. În timp ce se apropia, podeaua de sub picioarele Demetrei continua să se crape şi să se sfărâme. În cele din urmă, zeiţa cedă, puterea îi slăbi, apoi îşi ridică privirea încruntată spre propria fiică.

— Văd c-ai învăţat să te mai stăpâneşti un pic, fiica mea!

Persefona ar fi zâmbit, dar îşi dădu seama că, atunci când îşi privea mama, nu simţea decât ranchiună. Era ca un blestem care-şi făcea loc prin tot corpul ei, învăluind totul în întuneric.

— Tot ce-aveai de făcut era să spui că-ţi pare rău, spuse Persefona aprig.

Îşi dădu seama că nu mai vorbea despre Leuce.

— Ne-am fi putut avea una pe cealaltă!

— Nu cât ești cu el! scuipă Demetra.

Persefona își fixă mama cu privirea o clipă, apoi replică:

— Îmi e milă de tine, mamă! Mai degrabă ai fi singură decât să accepți ceva de care te temi!

Demetra se încruntă la fiica ei.

— Renunți la tot pentru *el*!

— Nu, mamă! Hades este doar unul dintre nenumăratele mele câștiguri de când am ieșit din închisoarea ta!

O eliberă pe Demetra din strânsoarea magiei sale, dar zeița tremura vizibil și nu se ridică în picioare.

— Mai privește-mă o dată, mamă, pentru că apoi n-ai să mai dai ochii cu mine!

Persefona se aștepta să vadă furie în ochii mamei ei. În schimb, sclipeau de mândrie, iar un zâmbet tulburător îi apăru pe buze.

— Floarea mea... Tu îmi semeni mai mult decât ai să-ți dai vreodată seama!

Persefona strânse pumnul, iar Demetra dispăru.

În urma ei se așternu o clipă de liniște, apoi Leuce se grăbi spre ea și o îmbrățișă.

— Mulțumesc, Persefona!

Când nimfa se desprinse de ea, Persefona zâmbi, păstrându-și stăpânirea de sine. Pe dinăuntru, tremura. Expresia feței mamei ei îi era bine-cunoscută.

Începea războiul.

Persefona era neliniștită în timp ce se apropia de spital. Trecuseră câteva zile de când o vizitase pe Lexa. În cea mai mare parte, acest lucru se datora faptului că Lexa încă avea lupte de dus cu delirul - sau cu ceea ce doctorii considerau a fi delir.

Persefona știa adevărul despre psihoza ei. Sufletul tinerei se chinuia să înțeleagă ce caută în Lumea de Sus.

Vinovăția îi provocă greață Persefonei.

Fusese egoistă. Acum era conștientă – dar conștientizarea acestui adevăr venea prea târziu.

Persefona se îndreptă spre etajul al patrulea – aripa generală, în care fusese mutată Lexa după ce fusese deconectată de la ventilator – și o surprinse pe Eliska ieșind din camera Lexei.

— Aaa, Persefona! Mă bucur c-ai venit! Eu ieșeam să-mi iau o cafea. Tu dorești ceva?

— Nu, doamnă Sideris, mulțumesc!

Femeia aruncă o privire în urmă spre salon.

— Are o zi bună, spuse Eliska. Ia-o tu înainte! Mă întorc imediat.

Persefona intră în salon. Televizorul era pornit, iar perdelele erau trase. Lexa stătea în pat în șezut, însă parcă n-avea oase. Avea umerii lăsați, iar capul îi atârna într-o parte. Era aproape ca și cum ar fi dormit, dar avea ochii deschiși și părea a fixa cu privirea peretele.

— Salut! spuse Persefona, luând loc lângă patul Lexei. Ce mai faci?

Lexa continua să se uite în gol.

Întruna.

La nesfârșit.

— Lex?

Persefona îi atinse ușor mâna, iar aceasta tresări, dar atingerea îi atrase atenția. Doar că acum, că Lexa o privea, se simțea... tulburată. Fata avea corpul și fața celei mai bune prietene a ei, dar ochii parcă nu erau ai ei.

Ochii aceia erau goi, fără strălucire, fără viață.

Avea impresia că tocmai atinsese o străină.

— Sunt în Tartar? întrebă Lexa.

Persefona se încruntă.

— Poftim?

— Asta-i pedeapsa mea?

Persefona nu înțelegea. Cum putea ea să creadă că fusese condamnată la o eternitate în Tartar?

— Lexa, ești în Lumea de Sus. Te-ai... te-ai întors!

O privi pe Lexa închizând ochii, iar când îi deschise din nou, Persefona avu impresia că se uita în sfârșit la prietena ei cea mai bună pentru prima oară de când se trezise.

— Petreci mai tot timpul în Lumea de Jos, și totuși nu știi nimic despre moarte, spuse Lexa, tăcând o clipă. Am simțit... *pace*. Expiră, de parcă pronunțarea cuvântului i-ar fi făcut plăcere, apoi continuă: Corpul meu se agață de ușurința morții, caută simplitatea ei. În schimb, sunt obligată să exist într-o lume în suferință, într-o lume complicată. Nu vreau să țin pasul cu ea.

Persefona privi în direcția Lexei.

— Moartea n-ar fi schimbat nimic între noi două, Sef, șopti Lexa. Faptul că m-am întors? Asta schimbă totul.

Cuvintele de despărțire rostite de Lexa atârnau greu în mintea Persefonei pe drumul înapoi de la spital. O făceau să se teamă, iar mintea sa era un adevărat haos în vreme ce încerca să găsească sensul din spatele lor. Ce anume se schimbase pentru Lexa prin faptul că revenise la viață?

Persefona avea senzația că știe răspunsul, deși îi era frică s-o recunoască. Adevărul era că Lexa nu voise să se întoarcă, însă Persefona o silise să o facă. Și mai avea încă o întrebare:

cum trăiau sufletele care ajunseseră să cunoască o viață atât de plină de fericire într-o lume lipsită de o asemenea promisiune?

Persefona tocmai își turnase un pahar de vin când la ușă bătu cineva. Era paranoică în legătură cu deschisul ușii când era singură acasă, așa că ignoră bătaia, crezând că oricine-ar fi fost avea să plece.

Doar că n-o făcu.

Bătăile în ușă deveniră prea insistente. Persefona se apropie; îi stătu inima în loc. Aruncă o privire pe fereastră și țipă:

— Apollo!

Fața zeului era lipită de geam. Persefona deschise ușa.

— De ce bați?

— Exersez respectarea limitelor, răspunse Apollo. Nu e un obicei al muritorilor?

Ea ar fi râs, însă zeul o speriase.

— Cred că-mi plăcea mai mult când dădeai pur și simplu buzna când nu erai dorit.

Spre surprinderea ei, el rânji.

— Ai grijă ce-ți dorești, Sef!

Se gândi să-l corecteze, dar îl lăsă să-i folosească porecla. Măcar nu-i spusese Guriță Dulce.

— Ce cauți aici?

— Am venit să-ți aduc asta, răspunse el și scoase ceva de la spate.

Era o mică liră aurie.

Persefona luă instrumentul.

— E minunată! spuse ea, apoi privi în ochii lui violeți. De ce?

— Ca să-ți mulțumesc.

Ea zâmbi larg.

— Cred că e prima oară când mi-ai mulțumit.

— E prima oară când mi-ai dat un motiv să o fac, o tachină el, apoi făcu un semn din cap spre instrument. Pot să te învăț să cânți la ea... dacă vrei.

— Mi-ar plăcea.

După o clipă, redeveni serios, maxilarul i se încordă, iar privirea i se înăspri.

— Îmi pare tare rău pentru Lexa, Persefona! Dacă te-ajută cu ceva, să știi că... eu nu am știut că sufletul ei era frânt când am vindecat-o.

Persefona își coborî privirea în podea. Nici ea nu știuse și nu-și dăduse seama ce avea să însemne pentru Lexa și pentru cei dragi ei.

— Mersi! spuse, privindu-l din nou. Vrei să intri să bei un pahar de vin?

— Nu, răspunse el repede, apoi râse. Aș vrea să-mi păstrez ouăle, mulțumesc!

Persefona îl credea pe Hades în stare să-și facă apariția fără vreun avertisment. Totuși, în ciuda ofertei, Apollo rămase la ușă.

— Mai e ceva.

Persefona așteptă.

— Aș vrea să te eliberez de contract, anunță zeul în cele din urmă.

Persefona făcu ochii mari.

— Poftim?

Zeul zâmbi trist.

— Încerc să mă schimb.

— Observ, spuse ea, apoi se opri. Dar eu prefer să mă țin de înțelegeri și, dacă am calculat corect, mai avem cinci luni și patru zile.

Aprecia faptul că Apollo se străduia să fie altfel și știa că pentru o schimbare era nevoie de timp. Voia să petreacă următoarele câteva luni urmărindu-l, îndrumându-l. Avea încredere că se putea schimba alături de ea, dar nu și de alții.

Apollo ridică dintr-o sprânceană și o provocă:

— O cafea mâine, la ora două?

— Asta-i poruncă sau propunere?

— Amândouă?

— Bine, dar eu aleg localul.

Persefona putea să jure că văzuse un moment de ezitare în ochii lui Apollo – o reacție instinctivă de a-și exprima dezacordul și de a cere control, dar pe urmă expresia i se îmblânzi.

— Bun. Ne vedem atunci, spuse el.

Apoi dispăru.

CAPITOLUL XXVI

Un strop de liniște

Două săptămâni mai târziu, Lexa fu externată din spital. Apartamentul lor părea mai mic cu șase persoane înăuntru, și toate se gudurau pe lângă Lexa. Eliska și Adam aduseră cumpărături și le umpluseră cămara de mai avea puțin și dădea pe-afară, iar Jaison își mutase și mai multe lucruri în dormitorul Lexei și-și asumase imediat responsabilitatea medicamentelor ei. Persefona, Sibila și Zofie stăteau deoparte, urmărind desfășurarea lucrurilor, nesigure ce să facă.

Persefona nu era sigură care era cea mai rea parte – faptul că Lexa părea complet detașată de situație sau că părinții ei și Jaison treceau complet cu vederea cât de diferită era. Petrecea perioade lungi dormind, iar când nu dormea, fixa peretele cu privirea. Când i se puneau întrebări directe, stătea și se uita cu gura căscată la persoana care-i vorbea până când aceasta repeta întrebarea și uneori nici atunci nu răspundea.

— Nu mai e aceeași persoană, spusese Persefona într-o seară, când o rugase pe Lexa să li se alăture în sufragerie și să se uite la *Titani în miez de noapte.*

Serialul nu era preferatul Persefonei, dar își amintea cum se lumina prietena ei la față când discutau despre detaliile dure din drama cu eroi antici.

Lexa o privise pe Persefona când răspunsese încet:

— Nu.

Când Persefona vorbise în bucătărie, o făcuse mai mult pentru sine însăși. Era modul ei de-a face față durerii. Lexa nu murise, dar tot o pierduseră.

— A lovit-o mașina, în pana mea! se răstise Jaison. N-o să-și revină cât ai zice pește!

Persefona clipise, șocată de furia lui.

— Știu. N-am vrut să...

— Poate dacă n-ai fi atât de absorbită de propriile tale probleme ai vedea asta!

Plecase tropăind înapoi în camera Lexei, fără să mai scoată un cuvânt.

— E doar supărat, zisese Sibila. Știe și el că ea nu mai e la fel.

— Muritorul ăsta te-a supărat, spusese Zofie. Vrei să-l omor?

— Poftim? Nu, Zofie! Nu poți să omori pur și simplu oameni!

Egida ridicase din umeri.

— De unde vin eu, poți!

— Să-mi amintești să-ți ascund toate armele! spusese Persefona.

Tensiunile persistaseră și săptămâna următoare. Persefona se bucura că putea evada în Lumea de Jos, dar avea grijă s-o verifice pe Lexa în fiecare zi – devenise o rutină, o nouă normalitate. Se trezea, o verifica pe Lexa, muncea, o verifica pe Lexa, Lumea de Jos.

Continuă în ritmul ăsta câteva săptămâni, până când, într-o dimineață, când se întoarse din Lumea de Jos, Persefona se duse în bucătărie și se opri în loc.

Lexa făcea cafea.

Stătea în pijama, cu părul prins într-un coc neglijent, iar când ridică privirea spre Persefona, zâmbi. Părea... normală.

— Bună dimineața! ciripi ea.

— B-bună dimineața, spuse Persefona, puțin suspicioasă.

— Mă gândeam că ți-ar plăcea să bei o cafea!

— Da, răspunse Persefona și râse ușor. Ador cafeaua!

Lexa râse, umplând o ceașcă și împingând-o spre ea.

— Știu!

Persefona luă ceașca în mâini. O clipă, nu putu să se miște. Rămase pe loc și o fixă stângaci cu privirea pe Lexa.

Își drese vocea.

— Eu... ar cam trebui să mă pregătesc pentru serviciu, spuse ea, nevenindu-i să plece, temându-se că, dacă pleca, avea să-și dea seama că totul e doar un vis.

Lexa zâmbi ușor din nou.

— Norocoaso! spuse ea. Mi-ar plăcea să merg din nou la serviciu!

— Ai să mergi în curând.

Persefona își croi drum înapoi spre camera ei. În timp ce mergea, sorbi cafeaua pe care-o făcuse Lexa și o scuipă imediat înapoi în ceașcă. Era tare, amară și densă.

Nu semăna deloc cu cafeaua pe care-o făcea Lexa înainte de accident.

Se străduiește, gândi Persefona. *Asta e tot ce contează.*

Ar fi băut un milion de ceşti de cafea de-aia dacă însemna că Lexa avea să se vindece.

Persefona se pregăti pentru serviciu. Nu suporta felul în care i se schimbase percepţia despre locul de muncă. Înainte, aştepta cu nerăbdare să petreacă timp la *New Athens News*, dar acum o umplea de groază, iar asta n-avea nicio legătură cu mulţimea care-şi făcea veacul pe-acolo şi aştepta s-o vadă în fiecare zi - ci cu şeful ei. Demetri îi dăduse continuu mult de lucru, împiedicând-o să mai lucreze la propriile articole. Se hotărî că, dacă avea s-o mai facă şi astăzi, avea să se certe cu el.

— Bună, Persefona! spuse Elena, în timp ce ieşea din lift.

— Bună, Elena! răspunse Persefona, zâmbindu-i tinerei.

Ea era cam singurul aspect care-i mai plăcea la locul de muncă.

Traversă redacţia şi, înainte să ajungă la biroul ei, Demetri ieşi din biroul lui, dându-i un teanc de hârtii.

— Necrologuri, spuse el.

Când Persefona nu le luă, i le lăsă pe birou.

— Cred că îţi baţi joc de mine, Demetri. Eu sunt jurnalistă de *investigaţii*!

— Şi astăzi editezi necrologuri, replică el.

Îi întoarse spatele şi porni spre biroul lui, dar ea îl urmă.

— M-ai trecut la munca de jos de când a renunţat Kal la articolul ăla în exclusivitate.

De când am aflat de poţiunea aia a ta dubioasă, îi venea să spună.

— Asta am primit la schimb?

— Ai scris un articol care-a avut drept consecinţă publicitatea negativă pentru firma asta şi ţi-a afectat reputaţia. La ce te aşteptai?

— Se numește jurnalism, Demetri, și mă așteptam să mă susții.

— Uite care-i treaba, Persefona, fără nicio supărare, dar când e să aleg între a-mi salva mie pielea și a te salva pe tine, mă aleg pe mine.

Persefona încuviință din cap.

— Ai să regreți asta, Demetri!

— Mă amenințí cumva?

— Nu, replică ea. Îți ofer ocazia să privești spre viitor.

— Fă-ne o favoare, Persefona! Nu-ți mai pune zeul să-ți rezolve problemele!

— Tu crezi că Hades o să fie ăla care-o să te termine? întrebă Persefona, apropiindu-se hotărâtă de muritor.

Demetri se încordă, neliniștit de ce văzuse la expresia ei.

Persefona clătină din cap și continuă:

— Nu. Eu am să-ți destram destinul.

Odată rostită profeția, Persefona se răsuci pe călcâie și plecă din biroul lui Demetri.

În dimineața următoare, Lexa era în bucătărie cu încă o ceașcă de cafea. Era aceeași poșircă densă și arsă pe care-o făcuse și în ziua anterioară, dar Persefonei nu-i păsa. Acceptă cafeaua, așezându-se la bar.

— Ești în regulă? întrebă Lexa.

Persefona fu atât de surprinsă de întrebare, încât se arse la buze încercând să-și soarbă cafeaua.

— Stai așa, ce? întrebă Persefona.

— Ești în regulă?

Persefona își puse cana jos.

— Eu ar trebui să te întreb pe tine lucrul ăsta, spuse ea și oftă. Cred că mi-e groază să merg la lucru, atâta tot.

Îi explică tot ce se întâmplase în ziua anterioară.

— Când am început să lucrez acolo eram... în al nouălea cer. Eram gata să descopăr adevărul, să le ofer o portavoce celor care nu se fa auziți. În loc de asta, trag articole la xerox, editez necrologuri și fac preziceri.

— Cred că a venit momentul să-ți înființezi propriul ziar, spuse Lexa.

Persefona clătină din cap.

— Cum?

Ea ridică din umeri.

— Nu știu - cât de greu poate să fie? Fă și tu ceea ce faci deja - oferă-le o voce celor oprimați.

Persefona bătu cu unghiile în blat, gândindu-se la propunerea Lexei. Era ceva în legătură cu care ea mai făcuse glume în trecut, însă acum nu mai părea amuzant. Părea o posibilitate reală. Se gândi la toate motivele pentru care o atrăsese jurnalismul - își dorise să afle adevărul, să facă dreptate, să vorbească în numele celor fără voce – lucruri pe care le putea face de una singură, fără Demetri și Kal.

— Mersi, Lex! Ești minunată! Sper că știi asta.

Lexa zâmbi și se concentră o clipă asupra blatului, apoi propuse:

— Poate că... am putea să ieșim undeva. Ca... înainte. O să-ți ia gândul de la toate astea.

Persefona zâmbi.

— Mi-ar plăcea.

Pentru prima oară după mult timp, Persefona avu impresia că s-ar fi putut vindeca de vinovăția pe care-o simțise de când începuse acel chin.

— Îmi pare rău, Lex!

Nu-și ceruse niciodată scuze față de ea pentru ceea ce făcuse – pentru târgul pe care-l încheiase cu Apollo.

— Știu, spuse ea. Dar te iert.

Când Persefona ajunse acasă de la serviciu, o găsi pe Sibila pregătindu-se în camera ei. Își ondulase părul, se machiase și se îmbrăcase cu o rochie drăguță, cu modele cu flori.

— Sper că nu te deranjează, spuse ea. Aveam nevoie de un loc în care să mă pregătesc și Lexa e la duș.

— Nu, bineînțeles că nu. Eu am venit acasă doar ca să văd ce face. Cum se simte?

Sibila aprobă din cap.

— Mai bine.

— Tu... ieși?

Oracolul roși.

— Am o întâlnire.

Persefona zâmbi larg, bucurându-se pentru ea.

— Cu cine?

— Cu Aro.

Înainte ca Sibila să devină oracol oficial, cei trei fuseseră de nedespărțit. Persefona era bucuroasă că se reuniseră.

— Când ați început să ieșiți?

Ea ridică din umeri.

— Suntem prieteni de când ne știm, iar când Apollo m-a concediat... am început să vorbim din nou.

Persefona zâmbi.

— Vai, ce mă bucur pentru tine!

— Mersi, Sef!

Persefona se simțea prost pentru că nu-și luase la revedere de la Lexa, dar îi trimise un mesaj ca s-o anunțe că avea să revină dimineață, apoi se teleportă în Lumea de Jos, apărând în bibliotecă. Avusese de gând să se tolănească lângă șemineu și să citească, dar îl găsi pe Hades așteptând-o.

— Cu ce ești îmbrăcat? chicoti ea.

Purta o bluză neagră, pantaloni și ceva ce păreau a fi cizme negre de ploaie. Îl mai văzuse doar o dată îmbrăcat atât de lejer, când venise la ea acasă să facă fursecuri.

— Am o surpriză pentru tine.

— Pantalonii ăia chiar sunt o surpriză!

El rânji.

— Haide!

Întinse mâna, iar ea o luă, împletindu-și degetele cu ale lui în timp ce-o conducea afară. În fața palatului așteptau doi cai mari, negri. Erau maiestuoși, pielea le lucea, iar coama le era împletită.

— Vai!

Persefona își duse mâna la gură.

— Sunt minunați!

Caii fornăiră și bătură cu copitele în pământ. Hades chicoti.

— Au zis că-ți mulțumesc. Vrei să călărești?

— Da, răspunse ea, imediat. Dar... eu niciodată n-am mai...

— Te învăț eu.

Hades o conduse spre cal.

— El e Alastor.

— Alastor, îi șopti ea numele, mângâindu-l pe bot. Ești măreț!

Celălalt cal necheză.

— Ai grijă! Aethon o să fie gelos.

Persefona râse.

— Aaa, amândoi sunteți măreți!

— Ai grijă! spuse Hades. O să fiu eu gelos.

Hades îi înmână frâiele Persefonei și-i spuse să-și pună piciorul în dârlog și să stea în șa cât mai ușor posibil. Îi mai dădu instrucțiuni - să-și lase greutatea, să se lase pe spate, să-și încordeze picioarele.

— Armăsarii mei o să te-asculte dacă le vorbești - le spui să se oprească, se opresc. Le spui să încetinească, încetinesc.

— Tu i-ai învățat? întrebă ea.

— Da, răspunse el, în timp ce încăleca pe Aethon. Nu-ți face griji, Alastor știe pe cine poartă în spate! O să aibă grijă de tine.

Porniră în pas de melc, dar pe Persefona nu o deranja. Merseseră adesea la plimbare, dar se limitau la grădini și la livada ei, și era ceva revigorant în a vedea Lumea de Jos astfel. Alastor și Aethon mergeau la trap unul lângă altul, dar acum Hades o duse prin locuri noi - pe câmpuri de lupin mov și roz înconjurate de munți întunecați.

— Cât de des… faci schimbări în Lumea de Jos? întrebă ea.

Un colț al gurii lui Hades se ridică ușor.

— Mă întrebam când o să-mi pui întrebarea asta.

— Așadar?

— Ori de câte ori am chef.

Ea râse.

— Poate când magia mea n-o să mă mai îngrozească atât de tare, o să încerc și eu.

— Iubita mea, nimic nu mi-ar plăcea mai mult!

Ajunseră la capătul câmpului de lupin și continuară să meargă pe o cărare îngustă dintre munți. De cealaltă parte înflorea o pădure de smarald. Hades se ținu aproape de versantul stâncos al muntelui. Sunetul apei curgătoare îi trezi interesul Persefonei. Atunci Hades se opri și descălecă.

Se apropie de ea și o ajută să descalece, ținându-i mâinile pe talie.

— Arăți minunat astăzi! spuse el. Ți-am mai spus?

Ea zâmbi larg.

— Încă nu. Mai spune-mi o dată!

Zâmbi și o sărută.

— Ești frumoasă, iubita mea!

O luă de mână și o conduse pe lângă un șir de copaci. De cealaltă parte se afla o cascadă care se revărsa de pe stâncile muntoase într-un lac strălucitor. Avea un milion de nuanțe de albastru și era limpede precum cristalul.

— Hades, șopti ea. E minunat!

Când se uită la el, privirea lui o pârjoli, ațâțată și intensă. Fiorii conștiinței îi străbătură corpul, apoi se întoarse și se lipi de el.

Nu vorbiră, ci doar se împreunară sub copaci.

Hades o cercetă fără grabă, iar Persefona savură fiecare secundă. Totul se desfășură încet – săruturi languroase, mângâieri ca prin vis. Când o pătrunse, se opri și-și lipi buzele de ale ei. Sărutul avea ceva extrem de primitiv, deși era ușor și lent. Când deschise ochii, îl găsi fixând-o cu privirea, nemișcat și pătrunzând-o cu membrul umflat.

Întinse mâna și-l atinse pe față.

— Căsătorește-te cu mine! spuse el.

Ea zâmbi.

— Da.

Apoi o pătrunse, frecându-se încet de ea, și, în ciuda ritmului impus de el, respirația ei se accelera tot mai mult. Îl prinse de umeri, înfigându-i unghiile în piele, pierdută în senzațiile pe care i le stârnea în tot corpul.

Le iubea, și îl iubea pe el.

Își dădu drumul cu putere, dar în liniște.

— Iubita mea, șopti Hades. De ce plângi?

Persefona clătină din cap.

— Nu știu.

Simțea totul foarte intens – fiecare emoție o străpungea precum o suliță. Dragostea ei pentru Hades era de nesuportat. Fericirea ei era aproape dureroasă.

Hades o ridică și o purtă pe brațe în lac, unde se îmbăiară sub cascadă.

După aceea, se întoarseră la palat.

Odată ajunsă înăuntru, Persefona se trezi că încă se lupta cu propriile sentimente. Erau atât de puternice, atât de ascuțite! Era atât de profund îndrăgostită, încât o durea.

Era un nou nivel al dragostei – unul pe care-l atinsese ca logodnică a lui, ca viitoare soție și regină.

Gândul îi încălzea pieptul – senzație care nu dură mult când îl văzu pe Thanatos așteptându-i să sosească. Îl privi pe Hades, a cărui față se făcuse ca de piatră, cu buzele strânse, cu privirea aspră.

Ceva nu e în regulă.

Încercă să nu tragă concluzii pripite, dar îi veni greu având în vedere ce se întâmplase în ultimele săptămâni.

Hades descălecă și o ajută pe Persefona să coboare.

— Thanatos, spuse Hades.

— Milord, spuse el, făcând un semn din cap și privind cu ochii lui albaștri în ochii Persefonei. Milady.

Zeul Morții deschise gura să vorbească, dar nu-i ieși niciun cuvânt. Încercă din nou:

— Nu știu cum să vă spun lucrul ăsta.

Persefona putea să jure că îi încetiniseră bătăile inimii și, deodată, îi era foarte greu să respire. Spre deosebire de trecut, Thanatos nu încercă s-o calmeze cu magia lui.

— E vorba de Lexa, spuse el.

Persefona plângea deja. Hades o strânse în brațe de parcă s-ar fi pregătit pentru prăbușirea ei.

— Nu mai e.

CAPITOLUL XXVII

Putere

ÎN URECHILE PERSEFONEI ERA UN ȚIUIT CIUDAT ȘI, DEODATĂ, se simți departe de lumea din jurul ei – de parcă ar fi urmărit totul dintr-un glob. Nu era în stare să simtă nimic, într-un oribil contrast cu intensitatea emoțiilor ei de mai devreme. Până și atingerea lui Hades părea amorțită pe pielea ei.

— Persefona! îi rosti Hades numele, dar vocea lui părea extrem de îndepărtată, iar ea nu-l putea privi pentru că ochii nu i se puteau concentra.

— Persefona!

În cele din urmă, Hades îi puse mâna pe față și o sili să-l privească în ochi. Când se uită fix în ochii lui negri, izbucni în plâns.

Hades o lipi de el în timp ce tremura și suspina.

— Iubita mea, o liniști Hades, masând-o pe spate. Nu avem mult timp.

Abia îl auzi, dar îi simți magia protejând-o. Se teleportară, iar ea se trezi pe malul râului Styx. Se desprinse de el, cu fața udă de lacrimi, iar presiunea ce se acumulase în nasul și în spatele ochilor îi provoca dureri de cap.

— Hades, ce...

Întrebarea îi pieri pe buze în momentul în care văzu luntrea lui Charon traversând râul negru. Daimonul se aprinsese ca o torță în peisajul slab luminat. În spatele lui, cu genunchii strânși la piept, se afla Lexa. Era palidă, dar fără teamă, iar când o văzu, Persefonei îi scăpă un suspin dureros din gât. Își duse mâna la gură ca să-și înăbușe suspinele.

Charon andocă și o ajută pe Lexa să se ridice în picioare. După ce pășiră pe doc, o îmbrățișă atât de strâns pe Persefona, încât aceasta crezu că avea să-i rupă oasele.

Plânseră împreună.

— Îmi pare rău, Sef! rosti Lexa.

Persefona se desprinse de ea și o privi în ochi. Era ciudat să-i vadă ochii albaștri în Lumea de Jos. Sub cerul golit de culoare, erau strălucitori și... plini de viață.

— Nu înțeleg, spuse Persefona. Credeam că ești... mai bine!

În ochii Lexei apăru brusc durerea.

— M-am... străduit.

Persefona înghiți ca să-și alunge un nod mare din gât, apoi îi trecu prin minte un gând îngrozitor. Se întoarse spre Hades, alarmată și speriată.

— Unde se duce?

Hades părea la fel de tulburat ca Lexa.

— Sef, șopti Lexa, atrăgându-i atenția. O să fie bine!

Dar nu avea să fie bine.

Persefona înțelegea ce se întâmplase.

Lexa își pusese capăt zilelor. Era o sinucigașă. Avea să bea din Lethe, ceea ce însemna că avea să uite de toate, inclusiv de ea.

— De ce? rosti Persefona cu o voce gâtuită și buze tremurătoare.

Lexa clătină din cap, de parcă n-ar fi fost în stare să-i explice.

„Faptele tale au condamnat-o pe Lexa la o soartă mai cumplită decât moartea."

— Eu am făcut asta! se tângui Persefona.

Făcuse un târg ca s-o vindece pe Lexa, aducându-i sufletul frânt înapoi ca să ocupe un trup pe care nu și-l dorea, să trăiască o viață pe care o terminase. Astfel, își condamnase prietena la încă un sfârșit devastator.

— Persefona! spuse Lexa, prinzând-o de mâinile tremurânde. A fost alegerea mea. Îmi pare rău că a trebuit să se termine astfel, dar timpul meu în Lumea de Sus se încheiase. Am îndeplinit ce aveam de îndeplinit.

— Și anume?

Ea zâmbi.

— Să-ți dau ție putere.

Asta o făcu pe Persefona să plângă și mai tare, și se îmbrățișară din nou.

Nu se despărțiră până nu veni Thanatos, întrerupându-le revederea.

— Ești pregătită? întrebă el.

Magia lui era liniștitoare, alinătoare, și, pentru prima oară după mult timp, Persefona era recunoscătoare pentru ea.

— U-unde merg?

Era prima oară când Lexa părea nesigură de când sosise.

Thanatos se uită la Hades, care îi explică:

— Ai să bei din Lethe. Apoi, Thanatos o să te ducă pe Câmpiile Elizee, ca să te vindeci.

Persefona încercase enorm de mult timp să-și imagineze o lume în care Lexa nu mai exista. Acum își dădea seama că acela era începutul acelei lumi.

— O să te vizitez în fiecare zi, promise ea. Până vom fi din nou cele mai bune prietene.

— Știu, spuse Lexa cu voce frântă.

Persefona închise ochii, încercând să-și amintească senzația îmbrățișărilor prietenei sale cele mai bune, căldura ei, senzația mâinilor ei apăsând-o pe spate.

— Te iubesc! șopti Persefona.

— Și eu te iubesc!

Când se despărțiră, Thanatos o luă pe Lexa de mână, iar Persefona îi urmări mergând spre cărarea de piatră care ducea la râul Lethe. La un moment dat, ea și Hades se întoarseră la palat. El o încurajă să se odihnească, iar ea îl ascultă, prăbușindu-se în patul lui confortabil.

Când se trezi, nu-și aminti că adormise. Se ridică din pat, epuizată, și plecă în căutarea lui Hades. Îl găsi stând în fața focului din biroul lui. Era cu mâinile la spate, iar lumina focului i se reflecta pe față, făcându-l să pară serios și sever. Părea adâncit în gânduri, dar când intră ea în încăpere, se încordă.

Vinovăția o izbi, știind că el îi aștepta furia, acuzațiile.

— Ești bine? îl întrebă, când el nu se întoarse spre ea.

— Da. Dar tu?

— Da.

Era mai bine, deși știa că Lexa murise, deși știa că băuse din Lethe.

Avea să fie bine.

Persefona se apropie de el.

— Hades, spuse, așteptând ca el să se întoarcă cu fața spre ea. Îți mulțumesc pentru azi!

Zeul îi zâmbi ușor și-și îndreptă din nou privirea spre foc.

— A fost o nimica toată.

Întinse mâna spre el, punând-o peste a lui. Privirea sa coborî mai întâi în acea direcție, apoi reveni spre a ei.

— A fost totul.

Se întoarse cu totul spre ea, iar buzele li se întâlniră pătimaș. Se sărutară o vreme, apoi Hades o trase spre podea, pătrunzând-o dintr-o singură mișcare rapidă, hotărâtă.

— Ai avut dreptate, șopti Persefona, referindu-se la sfârșitul Lexei.

Rămăsese fără răsuflarea și degetele i se încurcară în părul lui.

— Nu mi-am dorit să am dreptate.

— Ar fi trebuit să te ascult, spuse ea, și gemu în timp ce o lovea un val de plăcere.

— Șșș! o liniști Hades. Nu mai vorbi despre ceea ce ar fi trebuit să faci! Ce-i făcut e bun făcut – nu ai ce altceva să faci decât să mergi înainte.

În timp ce primul orgasm îi cutremura trupul, Hades o strânse cu putere.

— Regina mea! șuieră el.

— *Hades!* îi gemu și ea numele.

Se bucurară unul de celălalt, adâncind legătura dintre ei și prăbușindu-se unul peste altul, numai piele, sudoare și sex.

La un moment dat, Hades se ridică din pat cu tot cu Persefona și o așeză în fața focului. Ea se întinse pe spate, cu Hades într-o parte.

— O să-mi dau demisia de la *New Athens News*, îl anunță.

Zeul ridică dintr-o sprânceană.

— Așa?

— Vreau să deschid o comunitate online și un blog. O să-i spun *Purtătoarea de cuvânt* - o să fie un loc dedicat celor reduși la tăcere.

— Pare că te-ai gândit mult la asta.

Persefona zâmbi. Urma sfaturile lui Hecate și ale Lexei - își croia propriul drum în viață, prelua controlul.

— M-am gândit.

El își puse degetele sub bărbia ei.

— De ce ai nevoie din partea mea?

— De sprijinul tău.

— Îl ai.

— Și aș vrea să o angajez pe Leuce ca secretară.

— Sunt sigur că ar fi încântată.

— Și... am nevoie de permisiunea ta, adăugă ea, stângaci.

— Pentru?

— Vreau ca primul articol să fie povestea noastră. Vreau să spun lumii cum m-am îndrăgostit de tine. Vreau să fiu prima care anunță logodna noastră.

Kal și Demetri încercaseră să-i ia asta, dar acum o vedea ca pe o cale spre putere.

— Hmm!

Hades se prefăcu a se gândi la asta. Își dădea seama după expresia din ochii lui. Era pe jumătate amuzat, pe jumătate plin de admirație.

— O să fiu de acord cu o singură condiție.

— Și anume?

— Și eu vreau să spun lumii întregi cum m-am îndrăgostit de tine.

O sărută mai întâi încet, trecându-și limba dulce peste a ei, apoi adânci sărutul.

Se răsuciră și se pierdură din nou unul în celălalt.

Înmormântarea Lexei avu loc la trei zile după moartea ei.

Persefona nu reușise să o viziteze pe Lexa pe Câmpiile Elizee din ziua în care ajunsese în Lumea de Jos, așa că, în momentul în care-i văzu trupul palid, uns cu uleiuri, cu o cunună pe cap și cu o salbă de monede, izbucni în lacrimi.

Hades fu prezent și își ținu un braț protector în jurul ei. Era una dintre primele ocazii în care apăreau în public, iar prezența lui acolo nu doar că atrase o mulțime mare de oameni, ci și fu rodul multor sentimente printre cei prezenți. Persefona simțea emoțiile din încăpere – curiozitate, furie și tristețe. Muritorii aceia se întrebau, evident, de ce Hades o lăsase pe Lexa să moară, întrebându-se cum putea Persefona să stea lângă el. Cândva, și ea se întrebase același lucru, iar acum întrebarea respectivă îi provoca o durere enormă.

Hades își coborî privirea spre ea, atingând-o pe obraz.

— N-ai putea să-i faci niciodată să înțeleagă, spuse el, ghicindu-i gândurile.

Ea se încruntă.

— Nu vreau să aibă o impresie proastă despre tine!

El îi zâmbi ușor, trist.

— Nu suport faptul că te deranjează! Te-ajută cu ceva dacă îți spun că singura părere la care țin este a ta?

— Nu.

După înmormântarea Lexei, petrecură următoarele zile făcându-i curățenie în cameră și împachetându-i lucrurile în cutii pe care să i le depoziteze părinții ei. Era o zi ciudată, care le lăsase pe Sibila, Zofie și Persefona în apartamentul lor cu un sentiment de neliniște.

— Cred c-ar trebui să ne mutăm, spuse Sibila.

— Da, se arătă de acord Zofie. Casa asta... miroase a moarte.

Cele două se uitară la amazoană.

— Persefona? întrebă Sibila. Tu ce părere ai?

Ea deschise gura și o închise.

— Sunt... logodită, lăsă să-i scape.

Sibila și Zofie țipară de încântare, făcând-o să râdă pe Persefona.

În weekend, Persefona o luă pe Leuce s-o ajute cu noul ei loc de muncă. Se întâlniră la The Coffee House și lucrară în timp ce beau latteuri cu vanilie.

— Am sunat fiecare agenție de presă de pe lista ta, spuse Leuce. Toate au fost de acord să îți publice articolul. *Divine* a zis că o să fie o știre de primă pagină.

— Excelent! spuse Persefona.

O rugase pe Leuce să apeleze imediat câteva ziare și reviste și să anunțe noul ei proiect – și logodna cu Hades. Era o manevră strategică, una care-i garanta imediat cititori pentru blogul pe care avea să împărtășească povestea felului în care se cunoscuse și se îndrăgostise de Zeul Morților.

Avea să o și înfurie pe mama ei. Persefona știa că Demetra urmărește cu atenție știrile din datorită tuturor momentelor în care-o certase pentru că scrisese despre zei.

— Câteva au cerut recomandări, continuă Leuce. Le-am spus că nu ești disponibilă să le oferi încă două săptămâni. Le-am trecut într-un tabel. Mi-a luat o veșnicie – cum folosești... tastatura asta atât de ușor?

Persefona râse.

— O să înveți, Leuce!

Sibila li se alătură mai târziu. Persefona îi dăduse sarcina de a crea un site web care transmitea simplitate și putere, iar rezultatele erau uluitoare. În partea de sus a paginii era scris „Purtătoarea de cuvânt" cu litere de un mov dens.

Sibila îi arătă și un tabel cronologic cu evoluția site-ului pe măsură ce aveau să adauge conținut - diverse pagini pentru sănătate, artă și cultură.

Văzând site-ul, entuziasmul Persefonei crescu. Tot ce trebuia să facă mai departe era să se concentreze pe articolul de bun-venit.

Era ciudat să-și reamintească de începutul relației ei cu Hades, pentru că mentalitatea sa fusese extrem de diferită atunci. Fusese nesigură și suspicioasă, și totuși își dorise o aventură. Habar n-avusese că dorința ei avea s-o împingă spre un contract cu Zeul Morților de care nu avea să poată scăpa - o înțelegere care devenise o poveste de dragoste.

M-a ajutat să înțeleg că puterea vine din încrederea în sine, din încrederea în propria valoare. Pentru el, sunt o zeiță.

Simți acele cuvinte în adâncul sufletului.

Luni dimineața, Persefona stătea între Leuce și Sibila la The Coffee House în timp ce apăsa pe „Publicare" la articolul ei. Zâmbi când citi ce scria cu litere îngroșate pe pagina de întâmpinare a site-ului ei web:

Cum am ajuns să mă îndrăgostesc de Zeul Morților

Cele două chiuiră și o îmbrățișară pe Persefona.

— Și ăsta e doar începutul! spuse ea.

Se simțea mândră, puternică și liberă.

Persefona îi lăsă lui Leuce o listă de sarcini în timp ce ea și Sibila își adunau lucrurile și plecau fiecare spre locul ei de muncă. Persefona nu mai fusese niciodată atât de entuziasmată de întoarcerea la Acropole, pentru că nu avea să mai meargă niciodată acolo.

— Bună dimineața, Elena!

Tânăra părea surprinsă și bâigui:

— Bună dimineața, Persefona!

Zeița intră direct în biroul lui Demetri. Acesta ridică privirea spre ea; tableta i se reflectă în ramele ochelarilor, ascunzându-i expresia feței.

O clipă, nu vorbi niciunul.

— Îți dai demisia.

— Îmi dau demisia.

Vorbiră în același timp.

Demetri zâmbi, iar asta o alarmă.

— Nu pot să spun că mă surprinde lucrul ăsta. Ai abordat toate agențiile de presă, spuse el, lăsându-se pe spate în scaun. Mă rog, cu excepția *New Athens News*. Se lăsă pe spate în scaun, părând sincer când adăugă: Felicitări!

— Mulțumesc!

— *Purtătoarea de cuvânt*, spuse el. Potrivit nume! O să continui să scrii despre zei?

Persefona știa ce vrea să întrebe: „O să scrii despre mine?"

— Dacă apare o nedreptate, o fac cunoscută!

El aprobă din cap.

— Atunci, îți doresc tot binele din lume!

Ea nu i-l dorea, dar nu conta asta. Promisese că avea să-l distrugă pe Kal și să-i destrame destinul lui Demetri, iar zeii erau obligați să-și respecte promisiunile.

Persefona plecă din biroul lui Demetri şi se îndreptă spre biroul ei, golind într-o cutie tot ce-şi adusese acolo. Era un proces ciudat, având în vedere că se simțea ca și cum izbutise să-și transforme acest spațiu în propriul cămin. Acum îl părăsea, dar pentru a face lucruri mai mărețe.

— Unde pleci? întrebă Elena, ridicând privirea de la birou în timp ce Persefona se apropia de lift.

Îi zâmbi tinerei blonde.

— Mi-am dat demisia, Elena!

— Ia-mă cu tine!

Persefona făcu ochii mari.

— Elena...

— Lucrez gratis pentru tine. Nu vreau să rămân aici fără tine!

Când uşile liftului se deschiseră, îi zâmbi.

— Haide!

Elena țipă, își luă poşeta și i se alătură Persefonei în lift. Când ajunseră la etajul unu, Persefona îi dădu cutia Elenei.

— Mă aştepți şi pe mine? Trebuie să-mi iau rămas-bun de la cineva.

— Aaa, sigur!

Persefona se îndreptă spre subsol, în căutarea lui Pirithous. Îi găsi biroul gol. Aruncând o privire spre biroul lui, printre teancuri de comenzi de lucru și scule, găsi un caiet. Își aduse aminte de ziua în care îl luase prin surprindere în biroul lui când venise să-l întrebe dacă poate s-o ajute să fugă din nou şi cât de protector fusese cu informațiile din el, şi totuşi stătea deschis, cu un scris de mână mărunt aşternut pe pagini. L-ar fi lăsat necitit dacă nu şi-ar fi văzut numele pe pagină.

Curiozitatea o copleşi, aşa că începu să citească.

Data: 7.02

Azi purta o bluză albă şi o fustă cu dungi albe şi negre. Avea părul prins în vârful capului. Bluza era decoltată şi-i vedeam sânii umflaţi când respira.

Persefonei îi îngheţă sângele în vine.

Ce mama dracului e asta?

Dădu o pagină. Era o descriere a ţinutei ei din ziua următoare – o rochie roz, mulată, şi pantofi albi, cu tocuri.

Are picioare frumoase. Îmi vine să îi ridic fusta, să-i desfac picioarele şi s-o fut. M-ar lăsa.

Mai jos, scrisese:

Astăzi a mai apărut o ştire despre ea şi Hades. Futu-i, în fiecare zi îmi aduce cineva aminte că el e cu ea. N-o să-l iubească mult timp. E zeu, iar zeii distrug tot ce iubesc. O să am eu grijă de asta.

Apoi, ea găsi lista:

Bandă adezivă, frânghie, somnifere, prezervative.

Persefona simţi ceva acru în fundul gâtului. În ziua în care îl întrerupsese pe Pirithous, când păruse atât de agitat, el lucra la o listă.

— Ce cauţi aici?

Persefona întoarse brusc capul dinspre jurnal și-l îndreptă spre ușă, în pragul căreia stătea Pirithous, blocându-i ieșirea. Privirea-i era de oțel, înghețându-i sângele în vine.

Deschise gura să vorbească, dar nu fu în stare să scoată niciun cuvânt. Inima îi bubuia să-i spargă pieptul, iar o peliculă fină de transpirație îi apăru pe frunte.

— Pirithous, șopti ea. Am venit să-mi iau rămas-bun.

— Pe bune? Că mie mi se pare că-ți bagi nasul pe-aici!

— Nu, șopti ea, clătinând din cap.

Urmă un moment scurt în care niciunul dintre ei nu vorbi, apoi Persefona întinse mâna după cel mai apropiat și mai greu obiect - o lanternă care stătea pe biroul lui Pirithous. I-o aruncă în cap, el se feri de lovitură, iar ea încercă să treacă în fugă pe lângă el, dar el o prinse, înfigându-i unghiile în piele.

— Dă-mi drumul! țipă zeița, iar magia îi dădu năvală și în jurul lor răsăriră liane.

Persefona abia apucă să-și conștientizeze șocul, când Pirithous rosti:

— Dormi!

Persefona i se supuse, prăbușindu-se în întuneric.

Când se trezi, se simțea de parcă fusese drogată. Vedea în ceață, o durea capul, iar în gură avea îndesată o cârpă lipită cu bandă adezivă. Avea mâinile legate la spate și stătea pe un scaun din lemn tare, care i se înfigea în brațe.

Încercă imediat să se elibereze, dar legătura se strânse și mai tare. Curând, începu să se agite, legănându-se înainte și înapoi pe scaun. Se aștepta ca magia ei să iasă la suprafață ca răspuns la propria-i isterie, însă rămase parcă la distanță, la fel de încețoșată precum mintea sa, ceea ce o făcu să intre și mai tare în panică. Curând, zguduia scaunul înainte și înapoi în încercarea de-a se elibera.

Apoi își dădu seama ce o înconjura și încremeni. Erau fotografii și decupaje din ziare cu *ea* peste tot. Fotografii făcute în timp ce mergea pe stradă, își rezolva problemele și lua prânzul cu prietenele ei. Fotografii cu ea acasă, în pijama, dormind. Imaginile alcătuiau un jurnal al vieții ei de zi cu zi. Îi era silă și era agitată.

— Te-ai trezit.

Pirithous își făcu apariția.

Persefona țipă, deși strigătele îi erau înăbușite, iar lacrimile îi șiroiau pe obraji.

— Gata, gata, gata! îi porunci el, apoi se aplecă în față și-i luă banda adezivă și călușul de pe gură. E-n regulă, iubita mea! Nu-ți fac nimic!

— Nu-mi spune așa! se răsti ea.

Pirithous își încleștă maxilarul.

— Nu contează, rosti el. Oricum mă vei iubi.

— Du-te-n mă-ta! scuipă Persefona.

Bărbatul se repezi la ea, apucând-o de păr și trăgându-i capul pe spate. Când îl privi în ochi, ea observă că irisurile lui își schimbaseră culoarea, din negre în aurii.

— Ești... semizeu?

Un zâmbet răutăcios îi apăru pe figură.

— Sunt fiul lui Zeus!

— Pe toți zeii, nici nu-i de mirare că ești așa dubios!

El o trase de păr, iar Persefona țipă, arcuindu-se ca să scadă tensiunea. Dădu iar să-și invoce magia și, deși o simțea mai aproape, tot nu izbuti să o facă.

Ce mi-a făcut? se întrebă ea în gând. Capul parcă îi plutea și greața parcă îi răscolea stomacul.

— Ce nerecunoscătoare ești! șuieră el. Te-am *protejat*!

— Mă *doare*!

— Crezi că asta-i durere? întrebă el, dar îi dădu drumul. Durere înseamnă s-o vezi pe femeia pe care-o iubești îndrăgostindu-se de altcineva.

Persefona se concentră asupra magiei sale. Creștea în ea, încet și stabil.

— Pirithous, tu nu mă cunoști! Cum ai putea să mă iubești?

— Te iubesc! Nu ți-am dovedit-o? Cu inimioarele, bilețelele, florile?

— Asta nu-i iubire! Dacă m-ai fi iubit, nu m-ai fi adus aici!

— Te-am adus aici pentru că te iubesc, nu înțelegi? Există oameni care vor să ne despartă!

— Cum ar fi Hades? Fii sigur că o te facă bucăți!

— Nu-i pomeni numele!

— Hades o să mă găsească!

Pirithous se apropie amenințător spre ea, iar Persefona închise strâns ochii. Când el n-o atinse, deschise ochii și-l găsi fixând-o furios cu privirea.

— De ce el?

Persefona căută un răspuns – unul care să-l potolească, să-l facă să plece.

— Pentru că așa poruncesc Ursitoarele! îi răspunse.

El păli o clipă, iar ea crezu că reușise, dar bărbatul scrâșni din dinți și spuse:

— Minți!

Îngenunche în fața ei.

— De ce el? E vorba de sex?

Persefona se încordă și-și strânse picioarele în timp ce Pirithous își plasă mâinile de-o parte și de alta a scaunului.

— Zi-mi ce face el de-ți place atât de mult; eu pot să fac mai bine!

— În pizda mă-tii, nu pune mâna pe mine! țipă Persefona și încercă să se îndepărteze de el târșâindu-și picioarele, dar tocurile ei nu voiau să se înfigă în podea.

Pirithous își înfipse degetele în pielea ei și-i desfăcură picioarele. Se întinse iar după magie – era aproape, atât de aproape!

— Nu!

— O să-ți placă, îți promit! Nici măcar n-o să te mai gândești la el când o să termin cu tine!

Nu, avea să-și dorească doar să moară.

— Am zis nu!

Persefona țipă, iar magia sa ieși în sfârșit la suprafață, spărgând ciudata barieră care-i încețoșase mintea. Din pământ răsăriră spini în jurul ei. Alcătuiră o cușcă, protejând-o pe Persefona de avansurile lui Pirithous și tăindu-l în timp ce se apropia, făcându-l să urle.

— N-ai să mă ții departe de tine!

La început, zgârie lemnul, încercând să rupă ramurile cu mâinile goale. Când nu reuși, dispăru și se întoarse cu un cuțit, înfigându-l în bariera spinoasă.

Persefona urlă, iar spinii se îndesiră până când explodară, aruncând așchii peste tot.

Pirithous fu proiectat în spate. Se izbi de perete, iar corpul lui se prăbuși la pământ; în piept i se înfipsese un țăruș enorm.

Era mort.

Preț de o bătaie de inimă, rămase fără glas, răsuflând cu dificultate. Apoi, dintr-odată, fu izbită de o senzație complet necunoscută. Un amestec de șoc și groază.

Omorâse pe cineva.

Persefona țipă.

— Ajutor! Să mă ajute cineva, vă rog! suspină ea. Hades!

Se chinui să se elibereze, până zări ceva plutind amenințător deasupra sa.

— Furiile, șopti Persefona, respirând greu din cauza efortului.

Zeițele pluteau în aer; corpurile lor palide păreau a pâlpâi în întuneric.

— Mireasă a lui Hades, răsunară vocile lor. Acum ești în siguranță.

O trâmbă de fum se ridică în aer, iar Hades își făcu imediat apariția în forma lui Divină. Uriaș, impunător, o domina, negru precum nimicul. Ochii lui, aprigi și plini de furie, priviră în ai ei și apoi încremeniră. Persefona nu credea că altcineva putea percepe acea stranie neclintire care-l cuprinse când o zări acolo, dar ea o văzu. O simți, și știu că, pe sub acele robe, toți mușchii lui erau rigizi și încordați. Hades părea să șovăie, și Persefona simți că zeul era sfâșiat între dorința de-a avea grijă de ea și cea de-a se ocupa de Pirithous.

În cele din urmă, se hotărî să se ocupe mai întâi de muritorul care o răpise.

Pirithous începu să respire greu, cu un scâncet ciudat ieșindu-i din gât. Nu vorbi, dar făcu ochii mari când îl văzu pe Hades.

— Te-am readus la viață, spuse Hades. Ca să-ți spun că o să fie o bucurie pentru mine să te torturez tot restul vieții tale veșnice!

El nu părea destul de lucid cât să-i treacă prin cap ce spunea Hades, dar zeul continuă:

— De fapt, cred c-am să te țin în viață ca să-ți rumegi durerea!

Pocni din degete, făcând ca la picioarele lui Pirithous să se caşte o prăpastie enormă. Ţipetele subţiri ale acestuia se pierdură cu totul când se prăbuşi în Lumea de Jos.

Hades se întoarse spre Persefona, iar legăturile ei fură rupte la un semn al mâinii lui. Se prăbuşi peste Hades în timp ce el se apropia, apoi zeul o luă în braţe şi se întoarse spre Furii.

— Alecto, Megaera, Tisifona, ocupaţi-vă voi de Pirithous!

Ele îşi plecară capetele.

Furiile dispărură, iar Hades se teleportă în Lumea de Jos. În dormitorul lui, Persefona clacă. Hades stătea cu ea lipită de el, alinând-o cu şoaptele lui până când lacrimile i se uscară, până când nu mai simţi că avea să facă implozie. În cele din urmă, se desprinse de el.

— Baie! îi ceru. Trebuie să-mi curăţ pielea de urmele lui!

Hades strânse din buze, făcând-o să simtă pe Persefona de parcă ar fi putut să-i vadă mintea lucrând în timp ce se gândea la ce chinuri urma să abată asupra lui. În ciuda acestui fapt, când vorbi, vocea îi era calmă:

— Desigur.

Hades o conduse până la băi, iar ea se dezbrăcă şi intră în apa fierbinte. Aburii se ridicau în jurul ei, şi inspiră mirosul de vanilie şi levănţică. Îşi frecă pielea până când i se roşi şi începu s-o doară. Când termină, ieşi din apă, învelindu-se într-un halat alb şi pufos.

Hades nu i se alăturase. Stătea la o oarecare distanţă de ea, urmărind-o. Se apropie de el, aşezându-i-se în poală şi cuprinzându-l cu braţele de după gât. Avea nevoie de alinarea lui, de apropierea lui.

— De unde ai ştiut că dispărusem? îl întrebă, cuibărindu-se cât mai strâns în el.

— Colega ta, Elena, a început să-și facă griji când nu te-ai mai întors de la subsol, răspunse el. A plecat să te caute și a găsit jurnalul. Hades o strânse și mai tare în vreme ce cuvintele continuau să se reverse: Nu știa cui să-i spună. În cele din urmă, a abordat un paznic. Zofie patrula prin față când a fost anunțată, iar atunci și-a dat seama că îl urmărise pe Pirithous când plecase cu tine – într-un cărucior pentru gunoaie. Când mi-a spus asta, am trimis Furiile. Tu erai deja dispărută de mult... Se opri cu totul pentru a înghiți în sec și apoi adăugă: Nu știam sigur ce aveam să găsesc.

— Era semizeu, zise Persefona. Avea puteri.

Hades încuviință din cap.

— Semizeii sunt periculoși, mai cu seamă pentru că nu știm ce puteri vor moșteni de la părinții lor Divini. Ce-a putut folosi împotriva ta?

— M-a făcut să adorm, răspunse ea. Iar când m-am trezit, nu îmi puteam folosi magia. Nu mă puteam concentra. Capul... mintea îmi era cuprinsă de haos.

Hades se încruntă.

— Constrângere, replică el. Poate avea un astfel de efect.

Rămaseră tăcuți câteva clipe, apoi Hades vorbi:

— Spune-mi, ce s-a întâmplat? o îndemnă, iar în vocea lui se simțea o anume notă tăioasă, care-i transmitea că e pregătit, că dacă i-ar fi povestit despre răpirea ei, ar fi dezlănțuit violența din el.

— O să-ți spun dacă îmi promiți un lucru, spuse ea.

El ridică dintr-o sprânceană, așteptând, și coborând privirea spre buzele ei.

— Când îl torturezi, am voie să mă alătur și eu.

— Asta e o promisiune de care sunt în stare să mă țin.

CAPITOLUL XXVIII

Un strop de distrugere

Thanatos o însoți pe Persefona în prima vizită pe Câmpiile Elizee.

— N-o să poți să vorbești astăzi cu ea, o informă el. Trebuie neapărat să ajungă să se simtă în largul ei pe Câmpiile Elizee, altminteri o să fie copleșită.

Persefona avea impresia că știe ce înseamnă acest lucru - Lexa avea să fie nevoită să bea din nou din Lethe. Era ultimul lucru pe care și l-ar fi dorit.

— Când o să fie pregătită? îl întrebă.

Thanatos ridică din umeri.

— E greu de spus.

Ea știa ce nu spusese Thanatos. „Depinde de câtă nevoie are sufletul ei să se vindece."

Gândul o îndureră, dar îl alungă. Nu se putea gândi la ceea ce nu făcuse; nu putea decât să învețe din propriile greșeli.

Se opriră în vârful unui deal de pe Câmpiile Elizee. Acolo, cerul lui Hades era atât de luminos, încât era aproape orbitor.

Lângă ea, Thanatos arătă spre o siluetă îndepărtată. O femeie, al cărei păr negru era ca o torță aprinsă în contrast cu rochia ei albă.

Era Lexa.

Ochii i se umplură de lacrimi în timp ce-și urmărea prietena cea mai bună străbătând câmpul, ținând mâna ridicată, atingând fire de iarbă înaltă, și, deși Persefona nu-i vedea fața, știa că Lexa se simțea împăcată acolo.

Trecură câteva săptămâni, iar Persefona vizită în fiecare zi Câmpiile Elizee, urmărind-o pe Lexa de la distanță, până ce, într-o bună zi, Thanatos se apropie și o anunță:

— A sosit momentul.

Persefona crezuse că avea să fie pregătită, că avea să aștepte cu nerăbdare șansa de a se revedea cu Lexa, dar când Thanatos îi acordă permisiunea lui, începu deodată să aibă emoții și să se simtă mai nesigură ca niciodată.

— Dacă n-o să mă placă?

— Lexa este același suflet pe care l-ai găsit în Lumea de Sus. E grijulie, iubitoare și bună. E pregătită să aibă o prietenă.

Persefona încuviință din cap, apoi răsuflă adânc. Pregătirea pentru apropiere era precum pregătirea pentru un discurs în public. Neliniștea clocotea în ea, răscolindu-i măruntaiele și făcându-i inima să tresalte.

Se apropie cu pași hotărâți spre Lexa, care stătea sub un rodiu atât de încărcat, încât părea că luase foc. Lexa purta o rochie albă, iar părul lung și negru i se revărsa pe umeri. Ținea capul sprijinit de trunchiul copacului, iar ochii îi erau închiși de parcă ar fi dormit.

Era frumoasă și odihnită, iar Persefonei îi era aproape teamă să n-o deranjeze, că, atunci când avea să deschidă ochii, n-avea să recunoască persoana din spatele lor.

Inspiră adânc.

— Salut!

Persefona nu folosi numele Lexei – Thanatos îi spusese că oricum nu și-l amintea.

Lexa deschise ochii aceia familiari, de un albastru orbitor, și o privi pe Persefona în ochi. Aceasta crezu că avea să-i plesnească inima de bucurie când Lexa o privi în ochi.

— Salut!

— Pot să stau un pic cu tine? întrebă Persefona.

— Da.

Lexa se dădu un pic la o parte, astfel încât Persefona să se poată așeza și sprijini de trunchiul copacului.

— Nu ești moartă, spuse Lexa.

Observația o surprinse pe Persefona, care clătină din cap.

— Nu, nu sunt.

— Atunci, ce cauți aici?

— Sunt logodnica lui Hades, răspunse ea. Vizitez des Câmpiile Elizee.

Lexa chicoti.

— Am observat.

Și asta o surprinse.

— Pe bune?

— Îl observ mereu pe Thanatos, replică ea roșind.

Persefona se întrebă dacă sufletelor le putea cădea cineva cu tronc.

— Dacă ești logodnica lordului Hades, atunci o să fii regină.

— Presupun că așa e.

— Și-atunci o să ai o coroană și un tron, adăugă ea.

Persefona râse. Era o replică atât de tipică pentru Lexa!

— Am deja două coroane.

Lexa făcu ochii mari.

— Trebuie neapărat să aduci una încoace. Eu mi-am dorit întotdeauna să port o coroană.

Persefona se încruntă.

— De când?

Ea ridică din umeri.

— De când... am venit aici! O să urmeze și o nuntă?

Persefona oftă.

— Da, dar trebuie să recunosc că nu m-am prea gândit ce planuri am pentru ea.

Între moartea Lexei și propria răpire, situația devenise destul de haotică.

— O să fii o mireasă frumoasă, spuse Lexa. O regină frumoasă.

Persefona roși.

— Mulțumesc!

Discuția lor se întinse aproape toată după-amiaza. Probabil că ar mai fi stat, dar Hecate apăru și o chemă să plece de-acolo.

— Trebuie să plec, spuse Persefona, ridicându-se în picioare. Trebuie să mă pregătesc.

— Să te pregătești pentru ce?

— În seara asta are loc o gală, răspunse ea, apoi zâmbi larg. Ți-ar plăcea mult. O să fie zei și zeițe, rochii frumoase și dansuri.

Avea să-i placă, pentru că era evenimentul de care se ocupase înainte de accident. O cină de sponsorizare pentru Proiectul Halcyon, găzduită la Olimpian, unul dintre hotelurile Herei, o clădire pe care Lexa o admirase mereu pentru frumusețea și designul strălucit.

Și pentru că acolo stăteau cei mai mulți zei când vizitau Noua Atenă.

— Trebuie neapărat să mai vii și să-mi povestești totul despre asta!

Persefona zâmbi.

— Bineînțeles. O să mă întorc mâine.

Când Persefona se întoarse la palat, Hecate și lampadele ei o ajutară să se îmbrace.

Hecate alesese o rochie roșie cu umerii dezgoliți. Partea de sus era din dantelă, iar fusta era voluminoasă și făcută din strat după strat de tul. Persefona adora silueta. O făcea să se simtă ca o prințesă. Lampadele îi netezirâ părul în bucle ușoare și fermecătoare și-i aplicară un machiaj natural.

— O să-ți lăsăm frumusețea să vorbească de la sine, spuse Hecate.

Zeița privi reflexia Persefonei în timp ce-o ajuta să-și aleagă accesorii, bijuterii de aur și pantofi.

Zâmbi.

— Mulțumesc, Hecate!

— Cu mare drag, scumpa mea!

Hecate plecă în momentul în care Hades își făcu apariția. Acesta rămase lângă ușă, admirând-o de la distanță. Era îmbrăcat cu un costum croit la comandă, negru - culoarea lui preferată. Părul îi era dat pe spate cu gel, iar barba, complet rasă. Era chipeș, cu un aspect regal, și era al ei.

Gândul îi trimise un val de căldură prin tot corpul.

— Ești foarte frumoasă! o lăudă.

— Mulțumesc! spuse ea zâmbind. Și tu ești frumos... adică, ești chipeș!

El chicoti și-i întinse mâna.

— Mergem?

O lipi de el și o cuprinse cu brațul când se teleportă la suprafață, unde Antoni îi aștepta în față la Nevernight.

În timp ce Persefona se strecura pe bancheta din spate a limuzinei lui Hades, începu să râdă.

— Ce-i atât de amuzant?

— Tu ești conștient c-am putea pur și simplu să ne teleportăm la Olimpian, nu?

— Parcă îți doreai să duci existența unei muritoare când te afli în Lumea de Sus, răspunse Hades.

— Poate că sunt doar nerăbdătoare să ne începem noaptea împreună, spuse ea, privindu-l pe sub gene.

Tensiunea din mașină crescu, iar ochii lui Hades sclipiră.

— De ce să așteptăm? o întrebă.

Ea făcu prima mișcare, apucând straturile rochiei ei ca să-l poată încăleca.

— Cine-a ales rochia asta? întrebă Hades, dând la o parte muntele de tul care parcă înflorise între ei.

— Nu-ți place? se bosumflă ea.

— Sincer, aș prefera să am acces la corpul tău, spuse Hades.

— Îmi ceri să mă îmbrac ca pentru sex?

Hades rânji.

— O să fie secretul nostru.

Se sărutară, iar mâinile Persefonei se plimbară în jos pe pieptul lui Hades, spre talia pantalonilor lui. Îi desfăcu nasturii și-i eliberă sexul, frecându-l în timp ce-i cerceta gura cu limba.

El gemu, iar buzele Persefonei se dezlipiră de ale lui ca să se plimbe pe maxilarul și gâtul lui.

— Am nevoie de tine, mârâi el. *Acum!*

Mădularul îi era tare ca piatra, iar Persefonei i se tăie răsuflarea, așteptând să-l simtă înlăuntrul ei. Se ridică, îi conduse scula spre gaură și se lăsă pe el.

Gemură și se legănară în limuzina întunecată.

— M-ai terminat. Numai la asta mai sunt în stare să mă gândesc.

— La sex?

Ea râse, trăgându-l mai aproape, adorând senzația respirației lui pe piele.

— La tine, răspunse el, iar mâinile îi urcară pe sub rochie, ajungând până la sâni. La cum te pătrund, la cum mă simt când mă apuci de sculă, la cum mă strângi chiar înainte să-ți dai drumul.

Persefona se înfioră.

— Tocmai ai descris sexul, Hades.

— Am descris sexul cu tine, o corectă. E o diferență.

Se topi toată, lipită de el, iar șoldurile li se izbiră unul de celălalt, în timp ce limbile li se mângâiau. O loviră nenumărate valuri de plăcere în timp ce se ținea de Hades de parcă s-ar fi destrămat, ridicându-se și coborând pe el.

— Futu-i! înjură Hades, în timp ce se mișca, iar sunetele scoase de ei în timp ce făceau dragoste umplură spațiul mic.

Hades își ridică brusc șoldurile, întâmpinându-i mișcările cu o viteză turbată. Ea scoase un urlet gutural, iar degetele i se încurcară în părul lui.

— Dă-ți drumul pentru mine, șopti Persefona.

— Iubita mea, spuse Hades, apăsându-i tare pielea, apoi își dădu drumul în ea cu o explozie fierbinte.

Se prăbuși peste el, respirând greu. Amândurora le lucea pielea de transpirație. Ei îi tremurau picioarele și se simțea de parcă ar fi plutit.

— Futu-i, mormăi Hades, parc-aș fi adolescent în călduri!

Ea râse.

— Măcar știi cum e să fii adolescent?

— Nu. Dar îmi închipui că mereu sunt gata să se fută și niciodată nu se satură.

Hades încă era înlăuntrul ei – cu membrul tare, ud și pregătit pentru mai mult.

— Poate că pot să te-ajut, spuse ea, ridicându-se de pe el.

Dădu să se lase în genunchi, gata să-i ia mădularul în gură, dar el o opri.

— Nu, iubita.

Persefona se încruntă.

— Dar...

— Iubita mea, nimic nu mi-ar face mai mare plăcere decât să mă faci jos, dar, deocamdată, trebuie să mergem la evenimentul ăsta, trăsnească-l zeii de eveniment!

— Trebuie neapărat? întrebă ea.

— Da, răspunse el, ridicându-i bărbia cu un deget. Crede-mă, n-o să vrei să ratezi așa ceva!

Ea nu era chiar atât de sigură, dar îl privi în ochi și se ridică, așezându-se lângă el și aranjându-și straturile fustei. Îl urmări pe Hades încercând să-și ascundă mădularul sculat. Aproape că-i venea să râdă. Până când el îi aruncă o privire, iar de undeva, din adâncul pieptului, îi ieși un sunet.

— *Zeiță!*

Era un avertisment, iar întregul ei corp începu din nou să se încălzească. Zâmbi și se uită pe geam, smulsă imediat din reverie când văzu marea de muritori în fața mașini. Mulțimea părea a se întinde pe kilometri întregi, iar oamenii se înghesuiseră laolaltă, stând cât mai aproape de mașină posibil.

Probabil că n-ar fi trebuit să o surprindă, având în vedere experiența ei de la Gala Olimpiană, dar atunci participase în calitate de jurnalistă. Acum era logodnica lui Hades.

Inspiră cu putere, simțindu-se copleșită de neliniște. Nu știa sigur dacă avea să se obișnuiască vreodată cu acea senzație.

Mașina se opri, apoi se deschise portiera. Imediat în față îi apărură lumini strălucitoare. Hades ieși din mașină într-un vuiet de adorație. Îl strigau pe nume, îl implorau să-i ducă în Lumea de Jos, implorau să-l vadă în forma Divină.

Hades ignoră strigătele lor și se întoarse spre ea, întinzându-i mâna. Persefona inspiră adânc, pregătindu-se sufletește.

— Iubito?

Cuvântul o liniști, așa că își strecură degetele în palma lui. Când mâna lui puternică o strânse pe-a ei, îi oferi siguranța necesară pentru a ieși din cabina limuzinei. Când se ridică pe cât era de înaltă, lângă Hades, se dezlănțui haosul - ochii îi fură luați cu asalt de o mitralieră alcătuită din lumini albe.

Cu degetele împreunate, porniră pe covorul roșu care ducea spre intrarea în Olimpian – un hotel grandios, care arăta ca un zid aurit de metal strălucitor. Persefona fu surprinsă s-o vadă pe Zofie alăturându-i-se, îmbrăcată în rochia albastră pe care o obligase să și-o cumpere pentru evenimente de genul acela.

— Zofie!

Persefona o îmbrățișă pe amazoană, făcând-o să înțepenească.

— Persefona, ești bine?

— Da, răspunse ea. Mă bucur să te văd, atâta tot.

Amazoana zâmbi.

Din când în când, erau conduși spre câte-un loc în care să pozeze. Hades le făcu pe plac, lipind-o pe Persefona de el și cuprinzând-o cu brațul după mijloc. La un moment dat, putu să jure că îi simțise buzele atingându-i părul.

Fură ghidați într-o sală de primire cu un tavan alcătuit din flori din sticlă suflată. Persefona petrecu câteva minute întinzându-și gâtul ca să admire expoziția, dar curând fu întreruptă de numeroși oameni care se apropiau s-o salute. Unii erau străini, alții erau infractori de rang înalt și membri ai clubului Iniquity, dar câțiva erau prieteni de-ai Persefonei.

— Sibila!

Nu-și mai văzuse prietena și fostul oracol de când se mutaseră din apartament cu o săptămână înainte. Se îmbrățișă strâns cu oracolul. Blonda purta o rochie strălucitoare de culoarea şampaniei.

— Arăţi minunat!

— Mulţumesc – la fel şi tu! spuse Sibila. Ce faci?

— Bine. Foarte bine, răspunse Persefona.

Nu se putea opri din zâmbit.

— Aro ce face?

Sibila roşi.

— Bine. Suntem... bine.

Persefona scăpă un chiot scurt când apăru Hermes, luând-o în braţe şi strângând-o tare. Când o lăsă jos, acolo se afla Apollo, care rânji când o văzu.

— Aşadar, Sefi, spuse Hermes, dând din sprâncene. Aud că Hades ţi-a dat un inel!

Ea râse.

— Da... bine, nu la propriu.

Zeul Înşelăciunii rămase cu gura căscată.

— Păi, cum pizda mă-sii? N-ai cum să fii logodită fără inel, Sefi.

— Nu-i deloc adevărat, Hermes!

— Cine zice? Eu, până nu vedeam piatra, nu acceptam!

Ea dădu ochii peste cap.

— Felicitări, Sef! zise Apollo, iar Persefona îi zâmbi larg.

La puţin timp după aceea fură conduşi în sala de mese, iar Persefona se aşeză la o masă din partea din faţă a încăperii, între Hades şi Sibila. În ciuda entuziasmului din seara aceea, Persefona nu se putea abţine să se gândească la Lexa. O vedea în anumite părţi ale evenimentului – în listele de vinuri, în decoruri, în muzică. Totul era fermecător şi spectaculos, întocmai cum îi plăcea ei.

Îi simţea din plin absenţa.

Cina începuse deja de destulă vreme în momentul în care Katerina, directoarea Fundației Cypress, se ridică în picioare și ură bun-venit mulțimii. Oferi o prezentare generală a Proiectului Halcyon, apoi lăsă restul prezentării pe mâna Sibilei.

— Eu sunt nouă la Fundația Cypress, începu aceasta. Dar ocup o funcție cu totul și cu totul deosebită, una ocupată anterior de prietena mea, Lexa Sideris. Lexa a fost o persoană minunată, un spirit strălucitor, o lumină în calea tuturor. A întruchipat valorile Proiectului Halcyon, motiv pentru care noi, cei de la Fundația Cypress, am hotărât să o imortalizăm. Vă prezentăm... Grădina Memorială Lexa Sideris!

Persefona rămase cu gura căscată, iar Hades o strânse de mână pe sub masă.

Pe ecran, în spatele Sibilei, erau schițe cu grădina – o oază cu un peisaj superb în jur.

— Grădina Memorială Lexa Sideris va fi o grădină terapeutică pentru pacienții Centrului Halcyon, explică Sibila, trecând la o prezentare generală a semnificației fiecărei părți din grădină, lămurindu-i că mătrăguna era menită să aducă un omagiu dragostei ei față de Hecate, iar structura superbă, ca de sticlă, din centrul grădinii reprezenta sufletul Lexei – o torță strălucitoare, arzătoare, care avea grijă ca toată povestea să continue.

Persefonei i se umpluse inima de bucurie.

Hades se aplecă și-i șopti la ureche:

— Ești bine?

— Da, șopti ea, înghițind tare în sec. Excelent.

După cină, se adunară în sala de bal. Hades o duse pe Persefona pe ringul de dans și o trase aproape de el. O mână îi rămase pe curbura spinării ei, iar cu cealaltă o ținea de mână. O conduse pe ring cu grație și încredere și, deși el era un gentleman desăvârşit, era ceva senzual în felul în care trupurile lor se contopeau.

Persefona simţi căldura înfierbântându-i măruntaiele şi nu putu să-şi ia ochii din ochii lui.

— Când ai conceput grădina asta? îl întrebă.

— În noaptea în care a murit Lexa.

Persefona clătină din cap, muşcându-şi buzele.

— La ce te gândeşti? întrebă Hades.

— Mă gândesc la cât de mult te iubesc, răspunse ea.

Hades zâmbi larg – un zâmbet minunat, pe care ea îl simţi până în adâncul pieptului.

După aceea, muzica trecu la ceva mai electronic, iar Hades plecă, încurajând-o să danseze cu Sibila și încruntându-se când li se alăturară Hermes și Apollo. Persefona petrecu o vreme cu ei, râzând, glumind și simțindu-se mai bine decât se simțise de multă vreme încoace. La un moment dat, plecă în căutarea lui Hades şi se trezi pe un balcon cu vedere la toată Noua Atenă. De-acolo vedea toate locurile care-i schimbaseră viaţa în ultimii patru ani – Universitatea, Acropolele, Nevernight.

Nu trecu mult și i se alătură și Hades.

— Aici erai!

O cuprinse cu brațele de talie și o trase spre el.

— Ce faci aici?

— Iau o gură de aer, răspunse ea.

El chicoti, făcând-o să simtă fiori pe șira spinării auzindu-l. O sărută pe obraz, strângând-o tare la piept.

— Am ceva pentru tine, spuse el.

— Ce e? întrebă ea cu zâmbetul pe buze.

Nu se mai simţise niciodată atât de fericită.

Hades o studie o clipă, făcând-o să se întrebe dacă se gândea la același lucru. Apoi el își vârî mâna în buzunar și îngenunche în fața ei.

— Hades...

Persefona dădu să protesteze. Deja făcuseră asta. Erau logodiți - nu avea nevoie de un inel sau de o cerere formală în căsătorie.

— Doar... dă-mi voie să fac lucrul ăsta! spuse el, iar zâmbetul de pe fața lui îi făcu inima să crească de bucurie. Te rog!

Hades deschise o cutiuță neagră, scoțând la iveală un inel de aur. Era și penibil, și superb, incrustat cu diamante și asortându-se cu coroana pe care i-o făurise Ian.

Îl fixă o clipă, vrăjită, apoi se uită în ochii lui Hades.

— Persefona, te-aș fi ales de o mie de ori, ducă-se-nvârtindu-se Ursitoarele, spuse el râzând. Te rog... fii soția mea, domnește alături de mine, dă-mi voie să te iubesc pentru totdeauna!

Ochii i se umplură de lacrimi, iar ea îi oferi un zâmbet tremurător.

— Bineînțeles! șopti ea. Pentru totdeauna.

Hades zâmbi și mai larg, dezvăluindu-și dinții. Era unul dintre zâmbetele ei favorite, cel pe care și-l imagina ca fiind doar pentru ea. Îi strecură inelul pe deget și se ridică în picioare, devorându-i gura cu un sărut pe care-l simți până în adâncul sufletului.

— Nu l-ai auzit din întâmplare pe Hermes când cerea cu insistență o piatră, nu? îl întrebă când se desprinse de ea.

Hades chicoti.

— O fi vorbit destul de tare cât să-l aud. Dar dacă vrei să știi, am inelul ăsta de ceva vreme.

— De când? întrebă ea pe un ton hotărât.

— De jenant de mult timp, îi răspunse, apoi recunoscu: Din noaptea Galei Olimpiene.

Persefona înghiți în sec pentru a-și alunga nodul din gât.

Cum ajunsese să aibă atât noroc?

— Te iubesc! spuse el, lipindu-și fruntea de a ei.

— Și eu te iubesc!

Se sărutară din nou, iar când se desprinse de ea, Persefona observă ceva alb făcând rotocoale în jurul lor. Îi luă o clipă ca să-și dea seama că era *zăpadă*.

În ciuda frumuseții ei, era ceva sinistru în felul în care cădea din cer.

Mai ales că era luna august.

Persefona se uită la Hades, iar fericirea care îi luminase fața cu o clipă înainte pierise. În clipa aceea părea îngrijorat, iar sprâncenele lui negre se încruntară deasupra ochilor care priveau îngândurați.

— Hades, de ce ninge? șopti Persefona.

Se uită la ea, cu ochii preschimbați într-un vid nesfârșit, și răspunse pe un ton solemn:

— E începutul unui război.

NOTA AUTOAREI

ÎNTÂI DE TOATE, LE MULȚUMESC TUTUROR CITITORILOR mei minunați! Mă simt extrem de recunoscătoare pentru fiecare dintre voi.

Când am scris *Un strop de întuneric*, am scris cartea mea de suflet. *Un strop de distrugere* nu e nici ea mai prejos. Scrierea acestei continuări a fost la fel de dificilă precum scrierea primei cărți, dar știam că există câteva aspecte pe care voiam să le includ în *USDD*, și anume legendele construite în jurul lui Apollo și al amanților și amantelor lui.

Am studiat câteva legende, dar am hotărât să scot în evidență Apollo și Dafne, Apollo și Casandra și Apollo și Hiacintus. Evident, acestea sunt cele mai cunoscute, iar două dintre ele exemplifică perfect comportamentul lui Apollo față de amanții și amantele lui. A urmărit-o continuu pe Dafne până când aceasta a implorat să fie transformată în copac și a blestemat-o pe Casandra când a refuzat să se culce cu el. E o problemă și a zilelor noastre, așa că am vrut s-o provoc pe Persefona să o rezolve.

Cealaltă legendă pe care știam că-mi doresc să o folosesc e cea a lui Apollo și Marsyas (o altă legendă obișnuită și asemănătoare este cea a lui Apollo și Pan). Marsyas era un satir care l-a provocat pe Apollo la o întrecere muzicală. Există câteva variante ale legendei în care Marsyas și Apollo câștigă, dar se termină cu moartea satirului. Am considerat importantă această legendă pentru că arată cât de instabil este Apollo – ce legătură are el cu lumea antică și cum intră în contradicție cu lumea modernă.

Acum mă voi apleca asupra legendei lui Pirithous.

Știu că, în mitologie, Pirithous și Tezeu sunt frați (stați liniștiți, că vine și Tezeu *dă ochii peste cap*). Cei doi se hotărăsc să se căsătorească cu fiice ale lui Zeus. Tezeu o răpește pe Elena din Troia (da, secretara Elena este Elena din Troia). Ei bine, Pirithous se hotărăște că el o vrea pe Persefona. Cei doi se îndreaptă spre Lumea de Jos ca s-o răpească. Epuizați, se așază puțin să se odihnească, dar nu mai pot să se ridice. Mai târziu, Heracles îl va salva pe Tezeu, dar Pirithous va rămâne acolo. Am vrut să includ această legendă pentru că, din punctul meu de vedere, Pirithous e pur și simplu un fan extrem de libidinos, ceea ce și este, de fapt.

Poate mă uit la prea multe documentare despre crime! Ha!

În cele din urmă, o să vorbesc despre partea cea mai tristă din carte – Lexa.

Când încep să scriu despre un personaj, fac o listă cu „ce se poate întâmpla mai rău".

Ei bine, pentru Persefona, cel mai rău lucru ar fi fost pierderea Lexei, dar nu-mi închipuiam că zeița ar putea înțelege starea de doliu, specifică muritorilor, până nu pierdea pe cineva apropiat. Trebuia s-o și piardă în cel mai îngrozitor mod (adică s-o readucă pe Lexa la viață, s-o vadă cum suferă, apoi să vadă cum se întoarce în Lumea de Jos și nu-și amintește de ea), ca să înțeleagă de ce Hades nu poate ajuta pe toată lumea. E o parte esențială din procesul de evoluție al Persefonei, pentru că, până în acel moment, ia de bune puterile lui Hades. La sfârșitul romanului USDD ea poate spune din proprie experiență de ce e foarte nasol.

În cele din urmă, am avut ocazia să scot în evidență aspectul care a dat naștere întregii idei: Iniquity, clubul lui Hades.

De la bun început, mi-am luat următoarele notițe: *zeii în societatea modernă, Hades stăpânește „lumea de jos" – cuiburi de jocuri de noroc, mafie*, și chiar dacă am atins doar aspectele de suprafață ale lumii pe care Hades o conduce în Lumea de Sus, ele vor avea o foarte mare influență în romanul *A Touch of Malice*.

Pentru comenzi şi informaţii, contactaţi:
GRUPUL EDITORIAL CORINT

Departamentul de Vânzări
Str. Mihai Eminescu nr. 54A, sector 1, Bucureşti, cod poştal 010517
Tel./Fax: 021.319.47.97; 021.319.48.20

Depozit
Str. Gării nr. 11, Mogoşoaia, jud. Ilfov
Tel.: 0758.053.416
E-mail: vanzari@edituracorint.ro
Magazin virtual: www.edituracorint.ro

ISBN: 978-606-9740-03-3

Format: 16/54x84;
Coli tipo: 28
Tiparul executat la:

EVEREST din 1994
TIPOGRAFIA